大明凌烟

壮志未酬

尹文勋 著

辽宁人民出版社

图书在版编目（CIP）数据

大明凌烟 . 壮志未酬 / 尹文勋著 . —沈阳：辽宁
人民出版社，2024.6
ISBN 978-7-205-11078-9

Ⅰ . ①大… Ⅱ . ①尹… Ⅲ . ①长篇历史小说—中国—
当代 Ⅳ . ① I247.5

中国国家版本馆 CIP 数据核字（2024）第 065936 号

出版发行：辽宁人民出版社
　　　　　地址：沈阳市和平区十一纬路 25 号　邮编：110003
　　　　　电话：024-23284191（发行部）　024-23284304（办公室）
　　　　　http：//www.lnpph.com.cn
印　　刷：天津光之彩印刷有限公司
幅面尺寸：165mm×235mm
印　　张：20
字　　数：290 千字
出版时间：2024 年 6 月第 1 版
印刷时间：2024 年 6 月第 1 次印刷
责任编辑：赵维宁　段　琼
封面设计：乐　翁
版式设计：一诺设计
责任校对：吴艳杰
书　　号：ISBN 978-7-205-11078-9

定　　价：68.00 元

内容简介

　　大明朝第三任天子永乐皇帝朱棣五征北元，最后在塞北榆木川龙驭宾天。储位东宫二十年，一向严恭寅畏、如履薄冰的太子朱高炽面南践祚，成为大明朝第四任天子，即洪熙帝。在此之前，朱高炽已经打掉了老对手——二弟朱高煦。但是三弟朱高燧更加阴险，他每天以"荒唐王爷"示人，其实胸怀大志，一直在觊觎大位，不止一次阴谋败露，痴心不改。他趁皇帝北征始归，发动政变，被朱高炽识破，束手就擒，褫冠服，夺爵位。

　　朱高炽自以为政敌俱灭，可以施展平生抱负，强国富民，着手改制。他一针见血地指出两大弊政——钞法和流民。开源节流，与民休息。他从宫内开始节流，因此得罪宫中良贱。

　　朱高煦原本并未罢手。他阴蓄死士，谋嫡更甚，被朝廷侦查明白，一网打尽。他抓住改制机会，勾结宫内，上下其手，对皇兄展开致命一击……

目 录

第一回　爱雪人深夜伴雪去　敬皇后初冬归皇陵　001

第二回　请陵寝驸马排家宴　论治国帝王谈心得　008

第三回　会汤饼太子洗悬弧　谈改制大尹达天听　015

第四回　端午射柳指鹿为马　晚朝策对高屋建瓴　022

第五回　皇宫奏对云开雾霁　金华遇袭险象环生　029

第六回　诏狱修读心无旁骛　胡府籍没富可敌国　036

第七回　汉王事败恐陷囹圄　太子施救波谲云诡　043

第八回　张文弼持度救高煦　朱高炽感动放悲声　050

第九回　姚广孝倾心吐悲苦　朱瞻基真情送王叔　057

第十回　跪送天子世忠不舍　探病恩师高炽清明　063

第十一回　遇地震百官露丑态　闭心机太子虑将来　070

第十二回　兵总见背监国亲祭　谷王谋逆府吏告发　076

第十三回　杨士奇赴闽治瘟疫　朱瞻基随驾传音信　083

第十四回　众文武请旨论国法　朱高炽坐纛审藩王　090

第十五回　太子妃侍寝论家务　白玺玉归京谈苗疆　096

第十六回　报政务监国得圣意　升佐贰胡濙显真容　102

第十七回　平叛民卜义挂帅印　临前线官军试贼情　108

第十八回　抚众将卜义谋破阵　轻强敌柳升损军威　114

第十九回　苦肉计张士见佛母　障眼法唐三显神通　120

第二十回　卜内相计破石棚寨　皇太孙宣旨迁新京　127

第二十一回　柳大帅中计唐赛儿　袁天官苦谏雪灵丹　134

第二十二回　败叛民佛母失踪迹　奏凯歌卜帅升司礼　140

第二十三回　积因果高畅优麦客　采民风太子见农人　146

第二十四回　顾此失彼朝廷失策　天灾人祸鲁东大饥　153

第二十五回　钟粹宫张瑾谈宫闱　东暖阁太子斗了虚　160

第二十六回　反亲征圣上罪户部　论功劳卜义赐新名　166

第二十七回　王六满智送藏头诗　张文博严防雪灵丹　172

第二十八回　阉竖籍家富甲天下　赵王谋嫡功败垂成　179

第二十九回　圣主北征龙驭宾天　新皇登基君临天下　185

第三十回　柔仪殿三兄弟宴会　右顺门五君臣失仪　　192

第三十一回　大学士升爵为宰辅　戈布衣切直得圣心　　199

第三十二回　新太尊断案露身份　先学士画像评重臣　　206

第三十三回　安抚流民联保入籍　平反奸党还籍为民　　213

第三十四回　试钞法新皇现市井　依成例近臣忌皇兄　　219

第三十五回　清吏治京察见守令　革弊政选官知州县　　227

第三十六回　遵祖制新皇送天女　推新政高炽罪寺卿　　235

第三十七回　过正旦皇帝赐百福　论度支尚书愧当今　　242

第三十八回　坤宁宫迁怒责国母　汉王府定计选小人　　249

第三十九回　查三宫帝后生嫌隙　论两都父子谈利弊　　256

第四十回　河州查案疑云密布　大内追比误入歧途　　264

第四十一回　白龙鱼服桌台办案　标新立异新皇开犁　　272

第四十二回　层层剥茧案露朕兆　处处小心家贼难防　　278

第四十三回　仕女像都办寻客栈　泼天案桌台求卫司　　285

第四十四回　杀贼帅张昶遂凤愿　灭府兵薛苁报大仇　　293

第四十五回　择善而从薄云高义　天不假年壮志未酬　　302

第一回

▼

爱雪人深夜伴雪去　敬皇后初冬归皇陵

古今中外，多数人都有追名逐利之心，幼时寒窗苦读，祈盼三考六论，得天子意，一跃而登龙门。白身着青绿，青绿换红紫。威仪赫赫，意气昂昂。自以为星宿下凡，目中无人，心中无惧，做出许多不法勾当。直到身陷囹圄，悔之不及。正是：身后有余忘缩手，眼前无路想回头。

大明朝锦衣卫三品指挥使胡纲看到了皇上眼中的一丝寒光，明白皇上开始讨厌自己。为了迎合皇上，必须做掉令皇上如鲠在喉的大学士解缙。

在京师难得一见大雪纷飞的夜里，胡纲把解缙从刑部大牢私自提走。解缙是南方人，是文人中的豪杰。看到外面大雪又惊又喜。在胡纲的山庄里，在温暖如春的室内，看到盛开的蜡梅，开窗面对大江，赋诗一首七言绝句。

> 万里江山如素锦，
>
> 水天一色似珂堆。
>
> 窗前举酒朝天问，
>
> 不解何仙洒白梅？

胡纲吟过后连叫好诗，方知此人心胸宽广、性情恬淡、才华横溢，绝非浪得虚名。从人已摆下酒席，胡纲说："下官多年来听说解学士好酒量，下官不才，自以为量还可以，不知先生敢一斗否？"

解缙说："不才本是罪官，本不敢在大人面前孟浪。大人既有此雅兴，罪官敢不奉陪？请大人先画出道来，罪官与大人来个石卿①刘潜斗酒之饮。"

胡纲高兴，说："解先生虽为文人，颇具豪侠之风。今日你我二人，只做豪饮和夜饮，无丝竹扰耳，也无歌舞助兴。先生久在牢中，先品尝菜肴，再饮不迟。"两个人吃了一些菜，下人上来两坛酒，也不用仆人。

所谓豪饮，就是持坛而斗，也称鲸饮。刚要端坛，王谦过来，拿上两个海碗，说："两位爷，豪饮斗酒，也是以碗论量。末将监酒。"二人同意，连干三碗，又停下。吃了一些菜，把坛中酒喝干，都有了一两分醉意。大厅里暖意浓浓，喷火般的梅花发出阵阵暗香，大高烛极不情愿地跳动着火苗，流着泪。

二人又各自吃下一坛，解缙脱下氅，喊道"拿四宝"。仆人研好墨，他趁着酒兴写了一首《菩萨蛮》。

台家流尽高烛泪，梅枝空照三分醉；

偶见雪盈窗，尽能闻暗香。

饮中何落寞，醉醒世间客。

雪夜惧天明，狱辞伴远行。

边饮边舞，胡纲伴之，大喊"拿酒来"！胡纲看这首词，知道他已经明白了眼前的处境。感觉此人真是豪杰，竟有几分不舍。两个人又饮了一坛，解缙颓然醉去，胡纲也有了几分醉意。胡纲看他醉坐在椅子上，拿大氅给他盖上。到了隔壁，王谦说："总台大人，末将跟您办了许多差事，不曾见过您这样对待一个死囚。"

胡纲说："王谦，你一个丘八懂什么？这位是一个世上少有的奇才，本

---

① 石曼卿，《梦溪笔谈》记载，宋朝海洲通判。

台把他杀了，必遭报应。"

王谦笑出声来，说："大人的话，小人想笑，大人莫怪。干我们这一行，杀人如麻，折磨人唯恐他死得快，早已得罪神灵。大人要不忍，也好办，等天亮放他远行，隐姓埋名，过日子去吧。"

胡纲站起来，踱了几步，狠狠地说："处理了吧，明日只说是别人接走，酒醉失足，雪中冻死就是，让皇上擦屁股吧！今日就宿在这里了。"

王谦心想，缺德事都做绝了，尼姑都敢奸宿，这不，今晚又让他弄来一个女道士，这不怕遭报应？走到大厅，刚要挪动，只听解缙说："我先走，你们也快。"王谦吓了一跳，看他还打着鼾声，只是梦话，但感觉不吉利。把他弄到市井人少的地方，用雪埋上。看着冻死，王谦回去交差。

次日早有人报告金纯，金纯大惊，派人去找，并亲自到锦衣卫衙门。因为雪下得太大，早朝免了，雪还没有停的意思。这张昶看总台不在，只好接待。

金纯说明来意，张昶吃了一惊说："昨日是末将当值，并未派人去提审人犯。"怕他不信，让当值吏目拿出记票，没有去刑部的底票。张昶说："金大人，贵部没有他们的牌票吗？"

金纯叹口气说："当值的人去要了，提人犯的骂了一顿，架着人走了，还给他拿了一件极精致的大氅，都穿着飞鱼服，拿着绣春刀。"

张昶说："金大人，此事非同小可。末将也打发人四处寻找，速速奏给圣上才是。"

金纯说了一声"极是，有扰"，匆匆离去，回到了衙门，人找到了，但是已经死了多时，全身冻僵。金纯禀告皇上，被皇上骂了一顿，也就过去了。

次日早朝，雪已经停了。从午门到各宫的青石路，扫得干净。太子也来朝会，精神颓废不振。皇上知道是心病。通政使孙靖前一天就把金纯的奏章递上来了。皇上批示，解缙畏罪自杀，自绝于天，欲陷皇上于不仁不义，且羁押期间擅自外出饮酒，二罪归一，籍其家，把家人和族人发配于辽东，官给田土、耕牛，自种自食。

杨士奇回京缴旨，把实情和赈济情况写成节略交与皇上和太子。吏科都给事中又上奏章，监国辅官皆罪，不能独宥杨士奇。皇上无奈，下旨都察院审理。

都察院只二日便审结，杨士奇与监国失策之事都无关联。皇上大喜，顺坡下驴，传旨释放杨士奇。他不相信杨士奇是太子党，只知道他是一个证人，和解缙、杨溥等人不同。把他宣进宫里，好言抚慰，令其悉心辅佐太子。皇上心里清楚，金忠已多次上奏章乞骸骨，致仕是早晚的事。夏原吉又两京走动，杨荣和胡广常随驾，太子身边无得用之人也不行。

把都察院的奏章批下，发给群臣。案子是王彰主办的，当然也说不出什么。

很快到了皇后请灵日，先把皇后棺椁请进仁寿殿，朝野百官都穿祭服，各五品以上命妇从东华门入，哭临一日。龙子龙孙、公主、郡主、驸马、仪宾守梓宫三日，皇太子祭告天地，到奉先殿祭过祖宗，又带着朱高煦和皇孙们祭过孝陵。

这天卯初时分起灵，在奉天殿丹陛上，宗人令朱守肃宣读祭文，礼赞官唱礼，四拜、起驾。百官又拜四拜，皇子皇孙、驸马、仪宾持幡幢引导，皇上礼送至午门，回銮。百官送至三山门码头，乘船北进。朝廷下滚单，各地都、卫、藩、臬、府州县不必迎跸，只在岸上遥祭，所过州县，供给粮秣饮食即可。

太子、朱高煦和皇孙们，吕昕、鸿胪寺卿秦理、户部尚书夏原吉、礼部郎中尹昌隆、中书舍人袁忠彻、锦衣卫同知张昶率军护驾。晓行夜宿，非止一日，到了北京。梓宫停在行部，百官和命妇拜祭。停灵三日，出西门，百官送至天寿山下。

尹昌隆前一日就过来了，和卢卿、袁忠彻商谈具体下葬事宜。尹昌隆还登上了天寿山顶，好在北京并没有下雪，他对卢卿所选的穴位钦佩不已。这寺陵就在主峰南面，向下俯瞰，错落有致。

下山后卢卿介绍了整个寺陵，占地近六顷，神宅布局。前方后圆，方形部分由前后相连的三进院落组成。前有陵门一座，灵门之前是月台，左右有小角门，院里建有神厨、神库。

第二进是陵恩殿，有陵恩门，左右各有一掖门。各饰件均是黄绿琉璃件组成，大院犹如一个大校场，是用来举行祭奠而用。

第三进院落是一红门，做二柱门，门楼前后设有石几筵，案上摆有供器，石香炉一个居中，左右各立烛台、花瓶各一个。后部分为圆形，按孝陵制称宝圆城，也称宝城，是神宝、神道、神门的主体；宝城前部，沿中轴线有方城、明楼，城高九丈。接下来是寺陵祭殿，设有神座，皇后入陵时再放置神牌、册宝、衣冠御座香案以及各种乐器。

尹昌隆看罢，赞叹不已，比高皇帝孝陵又大又气派。卢卿和孙愚等人正在向各神道里搬东西。走出陵门，看红墙黄瓦、苍松翠柏、飞檐斗拱，真是帝王气象。几个人说着话，来到卫所军营。军兵已住了进来，是守陵的，把前一排营房先腾出来，给祭拜的官员们住。次日梓宫请进陵，按时辰和方位停灵，百官祭拜。

太子带领皇室的过了三日，回到北京除服。北京城变化不小，不仅城扩了，各街道也有所变化。皇城也已建成，三大殿和东宫都已竣工，皇上已在这几次驻跸。留守中人和女官们知太子太孙要到，早把东宫收拾一新。这东宫其实就是原来燕亲王府略改制一下而已。朱高炽坐着肩舆转了一下，几乎和南京的一模一样，只是两宫还没有建。午门外那一片片空地，不用说，仿南京六部五府五寺。

朱高炽清楚，迁都是迟早的事。马上就过年了，皇上有旨意，留下太子，其他皇子皇孙返京过年。太子在北京代父祭天祭祖。驸马李让已告诉诸王，今日是除服第二天，民间习俗，由姑爷做东道酬劳孝子贤孙们，已安排好，就在文华殿里。次日由袁容做东道，其他驸马在远处镇边，未能随灵。

大家知道，这是俗令，皇家、民间莫不如此。酉正初刻，太子到文华殿，大家都着常服。太子看都到了，在主位上落座，大家跪地行礼，他又走到宗人令靖江王朱守肃前跪下拜了两拜，因他是兄长，刚才是国礼，这是家礼。朱守肃回了半礼。

太子主位，接下来左边是靖江王朱守肃、左宗正朱子树、赵王朱高燧，右边是朱高煦、李让、袁容，打横坐着三个人：朱瞻基、朱瞻墉、朱瞻圻。

陆小乙站在朱瞻基后面，每个人后面还有两个宫女、一个中官。

朱高炽明白，这是按家人排座，李让是东道位，心下喜欢，李让要求把尹昌隆和宋礼带来，他答应了，想一想，不合礼制，看今天这排法，不带就对了。他和李让私交不错，靖难时虽在军营，但对朱高炽评价极高。室内摆着炭盆，非常温暖。开始太子以为在大殿上，看是这个大书房里，放心了。

李让拍了一下掌，两边的佾人都散开了，乐声已起，朱高炽皱了一下眉头。李让看在眼里，摆了一下手，乐声停止。

他站了起来，清了清嗓子，说："太子爷，诸位亲属，今夕何夕，本爵在北平戴罪多年，能请到各位大驾还是第一次，李让幸何如之。本爵在想，不是母后请灵，我们如何能聚在北京，又如何敢在这文华殿放肆？各位尽管放心，袁兄已是请过旨的，因此本爵说，这是母后在天之灵护佑，让我们相聚于此。这不是大葬，而是请灵，也不是违制，而是遵制。父皇高兴。母后在天之灵有知，也是欢喜的。"

说完顿了顿嗓子，看了一眼太子。太子接着说："李让说得极是，他作为东道，礼数唯恐不周，何况，这也是礼俗，我们感谢公主、驸马们。今儿个母后得以安灵，确是极大喜事，只是本座不惯歌舞，扫了各位雅兴。但本座想，大家多吃几盅，也算是孝敬母后了，诸位以为如何？"

太子这么讲了，别人还能说什么？都说好。李让挥手令八佾下去，又拍了一下手掌，宫女们鱼贯而入，给每个桌上菜，顷刻完毕，四荤四素，几个果盘，几盘果子，两罐汤。桌旁边放着小炉，酒煮得正热。大家看太子动筷，都拿起筷子略尝一尝，放下了。

李让又站起来说："本爵今儿个颇有感触，想靖难之时，何等艰难，大家勠力同心，始有永乐新朝。今母后魂归藩邸，我们必须先敬母后一杯！"说着端起来朝空中祷告一下，再向前推送，然后一饮而尽，众人都站起来，面朝北一饮而尽。

李让说："第二盅酒，遥敬父皇，以此酒为父皇寿。"众人一一吃了。他又说："今日我们爷儿们相聚北京，有机会享市井百姓之天伦，本爵感触良多，只希望在座亲属们，常念亲亲之义、骨肉之情，某之愿也。现某提议为亲情吃一盅。"坐下一饮而尽，大家响应，吃掉。

宫女给各位布菜，大家吃完，进来几个宫女撤掉四荤四素，重新换上，又布了一回菜。宫女们退到后边。汉家习礼，酒过三巡，菜吃五味，主人已尽地主之谊，其他就由客人自主饮酒。

看大家吃酒沉闷，李让说："太子爷，这样吃酒也太没意趣，显见是兄弟招待不周了，还是行令吃酒吧。"

朱高燧说："姐夫这话我爱听，但不要作诗什么的，兄弟做不到。"朱高炽有几年没看见朱高燧了，感觉他沉稳了很多，那个无拘无束的三弟不见了。

朱高煦说："三弟，那你就出个令吧，可不要什么老虎、棒子呀。"大家都笑了。

朱高燧说："太子爷，二哥，不是兄弟夸口，其他事我不如两位兄长，这个是兄弟长项，随便拿出两项就够哥哥开眼的。"

朱瞻圻和他要好，说："三叔又在吹牛了，好歹也让我们见识一下。"

第二回

▼

请陵寝驸马排家宴　论治国帝王谈心得

朱高煦断喝一声："瞻圻，你在和你三叔说话吗？没大没小的，一点规矩都没有。"吓得朱瞻圻马上站了起来，躬身道是。朱高煦接着说："老三，平时在孩子们跟前立些规矩，这成何体统。"

朱高炽说："三弟，你二哥说的有道理，但话又说回来，孩子们和老三亲近，这是极好的，二弟不要再责备孩子了。三弟，说一下吧，最擅长哪个？"

朱高燧说："哎呀，太子大哥，二哥，兄弟还没讲完呢，就孩子一句话，引出你们这么多话！"大家都笑了。

朱高燧接着说，"兄弟最擅长的是'投壶''射覆''酒令仔''流水令'，太子爷，让大家爷儿们选吧。不过得先选出司令来。"他站起来挨个看了一遍，大家看他煞有介事的，都笑了。

李让看大家不似刚才，气氛有了几分活跃，说："三王爷，你在给爷儿们相面呢？都等你呢。"大家哄的一声又笑了。

朱高燧指着站在太子后面的卜义说："我知道卜义这奴才是最精通此道的。"

卜义刚要说话，朱高燧说："小王不用你，怕你偏私护着太子爷。小乙，你来。卜义，你去找酒令。"

陆小乙应道："是，王爷，只是臣不擅此道。"

朱瞻基说："不妨，你去吧，酒令就是军令，哪个敢不听司令官的。"

陆小乙走到中央，说："各位爷推举臣做司令，那就得听司令的，刚才我家小爷说了，酒令就是军令，诸位爷遵令就是疼小乙了。"

大家有不认识他的，看他年纪轻轻，头戴镂花方冠，知道是举人，也觉钦敬。

朱高燧说："你看你这就软蛋了，大声喊出来，我是司令。"

朱高煦笑眯眯地看着大家，这时接言道："老三，别人倒没什么，就怕你不听令。"大家又笑了一回。

陆小乙说："趁卜公公没回来，我们可就地取材玩一回令，先来一个人蒙上眼睛，拿过一个锣来筛。一人持杯在各位爷前走，筛锣人停下，持樽人就停下，离哪个近就由哪个吃掉。"大家从没听说过。

朱高煦说："大哥，这倒有趣，好像是'流觞曲水'。"

朱高炽说："快行令吧，一定是不错的。"早有人拿过锣来，朱高燧让拿过十几个大杯，从他的炉里盛酒，一宫女筛锣，宦官托酒，大家就乱嚷嚷停停。

朱高燧连吃了两杯，知道大家在捉弄他，遂说："令官，这不成，下一次谁喊就罚谁三杯。"陆小乙重申一遍酒令，没人喊了。过了不到两刻钟，十几杯酒就吃了下去，都轮到了。

卜义早把令拿来了，朱高燧觉得这个新鲜好玩，还要玩这个。大家都说换一个。卜义就送过来一个银令壶，几支令箭。这个壶，嘴小肚子大，沿上磨得精光，几只银箭也磨得精光。

陆小乙拿过一个小杌子，把壶放上，说："各位爷，我们都投一次，一起举杯，在投之前请一起吃一门杯。"

朱瞻基说："几位长辈，瞻基有不情之请，你们用大杯就是，侄儿三人尚幼，恐不胜酒力吃醉了。"

李让说："瞻基说的有道理，太子爷，你看呢？"太子笑着点点头。

朱高煦说："大哥，以臣弟之见，都用自己的小杯吧。这冬天夜长，多吃一会儿也不至于醉。"

朱高燧不依，说："三位侄儿用小杯，我们都用这样的。"一个宫女出来把其他人的小盅拿走，换上粉色的玉杯。大家站起来一起吃了个门杯，然后从太子开始坐着投箭。第一轮只有朱高煦、朱高燧、朱瞻基投中。朱高燧高兴得手舞足蹈，又投了几回各有输赢。

下一个是酒公令仔，是别人从广州带给朱高燧的，他给北京各府都送了几个，是一个胖乎乎的小男孩，大多数人没玩过，陆小乙也不会。

朱高燧走出来，说："小乙，爷给你示范一下，这就是不倒翁，这儿有柄，拧它就转起来，使劲过了，自然就停下了。脸朝谁，谁就吃一杯。"大家非常高兴，尤其是那几个孩子，喜欢得不得了，巴不得上来拧劲。

陆小乙极聪明的，试了一下，有趣得很，令大家吃一个门杯。拧了几次，煞是作怪，只是转向朱高燧的多，朱高燧发急了说："小乙，必是你在做手脚。"

小乙笑着摊开手，说："王爷，这可是你教臣的，臣如何能做得假？"

朱高炽说："老三，刚才你二哥说什么来着，就怕你最调皮。"

大家都笑了，想再玩几轮，朱高燧死活不干了，说："小乙，看你很喜欢这个，爷赏给你玩了。"陆小乙喜得连忙跪下磕头，他想拿回京师去给孙敏玩。

李让看看时辰，还不到亥时，说："小乙，抽签吧，有吗？"陆小乙忙答应着，这就准备。打开盒子，大致数了一下，共一百多个。

朱高燧说："这是爷儿们玩的吗？在座的都是站着撒尿的，玩这个有意思吗？"

堂兄朱子树说："三弟今儿个能坚持一个多时辰没放粗，已经难得了。"大家哄然大笑。

朱高燧有点难为情，说："大哥，别见怪呀，小弟也是极雅的人，几位兄长来北京，后天小弟东道，各位到府上去瞧瞧，看你兄弟是否称得上雅士。"

朱高煦说："听司令的。"大家照例吃了门杯。

陆小乙说："这第一签，太子爷来掣，然后再掷骰子。"看大家点头，让宫女把签盘端到太子前，太子随意拿一个递给陆小乙，陆小乙读道："梅花香自苦寒来，得此签者独饮一杯。左边第三人陪一杯。"朱高炽感觉此签极雅，也中听。虽然有几分酒了，还是很高兴地吃了，李让陪了一杯。

朱高炽拿起骰子掷下，得两个小么，陆小乙让宫女把签盘端给靖江王朱守肃，抽的是："恨不移封向酒泉，隔一人吃酒。"朱高燧眼睛瞪得铜铃一般，恨恨地指着笑嘻嘻的陆小乙，吃了一杯。

朱高煦看了一会儿，翻开一个递给陆小乙。陆小乙读道："终生醉卧火瓮中，得此签者和你的冤家吃一杯。"

满座皆惊，袁容的筷子掉落在地，犹如一声炸雷。陆小乙也不知道，说："王爷，找你的冤家吧，同饮一杯。"

朱瞻基训斥道："小乙胡说，哪来的冤家！"李让是聪明之人，马上说："这是酒令，正是反话，和极亲近的人喝一个，莫过你的儿子了，瞻圻，和你父王吃一杯。"

大家叫好，朱高炽佩服妹夫的机智，朱瞻圻走过去，跪着和汉王吃一杯，退了回去。朱子树、李让、袁容都是无酒或他人吃一杯。朱高燧还是唠叨了一句："这句话说不通，醉卧在酒瓮里才对，怎么是火瓮？"也没人理他。

轮到朱高燧了，他双手合十，念了几声"阿弥陀佛"，小心地翻开一个。陆小乙读道："不喜孟子，终回故里。得此签者，独饮一杯。"众人哄的一声笑了。

朱高燧大喊道："陆小乙，你这分明在玩你爷呢。他们都是无酒或别人吃，偏偏就爷的自饮。"

陆小乙说："这怪不得小乙，是你自己翻的牙牌。"大家都催他喝，他看着众人，大家看他已有七八分醉意。

李让说："兄弟你连念几声佛，佛也没弄明白你的意思，以为你念佛的意思就是要吃酒，说不得，吃了吧。"大家又笑了一回，看都有了酒意。

朱高炽说："李让，今儿就到这儿吧。"

李让点头说："太子爷有令，大家也有些酒了，今儿个就到这儿，大家同吃一杯同心酒，遥祭母后，恭祝父皇。"大家吃了。

袁容说："明儿个应是本爵东道，还是爷儿们这些人，到柴丰升饭庄，已知会他们，晚上咱们包了。整个酒楼都是我们的人。"

朱高炽说："袁容，这是不成的，父皇已下旨，让你们尽快回京，明儿个就算了吧。"袁容不依，说这是做女婿的规矩，最后还是朱高炽拍板："明儿个也不包饭庄，必走的，明儿个走。不走的，去老三府上，他们两个的东道都有了。"大家称善，各自散了。

过完年后，太子在北京看了贡院，和李让又说了一些细节，因他是行部尚书，告诉他，春闱主官和房师不日就要赴北京。留下朱瞻基，自己回京师了，他心里不舒服，京师一切都现成的，非要在北京会试。他一点也不喜欢北京，江南钟灵毓秀、风光旖旎，偏要到这苦寒地区，他知道迁都是早晚的事。那会试过后的殿试呢，也是别人代圣上吗？有旨意让他回京师，多数是皇上又要北上。

太子回到京师已过了元宵节，但百官不用上朝，永乐七年（1409）定制，元宵节放假十天，各衙门轮流守值。朱高炽正赶上金忠孩子的汤饼会。百官是放假了，皇上哪有假呀，通政司的奏章一天也不会压下，每天都送进来，下面各司、府、州、县放假期间也得办差。皇上照旧是三更而起，昧爽而朝，日出而见百官，朝中重臣谁敢离京？不定哪一刻皇上就宣召。

黄俨来宣，皇上在乾清宫东偏殿召见。朱高炽换上朝服，坐上四人抬，来到殿上。皇上正在看奏章，王珉在旁边侍候着。见过礼，皇上指一下座位，站起来，活动下四肢，说："坐下吧。"

这可是从未有过的殊荣，朱高炽谢过，拿捏着斜坐在椅子上，皇上也坐下了。太子说："父皇，现正是元宵大假，正可休息几日，待百官返朝，再处理这些奏章不迟。不管怎么说，父皇也是有春秋的人了，每天都这么熬着，再好的筋骨也会挺不住的。"

朱棣看自己的傻儿子眼泪又要流下来，心里有一丝感动，不管别人如何去讲，太子仁孝这一点是毋庸置疑的。至于朱高煦所说，在培植势力、罗织太子党大网，也未必不是真的。皇上说："儿子，有你尝到滋味的那一天。没办法，不处理就会压满案几，第二天还不是要处理！做天子的稍有懈怠，必会上行下效，就会出现懒政、庸政，百姓之声难达天听。上下壅塞，取败之道也。"

朱高炽说："父皇训谕得极是。"

朱棣说："高炽，此次请你母后进陵寝，措置得当，百官上奏章夸你，朕心甚慰。你把春闱的事也安排得不错，有些事就是如此，不必非等旨意，你多做一件，朕就有一会儿空闲。过几日朕去北京春闱。"

朱高炽听父皇真真假假、言不由衷的话，答应着，听他继续讲："薛苁这孩子，你调教得不错，钟祥、盛仪都夸他，周新上过奏章，说薛苁是他见过最能干的知府。宋礼亲来面谈，说薛苁可堪大用，朕也接到薛苁的奏章，他的这个试验可以推行了，朕已经让他明日返京递牌子进来，今儿个晚上他就能到家，明日这个时辰进殿。你今儿个去办差，代朕去金忠家，孩子满月，朕让礼部奉旨办汤饼大会，朕已为孩子赐名，写在纸上，你带去。"

朱高炽说："父皇，金忠有后了，他们世世代代都不会忘记父皇的恩德，不是皇上严旨，金忠定不会纳这个如夫人。"

这马屁拍得正好，朱棣为此事已得意了一个月。

这时太阳已经出来了，还早些，总不能空手去吧，朱高炽不知道拿什么，没奈何，坐肩舆回到东宫。张瑾迎进去，施礼毕，李氏带着张氏、郭氏等几个嫔过来施礼。

宫女上来一碗粥，他吃完漱了口，说："爱妃，今儿个金忠的儿子汤饼会。"还未说完，站着的几个嫔全笑了。

张瑾说："臣妾和几位妹妹知道你不惯这个，也猜到今日定会代父皇去，民间汤饼会都在三天，也称三朝会，宫里才是满月这天。父皇定的日子，金大人欢喜还来不及。三朝那天，张妹妹亲自去做贺，带着刘太医去的，拿了一百二十个彩绘鸭蛋、粳米、老醋、炭，是刘太医和宫中稳婆给落的脐，炙的囟，刘太医亲自给洗礼。一腊二腊①臣妾都送一些礼。三腊那天，臣妾亲到府上，带的是猪腰、猪肚、猪蹄、鸡、鱼、蛋等，和吴兰约好一起去的。满月可以不带东西的。但你作为太子，空手总不好，臣妾已让卜义备着呢。请爷示下，是先送过去，还是你一起带过去。"

朱高炽听完，心下着实感动，以太子妃之尊，亲去命妇家下奶，足见她有见识。朱高炽怎知道生个孩子有如此多的勾当②，尽管他现已是七个孩子的爸爸了，说："先送过去吧，告诉他们本座巳正时分到，参加洗儿礼。"

张瑾说："正是这样，爷，因这次是如夫人生子，夫人娘家还在福建，这些东西都是'洗儿礼'上用的，臣妾再派去一个稳婆。"

朱高炽说："全凭爱妃做主。"张瑾就和这些妇人收拾东西。

---

① 江淮一带俗语，一腊是婴儿出生七天，二腊就是十四天。
② 这里是习俗、讲究、说道的意思。

第三回

▼

会汤饼太子洗悬弧　谈改制大尹达天听

朱高炽头戴翼善冠，身穿绣金五爪四龙红袍配玉带、皮靴，坐着太子车辂，仪卫前导，鸣锣开道，大张旗鼓地来到金忠府上，可惜这阵势和金府十分不相配，太子来过金府。金忠虽是朝廷二品大员，天子倚为腹心，宅第却十分寒酸，还不如市井中等之家。

官员们已来了一些，但大门前没有轿马。太子知道，大家都清楚金忠为人，不喜欢张扬，把轿子打发走了，而且是下的请柬，一般官员是不得来的。金忠和众官都迎了出来，有二十几位官员，还有金忠的大哥金华，跑出来拜见太子，太子一把拉起，看他已须发皆白，身穿五品武官服，心下感叹。金华也屡建功劳，只是金忠不让给其迁官。

太子看院子里有一彩棚，知道是室内空间不够。从一进府就看见大门、彩棚门都挂着大弓，这是在向亲友提示，是男孩，落草^①那天就挂了出来，因此男人生日都称为"悬弧之日"。众人把太子迎进彩棚，里面温暖如春，这是皇上命内务府前来搭建的，宽敞明亮。皇上虽没前来，早从儿子和大臣那里知道了他的境况，又赏赐许多银钞帛锦等。金忠都拿出来周济邻里，

_____

① 江淮一带古语，出生的意思。

仍然是过着野蔬粗食、布衣荆钗的日子。

金忠夫人也走了进来，今天可是凤冠霞帔。如夫人年轻又无封诰，不便抛头露面。朱高炽大声说："有旨意。"众人跪下，山呼万岁。

朱高炽说："兵部尚书金忠，半生尽忠国事，未思子嗣，以致无只男半女，今幸天怜，得有一子，举国同贺，朕谨以贺，赐名达，字仲达。钦此。"大家谢恩。

金忠夫妇感动得泪眼婆娑，说："金忠何德何能，致圣上如此垂怜，若无皇上严旨，焉有犬子？金忠无以为报，只有肝脑涂地，以报残躯。"太子把赐字递给金忠，然后亲自扶起，让大家都起来。

派过来的皇宫内侍们霎时间摆好桌椅，众官落座。

金华进来，跪下说："太子爷，金家斗胆请太子爷移步，为侄儿持礼。"众官哄然叫好。

朱高炽说："这事恐怕本座做不来，应该让吕昕总礼去做。"

吕昕赶忙站起说："回太子爷，太子爷差矣，太子爷和众位大人在此，臣算哪里的草料？"这话有道理，太子到了，肯定是太子持礼，太子不到，还有都督府的一品官员，还有公侯驸马。

朱高炽爽快地说："好，本座持礼。"

所谓持礼也无甚大事，只是摇动银盆里的水而已。朱高炽在金华兄弟的引导下走进客厅。金华给他一张纸，上面写着流程。卜义紧跟，太子看了他一眼，他也只作不见。院里大多是女眷，看太子装饰都跪下去拜了四拜，又道个万福。

今日是洗儿礼，进到内室都不用回避，有的是新婚妇人，有的是结婚几年没孩子的妇人，都在此候着呢。二十多人，地方本来就不大，更显拥挤。中间放一张大宽桌，桌上摆着画好的五颜六色的制钱，金银锞子，鸡鸭蛋和果品，还有彩缎、珠翠、卤角儿食物。前面立着一牌，"太子妃赐"，中间放一大银盆，这是宫中稳婆带来的。

朱高炽喊道："洗礼开始！"走出两个妇人，往盆中倒上热水，水里飘着五颜六色的花瓣，只觉香气扑鼻，又往水里放银钱和枣子、葱、苹果、莲子、桂圆、花生等。

朱高炽喊道："围上盆红。"上来几个妇人，拿着几尺红绸围上银盆。金华递过金钗，朱高炽喊道："搅盆开始。"喊毕拿起金钗搅水，越搅越快，朱高炽喊"添盆"，周围的妇人们就向里投钱、银，朱高炽看盆里的东西旋转起来，喊道："抢喜！"

旁边早已等得心焦的人往前挤抢枣子，都希望能吃到，早生贵子。朱高炽退到后边看了一会儿，看看都抢到了，说："洗儿！"如夫人抱着孩子走了出来。

朱高炽看这位如夫人有几分姿色，一想金忠已六十多，也暗自叹气。看这男孩，虎头虎脸，头发不多，已是睡在怀里。这时已有人又放了一个木盆，盛满清水，也漂着花瓣。稳婆接过孩子，唤醒了，孩子一看这么多人，"哇"的一声哭了起来，大家高兴了，洗儿时要孩子大哭出来，向世人宣告他要"移窠"①。有的孩子看着好玩，只是不哭，没办法打几下才哭出声来，这就是早不唤醒他的原因。

稳婆把单子给他揭开，在肚脐上小心地沾些水，然后是后面有人等着，拿银盆的水一点点往身上洗，孩子不哭了。孩子爱水是天性，挣扎着只想自己去动那盆子。这稳婆口中念念有词：一洗长命百岁，二洗荣华富贵，三洗金榜题名，四洗公侯万代，五洗子孙满堂。朱高炽没少听过，只觉得前后重复。

稳婆把孩子双脚放在盆里，而后又把孩子放在木盆里洗了一下。又过来一个妇人，小心地剪掉胎发，拿过一个小盒装进去，递给夫人。稳婆就要抱着孩子往外走。

朱高炽说："使不得，外面太冷，过会儿用过膳，大人们想看孩子的，到这室内，你们回避就是了。"大家都挺高兴。稳婆把孩子递给如夫人，如夫人郑重地递给夫人。从即日起，孩子就在夫人房中，如夫人随时去喂奶。这就叫"移窠"。

---

① 换屋，古代妾生子女满月后转到正妻房里。

金华引着太子来到彩棚，又多了几位官员。大家见过礼，太子说了一下，孩子不出来答谢了，大家都说应该如此。菜还未上，桌上都摆着一碗热气腾腾的面汤饼。太子还记得白德去朱高燧家作汤饼会，吃完面，还等着上饼，大家都笑他，是尹昌隆告诉他汤饼就是面。想到这里，朱高炽笑了一下，吃了面，拿下去，开始上酒菜。吃过，回去交旨。

次日见皇上，薛苁已经到了。一个小小的知府，皇上亲见，这是难得的殊荣，金忠也在。大家见过礼。

皇上说："今儿也没什么大事，薛苁就讲一下金华的风情吧。"王珉过来奉茶，给大家都倒了一盅，到薛苁时，说："薛大人，说点有趣的事，皇上又看了一个多时辰的奏章了。"金忠也听到了。当今皇上勤政，那在历史上是少有的。

金忠熟读史书，知道连太祖高皇帝也不如当今皇上，赶忙向薛苁点头，薛苁说："回皇上，臣是北方人，到了金华，饮食语言都不习惯，尤其是饮食。他们什么都敢吃，他们还吃田鸡，就是蛤蟆。臣想，把它放在菜盘里，鼓着两只眼睛，如何下得起筷子去吃，先被它吓住了。"

皇上哈哈大笑，说："薛苁说的倒有趣，想不到你薛子谦也有怕的，你吃过吗？"

薛苁说："没有，一是不敢吃，二是钟大帅有令，浙江人不准吃蛙。蛙不是害虫，反而有益于稼禾。"

皇上高兴说："钟祥这个丘八也不俗，能知道禁食青蛙，也是难得。宋朝、前朝都曾禁过，那还能禁得住？"

薛苁说："皇上圣明，确实屡禁不止。在市井上买不到，大家就互赠，把冬瓜瓢拿掉，把蛙放在里面，互相赠送，名曰'送冬瓜'。尤其是各位官员，也'送冬瓜'。彼此心照不宣，时间久了，也不知是谁下的令，竟然把这冬瓜送到钟大帅府上。"

朱棣说："有趣，是哪个送的？"

薛苁说："是潘司的龚清大人去大帅处办公务。这是很少有的，两个衙门来往不多，想登门办差，钟大帅又是有春秋的人了，总不能空手去吧，正好别人给他送来两个'冬瓜'，他就带着送给了大帅。钟大帅清廉，又是北方人，哪知道其中勾当。只是两个冬瓜，总不好让人拿回去，就告诉厨下，那中午就吃冬瓜吧。下人们都知道是怎么回事，中午就端上来一碗冬瓜田鸡，把钟大人吓了一跳，问清原委，把龚清大人找去骂了一顿，好几天吃不下饭。"几人都笑了，连宫人们都笑了。

金忠说："钟祥是北方人，自然不习惯，老臣早已习惯，但不敢吃蛇，不似广东人，没有不敢吃的。北方人想都不敢想，《萍州可谈》记载，苏东坡知惠州，带着第三妾文朝丽，一次这个如夫人去赴宴，吃到一味菜，极是鲜美，回去后就让一老兵去买，厨下烹之，味甘美，只说是海鲜，后来侍女告诉她是蛇，她吐了几天，竟一病不起，月余人没了。"大家唏嘘感叹了一番。王珉又令宫女们换茶，他很是满意了。

皇上休息了小半个时辰，说："好了，说正事吧。薛苁，朕问你，秋天和冬天这两次丁役如何？"

薛苁说："回皇上，开始有阻力，难办得紧，臣就和闻礼去刘大户家，软磨硬泡，他们六千多顷地拿出丁役银子，这事就好办了。"

朱棣很吃了一惊，六千多顷地，说："这个刘大户真不得了，六千多顷地，薛苁，你没让查一下是怎么来的？"薛苁想，上过奏章的，皇上想必是忘了。因为是谷王，没敢说，看了一眼太子。

太子说："父皇，儿臣也转过子谦的奏章，这个大户是十九叔谷王府上的典膳正。因不知道这些良田是这个奴才的，还是十九叔的，儿臣未查得实，还没来得及禀告父皇。"

朱棣说："还查什么？哪个奴才敢如此大胆弄这么多田，必是你十九叔的无疑。隔省置田产，这也是一个办法。难为你十九叔想得出！"朱高炽听出了父皇的不满，其实大家心里清楚，这是公开的秘密，也不说破。

薛苁说："这个刘大户按田地顷数交足了丁役银子，其他人就好办了。臣通报全府，给予表彰，观望的也都交了，有的让家丁去顶役，有的让佃户去的，尽管还有许多不如意的。总之，小民在秋冬丁徭中得到了实惠，他们都在赞皇上，说每天给皇上念一百声佛。"

皇上听得高兴，说："走出了第一步就好办，然后逐步完善，朕本打算对你另有迁用，此番看来先不动了。给朕在任上做三年，朕升你按察使。纪良那里阻力不小哇，这姚仲乃几代老臣，怎么这么不识大体！王珉，看郭资来没，宣进来吧。"

郭资随后走了进来，见礼毕，跪着回话。薛苁看他跪着，感到很不自然，说："皇上。"

皇上看了看，说："你明儿个再和太子说一下细节，然后就回浙江吧，朕把你的札文明发邸报，先叫议一下，再作道理，你跪安吧。"薛苁施礼毕，退了出去。

朱棣问："郭爱卿，现你们部总夏大人在北京，朕只好找你了。朕看过你的奏章，趁今儿个太子和金大人都在，你说一下吧。"

郭资说："秋天时就已感觉到，钞和钱逐渐在拉近，到了年底，钱多钞少，现一贯钞能值三百多文，可问题是钱也不够，有的干脆就用银来交易。臣已计穷，求皇上圣裁。"

皇上心里高兴，这就说明纳钞抵罪起到大作用。沉思了半天，也没什么好办法，他知道这是儿子提出的，他极善于理财、经济，把脸转向朱高炽。

朱高炽说："父皇，儿臣先贺喜，自从洪武二十四年（1391）以来，第一次听到这好消息，显见父皇高屋建瓴，这样下去，钞法通畅，朝廷无忧矣。但这样也不行，会造成恐慌，儿臣浅见识，只用一个办法就很快见效。"说完偷偷地看了一眼皇上的反应。大家正听得入神，他突然停住了。

朱棣不悦，说："高炽，为何停下？是想让朕和几位大人向你请教吗？"

朱高炽笑着说："儿臣不敢，全国官吏停发禄米，一律折钞三个月，一次性发齐，还以洪武二十四年例，一贯钞折一百六十文，折精米两斗，这样库里收的钞就能流通民间，不至于物物交换或金银代钞。"

郭资说："皇上，臣以为这是一个极稳妥的办法，现在库存钞全国官吏发半年也足够，另外，臣想，这样终属不继，令宝钞局日夜印制，来平抑钱、钞、银。"金忠附议。

朱棣说："既然如此明日就发邸报，让臣工们高兴一下，现一贯钞值三百多文，朝廷只按一百六十文，官员们岂不又赚了一倍。"

朱高炽说："禀父皇，只是眼下值三百多文，恐是昙花一现，过个把月，能抵住一百六十文就是极好的。还有，儿臣以为，现在已经放出大批现钞于市井，须先停止印钞，待户部平衡预算，钱钞比价，再印不迟。"

金忠说："太子多虑了，历朝历代有纸钞算起，都是如此。"

朱高炽急了，"扑通"一声跪了下去，"父皇，儿臣不止一次说过，钞法不行的根本原因就是无节制地印钞，这次是难得的机会，趁此机会痛加整治钞法，钞法稳定，母银子钞，比例适当，才是朝廷之福、百姓之福哇，父皇。"

第四回

▼

端午射柳指鹿为马　晚朝策对高屋建瓴

朱棣不耐烦了，一议到钞法上，儿子就和他对着干，但他隐约感到儿子说的似乎有道理，但道理何在，又说不上来，"那好吧，先定发钞，印钞再议。"

朱高炽听完，心凉了半截，钞法不通已不可避免，满朝文武没有人支持他，连在北京的夏原吉都未置可否。又说了几件事，大家散了。

次日，皇上又北上了，没打执事。临行前，给太子布置了一些事情，郑和又要离京下西洋了，让他筹措好一切物事，到龙江码头送行。朱高炽对这一举措极为抵触，耗费大量的人力物力，除宣扬一下国威，还能有何用？只是不敢抗旨，遂说请父皇放心。微服把皇上送到三山门，返回宫里，和金忠说着话，走到文华殿。

薛苁已跪在那里。太子说："进来吧。"径直朝东书阁走去，金忠和薛苁又重新给太子见礼，太子让他们坐下，卜义带人献上茶来。

薛苁说："太子爷，眼下谷王处境艰难，群臣正在参劾，他们有所收敛，不敢公开与臣作对。臣想，他们背地里一定不会善罢甘休，倘若有人污蔑臣，请太子爷主持公道，可不能让臣和周新一样不明不白地就死了。周新的家人就惨了，在京城把尸首收回去，想运回潮州，连路费都没有，只好把宅子卖了。房牙子趁火打劫，把价压得极低，钟祥大帅和盛藩台几个人解囊相助，能用得了几时？倘若臣有那一天，恳请太子爷看顾家人。"

朱高炽说："起来吧，此一时彼一时，这周新自绝于天，别人也救他不得。这周新你倒挺熟。"

薛苁说："太子爷，臣给你写过密信，臣与他素无往来，只是听到他官声素著，擒拿之前，来见过臣，臣已禀报过太子爷。"吞吐着看着太子，太子挥手屏退下人。

薛苁说："太子爷，金大人，周大人进京之前曾给臣一个纸包。"就把那天的事情讲了一遍。

朱高炽吃了一惊，问道："那次你为何不说？"自己都觉得这话问得好笑。

薛苁说："回太子爷，臣有顾虑，恐怕给爷找麻烦。现在臣感觉有人也会对臣下手。"

金忠说："子谦，你能信得过我，我很欣慰，这事以后不管何人问起，都说只对我一个人讲过，万不能说太子知道此事，记住否？"

薛苁说："金大人，子谦虽年轻，但也知轻重，这个纸包不计哪天进京，拿给金大人便是。"

朱高炽说："薛苁，你今儿个过晌回金华吧，你放心办差，任谁也动不了你。皇上已经给钟祥去信，让他处处为你周旋，宋礼去年也专程去见了三司。"薛苁应着，告退。

朱高炽站了起来，看着金忠，金忠也赶忙站了起来，看太子眼中有疑惑，说："太子爷，老臣不敢隐瞒，老臣感觉到皇上已有所察觉。抑或是皇上在暗中察访，老臣去见过大师，大师也和老臣想法相同。爷，天可能快亮了。薛苁看似年轻，其实心里也清明着呢。老臣斗胆进言，太子爷不要参与此事。皇上交办的差事尽力去办，办不好皇上不会生气的，可未交办的，自然是皇上已托付给有司了。"朱高炽点头称是。

皇上不在京师，又没有令他监国，他只在东宫，几乎不去文华殿，看书、下棋、斗鸡、蹴鞠，有时也到校场上演习弓马，在宫中饮宴，让妃嫔们和宫女排练昆曲，他有时也亲自操琴。有时他扮作市井之人，西城走马，东城赌斗，湖中泛舟，携伎登高，日子过得很是逍遥自在。

这时北京春闱已经结束，策士过后，陆小乙（陆允）排在二甲，赐进士出身。皇上在北京听到了朱高炽的事情，朱棣何等聪明之人，此等雕虫小技，岂能瞒得过他？知道太子在韬光养晦，使父皇不疑，虽然有些生气，但也深知儿子是无奈而为，心里只有叹气而已。

转眼到了端午节。皇上早已回京，下了一道旨意，现南北无事，四海升平，江河安定，百姓乐业，端午节百官放假三日，着礼部议定程序，皇上与万民同乐。

五月初一一大早，皇上就派人给东宫赐礼，两箱五毒艾虎补子玄衣，五把扇子，扇面均是御笔题字，一面是葵榴画面，还有经简、符袋、灵符、粽子、夏橘，给孩子们的五彩长命结、赤灵符、两箱桃柳葵榴树枝、五色瘟纸、虎头白泽。太子嫔张氏带着众人一一分拨，把该挂的都挂在墙上。

五月初五卯初时分，天刚刚亮，太子带着嫔妃和子女们到假山旁去拔药草，太子和太子妃只是象征性地拔几棵，早有人拿杌子坐了下去。这里的药草平时是不需要拔掉的，只等在端午节这天太阳未出之前拔下晒干，制成药品，辟瘟疫功效甚佳。

太子让卜义带人过来折一枝大柳，插于东宫大门，太子做插状，其实是不用管的，但皇宫内不行，这些事必须是男主人亲自动手，有的东西皇上都不能例外。挂好各种枝草，有两位宦官在门里烧化五色瘟纸、艾草、艾叶。烟熏火燎的，呛得朱高炽直咳嗽。

卜义命他们拿过"赤口"（板子），拿过板锤和竹钉，朱高炽亲手在"口"字上钉一个竹钉，以示再无口舌。当然想钉结实，还得中人们去用力钉实。刚放下，张瑾带着众嫔们走了过来，给太子福了一下，把道理袋和香囊给他戴上。

张瑾问卜义："还有没穿五毒补服的吗？怎么剩了这么多？"卜义派人去查看。众人跟着太子到宫里给皇上和贵妃请安，而后随皇上去奉先殿拜祭祖宗。太子带着妻子儿女回到东宫吃卤水蛋和巧粽，然后代父皇去陈家桥主持龙舟赛，没等开奖就回到宫中，大校场还有"斗力"。

皇上酷爱射柳，几年来，"斗力"一项就变成了射柳。朱高炽回到后苑大校场，都已准备停当，幸好天上有云，不是太热。左右棚已分开，左棚是英国公、右军都督府都督张辅，右棚是宁阳侯、左军都督府同知都督陈懋。朱棣端坐居中，右边是朱高煦及其世子瞻圻，左边位置空着。朱高炽知道那是自己的位置，过来给皇上见礼，坐下。朱瞻基跪下施礼，也坐了下去。

金忠在校场阅台上指挥，旁边柳枝上的白点一闪一闪的，像是夜间的星星。照往例，兵部尚书或鸿胪寺宣布规则。金忠站在台上，宣布："皇上有旨，今年不设鹁鸽，在校场白线外射中柳枝白点，并能接住，即为胜，皇上赐锦袍一袭。"

皇上这几年就不参加了，他的眼神已大不如从前，那么小的白点很难看见，依例由太子先射。太子也不换衣服，皇上知道，他一直在忙，腾不出时间去换衣服。

有人把马牵过来，他一点一拐地走到马身边，突然飞身上马，大家一愣，而后是大声叫好。只见他手执大弓，纵马奔驰，跑过三圈，抬手一箭，柳枝应声而掉，众人欢呼。他不敢停留，纵马去接，马到跟前，树枝未落，马已冲了过去，再回头时，树枝已落地，监靶官拔箭，射穿而断，众人喝彩。

金忠道："太子爷英勇神威，可马太快了，遗憾了，未能获袍。"朱高炽手持大弓，环场策马一圈，一点一拐地归座。下一个是皇太孙，动作完美，一气呵成。大校场上鼓声擂动，欢呼声一阵压过一阵。下一个是朱高煦，自然也是拿得锦袍，众公侯驸马射完后，是锦衣卫都指挥使胡纲。锦衣卫千户庞瑛、王谦都下场助威。

胡纲已秘嘱二人："本总故意射不中，你们就喊中了。"在这些人中，胡纲可以说是射柳第一人，他骑马跑了三圈，张弓一箭，又跑过去接柳枝。众文武都认识他，不认识从装饰也看得出来，五梁冠、飞鱼服、绣春刀，就知道是锦衣卫的总镇。

　　王谦和庞瑛喊道："射中了！"大家齐呼"胡将军"，战鼓咚咚，喝彩声一浪压过一浪。朱瞻基刚要站起来，朱高炽摆手。他看了皇上一眼，还是满脸笑意地观看，胡纲拿到锦袍，披在身上，纵马跑了两圈，众文武齐呼："胡将军！"朱高炽心想，他的日子到头了。

　　到了午时初刻，朱高炽回到东宫。宫里已经等得心焦了，需要晒书，必须等主人拿出第一本书才可以。朱高炽不计哪本，拿出来放在外面几上，就往客厅走去，中人们把书按顺序拿到外面。他知道张瑾也在等他焚旧药、送瘟神呢。

　　张瑾看他极力绷着脸，说："爷，臣妾是你老婆，有高兴事就说出来、笑出来，绷着脸有什么意思！"

　　朱高炽说："毕竟是老夫妻了，岂能瞒得过你！天要亮了，中午要吃几杯好酒，端午节嘛。"说得没头没脑的。

　　次日，朱高煦紧急把朱瑞和王进叫进府，把射柳的事情讲了一遍："这胡纲，求死唯恐不速，现我们要撇清和他的关系，做好应急准备。"

　　朱瑞吃了一惊，这胡纲四下树敌，真想不通他为何如此。这拙劣的指鹿为马，岂能瞒过皇上？遂道："殿下，为今之计，把和胡纲私下里来往的所有信件全部烧掉，把训练营转移。"

　　王进说："烧掉往来信件是应该的，至于训练大营，他并不清楚，现臣疑惑，解缙之事，皇上为何没有深究？这不是什么难查的案件。"

　　朱高煦说："信件由你们二位亲自烧掉。解缙之事可能我们也掉进了胡纲的圈套。他来府里请示之前，已有皇上旨意。"

　　朱瑞说："不是王爷说，臣哪里会想到，这胡纲是一件事买几面好。王爷，这胡纲留他不得。"

　　王进说："谭之，不可。他树敌太多，平时护卫极严，根本无从下手，倘若硬生生地杀掉他，定会被追查出来，反为不美，先走一步看一步吧。"

　　朱高煦叹了一口气，说："也只能如此了，看看朝局再说吧。"

　　就在他们说话的当口，皇上也和金忠、道衍密谈。道衍进宫谢皇上赐金唾壶，又是端午节，前来问安。金忠知道所议何事，只是不先张口。

朱棣说："昨天之事想必两位先生都知道了，这厮也太胆大妄为了，竟敢当着朕和文武大臣的面指鹿为马。朕在想，解缙之死，周新之死，都和他有关，他究竟意欲何为？"

金忠说："皇上，现杨溥在诏狱，老臣担心走周新老路。"

皇上听他说周新，避开了解缙，知道一些事情堵不住天下悠悠之口，问道："现杨溥在诏狱里，每日都做些什么？"

金忠说："皇上，说来惭愧，自从他们下狱，老臣未得皇上旨意，并未敢去探视。只听张昶说，每日不计茶饭，也不怕刑讯，只是读书，自掏银子买蜡烛，有时通宵达旦。张文博说从未见过如此之人，心中无畏且胆识过人，他说见识了文人的风骨。"

皇上说："不行，这样的直臣，不能死在诏狱里。但朕不能放他出来，这你们应该明白朕心。世忠，你先给胡纲递个话，好生看视黄淮和杨溥，都住单监舍，不准提讯，允许其在监中读书，张昶归京后赶快告诉他。"看金忠点头，皇上问："大师，这胡纲是要谋逆吗？"

道衍轻蔑地一笑，说："皇上，就凭他胡纲！老衲以为，他背后有人撑腰。圣上只与臣和世忠商量，说明心中有数。是时候了，皇上应乾纲独断。"

皇上明白他所指何人何事，点点头，把脸转向金忠，金忠忙道："陛下，臣已查实，那天胡纲确实带铁爪进殿，就是那把铁爪打伤薛禄。老臣愚见，别让他累了好人，先安排妥当再对其下手，明正典刑。"

皇上气得脸色大变，气哼哼地说："世忠，赶快办，这种小人不能让他久居庙堂。你们跪安吧。"二人告退。金忠直接去了锦衣卫去关说杨溥。

当日下午，朱棣把朱高煦找来，其他事一概不谈，只说封藩："高煦，永乐朝已十几年了，太祖高皇旧制，诸王须就藩，这么多年，你就是不去，让朕如何面对百官、面对宗室？就因为你是朕的儿子？朕这不是明显护私吗？"

朱高煦说："皇上爱子之心，儿子深切感受，只是云南去国万里，烟瘴之地，且民风不古，不遵王化。儿臣就藩，恐难久寿。"

朱棣听得明白，这明明是气话，也只作不懂，说："云南是远些，朕把你封在青州，那里有现成的王府，朕再派人修缮，再给你加一护卫，择日就藩吧。"没有商量的余地，朱高煦没敢再回口，那可就是抗旨了，旁边可是有记起居注的，不情愿地说一声"遵旨"，跪安而去。

眼见五月就过去了，朱高煦还没有就藩的意思，朱棣十分生气。这天和金忠、蹇义、杨士奇议事。朱棣试探地问一句："蹇义，你是老实人，朕问你，汉王平时如何？"

蹇义答道："回皇上，臣不大和汉王爷交往，不太清楚，请皇上恕罪。"

皇上明白此话深意，又问杨士奇，他回道："皇上，我们做臣子的，不能妄议天家，再说，百官即使议论，也不会在臣等人面前议论。"

这话朱棣听得顺耳，说："那你自己的见解呢？"

杨士奇说："臣本不该妄加评论王爷，然臣窃以为，两次封藩皆不就，这不惟失人子孝道，也有悖朝廷礼法。"

第五回

▼

皇宫奏对云开雾霁　金华遇袭险象环生

金忠在旁边听到，内心佩服，这才是大家。皇上从来没认为他是太子党，平时哪边也不偏护，关键时刻，只这一句就足可以击败对方，这人将来前途不可限量。

朱棣若有所思，让二人跪安了，然后对金忠说："世忠，现在说不得，这个胡纲不能再等了。高煦这样，朕也没办法，看他的造化吧。你可是早有计策？"

金忠说："是，天下圣明不过皇上，臣有欺君之罪，请皇上恕罪。"

朱棣说："世忠，都什么时候了，讲就是了。"

金忠说："皇上，陈进确实留下一个本子给周新，周新感到危险时留给了薛苁。"

朱棣疑惑地看着金忠，怒了："金世忠，你事主不忠，为何才告诉朕？"

金忠跪下说："回皇上，薛苁这次回京告诉臣的，他偷偷问臣，要不要告诉皇上，也是臣阻止的，臣只怕这里面涉及好人，惹皇上生气，有伤龙体。"

朱棣怎能不知他的苦心，"起来吧，太子是否知道？"

金忠说："回皇上，太子不知道。老臣以为，以太子为人，就是知道也会压下的，皇上有所不知，太子爷为不伤及他人，压下了许多事情。"

皇上脸色变霁，心想，哪件事他都知道，只是拿不到桌面上而已，说："速派薛苁进京，让张升去，带一总旗精壮军士，护送回来，他很危险，你现在就去安排。"金忠走到乾清门，让人去找张升，让张升换上便装，带一旗人马去金华接回薛苁。

薛苁是个聪明人，他知道兄弟之争，他是不折不扣的太子党。原来默默无闻，无人理他。现在薛苁推行新政，朝野尽知，又有东西在自己手上，他觉得这东西一定和汉王有关，早晚会查到自己身上。推行新政又得罪了谷王，危险随时可能来到。

他自己虽有一身功夫，可双拳难敌四手，现连环弩、四眼火铳、手雷弹，随时会要了自己的命。家里人不用担心，都在京师，金忠定会保护。钟祥已下令金华卫指挥，有一队军士晚上在官宰巡夜。他心里有数，知道哪个人是要他的命。姐姐的惨死历历在目，他虽然年轻，多少年刀光剑影，什么事都经历了。

他让尉迟逊带人去巡视抢收夏粮，这几天是难得的晴天，让他去督促，也怕住在官衙会殃及他。他每晚在自己官宰里待到戌正，就去尉迟逊房间里睡，枕边放着手铳，压着铅弹，把佩剑放在床边。把油纸包就放在大堂的海水江崖牌匾后面，他知道越危险的地方越安全。他想着这一些事，蒙眬睡去。

只听接连几声巨响，他拿起武器，一骨碌下床，躲在角落。只见外面一片火光，他知道是自己的下处着了，卫司的军兵很快跑了过来。火不大，几盆水就浇灭了。

他们大声喊着太尊。薛苁从阴影里走出来说："本府在此。"军士们跪下，说："一定是有人扔了手炮。"在火把的照耀下，薛苁看自己的屋舍炸得一片狼藉。

薛苁说："查点一下你的人，一定是少了两个。"旗长点验，果然少了两个人。薛苁下令去找，在衙门外几十丈远找到了两具尸体。

这个旗长掉下眼泪来，说："大人，这回去如何交代？"

薛苁大喝一声："还交代个屁！今儿个你们都活着，真乃万幸，这两个人是内应，懂吗？笨蛋！就你们这尿蛋兵，给爷提鞋都不配。"

众军士才发现今晚他的打扮，一边挂着宝剑，一边挂着四眼手铳，才知原来是一武将出身。旗长说："大人，卑弁看过了，只是卑弁糊涂，这两个人和大人无冤无仇，为什么要下这样毒手？"

薛苁说："说你笨吧，你不爱听，本府的下处外人如何得知，这么多房子，如何能找到？只是你这两个兵比你还笨，以为发财了，哪知被人灭了口。"

这个旗长惊得半天说不出话来。早惊动了巡夜的，跑过来一队军兵，看了一会儿，派人去卫司报告。薛苁知道，这么耗着无出头之日，必须做个了断，回京见皇上。他是一个有主见的人，拽扎停当，找出油包，在室里坐到天明，任外面闹翻了天也不动。

待到天亮，到开城门的时候了，他悄悄地牵出马来，也不带伴当，走官道，向京师奔去。他不敢走水路，恐被暗算，走陆路，他功夫在身，宵小之辈自然不在话下。他刚出城门不久，马就把一个挑担的人给撞了，那人是躲开了，把那人挑的担子踩得粉碎。他恐怕有诈，也没敢停，照旧往前走了。可马就是原地打转，不肯前行，无论他怎么吆喝，马就是打着响鼻儿不走了。过了片刻，突然发出一声痛苦的嘶鸣，卧倒在地，险些把薛苁甩下马背。

他忽然明白了，那个挑担子的人，果真有诈，担子里有铁蒺藜之类的，伤了马蹄或马腿。看那个挑担子的人，站在那里嬉笑。薛苁压住怒火，心里明白，他绝不会一个人，得赶紧脱身。于是也不理那人，从马背上摘下搭背和武器，从官道上往前跑。其实官道往西有一片树林，大概有几十丈，他一闪念头，想跑过去，后又打消了这个念头，官道人来人往相对安全，无论何人，总会有些顾忌。

后边的那个人打一声呼哨，用手放出一颗钻天猴，这时他身边早已多了两个人。三个人朝薛苁走来，薛苁拿出连环弩，扣动搂机射出五箭，两个人躲过，一人中箭，不敢追了。薛苁正要逃走，前面早有几十人挡住去路，都蒙着面。薛苁知道，前面他们是一定留人把行人挡住了。

薛苁从腰间拔出手铳，他知道这些人最怕手铳的声音，他们唯恐惊动官兵，这里离城不到十里，自己坚持半个时辰，官兵就会赶到。他哪里知道，金华城已乱作一团，出了这么大的事，杨侗调集兵马，寻找太尊，行文杭州，报告情况。这些人还以为薛苁会有护卫，一看孤身一人，都有恃无恐，抽出刀剑，围了上去。

薛苁知道他们不敢放铳，但怕他们放箭，一步步后退到路边的大树旁，看围得够近，抬手放了几铳，放倒了两个人，然后扔掉手铳，这东西是好，只是装填火药和铅弹太费工夫。擎出连环弩，这是太子赐给的，可连发十五弩，还可控制数量，最少五箭。这么多贼人，一箭一个，箭也不够，他们不会给他装箭的机会。

他看出了这些人的来路，姐姐就惨死在这些人手里。遇到他们也没有了生还的希望，新仇旧恨，此番以死相拼也值了。他非常有头脑，知道这不是简单的人，是二王爷的人。这时已经理清了思路，一件件事都和这朱高煦有关。想要自己的命定和这件文案有关。他靠着树干，连发几箭，又放倒几个，这些人只是不停，围了过来。他又发出几箭，射杀了几个人，而后擎出宝剑，直接朝这个头目杀去。这些人队列整齐，训练有素，马上又有几个人从侧翼冲出来迎战，为首的低吼一声："射死他！"

众人面面相觑，因为有四个同伙在和薛苁斗着，他又说一句："射死他！"声音低沉冷酷。众人拿出连环弩，一阵连发，早把伙伴射倒了两个。这些人都是高手，但和薛苁比起来就显出不足。薛苁虽然年轻，但十几岁就杀人，久经战阵，经验自是老到。那两个人一看不论敌友，只是射箭，也很生气。

薛苁喊道："想活命，拨打羽箭，别刺我。"两个人醒过腔来，拨打羽箭。正在这时，一阵火铳声响，贼人倒下几个。他们一愣，但丝毫不慌，分出一些人去截击，来人是张升和他带的一旗士兵。他们远远就看到响箭（钻天猴），顺声赶了过来，看行人都被拦住，知道不妙，听到火铳声，想可能是薛苁出事了。

张升看是薛苤，大喊："子谦莫慌，我们来援你。"薛苤大喜，精神大振。张升带的人多，又有火器，不到一刻钟胜负立判，贼人"呼哨"一声，撤走了。丢下了近二十具尸体。

薛苤控制住了那两个人，张升走了过去，说："薛苤，你为何不在官衙，独自一人在这里？"

薛苤略略讲了一下，问道："张将军，你为什么在这儿？来浙江有何公干？"张升就把经过讲了一遍。两个人唏嘘不已，也不回城，骑马从陆路回京师，一路还算顺利。

二人进了京，不敢停留，把这两个贼人押到刑部。薛苤直奔兵部，见到金忠，金忠同他一起进宫。皇上在谨身殿的书阁里，二人见礼毕，薛苤就把这里发生的事情原原本本告诉皇上，把周新留给他的文案交给了朱棣。

朱棣赶紧接过去，迅速读了一遍，面色灰白，瘫坐在龙椅上，示意金忠拿过去，王珉过来拿给金忠，金忠读着，脸色越来越凝重。皇上回过神来，问薛苤："薛爱卿，你可曾看过？"

薛苤说："皇上，微臣是何等草料，敢乱看东西。这周大人用身家性命保下来的东西，臣万死也是不敢看的。"

金忠忙说："皇上，薛苤虽年轻，却颇知法度，更知轻重，断不会……"

皇上说："好了，朕之意，子谦若是看过，就一起参详，若还没看过，看看就是了。"

薛苤说："皇上，臣违旨了，就不看了，皇上有什么话，吩咐臣就是了，臣水里火里，效命就是。"

金忠说："皇上，目前薛大人的安全是第一位的。"

皇上说："世忠提醒得极是，把张升叫进来。"

张升进来，见礼毕。朱棣说："文起，你这次差事办得好，若你不能及时赶到，恐怕要出大事。"

张升说："回皇上，臣不敢贪天之功窃为己有，皇上庙堂圣算，未出宫门而知子谦有性命之虞，真乃运筹帷幄之内而决胜千里之外，臣万不及一，由衷佩服。皇上，宣臣来，有何旨意？"

朱棣听这几句奏对，心情略好了一些，"君臣同心，还怕那些跳梁小贼！薛苁的府上就交由府前卫保护。前些日子，朕命你派兵，有多少军兵护院？"

张升说："回皇上，上次是一小旗，现臣派一总旗去护侍，不知皇上圣意如何？"

皇上说："文起，你是办老差的，朕要问你一句，你的兵是否可靠？"

张升知皇上之意，含蓄地说："回皇上，极可靠，只听命于皇上。"

朱棣说："那好，你就调两总旗，一会儿朕下旨意，你去宫里御马监和兵部办理调兵勘合，找最可靠的人随身护侍。记住，张升，出了差错，夷你三族。"

张升和薛苁跪安，去调兵。书阁里只剩下君臣二人，沉吟片刻，朱棣问："世忠，朕问你，浙江粮仓一事你早就知道吧？"声音不高，但极具威压力。

金忠自有他的办法，跪下奏道："通过分析有所了解，只是没有实证，不敢妄言。"金忠心里清楚，这些事，火烧大仓、火器库，一万引盐，张勇沉船，哪件事皇上不清楚哇？但是朱高煦的那几条，招纳亡命不隶兵部，虽有些了解，没想如此严重。

金忠说："皇上，当务之急是乾纲独断，杀伐裁断，全凭皇上。"

皇上说："胡纲胆大妄为，下旨令三法司逮治鞫问，籍没全家。"

金忠说："皇上，目前还不能轻动，只需要有人上一份奏章，就擒之有据了。"

朱棣说："言之有理，这个等朕来处理，拟旨，命盛仪进京。"

次日早朝，宫中御马监大太监王珉有奏章，弹劾胡纲许多不法事。大家听后，目瞪口呆。皇上没等说，早伴着细乐离开了。

众人散朝，胡纲边走边骂，要查出这个阉竖，籍没其家。一路走去，骂声不绝。可一点作用没起，当日下午，通政司人流不息，都是奏章，都一个内容，都是胡纲不法之事。次日早朝后皇上留下了金忠和朱高炽，把这些奏章拿给他们看。

朱高炽说：“父皇，这种不法之徒，忝列士大夫，若不申以纲纪，何以德服宇内？朝野内外，莫不翘首以望，望父皇乾纲独断。”

朱棣点点头，“这胡纲也算是恶贯满盈，你们都说说，怎么处理？”

金忠说：“皇上，这么多奏章雪片似报来，通政司里胡纲耳目众多，不可能没有耳闻。倘若为其所闻，有所准备或转移赃产，或作困兽之斗，反费许多周折。还有一件事，臣不敢不报，文起押解回来的两个贼人被胡纲打死了。”

朱棣大怒，“自作孽不可活。太子，你是什么意思？”

第六回

▼

诏狱修读心无旁骛　胡府籍没富可敌国

朱高炽回道："回父皇，为今之计，先令都察院依照众位大人所劾奏，一体擒拿，籍没其家，再由三法司鞫审，此为万全之策也。"

朱棣点点头，问道："张昶回京否？"

金忠说："回皇上，回京三天了，行人司已销了牌票，还没有皇上恩旨陛见，也就未上早朝。"

皇上说："朕倒忘了，赶快宣他递牌子，让都察院的虞谦和王彰来见朕，让金纯也进宫。大理寺现还没有掌宪的，让袁复来吧。"

金忠说："皇上，都察院和大理寺都没有掌宪的，蹇大人上过奏章，也曾面奏皇上，皇上口谕再看看。"

朱棣说："是啊，朕都记得。都察院有这两位副宪可以，但大理寺不行。让蹇义早早选出。"

朱棣问："高炽，你给朕说实话，你二弟做的事情，你是否知情？"

朱高炽答道："回父皇，知道一些，也曾训诫过，只是不知道有什么大的出格之事。二弟胆子大，难免做一些不法事情，但还不至于有其他事，这儿臣可担保。"

朱棣哼了一声说："高炽，身为储君，须刚毅果敢，一味讨情护私，国家公法何在？如何担得下这万里江山、亿兆百姓？”朱高炽不敢回嘴，只是含混地答应着。

金忠道：“皇上，老臣斗胆驳皇上一句，纵观历史，何曾见过太子爷这等仁德之人。据老臣所知，太子爷心里清明，只作不知，盼其能幡然醒悟，免兴大狱，伤及天家骨肉。皇上有此太子，国家有此储君，皇上之福，万民之幸也。”

朱棣这话听得太多了，大多数是金忠、道衍所言，并不以为意。这时众位大臣鱼贯而入，见礼毕。皇上也没让平身，让黄俨把奏章拿给他们。虞谦翻看，有御批，只几字：“着都察院彻查。”

虞谦说：“皇上，臣把奏章都看了一遍，确是骇人听闻，臣忝居副都宪之职，却一无所知。微臣昏悖，请皇上重重治罪。”右副都御史王彰也磕头请罪。

朱棣说：“尔等风宪官员，专责纠察、弹劾百官，辨明冤屈，提督各道，整饬朝廷纲纪。自古就有大事裁奏、小事立断之权，所奏之事，尽可风闻奏之，朕何曾罪之？看胡纲圣眷正隆，气焰正炽，你们风宪之官，便畏首畏尾，朕不曾看过一道奏章。风宪各道、六科竟无一人发现其不法乎？王彰，看看你们的服饰，为何不同于百官，只为獬豸之兽，不畏强权，敢用独角去触翻天下不平讼狱，你们对得起这身官服吗？”这一通无名火，大家屏气凝神，谁敢出声？金忠也跪了下去。

虞谦心下委屈，胡纲不法之事，由来已久，他才到都察院不满一年，又是副宪，有何能为？况皇上心里更是清明，只是装糊涂而已。胡纲气焰灼天，大多由皇上纵容，百官哪个不知？只凭几句话就能堵住天下悠悠之口？虞谦想是想，怎敢讲出来！刚要说话，王彰先说了：“皇上训诫得极是，只是虞大人到都察院时间尚短，是臣失察，恭请皇上治罪。”

朱棣说：“不说这个了，朕不是也没有发觉吗？眼下要紧的是擒拿胡纲和一干人犯，由刑部和你们一起去拿人，而后三法司审谳。”

金纯叩头道：“皇上，老臣请旨明示，锦衣卫的可用刑否？”皇上说：“那是你们的事，金大人，这事由你牵头吧。”只有他是尚书，其他两衙都无总宪，这金纯也心知肚明，说："皇上，三法司审谳时，依例要有人坐纛，有时是御审，微臣请旨。"这是在提醒皇上。

皇上沉吟一下，说："金大人说得是，是朕疏忽了，就让太子坐纛，在都察院会审，朕也会去旁听的。记住，不管涉及哪个，都不能护私，否则，朕要治罪的。你们跪安吧。"四个人拿着圣旨跪安而去。

朱棣说："文博，这次北京的差事办得不错，急着调你回来，想必你也都知道了，你现在速回衙门，先署理指挥使之职，朕曾说过，文博是正经人。切记，拿不到台面上的事情不要为之。这胡纲不可谓不忠，只可惜如此肆意妄为，朕就是有心救他，也是力不逮心哪。张昶，记住，天下非一人之天下也。"

张昶说："皇上圣谕，微臣誓死不忘。胡纲所为，臣所不齿，定不会学此不良小人，皇上若无训谕，微臣告退，安排人接管衙门，以防有失。"

朱棣满意地点点头，说："文博，杨溥在诏狱每日读书，朕也有过安排，不计哪天，让太子代朕去看他，你一定要保证他的安全和食宿。"张昶尽管理解不了，还是应着，准备跪安。

金忠说："皇上，臣有疑虑，锦衣卫素来骄横，根本不把三法司放在眼里，卫司将士介于良人（军兵）和不良人（官府衙役）之间，好习惯早已无存，倒把这两类人的坏事都学会了，金纯大人他们恐难制约。老臣之见，太子爷应当亲去，老臣陪侍方可无虞。"

朱棣说："是也，世忠，不要跪了，拟旨，和文博你们一起去。高炽，你可正好去看看杨溥。"

太子说："儿臣领旨。"

朱高炽等人带兵到了锦衣卫衙门。金纯带着青衣和锦衣卫官兵正在对峙。虞谦说奉旨见胡大人，锦衣卫就是不让进。千户王谦、庞瑛手持绣春刀，军兵们杀气腾腾，地上还有血迹，显见已经有过打斗。三法司官员们看到太子爷的车驾，都过来行礼。虞谦报告了发生的事情，都察院的一个吏目硬闯，被王谦砍伤。

锦衣卫看到太子来到，愣在那里，张昶骂道："兔崽子们，没看到太子爷呀，快去通报胡总镇接驾。"早有人飞跑着报了进去。

庞瑛带人跪了下去，太子也不搭理，带人径直朝里走去，胡纲也迎了出来，跪下去恭请圣安，太子虚扶一下说："进去接旨。"走进签押房，金忠宣旨。

胡纲早有准备，脸色倒也平和。自己摘下五梁冠，脱卜飞鱼服，解下绣春刀。皂吏上前锁了，他给太子磕了头拜了四拜，又走到张昶前深施一礼，说："文博，本总去了，望你好好看视兄弟们。"

张昶还了一礼，说："无罪者，本将必保，有罪者，自有朝廷法度，恐无能为力，还望大人见谅。这王谦和庞瑛就在擒拿之列。"胡纲说声谢过，被押上囚车。

金忠说："张将军且升公座，处理公务，这是当前最要紧的。"张昶知道金忠之意，要弹压住军士们，恐有不虞，张昶领命。

朱高炽问道："派人去胡府了？"

金纯答道："已派去了，先把府上围住了。臣等押回人犯，即赴府上。想必太子爷也去吧，臣等到那里安排妥当，只等太子爷了。"

朱高炽点头说："好的，你们先去。约束好兵士们，本座过半个时辰再走。"众人告辞。

张昶早已命人把杨溥提了出来。见礼毕，朱高炽端详一下这位老师，气色不错，在诏狱里每天面对的是臭味、蚊虫和凄惨的哀号，他一概充耳不闻，只是读书，手不释卷。胡纲也十分敬重，皇上又有旨意，单室关押，衣食倒也不缺。

朱高炽看他气定神闲，心下佩服，说："杨先生，气色不错，在这人间地狱，尚能如此，学生着实佩服。今学生到此看望先生，不知有何事教我？"

杨溥说："太子爷言重了，罪官戴罪之身，怎敢承如此谬赞？只是罪臣秉承程朱理学，穷通得丧、死生、忧乐，一听于天，只因世事纷扰，不能静而读书。今有空闲，正可细细体味。"

金忠说："杨先生如此豁达，金世忠佩服。太子爷得先生教诲，收获良多。下官听说你前两年收得一徒，可有此事？"

太子明白金忠之意，想让自己多多学习这些理论。杨溥说："金大人所言不虚，此人吴有弼，天资聪颖，出口成章，曾遍访名师，学有所成，三坟五典，八索九丘，无不精通。只是不喜欢举业。太子爷知道，世人皆以举业为根本。而有弼，'四书''五经'极其精通，却不科考，偏要和罪臣习学程朱理学。其父也是金大人相识，是国子监司业吴哲。"

金忠点头，杨溥的话他爱听，他未参加过任何科考，连秀才都不是，说："原来是吴司业的公子，难怪有此学问，吴哲令其子拜先生为师，可见对杨先生极是推崇的。下官也多次读过先生的诗文，虽传于程朱，又有新的见解，只是下官老了。"

朱高炽听出话外之音，忙道："杨先生多年来不以学生愚陋，悉心教诲，只是先生的道德文章虽天下闻名，只是言辞深奥，无人解析，实是难窥大道。"

杨溥说："太子爷礼贤下士，世人皆知，可劳烦金大人请吴哲，让他的儿子与太子爷论道，岂不省事？"

朱高炽大喜，说："多谢先生提点，本欲多些请教，只是此番前来，有皇命公差，不敢耽搁，就此别过，有事只管让文博传话就是。"在衙门上辇，直奔胡府。

到了胡府，卜义说："太子爷，尹昌隆大人在门口候着呢。"

太子说："让他来见。"尹昌隆疾跑几步，到车辖前跪下施礼。太子一看这做派，知道不是皇上差来的，心下诧异，问道："尹大人，也派了差吗？"

尹昌隆说："是吕大人告诉臣的，说我要没有别的差事，就来帮一下太子爷。"

太子倒没什么，金忠不免狐疑，说："尹大人，吕大人让你如何帮忙？你自己来的？"

尹昌隆说："回金大人，吕大人让下官来帮忙清点，还让臣带着一个员外郎和一个主事。"表面看也没问题，尹昌隆担着东宫属官，平时多数时间跟着太子，可又带着两个官员何意？金忠叫过卜义，嘱咐了几句。众人走进府去，三法司人都来见礼。

虞谦报道："禀太子爷，人都圈了起来，不论良贱①，一共一百九十七人，现有六人在外地办差，其余都在。男犯锁在前进院里，女犯都锁在后进院里，只等太子爷，即可抄没。"

朱高炽看了一眼，军兵和皂吏们摩拳擦掌，等得心焦。他看了一眼金忠，金忠明白，强调几句："你们几位都是办老差的，不用太子爷再说了。不准侮辱女眷，更不要上头扑面抢首饰，不准砸坏东西。最主要的是，有私藏者，一律法办。太子爷，你看可以吗？"

太子爷心下明白，这几句话能管什么用？只抄这一次家，这些不良人便可半生富贵。他也只作不知，点头而已。

王彰把各衙门的领队召集一起训诫一次，强调说，离府前每人要搜身方可离开。领队们宣讲一番，这些不良人如狼似虎地冲了进去。足足折腾了一天，午膳在府上大家将就一顿。正是盛夏时节，天黑得晚，到了酉正时分，才登记完毕。

太子带着金忠、尹昌隆拿着账册回宫缴旨。皇上正要用膳，让黄俨给每人上一份，简单用了一些。几个人又重新给皇上见礼。朱棣展开抄单：宅子三座，房子一百四十二间。庄子四处，田一千二百四十顷，粮二万七千零四石，盐三千二百一十四引，胡椒一千五百二十一斛，钞一万零五百锭，钱四十二万五百缗，银六十四万七千零六两，金五万二千三百两。古玩、字画、珍珠、翡翠、玛瑙等不计其数。

朱棣看罢，倒吸一口冷气，心下骇然。这算起来足可抵北方四个省一年的收入。看太子等人面无表情，知道他们心里早都有数。

太子说："父皇，儿臣是否宣郭资？"

朱棣说："慢着，让朕想想。世忠大人，朕想不入户部。"

金忠知道，自永乐朝籍没家产的，还没有这么多的。皇上一时也吃不

---

① 古时称呼，主人为良，仆人为贱。

准，听皇上这么讲，他以为要入内帑，说："全凭皇上做主。"

朱棣听他口气，似乎不以为然，知道是误会了，笑着说："世忠大人，今早接到张辅奏章，陈季扩已平，不日就将班师。南方用银处少了，朕想把这些籍没东西，不入京师户部账册，直接发往北京，让夏原吉保管，以备边患急用。"

金忠不好意思地笑了一下，说："皇上，老臣惭愧，以小人之心度君子之腹。以为皇上要归内帑。皇上圣虑，非臣能及，此高屋建瓴也，臣领旨。"

第七回

▼

汉王事败恐陷图圄　太子施救波谲云诡

朱高炽说："父皇，胡纲家人如何处置？儿臣请旨。"

"先圈着吧，等审谳明白，再处理。一会儿让杨荣拟旨，明儿个早朝公布审谳官名单。朕就不明白，他府上怎么会有这么多人，还有阉竖，这太匪夷所思了。还有，尹昌隆，你说有龙袍，你看真切了？"

尹昌隆说："看得真切，看上去应该是由亲王服改制的，衮冕还是九旒的。"

金忠说："皇上，胡纲也没那么大胆子，想必是那年去晋王府抄没，私下扣留的也未可知。"

朱棣点头，问道："尹昌隆，你们吕部堂真是不错，把你差去协理，你们那两位官员呢？"

尹昌隆一天听到两问，金忠问过皇上又问，感觉这里有问题。回想一下，也觉得可疑，遂道："吕大人只是对臣讲，去协助太子爷理账，至于给那两位官员什么差事，臣不知道。只是看他们一直在找，不知道找什么东西，最后空手走的，不知到底是不是。"

朱高炽说："父皇，儿臣以为定是信件之类。胡纲气焰极盛，虽官居三品，但尊贵不下亲王，哪个不巴结？这也难怪，还请父皇不要深究。"

朱棣离开御座，来回踱了几步，点点头说："高炽言之有理，这些朝中大臣，张口儒家，闭口理学，讲起祖制口若悬河，倒背如流。只要朕稍有偏离，奏章就如雪片一般。而他们自己呢，有的道貌岸然，有的事主不忠。更有甚者，寡廉鲜耻者也忝居庙堂。"说完自己先笑了，大家也都笑了。

黄俨来报："郭资递牌子求见。"

皇上几人对视一眼，朱棣说："鼻子够灵，是给朕打擂台的。宣。"

郭资进来，见礼毕，说："皇上，臣上的几个奏章，还未见皇上批复，进宫来请旨。"

朱棣说："郭爱卿，奏章朕正在看。只是山西这两条河年年修，年年决，这次简直是狮子大开口。你是拿银袋子的，你说说，怎么裁处吧？"

郭资说："臣也一直不解，要这样河工一年一修，全国各省大江大河每年的赋税银子都填进去了。皇上把黄直的奏章批给臣，臣也知道交趾新定，急需赈济，可巧妇难为无米之炊，臣已调拨湖广二十万石发往交趾，这杯水车薪哪。"

朱棣说："郭资，你处理得不错。别绕弯了，你让朕如何帮你？"

"皇上圣明，臣是筹粮筹银的，若维喆大人在京，自有他老人家筹措，即使臣等筹措，断不能让皇上失望。微臣听说，胡纲抄家，只管钱和银就有近二百万两，臣在等入库。说话天就黑了，没见有人来对账，只好见驾。"

朱棣笑了说："郭大人，这次恐怕让你失望了。朕已决定，此番抄没浮财，不入户部。请郭大人去处理宅子和庄子吧，但也要等审谳过后才可以。"

郭资一听不高兴了，说："皇上，微臣说话不会拐弯，臣也知道，未经三法司鞫审，不能擅动抄产，只是想周转一下。但听皇上之意，是要归内帑，臣不敢苟同。天子富有四海，普天之下，莫非王土，可内帑府库每年自有定制，以皇上圣明仁德，断不会做出让天下臣民失望之事。"

朱棣心里有数，因而并未恼怒，说："世忠，你看看，还不等朕把话说完，就讲了这一堆，这要是在前朝，这么给人主奏对，有夷族之祸。郭资，朕说归内府了吗？"

金忠赶忙把皇上的意思告诉了郭资。郭资不赞成，也没办法，只说一句，那也得在户部走账啊，然后悻悻地告退了，弄得朱棣哭笑不得。

次日早朝，杨荣宣读圣旨，差太子、虞谦、金纯、袁复共审胡纲，并让人把胡纲家抄没的文札、信件等放在乾清门前，一把火烧了，众臣高呼万岁。等太子用过早膳，坐车来到都察院。见礼毕，把王谦和庞瑛都过了一遍堂，没费什么劲，把知道的都讲了。

胡纲上堂，见过太子，也不理其他人，站在那里一言不发。问急了，只说要亲见皇上。一上午草草收场。

汉王朱高煦如坐针毡，他听说薛苏把周新的文袋交给了皇上。现胡纲被拿，家被籍没，显见都是真的。胡纲的信札，今早就被付之一炬。但已过了一夜，皇上是否看过，谁能知道。朱瑞、王进一口咬定，没有书札往来，朱高煦当然不信，这三处市舶司所得银子，皇上追问不止一次，这次胡纲都得招了。

朱瑞说："殿下，臣已派人递话给胡纲，过几日救他出来。"

朱高煦说："你们真的以为胡纲糊涂吗？他是孤王少见的聪明之人，且胆大心细，这时不要存侥幸心理。想多了，让他闭嘴吧。"

朱瑞说："殿下言之有理，只是无处下手，只怕此计难成。"

王进说："殿下，胡纲知道的不多，只是周新这个文札，应是陈进所留，他一直在查我们，必然已有证据。现在，皇上之所以还未发作，是在等胡纲口供，也想看一下殿下陷得有多深。"

朱高煦点头称是，说："敬甫言之有理，倘若真是这样，我等无活路了。二位速速谋划才是。"

王进说："第一，胡纲未必知道得那么明白，贪墨市舶司银子、晋王府细软、浙江卖粮，都可应承。寡人有疾，寡人好货，只会被皇上骂上一顿。但如果兵训营地暴露，事情可就有麻烦了。大王想做一丹徒布衣也难。倘被查实，王爷只推与臣和谭之即可。皇上能以此压服百官，还能真的杀掉自己的皇子吗？"

朱高煦正色道："这话再也休提。二位随孤多年，还不知孤王为人？就是死，也不会无中生有，让他人背锅。只是敬甫提醒了孤王，倘若查实，不用你们说，恐也没有了生路。"朱瑞、王进听完，十分感动。

王进说："殿下，臣和朱大人不一样，臣起于微末，受王爷知遇之恩。臣两位兄长都做过殿下亲兵队长，殿下百般维护，臣敢不肝脑涂地，以报大王？倘若走到那一步，臣也死而无怨，死而无憾。"

朱高煦说："二位与孤倾心吐胆，断不会使二人有事。你二人只是同知和副史，真有事，二人只推不知就是。指挥和长史定会遭殃，这二人又不是我们的人，由他们去折腾就是，孤保住你们二位即可。"

朱高炽把胡纲之意报与皇上。皇上把他宣进奉天殿，让众文武跪候在外面，把胡纲宣进西厅，命杨荣做记录。胡纲倒痛快，把这些年的事情一五一十地讲与皇上。皇上似乎并不意外，尤其是涉及汉王的事情，似乎心里非常清明。把胡纲押回都察院，胡纲清楚，这回没人急着要他的命了。

朱棣让人把蹇义和杨士奇宣进来，见过礼。皇上问："两位爱卿，我今儿个把二位先宣进殿来，是有难决之事。朕上次问过你们汉王最近如何。"

蹇义吃了一惊，为何又旧话重提？他不敢乱答，还是老话，应付过去。

杨士奇说："回皇上，上次臣讲过，臣久在东宫，就是百官知道汉王些许事情，也不会告诉臣的。"

皇上点头，说："那你自己的想法呢？"杨士奇说，"回皇上，臣据实奏禀，皇上不要见怪。臣既不是太子党，也不是汉王党。皇上简拔臣做东宫谕德，这是差使，办好差事是尽忠皇上，报效朝廷，臣不敢懈怠。和蹇大人等辅太子爷以正道，谕其正德，匡正阙失，以此报陛下知遇之恩耳。"

蹇义心下佩服，不单不是党争，反而是忠于皇上。朱棣说："讲得好，接着讲。"

杨士奇说："陛下问的是汉王爷，微臣答非所问，失辞了。臣还是那句话，汉王爷两次封藩皆不就，臣觉得不解，此其一；其二，王爷请的天策卫，不知出于何意，他说过，其所率天策卫，就是当今李世民。满朝文武皆知，想必皇上早有耳闻。臣虽然听着刺耳，怕给皇上添堵，未敢禀明皇上，请皇上治罪。"

朱棣说："士奇大人，朕对你是最放心的，朕不罪你。我们议一下胡纲！"把众官都宣了进来，皇上说："各位爱卿，胡纲早已认罪，朕已命他回去写认罪书。都说说怎么处理吧。"杨荣把胡纲所认之罪读了一遍，因事情涉及汉王，不能传阅。

金纯说："皇上，以大明律，只这一项，私藏亲王衮冕，就够死罪；阉割童男，强抢民女，侵占民田，这又是死罪。恩自上出，请皇上圣裁。"大家心里有数，打蛇不死反被蛇咬，这次无论如何也要弄死他。

大理寺少卿袁复说："皇上，我们审谳明白，王谦、庞瑛都有口供，说胡纲在府上身穿改过的龙袍，把侍妾们分为嫔妃等，也翻牌子。这是大不敬，是谋逆，皇上应明正典刑。"

朱棣说："那是你们三法司的事，你们跪安吧。"

朱高炽本不想插言，看父王漏掉了关键之处，说："几位大人，本座就不去鞫问了，你们拿出条陈，皇上批过就是。只有一点，大家注意：这案子不同寻常，要从速办理，一日一时都拖不得。"

朱棣赞许地看了傻儿子一眼，说："就按太子说的办。"几个人告退，只剩下太子和金忠。皇上已派人去宣道衍大师和薛苡，想一起商量。趁他二人未到，朱棣把杨荣誊写的口录交给二人。二人看了一遍，其实早已知道的。

朱高炽也向父皇求过情了，尽到了兄弟之义、君臣之礼。薛苡先进来了，见过礼，跪在那里听旨。朱棣问："薛苡，周新家人现在何处？"

薛苡说："回皇上，其妻已带儿女回南海了。没有仆婢，回岭南的盘缠都没有，是盛大人和同僚们周济了几十贯钱，派人护送回了南海，据护送的皂吏回来讲，家里只有几间房，已是破败不堪。两个皂吏交割了当地知府，是知府慷慨解囊，说断不让忠臣之妻子受半点委屈。想必现在过得还好。"

朱棣恻然说："此朕之过也，周新是难得循吏，其治下吏治清明，断案公开，几无冤狱。岭南竟有如此豪杰，朕错杀也。"

金忠忙说："皇上不必伤感，皇上有这番话，周新九泉有灵，必会感怀。自古圣贤莫过皇上，此番皇上所言，看史上多少明君，哪个肯认错？老臣为周新庆幸，为大明亿兆百姓庆幸。"

朱棣听着心里舒服了很多，说："令广东布政司按三品俸禄给其妻子，拣一子入朝读书，朕要明发邸报为其昭雪申冤。"

几个人都喊："皇上圣明！"

朱棣说："薛苁，你过两天就回任上，朕派一个有作为而不可夺志的按察使去，有事你尽管去找他。你再歇息两日，朕再派你回去。"

薛苁是极聪明的人，胡纲已服法，皇上仍然不让赴任，此中必有蹊跷。他跟随太子多年，知道有些事是不能问的，告退而去。

道衍大师走了进来，已逐渐显出老态，没有了往日的精气神，刚要跪下，皇上示意太子，太子扶住。皇上说："大师，朕早有旨意，可不随朝，更不用跪。"

道衍正色道："皇上，不论老臣年纪几何，都要恪守臣子之道。自古有剑履上殿，入朝不趋，赞拜不名，那是有功于朝，古今完人也。臣乃山野村僧，如何敢比古人？"硬是跪下去，拜了四拜。朱棣拿他也没办法，赐座，让黄俨上一碗参汤，把左右屏去，又把杨荣的卷宗拿给大师。

道衍浏览一遍，心下骇然，说："皇上，老臣恳请，万不可兴大狱呀。"

朱棣说："朕正拿不定主意，请大师进宫参详，大师以为如何裁处？"

道衍进宫前已经想到这里，假装沉思一下，说："回皇上，老臣愚直，说话重了，也请皇上不要见怪。这二王爷做事，也太过荒唐，神机营火器库都敢烧，那是资敌。老臣以为，尽管荒唐，也不可兴起大狱，以免朝野震动，此其一；其二，皇上常说最欣赏唐朝张蕴古名句：故以一人治天下，岂为天下奉一人？王子犯法与庶民同罪。皇上乃亿兆人主，既不能因私废公，也不能兴大狱。老僧狂悖之言，恭请皇上三思。"这话说得再明白不过。

朱棣心下高兴，朱高炽看有话头，说："父皇，儿臣以为，大师所言极是。这定是下人为图幸进，私下做的，望父皇明察。"

　　金忠也说："老臣也附议，大师之意，这事皇上是要问罪的，但不可兴大狱，恐牵动朝局。另外臣还接大师所言，王子犯法与庶民同罪，还有刑不上大夫。至于如何去做，老臣愚陋，还请皇上乾纲独断。"

　　朱高炽知道二位和自己心思一致，不能兴大狱，也不让朱高煦有翻身的机会。皇上派人去宣朱高煦。儿位跪安。

第八回

▼

张文弼持度救高煦　朱高炽感动放悲声

朱高煦走进来，跪了下来，边哭边叩头，头碰到金砖上咚咚有声，很快额头见红。朱棣大声说："好了，高煦。自从靖难以来，朕对你好言抚慰，勿与你兄长争短长。你何曾听过朕的忠言，一闹再闹，现如今一发不可收。你自己说吧，何去何从？"

朱高煦说："父皇，儿子贪心不足，喜欢女子财帛，从今儿个起，散尽家资，闭门读书。"朱棣听他避重就轻，气不打一处来，上去就端他几脚。把朱高煦吓得匍匐在地，不敢仰视。

朱棣说："你还在狡辩，火烧器械库、浙江粮仓，放龙王炮炸死张勇等，哪个不是你做的？你大兄百般护着，你却屡屡害他。两次下黑手要置其于死地，你们是一母所生，相煎何急！"朱高煦不敢回口，只是哭。

朱棣说："杀掉兵马司指挥使黄维，朕以为只是个意外，不看到胡纲的口录，朕还蒙在鼓里。陈进、周新、薛苁与你何仇，欲置其死地而后快？朕再问你，和徐辉祖战于浦子口，朕对你讲了什么？"

朱高煦抬起头，满脸鼻涕眼泪，擦了一把，说："儿子不敢忘，父皇说，'吾力已疲，高煦鼓气再战，你哥有病，勉之'，不知儿臣记的对否？"

朱棣说："你知朕为何有这句话，是谁拿给朕太子的药方？"

朱高煦一听，十几年前的事都拿出来说，看这关难过了，哭着说："是儿臣拿给父皇的。"

朱棣说："你们真是好手段，朕看到你大哥的药方，难过了好久。后来才知道是一假方，这也罢了。自从朕登基以来，一直有一个传言，说朕对你讲，若得天下，立你为太子。这是何人乱讲？没有你的默许，别人敢讲吗？你这就是大不敬，敢改朕的话。"

朱高煦说："回父皇，这事也是儿臣后来听到的，真的不是儿臣所为。"

朱棣说："你向朕讨天策卫，朕哪想到那么多！你招摇过市，以天策上将李世民自居。李世民何许人也，是杀兄囚父的不忠、不孝、不义之徒。你想杀掉太子，再囚禁你的父皇吗？"

朱高煦膝行几步，抱住朱棣大腿，号啕大哭，"父皇，这一定是有人陷害儿臣，儿臣纵死也不敢有此想法。"

朱棣说："有人？谁？东宫吗？你大哥为你求了几次情，怕朕不允，让你大嫂去宫中求你娘。你的心肠若如你大哥十分之一，朕也不会如此。还有你那几旗死士用来做什么？"

朱高煦知道皇上已查访得很细，但还是不知道具体数目，他思忖着远在福建的府兵，听父皇口气，好像还不知道，遂说："回父皇，儿子怕弓马生疏，私自招募练习弓马的，也不算什么死士，也不过两百人而已，父皇不高兴，儿臣遣散就是。"

朱棣说："你少放屁，你有三卫护兵，演练不了弓马，非得招募不隶兵部的私兵？而且大多是死囚。你和高燧倒是亲兄弟，口气都一样。朕也懒得和你废话，已敕令宗人府朱守肃先把你圈禁在宗人府，审得实了，就回中都吧。来人哪！"

朱守肃带人走了进来，跪下给皇上请安，说："皇上，二弟荒唐，做了不法之事，可自古刑不上大夫，皇上三思。"朱棣也不说话，转过身去，摆了摆手，朱高煦也不哭了，跪着叩了两个头，说："雷霆雨露，莫非君恩，儿臣领旨受罚。"

过几日早朝，下了两道圣旨。第一道圣旨，原锦衣卫指挥使胡纲多行不义，阴蓄死士，私制龙袍，现三法司审谳具结，着押赴午门，凌迟，籍没其家，府中无论良贱，尽皆锁拿，男丁为披甲人之奴，女眷发往教坊司为伎，其有余者，尽在市井发卖。胡纲所有田宅、浮财尽皆没官。钦此。

第二道旨意，汉亲王朱高煦所有不法之事，已诏告朝野，现已命宗人府褫之冠服，囚禁于西华门内。

满朝文武，如坐针毡。这朝局波诡云谲，尤其是汉王党，惶惶不可终日。朱瑞和王进更是胆战心惊，指挥使和府内长史都已逮治下狱。两个人还有何能为？眼见锦衣卫来人遣散了府兵，好在朱瑞早已做好了手脚，让他们先离开，到指定地点集结，会有人去安置他们，其他事情两个人只是着急而已。

正在无计可施之时，礼部有人来送信，也没进来，只说了四个字，"去见张辅。"朱瑞说好计。两人商量，这张辅虽也经常见面，可此一时彼一时了，现在是国公爷，气焰炙天。

朱瑞说："还是我去见他吧。毕竟我们都是军伍中人，他现为交趾总兵官官衔，挂着征夷将军印，还没有旨意卸职，我去见他正合礼制。"朱瑞一身戎装，到将军府上，说明来意。

张辅说："本帅正有意进宫，既如此，先找皇上，再找太子爷。"

朱瑞说："大帅不忘故人，谭之敬佩之至。只是卑将有一疑问，太子爷和汉王，虽亲生兄弟却势如水火，此时太子爷，岂能出手相救乎？卑将愚钝，望国公爷教我。"

张辅看他说得如此露骨，心中不乐，说："朱将军，这么褒贬太子爷，大不敬也。据本帅所知，太子爷仁德，已找过皇上两次，为汉王爷关说。这样吧，你先回府，本帅这就动身进宫。"朱瑞告退。

吴兰走了进来，她人已中年，渐渐有了贵妇之态，说："夫君，真要为汉王关说？"

"夫人是知我的，就是朱瑞不找上门来，我也无旁观之理。"

"将军乃大仁大义之人，妾身感佩，正当如此，妾以为皇上也在等着将军呢。"一语道破天机。

"贤妻女中须眉，文弼佩服，我先去找太子，然后一起陛见皇上。"吴兰拍手，张辅的两位如夫人进来伺候。吴兰说："给将军换上衣饰，派人跟着。"如夫人们答应着。拽扎停当，头戴八梁冠系貂尾笼巾，身穿四爪绯色蟒袍，麒麟补子，脚蹬粉底皂靴，坐车进宫。递上牌子，卜义飞一般跑了出来，给张辅见礼，带他到了文华殿前堂。

太子等在那里，张辅紧趋几步，拜了四拜，太子虚扶一下，让他起来。张辅说："太子爷，今儿个臣违制觐见，只因有要事相求。以爷天纵聪慧，一定已经知道臣的来意。"

朱高炽说："张将军不必客气，你我至亲，有话但说无妨。"张辅就把来意讲了一遍。

朱高炽说："张将军，这怎能算是求本座，是本座要借将军的光了。不瞒将军，本座已见过两次皇上，眼见是不中用了，你我二人再面圣一试，也许会中用。本座在这里，替汉王谢过将军了。"

二人联袂来到乾清宫东大厅。偌大的脚踏扇在转着，四角的冰盆已换成新式的，这是由陆小乙，现名陆允制作的，代替了原来的冰盆。用两层铜架，四边有无数小孔，上有盖子，咻咻冒着凉气。陆允在自己的书房里试用，成功了，让匠役局造了几十个，先给皇上用了。

张辅见过礼，皇上已经发现他在看冰盆。

张辅说："皇上，微臣已回京旬日，早朝也没上，只因没接到旨意，不敢乱走。今儿个进宫，一是想念皇上，二是为汉王之事。最圣明莫过皇上，微臣进宫之意皇上应早已知晓。"

朱棣说："你去见太子，想让他帮你。文弼，你有所不知，这几天太子就在和朕打擂台。今天你是在给他帮忙。"张辅和朱高炽都笑了。

张辅说："皇上，汉王爷也是中年人了，戎马半生，为我大明江山立下不朽功勋。微臣想，普通功臣之家偶有过错，皇上尚能从轻发落，偶有小过者，训诫一次，令其改过。微臣追随圣上多年，所见所闻每每如此。汉王爷虽是圣上儿子，也不能罚之太过。臣知道圣上公允，然也不能矫枉过正。皇上，微臣愚直，说话不会拐弯，有冲撞之处，请皇上恕罪。"

朱棣高兴，看朱高煦倒霉，文臣武将唯恐避之不及。张文弼之妻素与汉王有隙，竟能叩阙关说，这才是性情中人。尤其是朱高炽这几天软磨硬泡，为汉王关说，更令他高兴。朱棣说："文弼，难得你有这份心，朕还能罪你？朕不给哪个人面子，也得给你这大将军国公爷的面子呀。让朕再考虑一下，你的奏章呢？"

张辅说："皇上如此说，今臣惶恐，臣已上了奏章，不敢坏了规矩，已送到通政司。"

朱棣说："张辅不仅刚毅，更注重法度礼制，你跪安吧，也休息几天了，明儿个随朝。高炽留下。"

张辅退下，朱高炽跪了下去。朱棣说："太子，今儿个朕想听你一句心里话，你是真想救你二弟？他三番几次想害你，现都已查证属实，你就不恨他吗？"

朱高炽眼泪流了下来，"回父皇，儿了不敢撒谎，恨过，也想不通，亲亲兄弟，一奶同胞，怎能下如此毒手？儿臣真想问他个明白，可在气愤汹汹中又冷静下来，不敢告诉父皇。怕父皇杀了二弟，这就是众人笑话臣的根源。其实儿臣虽愚陋，但还不傻，也知二弟所为何事。无非为着储君之位，儿臣有时真想让给他。是母后告诫儿臣万万使不得。自古无活下来的废太子，儿臣细想，此话用于二弟身上，极为有理。二弟若为储君，儿子焉有活路？恐全家都会死绝。"

朱棣一听这傻儿子真是明白，点点头说："自始至终，他所做之事你都清楚，是吗？"

"也不全清楚，只是猜测。有时想不通，朝廷君臣，上下一心，打造一个清平世界。君臣相得，百姓安乐，那有多好！何必为一己之私，拆台掣肘，有时也曾灰心过。父皇，这是儿子这么大，第一次敢给父皇这么讲话。"

朱棣也有几分感动，说："高炽，既然如此，朕这样处置你二弟，岂不少了一个掣肘之人，更少了一个威胁你的人。"

朱高炽说："父皇所讲，儿臣也明白。解缙曾对儿臣讲过：'有人每日在谗构太子爷，太子爷可知？'儿臣答道：'不知，本座只知尽人臣之忠、人子之孝耳。'解缙嘴快，讲与他人，几乎每个人都说儿臣是傻子。就有人故意编排，说儿臣是晋惠帝司马衷，但是儿臣还是一如既往。今父皇问儿子，儿子还如此回答，儿臣只知尽忠尽孝。"

朱棣说："儿子，朕已明发邸报，圈禁高煦，如何能朝令夕改？"

朱高炽说："回父皇，这样一来，显得父皇家事处理不当，史笔如铁，儿臣不想父皇留有些微瑕疵，此其一；其二者，母后仙去，对儿子千叮咛万嘱咐，要照顾好弟弟妹妹。母后之音，言犹在耳，儿子却眼睁睁看二弟受苦。"说罢，放声大哭。黄俨在门后面听得真切，越发看不懂一脸傻相的太子。

朱棣说："明日早朝再说，你跪安吧。"朱高炽回到文华堂，又写了第三封奏章，让卜义投到了通政司。

次日早朝，杨荣读了张辅的奏章，请求赦免汉王朱高煦，又有金忠等人的奏章，拿出朱高炽的三封奏章，拣出一封读了一遍。朱棣说："朱高煦是皇子，朕不能因私情而废宗祖法度、朝廷律制。太子上奏章，一是以全兄弟之情，二来，在奏章上写得清楚，高煦功高劳苦，各位大人也都是此意，朕委实难决。早朝大多是不议事的，今儿个大家就议一议。"大家摸不着头脑，已经下旨圈禁，又要再议，不知何意。自古天威难测，没人敢先出声。

宗人令朱守肃出班奏道："皇上，臣有本奏，这是朱高煦的请罪奏章。无法送交通政司，臣领宗人府，有权把它直接交给皇上。"皇上命黄俨接上来，奏章是不能直接交与皇上的，要先交到通政司。通政司在两联上用关防大印，一联存于司里，一联作为递奏章的回执。通政司再把奏章用印交给皇上，只有宗人府和御史、科道可亲手交给皇上，但前提是必须在通政司报备、用印。虽有这条，但几乎没有亲自递奏章的。

今日朱守肃，印都没用，也不曾报备，因为他是宗人令。宗人府的几位令台、佐贰，皆正一品，都是皇家正宗骨肉传人。因此朱守肃能这样。朱棣问："朱高煦在做什么？"

朱守肃说："回皇上，二弟每天都在写《金刚经》，为皇上祈福。"张辅出班，把昨日面圣的话说了一遍。众官一看风向有变，呼啦啦跪下一片，都为汉王求情。

朱棣说："众位臣工，等旨意吧。"伴着细乐，退朝走了。

朱高炽在文华殿东书阁里，刚要用早膳，黄俨来宣。朱高炽哪敢怠慢，急匆匆地走到乾清宫。看皇上正在阁前观看，看他进来，说："高炽，朕决定放了你二弟。"朱高炽跪下叩头谢恩。

朱棣说："你起来，朕准备把你二弟迁到乐安州，离南北两京都不远，你懂朕的意思吗？"

"回父皇，儿臣愚钝，恭请父皇训谕。"

第九回

▼

姚广孝倾心吐悲苦　朱瞻基真情送王叔

朱棣说："你二弟迁封于此，离北京不足八百里，倘若不轨，可用骑兵讨之，朝发夕至，后续军兵两三日也可到达。"

"父皇圣虑，儿臣万不及一，儿臣谨记。"

朱棣说："朕已下令徐亨收缴高煦的几哨死士，削夺高煦两护卫，把王府指挥使和长史尽皆诛戮，升同知为指挥，副史为长史。导之以德，匡之以正。明日即下旨。现北元又蠢蠢欲动，朝中无事，你监国，朕欲北狩，到北京行在。凡事如上次监国，你有何话说？今儿个就父子二人，就如昨儿个一样。"

朱高炽心里真的有话要说。一是杀了朱高煦身边不该杀的人，把该杀的人反而擢升了，想一下，"不如守中"四字映入脑中停了下来。皇上说一如上次监国，他想讨个准主意，嗫嚅着没敢讲。

朱棣明白，上次之事让儿子心存余悸，说："太子，朕还是那句话，莫忧谗畏讥，办好自己的差事，朕还不糊涂，朕也会给你留下得力之人。"说着，拿出一本书，说："这本书名为《务本政训》。尧舜相任者，允执厥中，务本清源。帝王之道，贵乎知其要领。这次大师和朕同去北平，这两日有空去看一下吧。"

次日下了圣旨，朱高煦迁封乐安州，皇上北巡，命有司做好准备。朱高炽和张辅奉命接出朱高煦。朱守肃带着二人来到西华门圈禁处。四处倒是肃静，有一排二十几间房，朱高炽从这儿走过几回，竟然不知是何地方。门口站着几个军兵，看有人来，施了一个兵礼。

几人径直走到朱高煦的寝室。从窗外看去，正伏着几案写着什么。这天还很热，他身穿百姓服饰，拽扎得纹丝不乱，只是腰里系一个黄色的丝带，上面垂着一个明黄色的荷包，显出皇室尊贵的身份。朱守肃喊道："太子爷驾到！"朱高煦愣了一下，迟疑片刻，放下笔，急趋几步走到门口，跪下去拜了四拜。

太子把他扶起来，朱高煦说："太子爷千金之躯，两次看顾罪臣，罪臣万分感动，这里腌臜，请太子爷速回，看染上时气，罪臣岂不是罪上加罪！"众人都听出来他的怨气。

朱高炽只作不知，"二弟，你我至亲兄弟，何出此言？二弟在此戴罪，为兄无时无刻不挂怀、揪心，早膳可用过？"

朱高煦说："回太子爷，用过了。罪臣正在写《金刚经》，为父皇祈福。"

朱高炽看朱高煦并未有悔改之意，心中不悦，但脸上丝毫不显露出来。也不想再打花胡哨，说："有旨意。"

朱高煦赶忙跪下，拜了四拜："恭请父皇金安。"

太子说："父皇安。高煦，你此番是十恶不赦之罪，朕本欲将尔终身圈禁，只因太子及百官施救，暂且饶过。复尔汉王爵位，削去两护卫，去乐安州就藩。府上无论良贱，限三日内离京，由宗人府收回在京府邸，留为公廨。不用陛辞，速去。钦此。"

朱高煦愣了半晌，朱高炽说："二弟，还不谢恩？"

朱高煦大声说："谢父皇隆恩，父皇之恩地厚天高，儿子不孝，不能报之万一，反而让父皇忧心，儿子万死难赎罪愆。"朱高炽宣完皇上口谕，扶他起来，张辅过来拜了两拜，朱守肃也施了一礼。因为宣旨前是庶人，而今又是亲王。

朱高炽本想说，有事可代奏皇上，看出了朱高煦心中的怨气，也不想说了。又闲聊几句,说:"文弼,护送王爷归府,府上已来人了,在午门外候着呢。"就要离开。按常理,天使应问一句,有事代奏。

朱高煦等到最后也不见太子问他,知道自己言语有些孟浪,又带出了怨毒之气,太子怪之。朱高煦不得不说:"太子爷,臣弟此番脱得苦厄,全赖兄长多方周旋,感激之言,臣弟就不说了。只是臣弟有一不情之请,王府搬迁不是市井小民,三日怎么能够!请父皇多多宽限几日。还有,臣弟此番北去,不知何年何月才能见到父皇、贵妃娘娘。临行前,渴盼进宫面辞,劳驾太子爷了。"

朱守肃听不下去了,喝道:"高煦,不是兄长说你,皇上现正在气头上,你让太子爷去触龙鳞吗?实话告诉你,太子爷几番关说,已被皇上骂了几次,总算有了旨意。不可再无事生非,横生枝节。时间有什么不够?想说够一日也就够了,汉王爷,兄长到第四日就带人去收宅子。"

朱高煦看到这位堂兄有些气恼,言外之意是自己不知轻重,不知好歹。张辅也说:"王爷不要再生枝节了,臣和太子爷一起陛见关说过一次。能有这结果,真是想不到。皇恩浩荡。但王爷不要忘了,天威难测。到了乐安州,时间久了王爷不想皇上,皇上也会想王爷的。那时请旨陛见就是了。"

朱高煦看太子一言不发,知道无望,遂点点头说:"大哥、文弼讲得有道理,那就告辞了,各位大恩容当后报。"朱高煦换上服饰,出了西华门,各自散去。张辅护着朱高煦向午门走去。朱瑞、王进早已候在那里,朱高煦出了午门,上车前回头看了一眼皇宫,叹了一口气,一声不响地放下帘子。张辅都看在眼里,知道他并无悔过之意。

朱高煦到了府上,看有一些马匹在府门外,一些军兵钉子一般立在那里。早有人报了出来,皇太孙朱瞻基已在大殿里候了多时了。朱高煦和张辅赶紧坐上四人抬,催促着快点。如飞般来到大殿,因有皇太孙在大殿上,两个人不能走正门,从东侧丹陛上走进去。朱瞻基正在欣赏字画,看两个人进来,停了下来。

朱高煦说:"请太孙安座,臣等见礼。"朱瞻基坐下去,朱高煦拜了两拜,张辅拜了四拜。朱瞻基把朱高煦扶起,张辅告退。

二人来到书阁大厅，朱瞻基扶朱高煦坐下，然后跪下去，拜了两拜。口称："侄儿给二叔请安了。"这是家礼，朱高煦虚扶一下，朱瞻基坐在客位，中人上茶。

朱瞻基说："二叔把王婶请出来，侄儿拜见。"

朱高煦说："不消说，过会儿你王婶就会过来。"

朱瞻基说："二叔此番脱得囹圄，侄儿先给二叔贺喜。二叔不日就要赴藩。侄儿也要随皇祖北狩，自此天各一方，相见无期。侄儿心里难过。"说着，眼圈儿就红了。朱高煦知道有几分假，但也确有几分真意。

自从北征以后，朱高煦经常收到朱瞻基送来的东西，只是出于礼制，不能常见。知道自己这个侄儿对两位叔叔亲善，遂道："瞻基，你来为二叔送行，二叔高兴。但你贵为太孙，千金之躯不可轻动。何况你又已大婚，和你媳妇多尽些孝道，二叔看着心里也是欢喜的。"

这二叔分明就是慈爱的长者，谁能和那个驰杀疆场、凶狠阴鸷的汉王联系到一起。朱瞻基说："二叔，今儿个侄儿来，主要是代母妃而来。母妃不能送行，特让侄儿把一些家用的小物事送来。母妃常说，市井小民，乡间百姓，一个大家守在一起，虽是贫苦，却也其乐融融。这在天家几成奢望，但亲情之意不在形式，而是友爱在心。母后还吩咐侄儿，告诉二叔、王婶，乐安州和京师也不算远，有什么需求，打发人快马两三天也就到了。"

朱高煦站着，躬身听训，看朱瞻基说完，二人都坐下。朱高煦说："难得王嫂如此挂念臣弟，万分感谢。还……"

这时只听屏风后传来环佩之声，汉王妃到了，"不知皇太孙驾临，有失远迎，还望恕罪。臣妾有礼了"。

只听佩环叮当，朱瞻基就跪了下去，朝屏风就拜了两拜，说："王婶安详，侄儿不孝，不能常到府上问安，王婶勿怪。"

汉王妃说："太孙说哪里话，贵为皇太孙，挂念着你王叔、王婶，我们都欢喜着呢。这生于天家，囿于礼制，不能时常进宫给太子爷兄嫂请安，你二叔常为此事叹息。王侄儿回宫，代婶儿给兄嫂问安。"

朱瞻基躬身道："侄儿先替母妃谢过王婶，刚刚还和二叔谈起，母妃着实惦念着王婶，还对侄儿讲起，在北平藩邸时，不是王婶时常看顾，恐怕锅盖就粘在锅上了。"众人都笑了。朱瞻基又寒暄一阵，告辞回宫。

这天下午，朱高炽去拜见大师。道衍大师一直迎到山门，朱高炽扶着大师来到经堂，上过三遍茶。朱高炽说："大师此番随父皇北狩，想必是就留在北京了。"

道衍说："太子爷，老臣就是不想留在北京，这把老骨头还能回来吗？"说着大笑起来，白花花的胡须跟着笑声颤动。朱高炽看他谈论生死，似乎在谈论他人，心下佩服，说："大师是学生一生中最佩服的人。"

"太子爷，这话说不得，还有皇上呢，最佩服的应该是皇上。"

"大师，学生在你面前从不打诳语。大师大半生来，阅人无数，饱读诗书，穷极物理，实乃得道之人。然生性恬淡，视功利如浮云。纵观历史，哪个能如此淡泊名利？大师心向刘秉忠，然其人若何？到最后还不是乱花迷眼！学生这是妄论古人，请大师不要介意。"

道衍说："太子爷只知其一，不知其二。老衲即将北行，肺腑之言，一生不曾与人讲过，与殿下天缘机巧，相识近三十载，知无不言，也未曾讲过心中之事。"

朱高炽有些诧异，大师说话一向果断，赶紧说："大师尽管讲，学生谨受教，且不传于六耳。"

道衍啜了一口茶，口宣佛号，一声叹息："太子爷，想臣年轻时，遍历九州，游学四方，自以为学了一些安邦治世之道，而后苦苦追求名主，以辅佐成名而博自身。幸而天不负我，得遇当今圣上，殚精竭虑，得已修成正果。正可似刘秉忠之辈，居庙堂之高，俯视天下，治理出一个清平世界。然永乐二年，老臣回乡，阔别三十余载的故乡，遍访亲友故旧，把皇上所有赏赐都带回乡里，可大多亲友闭门不纳，只好存身曾经修行的妙智庵，住持也是多年老友，见面只是四字'和尚误矣'。老衲惭愧，请其赐教，又是短短几字：'君不见累累白骨乎？'"

道衍说到这里停了下来，两滴浑浊的泪水掉了下来。朱高炽大惊失色，赶忙站起来，说："学生与大师相识数十载，从未见过大师沮丧，更不知大师心中如此悲苦。"

道衍拭了一下眼睛，宣一声佛号，说："太子爷言重，算不上悲苦，想当初老衲从北平南下京师，眼见被兵之地，野曝白骨，沃土荒芜，百姓十不存一。而自己身为化外之人，误入繁华场中迷失本性，我虽不杀伯仁，伯仁因我而死，而自己却想着衣锦还乡、青史留名，老衲误矣。太子爷，此番话在老衲心中想了十几年，今日倾胆相吐，痛快至极。"

朱高炽也直觉鼻子酸酸的。大师所言，他何尝不知，他东巡北狩，目睹靖难时之惨状，遂道："大师所言，学生心下也曾想过。大师也不必悲伤，自古一将功成万骨枯，况永乐朝清平世道，百姓安乐，国家富足，也是大师之功。况十几年来，大师过着苦行僧生活，不沾繁华场一点俗气，静心修为，即使曾有罪愆，也早已赎尽。佛祖佛法在上，大师未有丝毫亵渎，大师三思。"

道衍说："太子爷为人宅心仁厚，上天予你好报，可老臣开始不是为赎罪，这太子爷想必清楚。"朱高炽当然清楚，皇上还未登基，道衍就上表请赐骸骨，当然是韬晦之计，只是点到为止，不能点破而已。

朱高炽说："学生每到为难之处，就先想到大师，大师即将北行，必有话教我，学生今日前来受教。"

"太子爷折煞老臣，老臣只希望太子爷仁孝如初，莫像老僧一样'误矣'即可。"

第十回

▼

跪送天子世忠不舍　探病恩师高炽清明

太子高兴，说："学生多谢大师点化，大师是有春秋的，学生不再打扰，只盼到北京后有信给学生。"告辞出来，道衍送出来，太子高低不让他再送。

和尚高呼佛号，说："太子爷，老衲还有一言，京师并不太平，储位也不牢固。"这话也就是出于大师之口，任何人说出如此大逆不道之言，定有夷族之祸。朱高炽拱手谢过，坐车回宫。

这日辰正时分，水西门码头已全部戒严。众文武五品以上官员都排班候着，六部九卿、公侯驸马都跪在前面。刚刚下过雨，猩红的地毯上还残留着雨水，朱棣就让他们都平身了，他把金忠喊过来。

金忠刚与道衍话别，紧趋几步刚要跪下，皇上摆手制止，打量他一会儿，说："朕北狩离京，辅佐东宫就全靠各位臣工了，这京师朕还真是留恋。世忠，你也是有春秋的人了，要多调养，多给朕上奏章，写密信吧，朕这就动身了。"

回头看了众臣，转身离去。金忠跪下，和众臣工齐呼"万岁"，只感觉皇上有些婆婆妈妈的，毕竟是老了。面对这位整日让他战战兢兢的圣主，不知为何，突然有不舍的感觉，在一片"万岁"声中，金忠一句"皇上"

脱口而出。只有这一声，并未淹没在万岁声中，如此的不协调，以至于走到船舷的君臣都停下了脚步。

皇上回头看一下，是金忠在盯着自己，已听出是他的声音，皇上分明看到了他眼中的泪花。皇上也没说话，挥一下手走上船梯。船已起锚，缓缓驶离码头，江面上旌旗蔽日，霎时升起桅帆来，起锚向东而去。金忠目送船远去，看文武百官已走得差不多，站起身来，亲兵们过来扶着坐车回衙。

自从皇上离京，太子每日早朝，时辰分毫不差，下朝后即回宫里去给娘娘请安，很快这件事也不用做了，只因现在贵妃娘娘带着几位妃子准备一起北幸。朱高炽每日回到东宫，上午读书，用过午膳后到文华殿见几位辅臣。

他已令杨士奇、蹇义、尹昌隆，把普通奏章写成节略放在书案上，以备他看阅，重要的用印发往行在。他只用个把时辰就处理完毕，而后回宫，练字、吃酒、斗促织，有时让郭云把妃嫔们召集在一起玩耍。

杨士奇着急，知道太子是心有余悸。可这样不是办法，金忠又病了，劝了朱高炽几次，兀自游玩不止，只好和诸臣工商量着办差。这些事情，黄俨都看在眼里，写信密报给皇上身边的人。皇上生气，下旨责问，令其好生办差，勿玩物而丧志。

朱高炽上了请罪奏章，知道自己身边就有父皇的无数双眼睛，依旧是我行我素。这天卜义来报金忠病重了，这朱高炽颇感为难，他想去看看，只是礼制不合。到文华殿给大臣们商议，都感到为难。

杨士奇说："太子爷是监国、储君，还不算是一国之君，去看无妨。"其他几个人附议。臣下生病，弥留之际，皇上才可以去探视。换种说法，皇上去探视，就是给这位生病的臣子下了生死牌，必死无疑。纵观历史，若皇上去探视，家人就得安排后事。

朱高炽点头，说："明儿个去探视，几位大人随本座一起去。"

次日散朝后，太子用了早膳，坐车辂去金忠府上。刘安也在，刘安给太子爷施礼。太子问其病情，刘安答道："回太子爷和诸位大人，金大人是累倒的。这口气没咽，想必是在等爷，就这一两天的事。"说完告退。

朱高炽心下难过，摄定心神，带着几位官员走进大厅。两位夫人早已迎了出来行礼，太子让她们免礼。太子在金忠外甥和侄儿的引导下来到金忠病床前。几天不见，金忠已脱相了，挣扎着要下床，朱高炽只是不许，说："几日不见，不承想先生竟然病倒了，看看精神还好。刚刚学生问过刘太医，他说先生略休养几日就可痊愈。"

金忠苦笑一下，说："谢太子爷和各位大人前来看视。老臣自知此病来势凶猛，恐时日不多。"

杨士奇说："金大人，人吃五谷，岂能没有病灾。大人正值春秋，像大师一样，还能为朝廷效力二十年。现不要多说话，静养为是。"

金忠说："看太子爷和众大人来到寒舍，世忠心下欢喜着呢，这都是太子爷倚为腹心之臣，老臣有话对各位讲。"夫人听到，给每人上一碗茶，让外甥和侄儿候着换茶，退了出去。如夫人行礼毕，早已退下。因为年轻，又不是命妇，不能抛头露面。

金忠让侄儿把他扶起，略靠在榻枕上说："三位大人，现太子爷监国，圣上简拔几位辅佐，可见是股肱之臣，今儿个老夫倚老卖老，望各位大人倾心辅佐，匡正补失，老臣不胜感激。太子爷一朝被蛇咬，心有余悸，而起避世之心，几位大人力谏才是。否则差事办砸，不仅对不起皇上，也难以向天下人交代。太子爷，老臣再加一句，爷仁德闻于海内外，这是爷的本色。一家仁，一国兴仁，一家让，一国兴让。也不可忧谗畏讥，而失己之本，甚者东施效颦，反为不美。"

几位官员这才发现，金忠对太子名义君臣，实为师生之谊。就这话谁敢这么说与太子？朱高炽说："先生教诲，学生永生不忘。学生惭愧，只因前番监国，多失圣意，就起了懈怠之心。学生知错了。只因读书不多，参详不够，望先生教我。"

金忠说："各位大人都要经常提点太子爷，大人们博古通今，有些事能学，有些事不能学。只让太子爷尽显本色即可。不可拿古之文章断章取义，给人以反常之举。反常者为何？妖也，定会受四方打击。"说完，喘了一口气。他本想这些话只讲与太子听，一见跟来这三位，心下清明，都是死心塌地的太子党。

但说话就留有了余地，看几个人点头，接着说："几位大人虽是东宫属官，只有蹇义大人是朝中二品大学士，其他人也只是五品，太子爷要善待他们。"

朱高炽早已红了眼圈，说："先生好生调养，学生都记下了。先生休息，我等告辞了。"众人一起回宫。

用过午膳，太子去文华殿，把奏章逐个批阅。金忠说得极是明白，韬光养晦，精明的皇上看得更清楚，只能增加他心里的厌恶，东施效颦也。办差也不能太用力，皇上还会见疑。先给皇上写了一份请罪奏章。坐下来静静地看奏章，该批的都批示完毕，拿不定主意的放在案上。

不一会儿卜义来报，几位大人候在殿外。太子召进，刑部尚书金纯，工部尚书宋礼，户部左侍郎郭资，吏部尚书蹇义，左谕德杨士奇，国子监祭酒胡俨，东宫洗马胡广，礼部郎中尹昌隆。朱高炽一看来了这么多人，这书阁大堂里几乎装不下，知道都是来要批示的。胡广是太子宣进来的。

几人见礼，太子赐座。宋礼说："太子爷，湖广报上的河工奏章不知是否批过，他们急等批复。"

朱高炽找出来递给他，说："你先不要急着走，这还有一份奏章，河南这几个府去年都修了河，怎么今年又上奏章？还是原河段。宋大人，你办差是极细的，派人去查看一下，要快，说话就入冬了。"

宋礼接过看了一下，说："太子爷好记性，有的是去年修过，臣这就找人去办。还有一事，皇上这次北狩，有在北京宫殿修西宫之意，皇上问过臣，想把御河修复，臣请太子爷示下，何时启动？"

朱高炽说："宋大人，你还是先上奏章，本座转给皇上吧。据本座所知，在万宁桥一带已经淤堵几十年，河两边大多数地方都盖有房子，让皇上定夺。这里还有工部的一个奏章，汶上闸漕处有几处水闸有险，以后这样的事让陈瑄和张清去解决就可以了。"

宋礼接过来说："是啊，几个水闸也上奏章，太小题大做了。"告退而去。

朱高炽说："郭侍郎，这是山西布政司的奏章，本座还没批示，先和你商量一下。各位大人都在，前几年南征北讨，修北京宫殿，河工疏浚运河，宝船使西洋，耗资颇巨，不得不暂时实行半赈法，给灾民一半，借一半，这一半还不上，守牧官就去催逼，要不就卖儿鬻女，要不就举家流徙。这山西又报灾，如何裁处？"

郭资说："回太子爷，太子爷仁德，朝野皆知，只是百姓种粮纳税当差，自古如此，我永乐朝已是极轻的赋税。至于本次灾情，还应实地查看，再作道理。"

杨士奇说："郭大人言之有理，只是兵弱民贫，国家如何兴旺？百姓都成了流民，何人纳税？太子爷，各省所报都是原有丁数。据臣所知，河北几省，流民已成心腹之患，得早做打算。"

郭资看杨士奇口气太大，很是不满。自己是三品，他是五品，说："杨大人，怎么说着赈灾就跑题了，差一点被你带跑了。"

朱高炽看在眼里，也听出郭资的揶揄之意。这大学士位虽尊崇，但品级不够，受朝臣尤其是六部九卿打压，必须得想出办法，否则上次监国之事还会有。他说："郭大人，听不出杨大人和你说的是同一个议题吗？杨大人言之有理，各位都是饱读之士，应该记得管夷吾之言，'仓廪实而知礼节，民不足而可治者，自古至今未尝闻也。'本座有个想法，以后不再有'借'这一举措，赈灾就是赈灾，不需还的。把去年以前所谓借的都免了，已还的再还回去。军民中有卖儿女的，官府出面出资买回，交还给原主。"

郭资说："太子爷办法好是好，可哪里来的粮米？"

朱高炽听出他打擂台之意，也不纠缠，说："那是你们户部的事，你若做不来，本座换人。"

杨士奇看郭资尴尬，解围道："郭大人干的就是这个活，夏原吉不也是吗？每天就怕有人打他银袋子主意。"大家笑了。

杨士奇接着说："朝廷就需要这样能捂紧银袋子的人，太子爷的办法好。再就是流民，就像割菜一样，一茬茬总是割不断。臣以为，还需像上次一样，限定日期，复归本地，免去原有租税。官府给付种子、借以耕牛。"

朱高炽叹了一口气说："也没有什么新鲜办法，恶性循环耳。郭大人，河南、山东、北平今年的水灾，户部赈灾不力，皇上已申饬过户部，前日皇上又给本座一道旨意，训诫了本座，也给了你们户部，是给夏原吉大人吗？为何没返回宫里？"

郭资说："回太子爷，没交回，还在臣工手上，说夏部总要回京，臣想等他一起议下。河南道御史上奏章给皇上，告河南不恤民力，擅役人民，还有这三省都遭了水灾，朝廷已赈过，可地方官仍收夏赋。圣上北巡时皇太孙发现，禀告皇上，龙颜大怒，撤了河南布政司的差，下旨给户部申饬。"

尹昌隆听不下去了，说："这真是匪夷所思，一边赈济，一边课税。太子爷，以臣之见，速返回税粮，也免了秋赋吧。"

蹇义说："尹大人有所不知，现把所有的夏粮都还给乡民也迟了。这一来一去只路上就得让粮长拿去同样多的粮米。"

朱高炽说："宣之大人所言极是，彦谦大人也知这些勾当。派员去吧，你看派哪些人去？"

蹇义说："太子爷明鉴，说不得，还是各道御史吧。"

朱高炽说："宣之大人，不说御史本座不气，你是吏部尚书，朝野一片微词，都是指向风宪官的，你不会不知道吧？作为纠劾、监察官吏，都肥得流油，这可不是好事。清廉自守、尽忠王事的，又被说成酷吏。宣之大人，本座在给你提醒，这样吧，巡按地方，御史一人，吏部一人，若吏部乏人，就由中官充任，你去安排吧。这三省都去，再加上山西。"

郭资和蹇义退下，胡俨看差事都办完了，站起来朝太子一躬身。太子说："胡大人，国子监有个司业叫吴哲的吧，此人如何？"胡俨说："是，是洪武三十三年（1400）进士，博古通今，穷极万物，是一难得人才。"

朱高炽说："他有一子，叫吴有弼，是一名理学大师，深得真传，且发扬光大，可是有的？"

胡俨说："回太子爷，确实如此，听说他常来探视父亲，奉养几日回籍。

臣见过他一面，有些才情，但恃才傲物，虽有多人举荐，只是不入仕。太子爷想见此人，臣回去告诉他父亲就是。”

朱高炽说：“告诉吴哲，就说本座想见他儿子，他若来京，通知本座，本座登门造访请教。”

胡俨说：“太子爷礼崇士子，朝野尽知。殊不知更能礼贤下士，乃千古奇事，臣佩服。太子爷还有何吩咐？”太子摇摇头，胡俨告退。

第十一回

▼

遇地震百官露丑态　闭心机太子虑将来

这时胡广过来见礼，朱高炽说："胡广大人，皇上有旨，令你速去北京，今儿个收拾好，明天就动身吧，皇上催得急。"胡广应着就要告退。

朱高炽说："本座把你叫进宫就是这件事，再顺便问一下，不是公事，你和解缙是亲家，对吗？"

胡广听他问此事，吃了一惊，"难为太子爷记着，是皇上亲口玉成。太子爷有此一问，臣知道家里丑事已传于朝廷，臣惭愧。"

胡广和解缙，当初一起陪皇上用膳，皇上说："你们二人同乡、同里、同学，又同仕永乐朝，若有男女，朕做媒结为亲家。"

后解缙生男，胡广生女，遂结为亲家。后来解缙冻死，家人迁于辽东。胡广悔婚，写好解约书，找人送到辽东。丫鬟偷偷地告诉了胡女，胡女和父母据理力争，胡广只是不允。

胡女无奈，扯掉耳环，连下一块肉来，鲜血淋漓，说："父母与解家结亲，虽是薄命之婚，然圣上主之。现裁耳为誓，除解祯亮，女儿终身不嫁。倘父亲相逼，无他，唯死耳。"

胡广无奈，没敢悔婚。今天太子问及此事，不觉满面羞愧，知太子素与解缙善，在敲打自己。

朱高炽说："胡大人之心，本座深知，这还不都是为了孩子们，可他们哪里承情？现在解家人虽远在辽东，也不是发配为奴，倘逢大赦，仍回故里，与胡大人结为秦晋，岂不为后世留下一段佳话？"胡广看太子爷没有其他吩咐，磕头谢过，告退出宫。

尹昌隆说："太子爷宅心仁厚，不忘故人，时时不忘保全，臣佩服。"

杨士奇说："胡广大人满腹经纶，理学大师也难免俗。可见世间事大都如此——锦上添花易，雪中送炭难——不论多么近的关系。"说完叹了一口气。

这天早朝，尹昌隆宣读太子谕旨，只见大殿灯烛晃几下，紧接着是使劲抖动，众大臣站立不住，不知谁喊："地动！"门口几位官员率先跑了出去，接着几位大臣拥向门口。

纠仪御史大喊："不要失仪。"看没人听，自己也跑向门口。侍卫们都从西边掖门跑了。蹇义、杨士奇等人和几位武官赶紧来护驾。卜义也不管太子是否生气，背起来就从掖门跑了出去。卜义把朱高炽背到奉天门前广场，调集护卫过来，张升早带人跑了过来。黄俨走到奉天殿丹陛上，指着百官数黄瓜道茄子地骂了一顿，百官也装作听不见。

朱高炽想，这些满口仁义忠孝、忠君爱国的大儒，地震时尚且如此，在大义面前，岂能不丧失气节！这就如敌人来到，扔下主子自顾逃走。朱高炽走到略高处，向远处望去，看见不时腾起一阵烟尘，大震已没有了，只是还有零星的小震。军兵们搬来椅子，太子坐下，给众人赐座，问道："张升，宫里如何？"

张升跑过来说："已有人来报，没有房屋倒塌，太子爷不用记挂。"卜义看那边官员们向这边移动，就要跑过去。

朱高炽问："你干什么？"

卜义答道："奴才去告诉他们，好生在那儿站着，不要砸死他们才好。"

朱高炽说："休要胡闹。尹大人，你去宣谕，速到各衙各道查看实情，汇成总，由各衙们申正时分报到宫里。"

尹昌隆宣布后，文武百官都走过来给太子施礼，然后向午门外走去。

朱高炽看出来，他们有几分羞赧，也只作不知，留下几位近臣一起用膳。卜义带着中人、宫女给每位大人前放一个小案几，放上一碗粥，众人吃过，漱了口。卜义命人上茶。卜义看这些官员，地动时护着主子，怎么看都中看，招待得格外殷勤。

朱高炽早看在眼里，大家吃着茶，商议如何救灾、如何上奏章以及如何向天下臣民交代。申正时分，各衙们的案报都递进宫来，只是粗略统计，倒塌民房三百多间，因为是昧爽时分，大多已起床，只有一百二十二人死亡报告。朱高炽看到死亡数字，悬着的心放下了。

次日早朝过后，太子正在文华堂安排有司救灾，卜义来报，谷王府都指挥金事张兴求见殿下。张兴急匆匆地走进殿里，给太子施礼。朱高炽不认识他，看他四品武官服饰，知道就是张兴。报名报职衔，太子把众人屏退，只有塞义、杨士奇和尹昌隆。

张兴拿出文册，卜义接过递给太子，是告谷亲王不法事：一、磔杀长史，只因长史劝其爱民；二、侵夺民田，在广东、湖广、浙江等地皆有良田，总计几万顷；三、湖广几府公税皆被侵夺，姚仲不能制；四、几年来，尸解无罪乡民十几人；五、府中招纳死士七百多人，演习兵法战阵，大造战舰、弓弩等；六、谎称朱允炆在府，其欲伸之大义，起兵谋叛；七、崇宁王朱悦燇犯罪逃跑，匿于谷王府；八、大造佛寺，度僧千人，每日教以咒语以诅当今圣上；九、私下造谶书，说十八子当有天下，其诬称自己为高皇十八子；十、已定于上元节献灯时送死士于乐队中，同入禁中，伺隙为变。最后写道：张兴若诬告愿意坐死全族。谷王同谋者有指挥张诚、奉承吴志、刘信。

朱高炽看毕，心中大骇，说："张将军，兹事体大，本座需请旨才是。"

张兴说："太子爷，臣就从北京来，陛下似乎不信臣。臣这归藩，在此逗留，若太子爷也不信，那张兴只好归藩，免家人受戮。"朱高炽让人带他及随差去驿馆住下。这时有人来报，金大人殁了。朱高炽定一下神，反应过来了。直觉胸口被人重重一击，大脑一阵嗡嗡作响，看到眼前人影晃动，大殿在微微抖动。然后觉眼前一黑，倒了下去。

周围的人吓坏了，卜义老成，马上派人去宣刘太医。尹昌隆看别人要抬他到榻上，摆摆手，请下脉，也看不出什么，只见刘太医急匆匆地走了进来。已是须发皆白，现在他儿子刘贞义在太医院供职，也跟了进来。

刘太医请过脉，说："不妨，此乃胸痹心痛。"从药囊里取出一粒药，让儿子迅速研成粉末，拿出一小瓶水，倒上，摇了一下，而后拿出木嵌撬开牙关，喂了下去。只过了一刻多钟，朱高炽醒了过来。看了一眼众人，明白发生了什么。

刘安问卜义："卜公公，不要哭了，已无大碍了。以前有过这情势吗？"

卜义说："刘太医，你是官里老人，这也瞒你不得。以前也曾有过，只是掐人中即可，不像这次这么重，吓死奴才了。"

刘安说："把爷先放在榻上靠着。"

朱高炽说："刘太医，难为你了。"

蹇义走过来，问刘安："爷这是怎么回事？"

刘安说："回大人话，就如下官刚才所讲，胸闷心痛之症。爷受到外界刺激，心机闭塞。气机一闭，则痰浊内生，而后寒痛，气粗声长，牙关紧咬，两手握固，脉沉面青，此心症之寒实之症也。下官用吃力迦丸配苏合酒服下即可。尹大人见多识广，倘若此症发时，挪动身体，气机闭死，难以施救。卜公公，下官留一些药给你，以备不虞。东宫里也有些。下官再请个方子。"

匆匆写下，只是炙甘草和丹参加红枣、雪梨，用开水煎泡后做茶饮，饮半月即可。杨士奇心下多了几分担忧，面上不敢表现出来。朱高炽说："好了，到此为止，不准再谈论此事，不许声张，把黄俨叫来。"黄俨正在和刚刚出来的刘安说话，听到宣召，赶忙过来。

朱高炽说："黄俨，你是官里老人，要识大体，宫禁之事，切勿宣扬，以前无论如何，本座都不怪你。只是以后，若再有其他事情，本座也顾不了许多，定治你罪。"这黄俨听得莫名其妙，也不敢回口。

卜义看他一脸无辜的样子，心里冷笑，他倒装得像，以为他做的事太子都不知道。只是碍于他是皇上得用之人，不和他计较罢了。

黄俨一回头，发现卜义盯着他，心里明白，世上没有不透风的墙，朱高煦封在乐安，和发配也没什么两样。现在他更看好朱高燧，他清楚得很，他和太子积怨颇深，这么多年，太子还是敲打过他的，但没像这次这么明显。总之，这黄俨是不想让太子登上大位，否则自己死无葬身之地。他了解太子，貌似忠厚，其实心狠着呢，手段也够老辣。他答应着，施礼毕退了出去。

杨士奇说："太子爷，先回宫吧，臣等商议一下金大人后事。"杨士奇知道他和金忠的关系，恰当评价，"师友君臣"四字最是恰当，在天家的惊涛骇浪中，全靠着金忠掌舵，他是朱高炽的主心骨。朱高炽现在心里清明得很，今日这事若传出去，麻烦不小。

金忠不仅仅是太子的主心骨，也是朝廷难求的良辅，将来必入凌烟阁。朱高炽说："士奇大人，先给父皇上奏章请旨，只是来回还需时日，天气渐渐热了，也需早做安排。让尹昌隆带着门谕去找吕昕，让他安排。"

杨士奇把郭资和顾佐的奏章找出来，怕太子太累简略地说了一下，都是地震之事，应天府和户部已经谋划好，上了奏章。朱高炽说："士奇大人，这十万火急，丝毫不能耽搁。本座批了，拿去用印。"挣扎着拿起笔颤抖着批了几行字。卜义接过去递给杨士奇。

朱高炽想，监国也好，皇上也罢，大凡一个人食人间五谷，生病是难免的。这紧急公务如何办理？皇祖、父皇都是战将出身，打熬得好筋骨，这么多差事尚且应接不暇，自己这身子骨如何能顶得住？必须依靠这些近臣。他也一直在思索，洪武初年设过丞相，只因权力过重，和皇上分庭抗礼，出现了李善长、胡惟庸案，后来才罢黜。

他曾经和金忠探讨过，需要杨士奇等有才华、有忠心的近臣帮助批奏章，如何去操办还没想透。杨士奇派人送信去应天府。朱高炽让司谏梁潜进来，这个梁潜是近几年简拔到詹事府的，对太子忠心耿耿，现为司谏之职。一手漂亮的颜体，且锦绣文章，朱高炽口述，他写。把张兴所报原原本本报给皇上，请旨定夺。

朱高炽提醒皇上，薛苻所上的奏章，在金华府谷亲王有田几千顷。朱高炽说完，梁潜已草就。吹干了，递给朱高炽。朱高炽在榻边的几上找出一个奏章递给蹇义，是江西广信府永丰千户所千户陈拓侵夺民田、抢夺矿银、打伤巡检军兵，广信府上奏章参他，且江西都司也上了奏章，已查属实。

蹇义看完，沉思一会儿说："太子爷，这个陈拓是天女户（殉葬宫人家属），他本人也还是有军功的，原来是一个副百户，成了天女户后升为副千户。后考绩满，以优行升为正千户，现是永丰守御所千户。爷知道那里主要是银矿，定是见财起意，那说不得，按律法夺官逮治吧。"

朱高炽说："蹇大人，都说你的头脑里装着百官履历，这么一个千户，本属兵部，你也如数家珍，确实令人佩服。"

蹇义说："太子爷谬赞，无他，唯手熟尔。臣待罪吏部多年，这也是职分所在。"

朱高炽越发钦敬，说："既是天女户，还是要存一些体面的，令其谪守交趾，让黄直安排吧。"

这天罢了早朝，吕昕到文华殿，汇报金忠葬礼。他本来应该和尹昌隆一起来，但是他一看见尹昌隆，气就不打一处来。那天宣太子口谕，大张大致，故意使他难堪。他知道，尹昌隆对那次入狱耿耿于怀，已经知道是吕昕所为。吕昕这人，用解缙的话说，才高量浅。他已打定主意，绝对不能等着太子登基那天，那样尹昌隆定会得到重用，他自己就算完了。他在寻找时机一击而中。

吕昕进到东书房，给太子施礼，说："太子爷交办的事，臣还未能做到。金大人弥留之时有话，是给家人的，家里记了下来，请太子爷过目。"

是一封信，上面写道："我家起自卒伍，薄名清德，特嘱尔等，以俭安亲，以保门风，有不遵此属，非吾亲人。转告皇上、太子爷，老臣生于永乐盛世，由卒伍而至大位，忝居庙堂多年，文不能治理国家，武不能斩将搴旗，待罪朝堂，尸位素餐，实感惭愧。老臣去后，不敢事于泰侈。求皇上、太子爷成全。"

第十二回

▼

兵总见背监国亲祭　谷王谋逆府吏告发

朱高炽阅毕，眼泪模糊了视线。金忠常说，出身卑鄙，必法古今之完人，他做到了。朱高炽擦掉眼泪，说："吕大人，本座还是要亲自祭拜的，你安排吧。"

这天，朱高炽素服，乌纱折角巾包上白布，乘坐木制车辂，打着执事，带着一些官员，远远地就下了车，步行到灵前。左右奉过香来，朱高炽手持香火，望空祷告，躬身插到炉中。吕昕大急，急趋几步，大喊："太子爷不可！"已是迟了，这不合礼制。一旦皇上追究起来，礼部主官难辞其咎。

朱高炽也不理他，让跪在旁边的亲属们起来。尹昌隆拿过祭文，说："各位至亲好友，此乃太子爷亲制祭文，爷有谕令，不准代读，要亲自读与金大人。请金大人英灵慢行。"说着眼泪也流了下来。

朱高炽展开祭文，读道："大明永乐朝监国皇太子祭上。金世忠先生英灵不远，请听学生诉过衷肠：惊闻先生见背，惊心痛悼，心伤难言。先生起于卒伍而居庙堂，忠心赤胆，殚精竭虑，为大明江山社稷，为亿兆黎民，呕心沥血。父皇得先生犹大汉得张良，朝廷有先生如夏之得伊尹。先生为人，坦直鲠亮，器识宏远，缜密无隙，著绩弘多。首擢詹事，益尽乃心，正期以辅监国，奈何天不假年，英年而逝。先生忠谏之言，谆谆在耳，岂可一日而忘哉？今携祭品以酹先生，懂我文章，享我蒸尝。呜呼哀哉，伏帷尚飨。"

读罢，众人已哭成一片，太子泪眼婆娑。众人只听说太子仁德，今日一见，果不其然。众官劝慰一回，卜义扶着上车回宫了。下午吕昕来报，皇上遣使祭拜。有旨意，太子不用陪祭，赏银钞彩币，命扶归乡里安葬。启程之日，朝廷辍朝一日。道衍大师也遣人祭拜，只是一首诗，读罢烧化了。

吕昕已记了下来，这吕昕的记忆力，用朱棣的话说是大明朝第一人，博闻强记，过目成诵，这首诗只是在灵前读了一遍，他就一字不差地记住了，他写下来递给朱高炽。是一首五言古体：

校场见弓亮，
棋室闻雨声。
今已无子期，
抚琴与谁听？

朱高炽看罢，不免掉了几滴眼泪。短短四句话，把二人相遇、相识到相知刻画到极致。

吕昕说："天使还有旨意，百官离开金府后，在申正时分进宫。"

朱高炽说："知道了，安排接旨。"

申正时分，朱高炽身穿冠服候在午门，百官簇拥着天使到来。一看竟是永平驸马李让，现领行部尚书，但多数时间都随侍驾前，行部右尚书张信署理行部办差。太子想，李让来宣旨，可能是皇室又出了问题。朱高炽率百官跪下，山呼舞蹈，问安。

李让说："圣躬安。有旨意，百官跪听。"展开诏书大声读起来："朕十九弟，谷亲王朱橞，几年来多行不法，侵夺民田，把持官府，包揽词讼，朕多次下旨切责，以亲亲之意，不忍加刑。然其不思悔过，私纳亡命，煮盐炼铁，窃造兵械，漆皮为船，演习水战，滥杀官吏百姓，肢解无罪之人。

私联蜀王，以图构乱。幸蜀王颇识大体，未与之谋，遣使告变。更有王府卫指挥佥事张兴曾赴阙首告，朕不忍信之。现证据确凿，朕以江山社稷为重，不敢护私。命驸马都尉李让、宗人令朱守肃、锦衣卫指挥使张昶，接旨后即赴长沙擒王及僚属进京。钦此！"

朱高炽高声道："儿臣接旨。"

李让说："皇上还有口谕，高炽，简礼部和兵部各一员随赴长沙，王府先勿动，田产庄子你和众臣工商议处理。"

朱高炽又说："儿臣谨遵圣命。"李让扶起朱高炽，而后跪下，拜了两拜。朱高炽让李让先去休息，急匆匆回到文华殿前书房，把几位亲信大臣召来。

张昶说："太子爷，臣没太听明白圣旨，请爷明示。"

朱高炽真想说："岂止你不明白，谁能听得明白？"说："文博莫急，各位大人在此商量着办。"

杨士奇说："太子爷，李都尉从驾前来，定能明白圣意。他既然亲去，又是天使，只需张将军听令就是。"大家附议。朱高炽明白，这就是在推卸责任，没办法，也只好如此，只是在各地田产，也只能是拿到王府账册才能查清。

蹇义说："太子爷，事不宜迟，臣之意，应让他们连夜动身才是。"朱高炽心中不情愿，想和李让谈一下，也尽一下地主之谊。看大家都附议，也只好作罢。让张昶传话，点齐兵马，令兵部左侍郎陈怡和礼部尚书吕昕择员随行。派人赶快给薛苁送信，扣住刘大户，拿下地契。吩咐完毕，太子突然想起一事，说："宣之大人，等一下，本座听说，这个陈拓已是一垂髫老人，可是如此？"

蹇义看太子突然问到这里，愣了片刻，说："回太子爷，这个陈拓在洪武三十一年（1398）就已四十几岁，现应该六十多岁了。"

朱高炽说："那天偶然和娘娘谈及此事，她说这陈拓年龄不小了。当时本座笑了一会儿。一想太祖高皇帝的天女户，年纪当然不小，还要那么多银子做甚？士奇大人，他这一把年纪了，是天女户，又立有战功，若死在交趾，岂不有伤天和？令其致仕，回家养老吧，就不治他的罪了。"大家都同意，齐说太子爷仁德。

黄俨命人给众官上茶，听得清楚，也不作声，退了出去。

金忠的去世给朱高炽打击很大，有时发呆，有时暗自垂泪。他深知自己处境，二弟、三弟都不在京师，他们一天也不曾停止谗构太子。只有金忠有能力维护自己，他见背后，自己的路更加难走。

回到宫里，张瑾命人伺候洗漱，换上衣服，躬身等候。朱高炽感觉她有事要讲，巧梅泡上茶来。朱高炽说："不吃茶了，一会儿还得去文华殿。"

张瑾说："爷，今儿个看上去气色还好，臣妾还是那句话，死者已矣，活着的还得像样活着。"

朱高炽点头说："说得有理，但是想活着，就不怕艰难。我纠正一下，是艰难地活着。"

张瑾知道他心里苦，在宫里、朝中从不抱怨，今日能讲出这话已是出格，说："爷这几天心烦，臣妾也帮不上忙，现还有一件烦心事禀太子爷。"朱高炽知道，没有要紧事，这种情势下她是断不会说的，示意她继续。

张瑾说："听过后太子爷勿恼，贵妃娘娘身体不适，有半个多月不曾打理后宫了。我等去请安，娘娘怕爷分心，从不敢让我们看出来。"

朱高炽吃了一惊，说："太医看视过否？是何症候？"

"太医们只说是偶染风寒，吃了十几服药，只是不见好转。"

"那现在过去探视娘娘就是。"

张瑾说："听爷吩咐，但妾还未讲完，娘娘身体好时，宫里虽也乱，但大家慑于娘娘威信，不敢出大格。这几天闹得是沸反盈天，下人们也不敢报与娘娘。"

朱高炽说："宫里能有什么大事？娘娘病中，其他妃嫔管理就是。"

"爷有所不知，偌大后宫不易管理。就单凭这东宫，臣妾都觉吃力。再说张妃和几个外国籍的妃子都随父皇北巡了，宫里的就反天了。当时李贵人死的事情也叨登出来，娘娘也懒得问，眼不见，心不烦，但有人证实，李贵人是吕美人所害，吕美人又说是鱼婕妤杀的。现宫里传得沸沸扬扬，想必有人报给了父皇。"

朱高炽说："不消说，黄俨若不报给父皇，那还是黄俨吗？都有可能已经接到了旨意。走！去看娘娘。"

卜义和巧梅等人排上法驾来到毓秀宫。和每次一样，王贵妃还是端坐在里间。夫妻磕了头，坐在外面。朱高炽说："娘娘，听媳妇说，娘娘身体欠安，可安好？"

王贵妃说："太子勿念，前几日偶染风寒，吃了药已发散好了，你父皇也下了旨意，让本宫去北京，想必宗人府还没告诉你吧？"

朱高炽忙道："回娘娘，儿臣已经知道，娘娘身体欠安，儿子竟然不知，儿子不孝通天，望娘娘在京师调养几日，也让儿子尽孝。"

王贵妃说："太子仁孝，世人皆知，只是皇上下旨，不能违了期限。况这只是风寒，又无大碍。不用那么做张做致的。"

这时，有人来报："禀娘娘，黄公公把吕美人和鱼婕好拿了，但细情还不知道，请娘娘定夺。"

朱高炽说："这黄俨越发不懂规矩了。卜义，把黄俨给孤唤来。"

王贵妃说："太子，不必了。看这光景，一定有旨意在手，不用管他，让他去闹吧。"

张瑾说："谨遵娘娘懿旨，娘娘这样北去，臣媳不放心。还是再调养几日，看大好了再动身也不迟。"

王贵妃说："好，就依你。让刘安说话，他说可以动身就行。太子，你们不用总来立规矩，本宫走时告诉你们就是，你们忙去吧。"朱高炽夫妇施礼毕，退下了。

朱高炽想去看一下黄俨在作何威福，还是张瑾阻止，说："不是臣妾多嘴，爷烦心事够多了，不要管那些不必管的事。过几天娘娘去北京了，还不知闹成什么样呢！"

朱高炽点头，心想有事躲还躲不赢，去抢事吗？可你不找事，事偏偏就找上了你。有人来报，有旨意。朱高炽赶忙换衣服，坐着肩舆，飞一般来到文华殿。杨士奇说百官已在午门候着。朱高炽命蹇义带百官去水西门迎接，他命卜义安排人在殿里排上香案。看了一会儿奏章，坐着四人抬到午门外候着。

一阵鼓乐声传来，执事到了，朱高炽看时，是大学士胡广。太子率百官跪下问安施礼毕，胡广宣读圣旨："朕自登大位，威服海外，德化宇内，天下安宁，百姓乐业，朕闻闽人祭礼南唐徐知谔、徐知诲，极是灵验。朕倾慕已久，命太子遣礼部官员赴闽，迎至北京。朕已命北京行部修缮灵济宫，以祭奉二徐神仙。又，庙祝随赴行在。钦此。"

太子跪着接过，递给杨士奇。胡广又喊："有旨，奉天承运皇帝诏曰：皇太子监国，可谓用心，然密疏间有，朕不可不问。现有江西守御所千户陈拓，侵掠民财，事发后已贬谪交趾，朕已准奏。而后太子受宵小所间，复宥陈拓。既为朕所罪之人，太子何故宥之？上奏章复明，现派员赴江西拿陈拓进京，明正典刑。东宫属官、司谏梁潜，左庶子尹昌隆不能规谏太子，着革职拿问，械送北京。钦此。"

朱高炽愣了片刻，说："儿臣遵旨。"接过圣旨。

胡广跪下施礼，站起来说："太子爷把他二人拿下，臣也可回北京交旨。"

朱高炽无奈，说："胡大人尽可施为，本座现让都察院下排票即是。"回到文华殿，把旨意供在香案上，在京的六部九卿官长都跟了进来，随太子给香案施礼。太子命虞谦拿陈拓，虞谦领命而去。其他官员跪在那里等候谕旨。

朱高炽说："福州二徐灵验，各位大人听过吗？"

金纯说："回太子爷，皇上身边有奸臣。皇上向来不信此妖魔邪道，请太子爷转交臣的奏章。臣要上奏章。"

郭资说："臣也知道，皇上向来崇拜儒家而抑其他，不知何人调唆。"

蹇义说："就在前两年，鸥宁人自称仙翁的给皇上进金丹，孙靖代呈给皇上。皇上笑着说：'此妖人耳，孙大人，让他自己吃掉，什么长生不老术，看哪个人不死，把他的方书烧掉，打一顿赶出去。'这话言犹在耳，皇上如何又信了这些？我们身为机枢重臣，受儒家教导多年，岂能让此妖人迷惑圣聪？下官也要上奏章。"

朱高炽没了主意，皇上刚刚给他一个下马威，百官都看在眼里，现第一批擢拔的东宫属官所剩无几，或杀或押，实在不敢自作主张了。杨士奇看出了他的窘境，说："各位大人所言极是，只是奏章要上，差也得办，否则就是抗旨。"

朱高炽醒过神来，说："吕昕尚书，你们遣人去请吧。"

吕昕说："臣遵令！只是臣不知道去哪个阶级的官员，请爷示下。"

朱高炽说："太低了不行，你先下牌票给福建藩司，然后派个郎中（官员）过去，到京后你亲送去北京，去办吧。"吕昕施礼而去。朱高炽办完差事，急忙回宫。

第十三回

▼

杨士奇赴闽治瘟疫　朱瞻基随驾传音信

现已不是往日，北京有风吹草动，朱高炽比原来了解得更清楚。以前有卜义在皇上身边的太监朋友，现在有他儿子朱瞻基在北京。朱瞻基只给母妃写信，不给朱高炽写，虽然不走驿道，都是自己亲兵来往两京，但也怕引起别人注意。张瑾已叮嘱他，若普通信，用铺或驿传，如涉私密，派专人，要两个人以上。每次朱高炽回宫，张瑾都告知一声。

有大事就让他自己看，两个人极其秘密，李嫔、郭云、卜义、巧梅都不告诉。朱高炽去郭云处也逐渐少了。这天悄悄回到宫里，张瑾屏退下人，拿出一封点着朱砂的信，这就像军报的羽毛一样。紧急情况，是给太子的，张瑾见到这些信，从不开封。

朱高炽弄下火漆，看到儿子娟秀的蝇头小楷："父亲在上，不孝儿百拜奉上，皇祖迁都之意已决，无可阻碍，父亲察之；陈拓之事，皇祖震怒，恭请父亲速上奏章，奏明原委，内官黄俨和其门人吴良首之，父亲谨慎提防；西宫已成格局，今夏即可入住，皇祖每日围猎、宴饮，召集百官讲些诗文。另：二叔，三叔，书信频繁，过从甚密，汉王世子瞻圻常住北京。不孝儿再拜。又：山东、河南一带白莲教众甚多，近出一'佛母'，名不详，儿子未报知皇祖。"朱高炽看完，恨恨地摔在地上。

张瑾吃了一惊："爷，这是为何？儿子千里投书，反倒惹爷生气，臣妾糊涂，请爷示下。"

朱高炽叹了一口气，说："小儿无知，迟了。皇上旨意，又不是加急，瞻基千里单骑送书，怎么差在天使后面，显见不知轻重。回信时切责之。"张瑾已经知道圣旨，看太子不欢喜，没敢回嘴，让人上茶。天已经热了，朱高炽心里发躁，从朱瞻基的信中看出，这宫里不只黄俨，还有其他眼睛在盯着自己，怪道黄俨出使高丽时，自己所做之事皇上都了如指掌，原来是这个吴良。

最后说的这件事引起他的注意，白莲教由来已久，但未曾说有"佛母"之称。朱瞻基不直接告诉皇上，是想让太子侦刺明白再奏于皇上，当然是为了让自己在皇上面前邀宠。儿子长大了，这么多年来，压在他心头的大山，不是皇上而是二弟朱高煦。他还是有自知之明的，和二弟相去甚远，这也是东宫储位不稳的主要原因。想起儿子英俊的面庞，又文武全才，他脸上露出了笑意。张瑾看在眼里，只作不知。

次日，罢了早朝，朱高炽到文华殿，告诉卜义不想用膳。他在考虑朱瞻基的信，应该派人去巡视一番。准备在大臣们进来后找杨士奇商议一下。这事不能张扬，只能悄悄地派人。他拿出奏章批阅，看到福建布政使周润的奏章，把朱高炽吓了一跳，建昭和宁武瘟疫横行，已死了一些人，盼朝廷派官吏、药医援之。朱高炽看完后告诉卜义，让候着的大臣们进来。

朱高炽发了脾气，说："郭资，福建报灾，为何不报与本座？"

郭资说："回太子爷，福建布政司先报于维喆大人，而后又报于臣。是前儿个到的，语句多暧昧，臣已和僚属们商议过，等行在旨意再做道理。"

朱高炽清明得很，看自己在午门受旨意训诫，大臣们都怕走尹昌隆老路，朱高炽不怪百官，可此事非同小可，不满地看了他一眼，说："郭大人，就说如何施救吧。"

郭资说："回太子爷，臣想，首要是查清是何瘟疫，传染的程度如何，才好施为。现臣等无任何资讯，无法判断，太子爷明察。"

胡广看太子着急，大家又不作声，有几分生气，说："闹瘟疫，也不是一回了，大人们都有些措施，说出来大家议一议，也好施为。”

朱高炽看着跪着的大臣们，越发生气，说："既然报上来是瘟疫，那当地也一定会想出办法。目前要紧的是尽快弄清疫情和原因。王彰来否？"

王彰说："臣听候训谕。"

朱高炽说："你带着几个大臣和疫病局的大使速去福建，今日就动身。查清疫因速报，若传染厉害，许你便宜行事。"那就是封住疫区，死生各由天命。

太子让胡广拟奏章，把处理事宜和福建奏章一起报于行在。蹇义说："太子爷看到白德大人的奏章否？"

"还不曾看见，你说一下吧。"

蹇义说："白德大人在贵州考绩已满，进京陛见，奏章是半月前发的，想必白大人也该到京了。"

朱高炽说："知道了，你们都回吧。"

他发现杨士奇在大殿里一言未发，把他留下，说："士奇大人，今日为何缄默不言？"杨士奇说："回太子爷，臣说句不知轻重的话，太子爷的情势影响了臣。"朱高炽沉吟片刻，哑然失笑，说："杨大人请起，本座明白，看这些饱读诗书之人，下笔千言而无一计，本座生气。杨大人见笑了。"

杨士奇扶一下跪得发麻的腿说："太子爷，臣觉得太子爷的火气不是来自下边。"

"杨大人，本座领教了。"

杨士奇说："太子爷，这瘟疫不是小事，倘在全省传播开来，那是要出大事的。那年江西建昌死了几万人。倘处置不力，皇上是要问罪的。太子爷，臣请旨和王彰一起去，凡事也可有的商议。"

朱高炽大喜，说："如此有劳杨大人，说实话，本座旦夕不可少了杨大人，这也是没办法，那就去准备，即日动身。本座派几个护卫跟着，在这边不要打执事。"

杨士奇告退出来，让伴当回府报信，拿些备用物件去了都察院，会上王彰，王彰已准备停当，扮作秀才，拽扎停当，带着伴当，到行人司领凭。

张升带人送来快马，他们带上盛演，骑马直奔福州而去。非只一日，到了布政司衙门，早有人报了上去。递了手本，周润放炮，开中门迎了出来。延至签押房，讲了这次瘟疫。是初春时在建县开始的，人们去凤凰山采茶，路过东溪，几个人就饮了几口水，到中午时，只见双眼翻白，只有出气没有进气。

众人赶快抬回县城，喊着头疼、骨节疼，找郎中看过，又问了众人，只说是染了时疫，又饮了生水，请了方子，服了药，丝毫不见好转。家人又去找郎中，郎中到时，已是口吐白沫死了。家里人接二连三地也死了，这个郎中也死了。症状一样，大家有的说中邪了，有的说有撞客，请道士作法驱邪，请神宫娘娘驱赶撞客，不但丝毫未缓解，道士、神宫娘娘也染病身亡。

这样惊动了官府，县里佐贰带训科郎中查看，吃不准，又报于府上，府里正科郎中带人看视，定为瘟疫，只是查不出疫因。于是，府官、县官带领百姓拜祛瘟大使，人群更加密集，逐渐就传开了。盛演是王彰带来治疫的，盛演问周润："周大人，可发放药品给百姓？"

周润说："发了，把建昭府附近的都调了过去，还是不可控制。下官已下令不准集会、拜庙，家里有染疫的要隔离。"

杨士奇说："大人措置极是妥当，下官连夜赶往建县。"

周润说："大人不可，大人乃天子近臣，倘若染上瘟疫，下官如何向圣上交代。"

盛演说："无妨，今夜我们都动身，只五百多里，明日即能到达，各位大人，下官备有药品，先服下。今日服两次，明日再服两次，可保无虞。"周润令奉水，众人都服下一剂，给伴当们也都服下。

王彰问："盛大人，在路上，为何不给我们服下？是舍不得你的宝药吗？"

盛演笑着说："大人有所不知。出京时，让他们备了几样，不知是何瘟疫，现已明白，我们所服的是老君神明散，百灵百验。但只是预防，看有效验，再给大人请方，再制药可也。"

大家一听，是拿这些人做试验，还说不准是否灵验。大疫当前，也顾不得许多。众人换上官服，吃过饭，打马向建昭府奔去。到了城门口，已封城，军兵们把守着，众人亮了腰牌，盛演告诉那个领头军士，用布条围上嘴和鼻子。

正是午正时分，大街上死气沉沉，看不到过往行人。只见一个身穿九品服饰的正科郎中带着几个人匆匆走在街上。盛演追上去，正科一看是五品的大使，赶忙跪下磕头。盛演把他引到王彰跟前，他看此人头戴五梁冠，身穿獬豸蟒衣，知是风宪佐贰。见礼毕，不等问话，把疫情说了一遍。

王彰问："死了有多少人？"

正科答道："回宪台大人，昨儿个报的数字，城里死了二千二百二十一户，城外死了一千五百七十一户。今天还没报呢，大人，惨哪，快想办法吧，都没人敢去统计亡户了，只是我们这些郎中在统计。这家里有一个染上，家里其他人断无生理，现在正向城外蔓延。"说完哇哇大哭。

杨士奇问道："这尸首如何处理？"

他说："拉到城外烧化，卑职猜度，恐有弊端，匠役们拉尸体到城外，也怕染上，随便一丢，这情况肯定会有的。卑职们已尽力了。"

杨士奇说："看你服色是府里正科郎中，你们太尊和佐贰在哪里？"

这个正科嗫嚅片刻说："这个卑职不知。"

杨士奇说："王大人去府衙吧！"王彰皱一下眉头，点点头。

杨士奇说："医正，你在前面带路，大家议一下。"

到了府衙，只有几个吏目在守着，杨士奇走进去，问太尊在哪儿，都说不知道。这时，一个七品服饰的官带着几人跑了进来，跪下施礼，说："建县县令赐进士出身祝为升见过上宪。"

王彰说："祝大人，你们太尊现在何处？"

县令说："回大人，下官每天都来，只是见不到太尊和各位大人，问下人们都说不知，想必是去了其他县巡查。现在松溪、建阳都有了疫情，上宪既来了，定有解救办法，下官代建县百姓给大人们磕头了。"

王彰给盛演递个眼色，盛演把他们叫过去，服用老君散。众人落座，杨士奇早发现王彰的不悦，他是风宪官又是三品大员，自己虽为大学士，但官阶差得远呢。几次话说到了前头，惹得这位宪台不悦。遂道："王大人，大家都看你呢，如何施为，请示下。"

这王彰也不是无能之辈，说："现府中无太尊，先不理他，本宪先代太尊之职，祝为升大人，本官出牌票调千户所军兵，向城外拉尸体，挖下大坑，你马上派人去弄石灰，把各家门户和街道全撒上，在尸坑上也撒上，然后埋掉。本官打开府库，出赏钱，千户所军兵每来一人赏钱两贯，本地百姓三贯。"祝为升迟疑一下。

王彰明白，动用库银得有户部排票，遂道："祝大人，本宪知道你的好意，现说不得，你办好这差事，本宪上奏章把你升府同知。"

杨士奇今日领教了，这个王彰不到四十岁，做到副都御史，确是有胆有识。王彰转过脸来问："杨大人，这样可好？只是不知如何救治染疫之人，我们这么做，只是在善后而已。"

杨士奇说："承蒙大人动问，下官以为，筛锣打鼓，告诉百姓，朝廷派官员和神医来驱疫，此其一；其二，找到空房子，隔离病人，不论哪家，只要有病人，就立即隔离。治病靠盛太医，我们都无能为力了。"

盛演点头，眼睛向外看，一副心不在焉的样子。王彰生气了，喊道："盛大人，你听不到吗？"

盛演说："大人恕罪。下官看到门口的皂隶摔倒了，似乎得了病。告诉伴当，去两个人把他抬到一个空屋里，本官这就到。"又给几位官员说恕罪，背上诊箱走了出去。几个太医跟着走了过去。

王彰说："杨大人，这府里的官员显见是跑了，这样的官员真是天良丧尽。本官是要上奏章的。现要紧的是还有宁武，你我分头走吧。"

杨士奇说："大人吩咐，敢不从命。下官先看一下，太医如何救治，再动身不迟。下官先写奏章，把这里情势告诉朝廷。"

过了小半个时辰，盛演洗过手过来见礼，说："查不出此疫来自何处，下官给他服下了乾坤多宝丹，再过一个时辰就能见分晓。若毫无效验，那下官只能束手。刚刚想试一下合洛紫雪丹，这位正科说，已经试过了，不见灵验，看下官新制的药如何吧。"

这时千户所千户带兵来到，见过礼，祝为升说了一下情势，让军兵们休息一下。府正科架了一口大锅，水煮得正沸，盛演把老君神明散倒进锅里，拿出一个勺子，撤掉火，凉了一会儿，看看凉了。军兵们排好队，每人喝上一些。祝为升已带人拉回钱钞，开始发放，百姓也来了，可惜没有许多老君散，只发制钱。

过了半晌，皂吏来报，患者醒了。盛演跑了出去。过了一刻钟，回到签押房，兴奋地喊道："禀两位大人，下官乾坤多宝丹灵验，下官现请方，大人着人去买，只用大锅煎服即可。"

早已备下文房四宝，顷刻写下方子：厚朴、草果、槟榔、知母、芍药、黄芪、甘草。王彰一看皆是普通药材，心下大喜，和杨士奇商量，他对杨士奇并不了解，此行一看，颇有担当。普通官员到了疫区，避之唯恐不及，他主动请缨，到这里不畏危险，虽有几分托大，也着实让人敬重。

杨士奇说："大人，要大张旗鼓告诉兵民，已有解药，正在运往这里，让这个皂吏去，此其一；其二，这个祝为升是难得官员，大人既许他做佐贰，让他就上任，派人领银去各县买药，敢囤积者，立即擒拿；其三，下令各州县主官来府衙议事，让盛太医给出药方。下官这就带人赶赴绍县。"

王彰称善，让众官都到大堂，宣布祝为升署理府同知，县丞署理知县，更大胆的一句话把杨士奇都吓了一跳，让这个府正科做建县县丞。这个医正跪下去，说："大人抬举，卑职感激不尽，只是这不合礼制，卑职家是医户，得脱户才行。"

王彰说："本官岂能不知？本宪只是上奏章，皇上不批也是白欢喜。"大家都笑了。王彰又说："这里没什么大事了，让盛太医随杨大人去宁武，这里就靠你了。"几个人在福建停留了半月有余。

第十四回

▼

众文武请旨论国法　朱高炽坐纛审藩王

朱高炽接到报告，已经控制了疫情，放下心来。两府死难四千多户，心里既难过又担心，担心皇上会治罪。虞谦等人押回谷亲王朱橞，圈禁在宗人府。皇上早已下旨，命太子坐纛，周王朱橚、楚王朱桢、蜀王朱椿进京会审。

百官的奏章雪片般飞向宫中，朱高炽火漆都没动，用了太子关防，直接发往行在。都察院、科道、京师六部九卿交相弹劾。虞谦也上了奏章，他和张昶亲去长沙。百姓多遭谷亲王祸，看京官来长沙逮治进京，奔走相告，放炮庆贺，可见长沙苦其久矣。

虞谦把这些都写在奏章上，最后说："……谷亲王虽圣上骨肉，然不思报效朝廷，却多行不法，危害社稷，似此不忠不孝之徒，应明正典刑，以振朝纲。昔汉文帝杀淮南，汉景帝杀吴王，皆名载史册，周公戮管、蔡，后人颂其德……"

朱棣批过转给太子，都是一句话："朕知道了，朕且令诸兄弟议之。"朱高炽清楚，这些儒臣想说一件事，即引经据典，理屈词也不穷。

三位王叔都到了京师，周王朱橚、楚王朱桢和蜀王朱椿，一起到文华殿见礼，朱高炽升座，三位王叔行二跪六叩礼。而后引导官、礼赞官引到东书阁，三位王叔升座，朱高炽拜了两拜，行家人礼。朱高炽不知道父皇是何打算，让自己和王叔一起审王叔，真是圣意难测，没奈何，说："各位王叔远道来京，还是先歇息几天，审谳之事不忙。"

这几个王叔有几年没见这位侄子，只听说传唱司马衷歌谣，现看他虽留了三绺短髭，但仍然是胖乎乎的，憨态可掬的样子，不免就有几分轻视。周王曾劝皇上立他为太子，现已感觉到皇上并不待见他，说："太子，这次你是坐纛的，你画出道来，我们三个老家伙都听你的。"

朱高炽听出来，也看出来了，这三个王叔要打擂台。这多年来，朱高炽看遍世间百态，也尝遍人生百味，只是面上愚钝，内心清明着呢。他欠欠身说："五叔、六叔、十一叔，你们都是高炽亲亲的长辈，然十九叔也是侄儿至亲的叔叔。父皇令侄儿坐纛，意思侄儿明白，让侄儿晓得一个道理，无论多亲，社稷第一，若有危害社稷者，以敌论之。若各位王叔审谳不便，侄儿是不惧的。"

蜀王借坡下驴，说："高炽仁孝，我们都知道，现在看来也的确如此。太子既疼几位叔叔，不计哪天鞫审，只看你的了。"

朱高炽只作不知，高兴地说："这无妨，十九叔罪证已全，只是要口录给父皇，几位王叔既然全权托付给侄儿，侄儿也知道王叔们看重侄儿。王叔们难得回京，侄儿安排守肃兄长陪好各位王叔。"几位王爷相互看了一眼，心下暗乐。朱高炽接着说："等各位王叔玩得尽兴了，侄儿差人护送回藩。过会儿宗人府有宴请，王叔们先去，侄儿先把这些想头写给皇上，请他老人家定夺。各位王叔放心，侄儿只说是自己的主意。各位王叔请。"

说着站起来，几位王爷面面相觑，互看了一眼，脸上露出尴尬的笑意。这明显在讲，太子要告诉皇上，审谳之事皆太子一人所为，这几位宗王并没有奉诏。楚王说："高炽，不要听你五叔和十一叔的，他们几年没见着你了，和你说笑呢。我们兄弟三人奉旨审谳，岂能抗旨？你定下日子就是。"

朱高炽看三位王叔狼狈相，心下暗乐，还是装傻，"六叔，不妨，待大侄儿请下旨来，几位王叔不也是奉旨吗？"

几位王叔坐不住了，也不知这位皇侄太子是真傻还是假傻，前一番话明显是在敲打，只要是做不法之事，就不是亲人，而是敌人，后面又挖坑给三位老兄弟。都说老二老三败北，这人是腹藏机谋之人。他们哪里知道，朱棣就是让他们见识一下这位太子，一旦他百年后，使其莫敢窥视朝廷。

过了两天，薛迁从金华府押回了刘大户，是王府典膳正刘信，和藩司的龚清。一切准备就绪，审谳开始，在宗人府议事大堂，朱高炽升座，三位王爷见过礼，朱守肃带宗人府属官拜见，落座。李让在旁边听着，宗人府皂吏排列两旁。

有旨意周王朱橚主审。周王大喊一声："带朱橞。"几名锦衣卫军官扶着谷王走进大堂，仍然是亲王服饰，只是手里没有了玉圭，而是有一条黄丝绦扣住双手，他环视一下大堂，不紧不慢地走到朱高炽前拜了两拜，又走到三位王兄前拜了两拜，只是不出声。

蜀王平时与谷王友善，这次他准备起事，先写信给蜀王，写得比较隐晦，还是把意图讲明白了。蜀王回信切责劝诫，看他不听，只好上奏章首告。周王拿出信，站起来示给谷王看，说："十九弟，这是你写的吧？"

谷王扫了一眼，上面写道："弟欲上元带人入禁中为大兄乐，十一兄若有意，可同日践约。"说："五哥，这是小弟写与十一王兄的，并无他意，五哥明察。"

周王又问："朱悦燇为何在谷王府？他在蜀王府犯罪，你却私匿之，可有此事？"

谷王说："有，朱悦燇与其父不睦，躲在府上，孤这亲叔，总不至于把自己的亲侄儿赶出去吧。太子、各位王兄，这没什么不妥吧？"

楚王站起来说："十九弟，没人说你有不妥之处。你顾怜亲亲之意，这很难得。朱悦燇在你府上，你是如何向外宣称的？这是你府上张兴所首。"让人拿下去与他看，谷王扫了几眼，心想一切都已败露，不能招认，否则没有活路。

他刚要说话，朱高炽发话了："十九叔，侄儿知道你要讲什么，这时候了，侄儿劝你一句，别浪费大家时间了，你老是聪明人，作为亲王，无十足把握，怎能千里拿人。无论你是否招认，坐实了，按《大明律》和《太祖实训》都可治你罪。你作为皇弟，坦然面对，父皇也会法外施恩，还有出路也未可知。请十九叔三思。"

谷王说："太子，既然已审谳明白，请旨治罪就是。这是张兴诬告，几位王兄不会连这都看不出吧。他上面说的夺民田、抢美女，这是有的。寡人有疾，寡人好色，寡人有疾，寡人好货。"

朱高炽看几位王叔在走过场，心里生气，就连旁听的朱守肃和驸马李让都看出来了。朱高炽说："十九叔，父皇让本座坐纛审谳，可本座是你的侄儿，你若还那么东拉西扯，说不得械送行在，由父皇亲审。"几位王叔听得明白，这哪是在说谷王，分明在训诫这三兄弟。这三兄弟也都各怀心事，不想在众兄弟中留下恶名。

三位王叔明白，要械送京师，自己这主审算完了。他们刚要说话，朱高炽先说了："今儿个就到这里了，过几天再审。"说完话，一眼不看众人，包括三位王叔，扬长而去。大家面面相觑。就连李让也吃了一惊，转念一想，明白了，太子在有意识地示威，免得被这些藩王轻视。

三位王叔真怕他上奏章，委托几位重臣说情。朱高炽不为所动。无奈之下，三个人只好进宫请太子坐纛审谳。朱高炽看他们一点脾气也没有了，心里暗乐，答应重新开审。

几位王叔就像变了身份一样，唯恐十九弟不开口。周王说："十九弟，孤不和你费口舌。来人，把张成、吴智、刘信带上来。"张昶走在前面，一些军兵押着三人，三人的衣服有些破了，看样子动过大刑。这几个人都押在锦衣卫的诏狱里，任你是神仙，也不得不招。李让从张昶手里接过供状，递给周王。周王翻看了一遍，递给太子。太子没看，直接递给了另两位王爷。

几个人看了一会儿，周王说："哪位是张尚父？"

张成已经五十多岁了，衣服破烂不堪，嘴角上还留有血迹，显见受刑是最重的，刚要说话，张昶嫌他迟疑，上去就一脚，说："到大堂来不给太子爷和王爷们见礼，问你话还支支吾吾。"

张成说："是我家王爷这样称呼，罪官实不敢当。"

周王也不理他，说："那你们两个就是国老和令公啦？吴智、刘信，你们不就是府里的典丞吗？一个太监还想流芳百世。刘信，你还有一个身份——刘大户，各地的良田都是你去弄的？"

刘信膝行几步，"王爷超度，奴才何许样人，敢称令公？奴才已供在上面，是我家王爷许诺，事成之后封奴才为令公。至于在各府司所做之事，皆王爷钧旨，奴才不敢擅专。"

谷王双目微闭，也只作听不见。蜀王站起来，问道："把崇宁王朱悦燇匿在府中是哪个的主意？"

张成答道："回王爷，是罪臣的主意，对外宣称是朱允炆太子。罪官诈称，当初开金川门不是为了迎北兵，而是在此门放出建文帝，现在建文皇帝就在府中。本王将申大义于天下，为建文帝夺回天下。"

周王问谷王："可是有的？"谷王这一刻，大脑急速旋转，自己所做，已访察得实，当今皇上性格，坚刚而不可夺其志也，有可能效周公、文景，那自己和家人死无葬身之地。为今之计，听太子的，该认的就认，太骇人听闻的就推给下人。遂朝周王点点头，说："有的。"

朱高炽坐不住了，说："十九叔，你怎么这么糊涂。就单单这一条，你一家还有活路吗？你就听侄儿的，不要等别人讲了，自己都说了吧。本座和几位王叔在朝廷里为你周旋，也许还有活路。本座可以实话告诉你，群臣都在上奏章，让父皇效周公、文景。"

谷王掉下了眼泪，说："太子、王兄、驸马，本王肠子都悔青了，可事已至此，悔之无益，臣弟都招认了。在市井，正在传唱：李子熟，坐龙庭。遂伪称自己就是李，十八子也，当有天下。张成他们在训练死士，教习他们乐理，上元节扮作俳人，寻机起事。他们在策划，本王只作不知。"

蜀王说："十九弟，你这样讲就不好了，你给孤写的信何其明白，这时却要推给下人们，太不厚道。还有，皇考十八子，那也应该是岷王十八弟，怎么会是你？这个谣词不是你编的吧？"

谷王说："回十一哥，小弟有罪。因赵王早薨，故此说十八子。不过这可不是孤一人听到，也不只是长沙传唱。"

周王说："是啊，很多省都有这歌词，现民间都在传。本王问你，为何杀掉虞廷纲？本王现在是代皇上问话。”

谷王说："此人虽为长史，不遵府中纲纪，多次中伤本王，无可忍耐，把他处死了。"

周王说："朝廷五品官员，不请旨就擅自处死，你就不怕朝廷怪罪吗？那为何不上奏章调离，是不是因为他知道了你的勾当？"

谷王只说："臣弟知罪。"

周王又问："为何几年不设长史？"

谷王说："回王兄，不是不想设，只是没有可意的。小弟多次上奏章，索要尹昌隆，皇上不肯，他人不入臣弟法眼。"

周王问："偌大的朝廷，就没有强过尹昌隆的？"

谷王说："有其才华，也无其胆略也。"朱高炽知道这次尹昌隆是活不成了，在谷王府还搜出他的信，这是张昶告诉他的。张昶怀疑是吕昕搞鬼，问题出在礼部派出的人身上。

周王说："十九弟，你贵为亲王，钟鸣鼎食，富贵已极，为何做出这样不忠不孝之事？国家刚刚承平几年，百姓乐业，野无饥馁，你又想妄动干戈，你不怕背上千古骂名吗？"

听几个王爷你一言我一语，义正词严，掷地有声。朱高炽听着字字诛心，心里生气，也明白都是些官面话，背地里也都和谷王差不多。李让回到京师这几日，两个人谈了很多。各处藩王情况，李让了如指掌，对朱高炽粗略地讲了一下。

谷王不再隐瞒，全部招供。审谳总算成功。

朱守肃把谷王请下大堂，几个人坐下商议，后来达成一致："谷王朱橞屡违祖训，凌迟属官，侵夺民财，杀戮人民，竟谋不轨。踪迹甚著，皆已查明，且审谳事实，朱橞供认不讳。经合议，属谋大逆，请旨诛无赦。"

写好奏章，交给李让，周王说："总算交了差，可惜十九弟了。报上去，恩自上出吧。"朱高炽听他们口气，像在谈论一个和他们丝毫不相干的路人，心想，生长在天家，心都是铁做的，又冷又硬，无情最是帝王家，千古如此。和几位施礼毕，先走了。

第十五回

▼

太子妃侍寝论家务　白玺玉归京谈苗疆

下雨了，卜义拿过油伞，回到文华殿，在门廊边站着几个人，这是雨天，黄俨不让他们在外面，也不敢让到殿里，太子也没看都有谁，从西门径直进入右书房，告诉黄俨，宣他们进来。

先和蹇义一起走进的是白玺玉，有几年没见着了，白德有些发福，三绺长髯，脸上有了许多皱纹。他和蹇义跪下施礼，太子赐座，命上茶。卜义早已看到白德，亲自奉茶，把茶放下，轻轻地叫一声"白大人"。白德站起来接过，回道"卜内相"。只简单的一声称呼，包含多少深厚情谊。两个人多年跟随太子，无数次惊涛骇浪，两个人都和太子一同扛着。卜义看他锦鸡蟒袍，知道是二品大员，也早知他任贵州布政使，轻轻退下。

朱高炽说："宣之大人，不要见怪，卜义这奴才和玺玉多年不见，不免多了几分亲近。卜义，把茶奉给宣之大人。"

卜义答应着走过来，蹇义站起来，说："不用，已吃了半盏。"

卜义也不勉强，说："蹇大人恕罪，慢待了。"

朱高炽说："玺玉，你现也五十多岁了，在贵州还习惯吧？"

"还好，"白德回道，"本次回京述职在路上走了二十几天，还有各府、州的主官们都在后面，到京还需时日。臣给蹇大人说了，各省主官统一陛见，这的确不是法子，来去差不多半年，各府无主官，其他还好说，就怕民变。贵州这里，尤其思州和思南，大多是生苗，不遵王化。"

朱高炽说："你把这些写成奏章，去北京时直接奏与皇上。你上的奏章，本座都看过。这贵州到现在才真正是朝廷的，现各省都在仿效，改土官为流官，开始当然有难度，哪有一蹴而就之事。做成了，一劳永逸。本座听说顾兴祖颇有乃祖风范。"

白德说："回爷，说实话，开始臣也小看了顾兴祖，几次随臣去剿蛮苗才发现，其智勇兼备，只是比起顾晟还有欠缺。好在苗人多畏服顾晟，对其后人自然也有几分敬畏。朝廷用人得当，思州、思南田氏不做土官，就没有了和官府作对之人。后来又平定镇远，平定后现贵州设八府四州，主官到位，必先培训一月，再行到任。"

朱高炽说："这倒是有趣，培训哪方面内容？"

白德说："风俗人情、语言、饮食，尤其是和蛮苗峒主打交道，若不互相了解，容易误会。前两年派去的镇远大尹，和金容金达、杨溪公俄二司的峒主互盟，取衣衣之，激怒了二司洞主，险些激起民变。"

朱高炽哈哈大笑，说："宣之大人，这个让本座想起当年蓝玉和纳哈出之事。可见互相了解是必要的。你们吏部可以考虑，去蛮夷之地的官员必走此程序。考虑好，给皇上上奏章。玺玉，今儿个晚上本座东道，到柔仪殿请你，可不准带属官哪，你爷是个穷太子。"众人都笑了。蹇义和白德告退。

卜义把候着的官员叫进来，是王彰、杨士奇回来了，把疫情详细地汇报一下，朱高炽站起来，给二人作了一揖，把二人吓了一跳，赶紧跪下。

朱高炽说："本座为福建百姓揖你们，若不是二位和盛太医，岂止四千户，恐无人烟矣。本座把奏章已转给皇上，又加一奏章，你们所请照准，拿掉建昭府尹和属官，由那个祝什么升做同知，已知会蹇义，有旨意后就实施即可。"

当天晚上，朱高炽在柔仪殿宴请了白德，本想把张昶找来，怕遭圣忌。有张升、张辅，因张辅已接到旨意去北京，令和白德一起走，正好薛苡在京师，大家多年不见，又说起尹昌隆，大家又唏嘘感叹一番。朱高炽密嘱，这次去北京，可在山东地面多逗留两日，看一下这白莲教，密报给太子。白德领命。

次日送走了李让、白德等人，朱高炽本想和薛苍议一下改制之事。想一想昨儿个白德的话，算了。他说的极是有理，万事以皇上为准，皇上并不热心，就先放一放。只在金华推行就是了。行在已放出旨意，詹事府左司谏梁潜弃市。朱高炽感到不解，一个小小的九品官，还要械送北京鞫审弃市。

朱高炽带着监国辅臣在文华殿看奏章。闲下来和大臣们下下棋，在宫里吃茶、斗蛐蛐。宫里的中人们大都会斗，黄俨说斗得最好的数太孙。朱高炽听后心中不悦，和张瑾发了脾气。

张瑾没生气，反而乐了，说："爷，这下自己也知道滋味了，这奴才有意在人前人后说瞻基，在皇上面前能不讲太子爷吗？这里只说瞻基一次就心中不悦，那在父皇身边每日喋喋不休，皇上岂能不疑？"

朱高炽恍然明白，说："黄俨这奴才有意给本座添堵，可见三人成虎是真的。任你神人也难免俗，何况咱们这俗中又俗的俗人了。"

张瑾笑着说："让爷把我们说的是什么？俗不可耐了。你们都下去吧。"下人们走出去，张瑾说："爷，这是瞻基的信，里面还有别的东西，很厚，是陆允亲自送回的。"

朱高炽弄掉火漆，打开后，里面还有一封信，是白德的。他先看了儿子的信，朱瞻基告诉他，尹昌隆已判斩监候，不日就有旨意抄没其家，主要是尹昌隆给谷王的信，确是彦谦笔迹，但他到最后也没承认。皇上亲自鞫问，他只说从未通过信，皇上颇为踌躇。尹昌隆说，若反皇上，当初就不会助皇子。皇上次日就告诉三法司，判了斩监候。

朱高炽拿着信发呆，眼泪流了下来，怕张瑾看见，偷偷拭掉。接着看，没什么大事。谷王府属官，不论良贱尽皆斩刑，废谷王父子为庶人，押往中都圈禁。福建之事，皇上掉泪了，夸太子差事办得好，所请全部照准。另外，白德深得圣意，又夸了太子。

白德信中说，山东、北京白莲教盛行，超过前几朝，有一"佛母"名叫唐赛儿，传言她飞檐走壁，隔空取物，撒豆成兵，千里之外，朝发夕至。梦中有神人授予三部天书，信众有几十万。她和徒子徒孙走州串县，施洒符水，与人治病，分文不取。丈夫林三已死，唐赛儿也叫林三娘子，现在已出家为道姑，此人还身怀武功。

朱高炽看完，把儿子的信递给张瑾。张瑾早已看到他的泪痕，把信看了一遍，半晌没有出声。朱高炽说："不以物喜，不以己悲，问世人谁能做到？只一封书而已，弄得本座喜忧各半，还是那句老话，做皇子难，做太子更难。"叹了一口气。

张瑾说："太子爷说的是，但臣妾要讲一句，世人都难，无论天家骨肉，还是升斗小民。天家难在世情，小民难在果腹，官场难在升黜，商贾难在盈亏。爷与妾也半生之人，岂能参详不透！这个人来到世间，定让你遍览人间百态，遍尝世间百味，否则想死都死不了。臣妾可以这样讲，在这世上，没有享福的，都是受罪的。"说着，眼里也闪动着泪花。

朱高炽看着张瑾，十七岁嫁到王府，每天过的是担惊受怕的日子，何尝有一天福享？看两鬓已有了白发。朱高炽动情地说："爱妃深谙大道，这番话可是使本座茅塞顿开。想你我结发二十余年，你过的是什么生活？我愧对发妻呀。"

张瑾说："太子爷，快别这么说，我们夫妻多年，能有今天，可谓天幸。我们有瞻基，夫复何求？"看太子点头，接着说："臣妾知道太子爷为尹昌隆伤怀，可臣妾要说几句，尹昌隆才气是有的，但恃才傲物，取祸之道也。又不识进退，两次下狱不思教训，反而给皇上提当初施恩于皇子。若不提此事，有望活命，这一提……"轻轻地叹了一口气。

朱高炽说："我也想到这里，我难过的是，这分明是有人构陷，使我想起当年北巡时的扶乩语。似有似无，似无还有，有幸天晴，又见双口。双口就是'吕'字了，不承想应验在这里，是吕昕杀了我的老师。"说着眼泪又流了下来。

张瑾说："有时扶乩还是灵验的，只是事后诸葛，因而世人多不喜欢，面上是吕昕杀的，其实太子爷清明着呢。这尹昌隆还不是死于吕昕背后的这个人！"

太子点点头说："说的是，开始的东宫属官已经所剩无几了。可这尹昌隆却是他的恩人哪。爱妃，不说这些了。"

张瑾看今天太子的话也确实多了，赶忙岔开话题说："太子爷，还有一事，这陆允已到冠龄，也该娶妻生子才是。此人孤儿，现在皇太孙府做纪善，我们理应操心。"

朱高炽觉得奇怪，以前这事从不用他操心，儿婚女嫁也只是商量一下而已。连朱瞻基大婚都是她写帖子，和礼部、宗人府商量，今日突然说起陆小乙。张瑾发现他狐疑地看着自己，说："爷有所不知，有几家上了媒人，陆允不置可否。听下人讲，说他的心思都在孙敏身上。"

朱高炽没听明白，问道："谁？"

张瑾说："孙敏，敏儿和瞻基、陆允，从小的玩伴，可父皇之意，这孙敏是留给他孙子的。当时臣妾家母也有此意，瞻基也喜欢这孩子。大婚时娶了胡氏，瞻基十分不乐，太子爷这做父亲的如何知道？臣妾之意，陆允这孩子有今日不容易，不要犯了父皇圣忌。给他早定人家，若太子爷定下，他当然不会反驳。"

朱高炽极是佩服张瑾，拳拳爱护之心溢于言表。为今之计，只有明说了，遂道："爱妃贤惠，古人莫及。只是这孩子是犯官之后，他自己清楚，恐事发连累岳家，因此不愿早娶，而且长得越发像他父亲。常在京城也不是办法。我有一个不情之请，望爱妃见准。"

张瑾侧面问过，知道是犯官之后，具体不详，也不便打听。也明白陆允的顾虑，说："爷说哪里话，有事尽管吩咐就是。"

朱高炽说："巧梅今年不小了，你看她如何？"

张谨说："爷不是在说笑吧？宫里自有礼制，外放需皇上下旨。况臣妾想让爷收了吴巧梅。"

朱高炽说："无妨，这巧梅自幼在宫中，总是把她当成孩子，不想收她。就把她许给陆允吧。现在娘娘不在京师，你禀过丽妃娘娘就是。建昭府缺官员，他正可做通判，这做了三府，也算是升了一阶，免得在京师转，被人看出端倪。"

张瑾说："只怕瞻基不舍，臣妾先与他通信说一下吧。"

朱高炽说："那是，其实他们都是好人家儿女，说句不怕犯上的话，什么奸党？还不都是忠臣！那些见风使舵的才是奸臣。"定下来，张瑾自去张罗，朱高炽准备上奏章。

这日，早朝推迟，百官于卯正时分接旨，由吏部尚书蹇义、刑部尚书金纯、锦衣卫指挥使张昶率百官于水西门迎天使。朱高炽服衮冕候于午门，令百官在码头时用乐，路上止息鼓乐，恐清晨扰民，大臣们不同意，恐皇上见责。太子下了谕旨，也不理会百官。早有人报过来，看仪仗缓缓走来。

朱高炽跪下问安，看天使是胡濙，朱高炽对他并不熟悉，只见过一两面。百官早闻其名，做了许多年吏科给事中，神龙见首不见尾。连蹇义都没见过几次。行人司报备外出官员，只含糊写着几句："在各省巡视，采民间之风，兼巡周颠和张邋遢（张三丰）。"

蹇义也曾问过皇上，皇上也如是回答，也就作罢。后有旨意升为礼部郎中，只听说是有天生白发，人称"胡白毛"。看这也不是，天已大亮，看得见黑亮的两鬓、胡子，显见传言不实。今天见他穿着孔雀补服，知道又擢升了。吕昕让仪卫引导到奉天殿宣旨。大殿里已摆好香案，明晃晃的大风烛还未熄灭。没去接旨的众官早已跪候在自己的位置上，听鼓乐声大起，赶忙跪下。大殿里响起了韶乐，胡濙把圣旨放在案上，百官山呼舞蹈。

第十六回

▼

报政务监国得圣意　升佐贰胡濙显真容

　　胡濙打开圣旨宣读：第一道圣旨，行在设六部，户部尚书夏原吉兼署礼部、兵部和都察院；迁赵羽为刑部左侍郎，胡濙为右侍郎，方宾为行在兵部左侍郎；工部宋礼为尚书兼署行在吏部侍郎，行部尚书张信兼署行在刑部尚书。第二道圣旨，自下旨之日起，罢海运，南北输转全由河漕。第三道圣旨，谷王之事，原都指挥佥事张兴迁为山东省都指挥同知。第四道旨意是福建治疫。

　　大家跪拜接旨，除第一个，都是京师报往行在，只是对监国君臣无只言片语，众人不乐。大家退朝。太子留下胡濙一起来到文华殿。这才辰时三刻，就热得难受。天阴沉沉的，似乎又要下雨。到大殿门口，朱高炽四下望了望。胡濙看他胖胖的身体转了几下，脚还不十分灵便，因不常见，感觉好笑。想起传诵的谣词，觉得传谣的人确实有才，在历史上讲相貌可算是最像的。紧绷着不敢笑出来，早被太子看在眼里，只作不见。

　　朱高炽心里清明着呢，皇上派此人来宣旨，圣旨上除升迁外，自己办的差事只字未提。他们径直走向大殿，升座，胡濙拜了四拜，跪在那儿等候问话。

　　朱高炽说："胡大人站起来回话。"胡濙谢过。太子说："胡大人，上次见你就想问，你不是白发吗，怎么近五十岁了反而是一头黑发？"胡濙一怔，这算什么问题，不敢不答，说："回太子爷，臣出生时满头白发，长了几岁时又变回黑色，但人称白毛，叫惯了。有污太子爷清聪。"

朱高炽哈哈大笑，说："原来如此。本座想，今儿个早朝有这个疑问的，绝非本座一人。你坐吧，该用膳了，和本座一起用吧。"卜义听说，早已飞一般去了。须臾间和黄俨各端来一个托盘，只是一碗粥而已。二人用毕，大臣们也已候在外边了。

二人漱了口，净了手，宣众官进来。胡濙看他并不问自己的差事，更不问来去时间，知他是一极聪明之人。大家见礼毕，太子指了指几案上的一堆书。黄俨走过来，每人递过两本。众人拿着不敢翻动，也没法翻，都尴尬地站在那里。

太子说："各位大人，这是本座刚令人刊印的两本书。一本是真德秀的《大学衍义》，本座读过几遍，在东宫各位师傅的讲解下，多弄得明白。本座认为此书为治国之鉴戒，各位大人闲暇时多读之。"

说完放下，拿出另一本说："这本是《欧阳修文集》，有一套，这是其中第一本。各位都是饱学大儒，子集经史无所不晓。只是这文正公之文却独有平和雍容之气象，他不仅文章妙笔，在写文章中可习学其事君之道。这本书里，文正公多次提到'奏议切直'。而今，朴直苦口者有几人？而面谀顺颜者比比皆是，此非忠君之道也。望各位大人勉之。"众人应着。

朱高炽说："卜义，先把大人的书收着，走时带着就是。"转身从奏章里拿出一本，看了看又放回去，又拿出一本，说："想父皇看奏章，在几百份、上千份的奏章里，随手拿一本，必是想要的那本，本座真是佩服得五体投地。学了这么多年也不曾学会，父皇是得到皇祖的真传哪。"

大家想，刚说完不准阿谀，这分明是在奉承皇上，没法接言，都含混地应着。太子说："吕大人，你昨儿个的奏章，本座批过。你看一下周宾迎请二徐之事，你就安排吧。本座不见了，让他们直接北上就是。庙祝升僧录司一事不准。"

吕昕说："回太子爷，臣等都知道爷不屑于僧道之流。可这是皇上钦点，爷应该……"

还没讲完，太子说："吕大人，本座虽然从来不屑于僧道，但只要有利于治国安民，本座一概信奉。只是不屑相与妖僧、妖道耳。此庙祝若有真本事，面见皇上，皇上自然赏赐。"吕昕称善。

胡濙听到这里，心想，这若是有人告一状，又够他难受几日。

太子喊金纯，说："金大人，皇上严旨，死囚犯五复奏，若真有漏报上来的，本座是不依的。离秋决还有两个多月，能纳钞的及早复之。金大人，你口含天宪，人命非同儿戏，皇上不止一次讲过，脑袋掉了就长不上啊。"

金纯说："太子爷所言极是。自从那年失囚以后，三法司更加小心了。朝廷纳钞赎罪，却是上应天和、下顺民意。只是小民极贫者，心有余而力不逮。几年来，秋决时臣为此揪心，太子爷明察。"

朱高炽站了起来，让后面踩扇车的用力，说："是啊，几千锭可不是小数，开始时还可以，这几年钞越发贵了，小民如何出得起？咳咳……自古至今，何存公义，总是小民坐罪。容本座再议，尽早答复你，你先退下吧。"

郭资出班道："禀监国，臣的奏章前日递上，臣急盼批复，请太子爷示下。"

太子看了一下，说："郭资，昨儿个议事，你为何缺席？本座已批复，已送达户部。本座得说你几句，兹事体大，无论何事，必要亲临，你所转河南奏章，灾民嗷嗷待哺，河南守牧之官为民之父母，只会请旨而百无一策，本座已下令严责。本座想听你释疑。"郭资嗫嚅几次，没有出声眼中泛着泪花。

杨士奇道："禀太子爷，郭大人夫人仙去已三日了，未及办理丧事就随朝伴驾，此乃千古难觅之官。前日早朝过后，在通政司告假，只误半日。太子爷明察。"大殿里官员都吃了一惊。

朱高炽离座，走到郭资面前，拉住他的手说："郭大人，本座失察，朝廷有此重臣，父皇幸甚，大明幸甚。本座给你赔礼。"说毕，唱了一喏，满殿皆惊。

郭资赶忙跪下说："臣生于永乐盛世，得遇明主和太子爷，幸何如之！不敢因私而废国事。"说毕，泪下如雨。

朱高炽说："请郭大人节哀顺变，差一郎官听差便是，好生发送夫人。"

郭资说："太子爷仁德，臣没齿难忘。现部总大人远在北京，只有臣一佐贰，旦夕不敢懈怠，恐伤圣上、太子爷爱民之心。现恭请太子训谕，臣回衙门升公座处理妥当，再发送亡妻不迟。"

朱高炽说："既如此，郭大人记下，陕西各府大饥，奏章已批示，先发粮米赈济，本座那年训诫过虞谦，已发灾疫，千里请旨，小民焉有活路！"

虞谦看提到自己，赶忙出班说："太子爷，自那次起，臣明白一个道理，当差既为朝廷，也为百姓，臣终生不忘。"

朱高炽颇为满意，说："虞大人，本座并未责你，只是与郭大人谈及此事。郭大人，不用墨守规矩。成丁一石，半丁五斗，速赈之，本座上奏父皇便是。你退下，速速办理差事，而后发送夫人，本座派人祭奠。"

郭资说："臣谢过监国，臣平生不喜与诸官交往，且拙荆生性恬淡，不必劳烦诸位大人。今儿个过晌臣便命人送归故里。"

朱高炽看他泪流满面，心下恻然，说："既如此，本座也不勉强。你退下吧。"郭资施礼告退。朱高炽把卜义叫来，耳语几句，卜义离去。杨士奇知道是安排人去祭奠郭资亡妻。

这日早朝，兵部侍郎陈怡出班奏道："禀监国，今早得报，交趾清化府土官黎利诈称皇命，起兵造反，攻城略地，黄直大人恳请朝廷发兵剿之。"这非同小可，朱高炽不敢留于早朝后，说："诸位大人以为如何裁处？"

大家七嘴八舌，有的说剿，有的说抚。大多数人说交趾守牧之官无能，乃至于此。朱高炽未置可否。这时当值御史出班奏道："禀监国，在京右军都督成国公朱勇未到早朝。"

其实朱高炽早已发现，这不是普通官员，是朝廷公爷兼一品大员，位子空置，极其明显。这朱勇乃朱能长子，父亲殁于国事，袭成国公。少年得志，难免恃父而骄，等闲之人不放在眼里。

朱高炽贵为监国，哪里知道这些事情，遂道："去看一下，为何缺朝。"

当值御史飞一般去了。过了片刻，朱勇和御史进殿，朱勇走到御前，跪下施礼说："禀监国，臣本没有迟朝，只因未带令牌，侍卫们拦在午门，臣不论如何解说，只是不允，臣不该失体，骂了他们，幸好御史解围。臣有罪，望监国法外施恩。"

一纠风御史出班奏道："禀监国，早朝已过两刻钟才到，臣参其失仪。"礼部官员、科道官员纷纷参奏。朱勇伏地，不敢仰视。

朱高炽说："众位大人，过失者，列位敢说无一也，本座也经常遗忘，此事另当别论。御史们，还是把心思放在朝政上吧。朱勇，你身为功勋之家，袭爵而立庙堂，应时时思祖之功，才不致行为失检，得罪百官。今本座宥你，若有下次，定不宥你。"

通政司把一天的奏章报上，散朝。一个时辰后，大臣们在文华殿跪候。朱高炽用过早膳，宣众官进殿，让卜义宣午门当值中郎将进见。大家见礼，太子赐座，这是很少有的待遇。胡濙在皇上跟前奏对，每每跪着。

卜义领着中郎将进殿，施礼毕，朱高炽说："你既为中郎将，当知法度，为何拦阻朝廷公爷？"

中郎将叩头道："回监国，臣职责所在，宿卫宫禁，恐奸人宵小造势而动，危害百官。今儿个臣阻拦朝廷重臣，罪法当死，然臣死而无憾，听监国发落就是。"

朱高炽停下手里的活计，看了这人一眼，离座走到他跟前，亲手扶起，说："将军何罪之有？宿卫宫禁，正当如此，此父皇所养之壮士也，来呀，上酒。"卜义亲端一杯酒，朱高炽亲捧在面前，中郎将拜了两拜，一饮而尽。

朱高炽说："若朝堂百官都如将军司职，大明江山何愁不固？乡民百姓何愁不饱？本座知你忠义，特简拔你长子为府左卫副百户。"中郎将跪下叩头，已是泣不成声。

半月后，胡濙求见太子，禀告到浙江一带巡视民风。到行人司领凭而去。胡濙回到下处，给皇上上奏章，大致意思是：

陛下洪福与天齐，太子爷仁孝，古今罕有。一、休息爱民，时刻以民人为本，见人受苦，心必悯之；二、不显责大臣，众官有过，依律而治，并且法外施仁；三、旌张宿卫，有犯过者，罚之，有执法严者，宽其罪而愧其心；四、遇警不乱，闻边匪警，悉以祖制治之，而丝毫不乱章法；五、自古宫人多诈，太子悉裁抑之；六、凡诸事皆依祖律成法，人人服之；七、每有恩于臣民者，必言出于圣上，每有惩戒，必言于己也。此其实，臣莫敢加减，实是陛下教之有方，大明之洪福也。

这些勾当，朱高炽哪里知晓？只是把诸事上了奏章。其一，纳钞赎罪，富家可免，小民难逃。建议穷极小民可赴北京天寿山或宫城出役可免其罪。其二，山东白莲教唐赛儿。

几日后收到父皇私信，朱高炽着实吓了一跳。几年来未曾收到父皇一封私信。

"高炽吾儿，"高炽跪读时，只见这四字，便泪流满面，"奏章览毕，内情悉知，所言诸事，皆谋国之策，朕心甚慰。想朕垂垂老矣，江山总要托付吾儿，定不会令朕失望。朕已裁定，迁都北京，望儿有所准备。"迁都不是秘密，朝野尽知，看父皇如此语气，朱高炽把持不住，跪在地上，手持私信放声大哭。

大家在柔仪殿外，无人敢去劝。卜义飞一般报与太子妃张瑾，也只是两字："无妨。"朱高炽夫妻，早已接到朱瞻基私信，皇上看过胡濙私信极是高兴，对朱高炽疑虑完全打消。

过了一日，又有密信到来："高炽，山东情势不可小觑，此妖人耳，吾儿需早做准备，若势急，不必请旨，可调发都、卫，便宜行事。朕已下旨给山东都司、藩、臬，严密注视，倘有唐赛儿踪迹，必先擒之。切切。"

第十七回

▼

平叛民卜义挂帅印　临前线官军试贼情

　　朱高炽把蹇义和杨士奇传到柔仪殿，把信中情况说了一下，二人着实吓了一跳。山东情势两个人也很了解，先是靖难被兵之地，千里白骨，万户无主，此一劫；北京修建陵寺宫殿，山东各府丁役过重；后又闸漕疏浚，皆出山东、河南之役。多少年来，民不得息，兵不解甲。军民苦之久矣，倘若贼人登高一呼，朝廷恐怕难以治之。二人深知，有些事是拿不到桌面上来讲的，蹇义说："太子爷，如此大事，为何不见山东各衙上报？"

　　朱高炽说："父皇已直接下旨给山东，让严加防范。若有可能，捕获林三之妻，令我等可调动军、卫，便宜行事。"

　　杨士奇心中大喜，眼泪都快下来了，说："太子爷，臣恭喜，自今日起，父子再无猜忌，臣等差事就好办了。"

　　朱高炽明白他的言外之意，他自己何尝不这样想，说："卜义，朱勇到了，让他进来。"三人又议了些差事，朱勇进殿，见礼毕。朱高炽道："今本座召你前来，有事问你。山东布防情势，说与本座听来。"

　　朱勇心下狐疑，监国并不涉军务，见问不敢迟疑，说："回太子爷，山东都司大帅刘忠，乃能征惯战之将，各府卫指挥大多是军功出身，极少数和臣一样，由荫袭而立者。"

朱高炽说："朱将军，难为你知道得如此详细。你回衙后，派员去山东，清查空额，令其补足，原来情势，本座概不追究。各屯卫弃农务兵，操演弓马，本座随时征调。"看朱勇露出狐疑目光，说："朱将军尽管放心，本座若无旨意，定不能擅调一兵一卒。下去准备吧，若名实不符，本座要摘你乌纱。"

朱勇告退。陈怡来报，安南清化黎利，大胜官军李彬，向北进攻，请示下。朱高炽派六百里加急，送于行在。

转眼过了年，上元节给假十天。百官或回乡里，或到近郊游玩。通政司大使孙靖和兵部侍郎陈怡叩官，到东宫找太子。太子令人接进来，在柔仪殿升了公座。孙靖满头大汗，好似盛夏一般，跪下行礼，说："太子爷，山东三司奏章，兵部也已接到，紧急军情。"

陈怡说："太子爷，六百里急报，山东妖人唐赛儿登高作乱，攻克青州，青州守牧官见贼焰正炽，一触即溃。贼人抢掠百姓，烧毁官衙仓储，而后率军退至卸石棚寨，莱州、莒州、胶州等奸民闻风而动，都司令各卫所征剿，请朝廷发兵剿灭贼人。"

朱高炽并不惊讶，只是重重地叹了一口气，命卜义宣蹇义、杨士奇进宫。他知道这些辅臣不会走远。他们与上元节假期无缘，哪里敢走开？朱高炽命孙靖用印速发往行在。孙靖告退。

蹇义、杨士奇进来，陈怡又讲了一遍，二人有些惊慌，看太子镇定地坐在那里，刹那间摄定心神。杨士奇说："天下圣明，莫过皇上。太子爷，千里请旨万万不可，恐贻误战机，一旦成燎原之势，那得大费周章，一面飞报行在，一面调兵，方为上策。皇上既已有旨意，太子爷应速做决断。"

朱高炽说："士奇所言，极是有理，然父皇只是口谕，并无半字圣旨。调兵须有父皇和兵部勘合，此其一；其二，本座亲抚过山东诸境，所谓贼人，多是无业流民，或因饥馁而活命者，以三位之见，当如何处置？"几个人都不作声，沉默片刻。

陈怡也是行伍出身，多年戍边，靖难功臣，守卫永宁时，辽东兵十几万人攻打近半月，仍然是城坚池固，是朱棣最看重的边帅。他后来调入兵部，说话比较随意，说："太子爷，当此紧要关头，只能用监国关防和兵部印信，只调集山东兵马，太子爷派人持监国使用的天子剑赴山东。臣保举一人，府右卫指挥张升。"

朱高炽点头，好主意。第一，京中十二卫不受五军都督府辖制；第二，有监国印信便可调动。太子说："兵不能调，只能调帅。让张升去山东。本座即下谕旨，再给登州张十一下牌票，速带兵去支援青州。"

蹇义说："太子爷，臣建议张升应当带府卫军兵，只有两千即可，其他可以临机提调。再者，此二人去，还是互不统属，刘忠为二品武官，定不会受张升节制，而张十一乃刘忠卫所将佐。令不统一，何以言胜？"大家点头称善。蹇义接着说："臣保举卜义，持监国天子剑，绥靖协调各方，必能事半功倍。"

杨士奇说："太子爷，宣之大人好主意，爷调教的卜义可不是常人，极富韬略与胆识。"只有陈怡，面露狐疑之色，看大家都信誓旦旦，不好多嘴，只是心里打鼓。

朱高炽心下高兴，说："好是好，只是中人监军尚可，却没有挂帅先例。现在也说不得，就让卜义去吧，正好陆允在府，让他一起去，代本座巡按山东。士奇大人，速下滚单，而后上奏章请旨。"

杨士奇愕然看着太子，皇上已下旨便宜行事，为何又千里请旨。朱高炽读懂了他的疑问，说："两不误，这边动身，奏章也到了。卜义他们到了山东，皇上也能接到奏章，切记，定求皇上简拔上将赴山东才是。"众人才明白太子之意，恐遭圣上之忌。

卜义接到谕令，又惊又喜，会着张升、陆允，取了天子剑和兵部勘合，到行人司报备完毕。不敢耽搁，点齐兵马，日夜兼程，非止一日到达济南都司。

都指挥使早接到滚单，天使到来，怠慢不得，三声号炮，中门大开，都指挥使刘忠、布政使陈敬宗、按察使阎本在大门外迎候。几个人看到一个三品服饰和一个四品服饰，带领众人簇拥着一个头戴烟墩冠的四品大监昂然走入，知道又是中人做使，都吃了一惊。

卜义也不看他们，径直走入大堂，几个人赶紧跟进。刘忠乃朝廷大员，武官二品，起居八座，开牙建府，等闲京官也不放在眼里，今看一中人前来，不免有几分轻视。卜义大大咧咧地升公座，立上天子剑，众人施礼。

卜义说："众位大人，兄弟今番奉监国之命剿贼，不敢有丝毫懈怠，还望诸位大人祝某成功。"众官才知道不是监军，而是挂帅。他们面面相觑，真是闻所未闻。不敢露出不满，应答着。卜义接着说："皇上和太子爷极是生气。皇上已给山东三司下了旨意，要严防白莲教，尤其是这个佛母。可各位大人权作了耳边风。如今这事叨登大发了。说不得，兄弟既是奉旨前来，只有与各位同心剿贼了。兄弟也把丑话讲在前头，有违令者，请天子剑，立斩。刘大帅，除青州府益都失陷外，还有城池陷落吗？"

刘忠说："回上差，青州被攻破，贼人并未占据，撤回了巢穴卸石棚寨，现固守此寨。本帅已命青州卫指挥高风带兵围剿，末将在此候着上差。"

卜义说："刘将军，速下令高风将军，只围不打，不可妄动。待兄弟到时，再作道理。陈大人，粮秣可备齐？"

陈敬宗嗫嚅几声，脸红了，说："回上差，还未备足，下官没想到叨登这么大，下官这就想办法。"

卜义脸现愠色，说："陈大人，兵马未动，粮草先行，兄弟已调登州卫指挥张士率兵由东向西击贼，刘将军率兵从西向东击之。朝廷已派柳升将军率两卫人马向此处急驰。若误了粮秣，说不得，先拿大人祭旗了。"众人都看他是一个和善的老头儿，以为像其他中官出京一样，无非想弄点银子就是。看此番作为，满脸杀气，不是普通中官。

陈敬宗赶忙答应，刘忠唤传令兵，令高风按兵不动。卜义不敢迟慢，简单用了茶饭，催促刘忠点兵。到了大教场，卜义和张升两个亲登校阅台，让刘忠到阵演示。刘忠命旗牌牙将挥旗演示，两位都不满意，觉得阵法太旧。卜义把刘忠叫在身边，指点了几处。刘忠这才清楚，朝廷派一位军伍中人来此，这阉竖是一个战将，不敢再有轻视之心。按卜义所说又演练几遍。

次日下午，刘忠率两卫军马随卜义向东开拔。次日到达青州地界。到张家店时，前哨传来消息，青州卫指挥高风擅自行动，围攻卸石棚寨时中计，兵马几乎全部覆没，高风战死。莒州、诸城、临淄几县相继叛乱，整个青州都陷入战事，并有向东蔓延之势。卜义令大军停下，扎下大营，命哨骑持节去各卫所传檄，不准私自出战，都向益都大队靠拢。然后几个人在大帐议事。

卜义说："这个高风，不听将令，死不足惜，只是怕贼焰更炽。现在只好等各卫所军兵到来，再和贼人计较。"

张升说："卜内相，上次去潭州时，可有借鉴之处，只从服色分辨，统一服饰，且进退有度者为贼兵，剿杀无赦。衣衫褴褛、手持农具等人，只是附贼之流民。只要不与官府为敌，尽可放他们一条生路。"

刘忠说："张将军，本将不十分赞同，他们分明是揭竿而起的叛贼。若赦了他们，恐怕群起效尤，如何剿杀得尽？只要从贼，按《大明律》处置就是。"

张升说："刘大帅所言是也，只不过这里有许多受裹胁的流民。太子爷吩咐，体上天好生之德，能抚则抚。他们只是因饥饿而从贼，不用说去官仓打粮，你就让他们到山上匪巢去抢，只要有领头的，他们也敢。"

众将都笑了，卜义笑不出来，说："刘将军，赶快让参军写出告示，去各州县及来往要道张贴，这次剿贼，主凶必办，胁从不问。见到告示之日起，回归农桑，既往不咎，否则定斩不赦，夷三族。"刘忠安排。

次日，各路卫所军兵到达。卜义升帐，分拨兵马，分兵三路。莒州一路兵马，诸城只是截住援兵，不准擅自出城，违令者斩。自己亲率大军进攻益都，并檄令张十一向益都邀击。分拨完毕，卜义、张升、刘忠来到益都。在路上只迎几股贼人，一击便溃，没遇见更大抵抗。卜义带人悄悄地来到卸石棚寨，亲兵递上窥远镜，卜义向远处望去。望了一刻钟，递给张升。刘忠自有窥远镜，也在望。

张升吃了一惊，在地图上看，只是一个小点，他以为只是一个土匪的寨子，现在的地图都很标准了，由宋礼、尹昌隆等人组织全国各州县测绘而成。这寨远远望去，山连山，虽不很高，但望不到尽头，四周都是危崖绝壁，看不见出入的道路。

刘忠放下窥视镜，说："上差大人，末将派了几拨人马化装侦察，都没了踪迹，想画出图本，据高风活着时报告，盘查极严，等闲之人很难接近。末将已把高风的指挥金事唤来了，去，把卫朝唤来。"一个戎装佩剑的武将进来见礼。

卜义看他人高马大，耳鬓角处有一块疤，四十岁左右，一看是经过战阵之人。卜义说："卫将军，把这次征剿的事细讲一下吧。不要妄加渲染，实讲就行。"

卫朝听令。当时他们随着高大帅驻扎在益都城外，城里暴乱时，大帅和二帅都在卫司，自己带兵去救已经来不及了，青州城已被他们攻下，把益都、青州府衙所有府库都打开，抢掠一空，把一些乡绅官属也抢掠一番，放火烧了衙门。待卫朝带人驰援时，贼人们放弃城池退回了卸石棚。卫朝不敢怠慢，查点军兵，飞报卫司。益都所千户、副千户、县令皆殁于国事。大帅二帅回到府里，整顿军马，杀向卸石棚寨。一路没遇上大的抵抗，都是一些乡民贼人，一触即溃。到了山下，二帅建议停下，派卫朝去侦探山下外围。

卫朝带人悄悄接近防地，很吃了一惊。只见防地布置得极有章法，最前哨是锥形阵，也是所谓的"牡阵"，两翼由疏阵组成，往里就是环曲圆阵，中军在其中间。他画下圆阵，交给高大帅，对高风说："大帅，这不是一般贼人，看防守阵法，不是等闲之人能训练而成，左右各哨都有一红绢头将领带着，中间牡形用来冲阵。大帅不可轻敌。"

大帅说："不管怎样，总是要战他一战。"次日，催动军兵发起攻击，这贼人只稍作抵抗，扔下辎重向山下逃去，慌不择路。众军将们都笑了。大帅下令追击，卫朝拦住高风马头，提醒他，天使严令不准出击，还有从侦察来看，这是诈败，不能轻进。卫帅和同知都说已经察觉，边打边观察。这一迟疑时，贼人早已不见踪影。大帅命令追击，命令卫朝带一千人断后，若有伏兵，扼住出口。这样一路追了进去，道路越发狭窄，已到了悬崖下面，向上一看，仰不见顶，看上去极是凶险。卫朝派人到前面去知会大帅。高风已经停下了，拿出地图，这里是葫芦谷。看看天要黑了，感到不妙，下令后队变前队撤出去。

第十八回

▼

抚众将卜义谋破阵　轻强敌柳升损军威

就在这时，几声惊天动地的炮声，葫芦谷被炸开的石头封上了。山上全是身穿青色对襟短衫的贼人，漫山遍野，逃跑的贼人也列成阵势。一个大红伞盖里闪出一个人来，大喊："高风，认识你爷爷董彦春吗？你们这些丘八，平时为虎作伥，迫压百姓，横行乡里，你高风还不算太坏，若放下刀剑，停止抵抗，投降佛母，保你不死，和佛母一起打出一个清平世界，共享太平。"

高风高喊："卫朝快退。"前面军兵又重复大喊一遍，卫朝醒过神来，命令后军速退。高风命令放箭、放铳。董彦春高声传下命令，不准用火，不能用石头，用箭射，他想得到官军的一些连环弩和火铳。不到一个时辰，高风全军覆没。卫朝带一千多兵退到贼人防地时，埋伏在两侧的贼人杀了上来。卫朝不敢恋战，杀出一条血路，只有三百多兵马获救。他最后说："禀上差和大帅，他们不是普通的贼人，进退有度，行兵得法，箭法极准，看起来早有准备。"

刘忠说："卫朝不要胡说，若早有准备，本帅岂能不知？"

张升看了他一眼说："刘帅，总不会真的是天兵吧？卜内相，末将建议，先不攻打，一是粮秣迟迟未解到；二是已有旨意，柳升大帅说话就到了，兵合一处后，再和贼人计较；三是这山东地界也是承平日久，军兵久不见阵，恐已无战斗力。明日可大校三军，重新布阵。"卜义和刘忠称善。

卜义说："明日在大寨外面排兵布阵，演练阵法。陆允，你派人给张十一送信，不必和贼人纠缠，速向我靠拢，这里才是主战之地，打下卸石棚，贼人无能为矣。"

次日，把军兵拉到寨外，由于成分不一，都是各卫所临时征调，不能统一指挥。众将登上临时校阅台，让各卫所抽名字射箭。不到一个时辰结束，几乎没有合格的，大明兵制普通兵士用石二（一石二斗）弓在六十步以外，十二射六中才算合格。一是弓不足拉力，一石都不到，显见是自己改过的，并且十不中一。

刘忠尴尬，说："上差有所不知，朝廷是军户制，父死子继，兄终弟及，虽有数量，不一定是好兵。许多都是无论怎么训练，他都拉不开弓。"

张升急得跳脚，生气地说："这样的兵怎么打仗！不能短兵相搏，先练箭吧。"卜义也很失望，心下骂了刘忠一顿，也没表现出来，只是下令：先合在一起，操演阵法，以本帅五色旗为令，先演练牡阵法。打乱原建制，把这些步兵一万人编为二百队，一队五十人加队长一人，骑兵八十队，五十人一队加队长一人，十队为总队。此八牡方阵，前军步兵弩铳队组之，两哨骑兵，两掖步骑合队，后哨为步兵队。

中军大旗旁设坛，分五色令旗，看红旗招动，前队成锥形，两哨成翼形，为冲方阵；绿旗招动，成雁行阵；黄旗招动，一字长蛇阵；青旗招动，后队变前队，呈倒八字阵；蓝旗招动，前队不动，其他退二十步；蓝旗再次招动，弩铳击之，总长自持令旗。过会儿开始演练，五日后粮秣到再战。这里在演练阵法，叛民也没闲着，接连出击，攻城略地。

卜义严令，坚守不出。刘忠着急，屡次劝谏，卜义只是不理。

这天探马来报，安远侯柳升已到，驻扎在青州城北，带兵已近两万人。刘忠和几位军将颇感为难，朝廷的滚单刘忠早已接到。朝廷有制，太监见官低职一级，走在宫中，不论这中人多高的职阶，见到文武官员，先行施礼，然后躬立，待官员离去再走。

可现在卜义假节钺、持天子剑，不能给侯爷、总兵官见礼。刘忠心里暗自思量，这北平的兵部真是不动脑子，大家颇觉为难。

还是陆允有些见识，说："卜大帅，刘帅，张帅，这有何难？卜大帅率我们继续操演，二位帅爷去见柳大帅，岂不两便！"

刘忠说："陆大人，小小年纪，却颇有见地。好，卜大帅，末将以为可行，末将和张将军去柳帅大营一趟。"二人带上护卫，打马奔向柳营。

二人看大寨成凸形，大帐之间距离防务军兵所站位置，皆章法有度，才知柳升不是浪得虚名。他两征交趾，两征北元，最近又在沿海捕倭，戎马一生，大仗经历何止上百。二人走进大帐，见礼毕，看这柳升白须飘飘，但威风凛凛。

柳升说："烦劳二位将军前来，心下过意不去，本该到大营去见卜内相，商量破贼之策。本帅听说你们按兵不动。两位将军，这无疑在自杀。两军对垒，军兵勇气为第一位，这正好堕入敌人奸计，会坐老吾师。张将军久经战阵，皇上亲赐一联，称张将军为孙武和司马穰苴，不是本帅责备你，正可劝卜内相，一鼓作气拿下卸石棚，好回京师复命。"

张升说："大帅谬赞了，末将怎能和大帅相比，进这大寨，好比'忽过新丰市，还归细柳营'。可见大帅用兵老到，只是卜大帅之意，山东承平日久，兵不习战，贼人气焰正炽，先避其锋芒，使其气竭，再寻隙击之，可一战而定。"

柳升哈哈大笑，说："卜义也谙兵法乎？不会只是说说罢。二位回营后知会卜内相，明儿个本帅先冲他一阵，再来和内相请教。"二人不敢回口，告辞回营。

到了大营，张十一到了，一身戎装，三品装扮，已是指挥同知，已经和卜义聊了一会儿，给刘忠半跪行礼，和张升互相一揖，二人是熟人，也不用客套。

卜义说："十一带来两个千总，兵士二千多人，先不编入大队，做预备之用。你们二位将军见柳帅，他想如何攻打？本帅想他一准儿会轻敌，二位可曾劝过？"刘忠略略地讲了一下。

卜义大惊："如果这样，大军休矣。两位将军为什么不谏阻？"

张升说："末将怎敢？听大帅口气，自己南征北讨多年，还惧这几个毛贼？明日三更造饭，五更出击。"卜义让摆纸笔，他说，陆允写，匆匆写下信，让得力亲兵送去。

柳升展开读道："大帅远路奔袭至此，咱家应去大寨拜礼，只是碍于礼制，待班师回京，咱家定摆东道，延请大帅。闻大帅要打卸石，咱家以为不可，我军远来，身心俱疲，而贼人正以逸待劳，此其一也；其二，现朝廷军兵不习弓马，不懂战阵，等演练熟悉再攻之不迟，望大帅明察。"

柳升笑着说："谢你家帅爷，你也替本帅带一句话，等弓马娴熟，贼人已被本帅剿完了。来人哪，每人赏一贯钱。"亲兵回报，众人气馁。

张十一说："卜大帅，柳帅刚愎，明儿个出征必败无疑。现贼人占尽天时、地利，我们只靠人和，要与柳大帅保持一致，才可不被各个击破。"

卜义说："张将军说的是，明日暂停演练，现粮秣已到，我军也正可击贼。明儿个不与其正面交战，只先救下柳帅再说。"

张十一说："末将愿带本部人马去接应柳大帅。"

卜义说："张将军，真壮士也，可惜你兵马太少，只要守寨就好。本帅有用你的地方，不要随意走动，守好大寨就是头功。张升，你带五千人马，去离柳大帅二十里处两边树林中埋伏。现在正是仲春时节，花、树足可以隐身。如果看见柳帅兵败，放他和追兵过去，然后在后击之。柳帅再挥师掩杀，不能全胜，也一定让贼人胆寒。本帅和刘将军佯攻寨栅，借以分贼人兵马。切记，救下柳帅兵马记为头功，切勿恋战，速回营交令，违令立斩。"

众将心下疑惑，不敢再问，领命而去。刘忠忍不住问道："卜帅，侯爷可是沙场老将，戎马一生，如何会败给这些乌合之众？"卜义看他说话，明明是对自己的分派有疑虑，也不解释，只是微微一笑。刘忠不悦，不敢再问，悻悻而去。

刚过二更，张升按地图所示，人衔枚，马摘铃，神不知鬼不觉地到达指定地点，埋伏起来。天已大亮了，看柳帅大队人马奔向卸石棚寨。三声炮响，大军冲杀。老将军一马当先冲向敌阵。只见山上令旗招动，各处叛军呐喊着同一个口令，连环弩、火铳相继开击。柳升沙场老将，自是不惧，挥动令旗，可军兵全然不顾令旗，有的看着贼人势大，掉头就逃。柳升大怒，命督战队杀无赦，这才阻止住退兵，重新组织，鼓噪而进。

只见山上令旗又动，贼兵大喊："佛母，佛母，保命护体。"迅速变化阵形，封住退路，把官军一万多人分割数段，万弩齐发。柳升这才发现，这不是等闲贼人，自己军兵毫无战斗力。急命鸣金，挥动令旗，随中军撤出。叛民鼓噪追杀，官军互不相顾，只恨爹娘少生两条腿。张升着急，暗暗佩服卜义，这阉竖确有一套，遂命出击。三声号炮，队伍在林边列阵，一齐放箭。

叛兵猝不及防，刹那间被射倒一片。只见山顶，令旗招动，后队变为前队，盾牌手迅速出列，缓缓而退。张升大吃一惊，这是什么军队，如此训练有素？没敢令军上出击，恐赚不到便宜，齐射一番，叛军退回阵地。山上令旗也没了，也看不到军兵。

已到了午正时分，柳升查点军马，折了四五千人，心下打鼓，恐卜义报给朝廷，对卜义又惊奇又佩服，真不知是哪里学到的兵法。柳升整点军马，查看好防务，带着护卫亲自来卜义大营致谢。卜义、刘忠率军佯攻卸石棚寨，刚刚回师，得报侯爷驾到，急令放炮，大开寨中门，带领众将迎了出来。二人半跪行礼，而后又互唱了一喏。卜义延至大帐，分宾主坐下。

卜义说："柳大帅，咱家还没去大营叩拜，倒让大帅先登门了，这失礼了。惶恐，惭愧。"

柳升说："卜内相说哪里话，卜帅假节钺、含天宪，本将早该来拜礼，今日登门一是见过内相，二是来表示感谢。你我本是熟人，说话不必绕弯。本将只知内相武艺了得，弓马娴熟，却不知谙熟兵法，真不知几时习得行兵布阵？"

卜义笑了，说："大帅谬赞了，咱家只是下人，啥时候学过什么兵法？只是在太子爷身边，耳濡目染，闲暇时也翻一下爷的兵书，不懂之处向爷请教。也随太子爷出兵几次，身边又有张升这当代孙武，多少也学了点。"

众人信服，尤其是刘忠更是佩服，看卜义五十多岁，一脸谦和，今日方知中人也是不同的。

柳升说："本将惭愧，厮杀了一生，大小数百战，不承想损兵折将，这股贼兵人数也不少，似妖兵一般，真是不可小视，这个唐三和董彦春是何方神圣，能有如此手段？"

卜义说："柳大帅，贼人还没起事时，太子爷就已关注了，让南北来往官员多加注意，后报给皇上。太子爷早已给咱家讲了这几个人，这唐三就是唐赛儿，是林三的娘子，因此人称唐三娘。据说梦中神授天书三部，能呼风唤雨、撒豆成兵，行兵布阵、兵法大道无一不有，这唐三日夜习学，烂熟于胸。能施人符水，刀枪不入，人称佛母。这董彦春是她手下一员大将，有万夫不当之勇。还有宾鸿，出身马户，杀人逃走，在安丘一带拉起几千人响应。还有一个女道士，叫耿燕子，做唐三的军师。现青州各地叛民遍地，只是这卸石棚寨最是难缠。不但训练有素，柳帅也看到了，易守难攻。"

柳升心下佩服，这才是领兵打仗，知己知彼方能百战不殆。自己轻敌冒进，给自己清名留下污点，说："卜公公，本将真是老了，下一步如何打算？"

卜义屏退众将，只留下几位将帅，说："这卸石棚寨，方圆几百里，当地百姓和贼人一条心。朱家涯和杨集驿两村，几乎家家从贼，悬崖峭壁，易守难攻，为今之计，只有派人打进贼营。即使不能里应外合，也能探得地形，再攻击不迟。不然徒伤军士，急切不能攻下，定会坐老吾师。"

柳升说："此计甚妙，不知何人能去？"

张十一明白卜义的话了，让他不要露面，遂站起来，在几位大帅前抱拳道："末将愿往。"

第十九回

▼

苦肉计张士见佛母　障眼法唐三显神通

卜义大喜，说："正合我意。柳将军，找这个人颇费我一些工夫。这个人必须是鲁人，口音没问题，还要懂江湖、旗子规矩，还要有胆有识，张将军最适合不过，只是怕有人认识你。"

张十一说："无妨，末将拉旗子已过去近二十年了，没有认识的了。我们需要一场苦肉计，一会儿再谋划。"

卜义说："往来细作极多，密之，带的人一定要可靠。柳大帅，我们正可等几天，练习阵法、弓马……"

看老将军一下子红了脸，知道话说错了，赶紧说："老将军，请勿多心。这一战，已经看出来我军既无斗志，也缺乏战斗力。大帅之败，全在于此。这就是我们迟迟不出兵的原因。"

柳升说："惭愧。"刘忠听完这话，心下明白，战事结束后，自己定会承担罪责，恐怕累及家人，遂打定主意，以死报效朝廷。

张升说："这唐三等人颇知兵法，柳大帅，贼人今夜恐去劫寨，大帅小心。"大家点头，几个人又秘密地商量张十一之事。

当夜，淅淅沥沥地下起了雨，间或有些雪粒，柳升全军戒备，贼人并未来劫营，放下心来，心想，草寇毕竟还是草寇。殊不知，是这场雨夹雪弄的。本来定好劫营，只是唐赛儿军师耿燕子，看雨不雨雪不雪，觉得不吉利，鼓捣了半天，得出结论：不宜厮杀，遂取消了劫营。

次日在朱家涯叛民防地前，有一队穿杂色衣饰的人被官军追赶，官军张弓搭剑，顷刻间被射倒几个人。领头的也受伤了，一支箭扎在右肩上，血往下流淌着，一个人跟在身后拨打羽箭。是张十一，他大喊："拉旗的，压杈子①。"官兵越追越近，后面的又射倒几个。跟着的是陆允陆小乙。

张十一又喊："压杈子，天下旗子一井水。"②官军听他喊，停了下来，观望了一会儿，看叛民阵上没有动静，又追了出去。看看追上，从叛民阵上跳出一队骑兵，挡在前面，拉弓射箭，官兵不敢靠前，只在这里射箭。只见山上令旗招动，这些人把张十一等人扶进阵中，这些叛民也回到阵上，还剩下五人，有三个中箭，张十一躺在阵上，疼得直咧嘴，陆允示意他们救他。

不一会儿，过来一个穿绿披风的人。看了一下箭杆，给边上人使了个眼色，这个人上去，猛地一下拔下羽箭，张十一疼得直咧嘴，满头大汗兀自一声没吭，那人过来敷药，包扎完毕。

这个头目说："看你是条汉子，不过也告诉你，我们不是拉旗子的，平时也看不惯拉旗子的。虽与官府作对，但祸害老百姓，抢人妻女，都不是东西。给他们一口吃的，打发走了。"

陆允站起来，躬身作揖，双手比画起来，头目说："原来是个哑巴，三七，你过来，你入过旗子，他什么意思？"

叫三七的跑过来说："救了他们，谢了。你们是好人，我们邻府的，这是二旗主，吃完后休息一下就走。有其他路吗？这条路不能往回走了。"

头目说："三七，你懂哑人语？"

三七说："不是，他这是道上的黑话。"

这个头目说："三七，你还说在旗子里只待半年，小头目都没当上，呸，放屁呢？半年的小喽啰能懂这么多？"

---

① 黑话，我们是山匪，救救我们。
② 黑话，做匪的都是一家人。

这个叫三七的讪笑着说："小人瞒不过三护法，待过几年，这几个人都好身手，赶出去还不得没了小命！爷，留下他们吧。"

头目说："就你多事，你我有这个权力吗？万一是探子，我们还有命吗？"

张十一已经坐起来，听他说，挣扎着站了起来，那几个伴当赶忙过来扶他，他对这个头目说："你看过这么狼狈的探子吗？就看你这样，你们也好不到哪儿去，你们有什么让我探的，都给我把东西丢掉，我们走。"挣扎几下，又倒了。

过来一个伴当说："二爷，你和这两位兄弟流血太多了，不能走。就在这阵上歇到半夜，趁黑走。"说完给这个头目跪下。

张十一就骂了起来："男儿膝下有黄金，不要给他们跪，我们到莫王山去，寻大旗主，倘若不在人世了，我们就杀他几个，赚个够本儿。"这个头目早已派人给山上联系，一枚响箭上去，过了半响，山上射下一支响箭来。

头目过去一会儿，走了回来，说："壮士们，我们护法和军师有请。"

张十一说："替我谢过他们，在下还有要事去办，就不去旗上了，改日登门造访，让我们在这儿吃喝一会儿，养养神，晚上突击出去。青山不改，绿水长流，后会有期。"

这个头目说："壮士，外面围得铁桶一般，怎么出去？先去见一下护法，想办法送你们离开就是。"

张十一只是不肯去，头目急了，说："来人。"

张十一也怒了，"什么意思？你刚才不是说你们不是旗子吗？还想强留吗？"

头目说："大护法只是说请壮士去谈谈，又不是害你们。说不得，来人，请各位进寨。"上来一帮人，嘴里客气着，手上动作着，推推搡搡地押上大寨，把每个人的眼睛都蒙上。张十一感觉深一脚浅一脚走了大约有大半个时辰。

有人说"到了"，停了下来，张十一只觉得浑身无力，有人过来摘下眼罩，张十一睁睁眼适应一下，看是一个大堂，坐着一些人，一张大几立在北面，后面一张小小的椅子，后墙上挂着两幅画，一幅是弥勒佛，另一幅是茅士元。有一副对联：穷尽佛心唤醒世间名利客；晓识经义招来迷途有缘人。上挂一个大大的横联：天佑佛母。椅子上没有人，只有阶下一个四十多岁的男人坐在那里，前面有牌子"导师"，张十一也不知这个导师是做什么的，索性不出声。他们只把他和陆小乙带了进来。

那个导师说话了，问押他们上来的头目说："伤治过了，有没有危险？"

头目说："那几个还好，就这位，箭已射到骨头上，血流得太多，已经上药了，死活凭运气吧。"

导师说："一会儿下去，再换一次药，跪请佛母赐药。听说你们不愿意上来，你想死就别往我的阵上跑哇。要不就死在我这儿，要不就好好活着。我可不想你死在官府手里。"

张十一听他口气虽硬，都是好话。抬起单手，用大拇指扣了几扣说："落草人登州莫王山二旗主彭七给把子插烛了。"

这个导师一脸雾水，说："他说什么，这么难懂？"

跟上来的三七说："导师爷，他说，败军之将登州府莫王山二当家的给导师行礼了。"

那个小头目就说："壮士，刚才讲过，我们不是土匪，也不是什么把子，不要说黑话，听不懂。"

导师看他虽有五十岁了，书生模样，有几分疑惑，看这些黑话都对路，略觉放心，看他伤势很重，不能试他武艺，看旁边这个伴当，不到二十岁，也像一个读书人。给在下面坐着的一个人递一个眼色。那人也不出声，偷偷地走到陆允身后，抬脚便朝陆允踢去，陆允"呀"的一声用手接住，往前一扯，再往后一送，那人站立不稳，仰面倒了下去，尽皆失色。

那个头目满脸狐疑，说："你不是哑巴吗？"

张十一看露馅儿了，说："你这人，谁说他是哑巴啦，只是装哑巴而已。"大堂上人都变了脸色，手拿武器围了上来。

张十一说："导师，把子，让他们退下，在下有一言相告，然后走人，从此大路朝天，救命之恩，容当后报。"

这时从后墙边走出一个人，也是四十左右岁，一身农人打扮，乱蓬蓬的头发。大家都站起来给他见礼，称大护法，这在导师之上。张十一想，这应该是董彦春，他施了一礼，痛得咧嘴。

董彦春说："本护法看你是条汉子，说吧，什么来路？若官府人使苦肉计就不要在这儿用了，本护法也不怪你，你们都下去吧。"两边人都下去了。只有导师和那个三七，因为他懂旗子黑话。

董彦春又说："就是旗子的，也不是什么好人。我们这些人，一恨官府，二恨旗子，你说吧。"

"在下彭七，莫王山二当家，原孝堂山彭和尚是家兄。"

董彦春不知道是何人，只说："久仰。"三七走到他的身边，耳语一会儿，董彦春站起来，拱拱手说："原来是彭旗主弟弟，令兄那真是豪杰，可惜了，那个张十一成了朝廷鹰犬，现在还活着吧？"

张十一说："就为这个张十一，在下拉起人投奔了莫王山，追踪这张十一，据说在闽浙一带抗倭，就先留他多活几年，到时候老账新账一起算。这次在下也是借你们青州的光了。你们这闹大了，官府把我们都当成一样贼，怕和登州府一样闹起来，把各旗子都剿了。大家开始还说一起对抗官府，到了最后，各怀心腹事，各打各的算盘，官府各个击破。在下旗下的大哥下落不明。我们从登州一路走来，官军一路追杀，今儿个如果不是贵旗相救，死无葬身之地了。"

导师问："那你们这个伴当是怎么回事？为什么装哑巴？"

张十一说："你们救了在下，在下也不瞒你们，只是千万保密，倘若泄露，朝廷一些好人要跟着倒霉。请把伏在后面的人都撤走，在下才能讲，还请主人谅解。"董彦春点点头，导师站在屏风边挥了一下手，回来坐下。

张十一说："要说他的身世，得吓你们一跳，在下听到时也吓了一跳。各位知道夷十族吧？"

导师一下子跳起来，狐疑地看着陆小乙和张十一说："你是说他是方孝孺的后人？"

张十一说："如假包换。"

陆允的眼泪流了下来，抱拳道："在下是先君第三子方中允。"再不敢往下说了，事先和众人商议的没有这块，自己不争气，漏了口，这个哑巴也真是难装，只好听张十一往下说了。

张十一咧咧嘴，董彦春说："快去请佛母赠神药。"三七跑了出去，不一会儿又回来了。

张十一说："你们可能听他说话了。就是因为这口音，装了十年哑巴。那时在下刚去莫王山挂旗，听说张十一去洞庭湖平叛，赶了过去刺杀没成功，却遇见了陆小乙，那时叫原允。他的义父就是大名鼎鼎的洞庭湖水匪原七。"

惊得几个人都站了起来。原七太有名了，导师说："这么说也是你们方家人了，故意改成原七。"

陆允说："旗主说的没错，他原是我府上管家方安，习得一身好武艺，正要斩我俩时，忽然一阵风，他就挣断绳索，抢过刀，砍翻了刽子手，拉着我跳下秦淮河，后来到洞庭湖打劫。"这事全国都知道，没想到就在眼前。

张十一说："原七被张十一剿灭，临死前嘱咐我带走他，改名换姓装哑巴，这么多年也不曾出声，不知今儿个是怎么了。"

几个人都笑了，陆允说："在这里感觉比旗子轻松，就放肆了。"导师起身离去，过了片刻，一阵细乐传来。张十一向外偷看，有两排女子穿道服，边走边洒符水，八个壮汉抬着肩舆，后面几个人手持钢刀跟着。再后面是一些鼓乐手。一个四十多岁的女道士坐在上面，旁边也是一女道，扶着肩舆走着，都是大脚。径直抬进大堂，原来坐在这里的男人们也都跟着进来。

一阵细乐，女道士升座，张十一判断，此人想必就是唐赛儿了。那个女道侍立旁边，大堂里的人跪在地上，双手合十，大喊"佛母临凡，法力无边"，连说三遍。唐赛儿睁开双目，看这两个人无所适从，说："归座。"众人站起坐下，她的眼睛向张十一看去，突然一条红带直奔张十一而来。张十一猝不及防，只是感觉这红带子好似一杆枪，直戳在伤口上，张十一骇然压过了疼痛，错愕地看着唐赛儿。

　　只见她双眼微闭，口中念念有词，只一声"去"，只见一个火球从红带上箭一般滚到张十一伤口上，衣服瞬间烧掉，可作怪，只烧伤口这一块，在伤口上烤了片刻，张十一只感觉痛彻心扉，强忍着一声不吭，众人只见唐赛儿微闭双目，又是口中念念有词，突然又是一声"去"，一股水箭一般流向伤口，打了两个旋落在地上，她手一抖，红带撤回去，分明就是一个普通的布条。众人早已跪下。

第二十回

▼

卜内相计破石棚寨　皇太孙宣旨迁新京

　　唐赛儿站起来，口中念动咒语，吐出一股火来，火熄灭处，出现一个药丸。她坐下来，递给军师耿燕子。女道士接过研碎了，过来给张十一敷上，张十一感觉温凉适宜，好像没有了痛意，说："谢大旗主，在下有几位兄弟也受了箭伤，望施法相救。大旗主佛法无边，在下今儿个是开眼了。今天见着传闻已久的佛母，亲眼见了法力，三生有幸。大恩不言谢，日后有用得着在下之处，如若不死，定当厚报。在下告辞。"

　　耿燕子说："慢着，贫道有话要说。"

　　张十一说："敢问大师宝山？"

　　"贫道耿燕子，在家修行。"

　　张十一说："久仰，失敬了，大师有何赐教，在下洗耳恭听。"

　　他知道这个白莲教鼓励释道，可在家修行。耿燕子说："听他们说你文武全才，你们二人怀负国恨家仇，多少年来，难遂心愿，只是因为势单力孤。现在佛母教化亿兆万方，普度天下苍生，法力无边。现信众何止百万，反贪官，杀污吏，救民于水火，打出一个野无遗骨、路无饥馁、耕者有其田的清平世界。贫道欲留壮士做一护法，不知意下如何？"

　　张十一说："多谢大师美意，在下对国事不懂，只知人在江湖，义气为先。家兄和大旗主都死于官府，一是要寻仇人，二要重新拉旗。在下告辞。"陆允过来扶他。

耿燕子刚要说话，唐赛儿站了起来："壮士，你的意思，本主明白。我的家人也遭了官府毒手，这样，把你仇人的姓名报来，待本主慢慢查访，定取他项上人头给你，如何？"

张十一哑然失笑，"佛母好大口气，他的仇人你已经知道了，你能取下项上人头吗？在下告辞。"

耿燕子说："不忙，请看佛母法术，再走不迟。"

张十一说："刚刚已经领教过了，确是神人。"刚要转身，看唐赛儿就在身边，心下着实骇然。十分错愕地看着她，佛母微笑地看着他只是不说话。张十一活了五十岁，原有些见识，有法术的人也见过不少。只是以为在捣鬼，可这不可能是捣鬼，火烧衣服，水浇伤口，正愣神时已不见了唐赛儿。耿燕子闪身，看唐赛儿明明还坐在那里。

张十一紧走几步，跪在地上，耿燕子说："想必你也听说过，佛母受神人传授，会缩地之法，几千里外，半个时辰就到，拿人项上人头易如反掌。倘若想要你命，现在你已经是尸首分家了。"

张十一拉着陆允跪下，说："在下虽不才，也知道轻重。自即日起唯佛母马首是瞻。"陆允指指自己，指指众人，意思是我是哑巴，不能让众人知道。

董彦春点头，说："你的伴当还跟你，一会儿有人给你送来佛母律例，不要和在旗时一样欺压百姓、侮辱妇女，天下穷人是一家，我们都是亲亲的兄弟姐妹。"张十一应命。

卜义看张十一没回来，也不知死活，和刘忠、张升商议明天战一阵，先把山下各村的贼人歼灭，而后接近天梯。张升称善。这样也使贼人不疑。

次日，三声号炮，双方列阵，叛民阵容整齐，都穿清一色的双襟短衫。张升说："太子爷说了，碰这样的，格杀勿论，杀哪个都不冤枉。"

董彦春看对方阵形，知道是演练过的，他和官军打了几仗，队伍不整，军无斗志，大喊："为首大帅通名。"双方射住阵脚。中军旗下，卜义、刘忠、张升闪了出来。董彦春看了一会儿是戴烟墩帽子的，哈哈大笑，说："阉竖挂帅，长见识了，只听过太监做监军，没听说过封大将军的。喂，你是站着撒尿的吧？"张升愤怒，就要杀过去。

卜义说："他在激我们冲杀，我们偏不生气，他们只待厮杀，我们射住阵脚不战。"

董彦春说："刘大帅久违了，你身为都司总帅，丢城失地，还在这装模作样，等着朝廷下旨抄家灭族吧。"说完仰天大笑。卜义看没有张十一等人，知道是安全的，否则早就挂出人头来羞辱了，只是还不信任他们。

董彦春几句话说到刘忠痛处，也不请战，大槊一举，催动战马。那边董彦春一看刘忠亲自上阵，也不答话，命擂鼓，挺大刀杀了上去。

卜义说："刘将军想殉国。"

张升愣了一下说："怎么办？"

卜义说："看看再说。"

他们两个人已经在阵上斗了起来，往来七八回合，不分胜负。董彦春把刀一摆，贼兵刷地闪开，刘忠也不理会，大喊："董贼，拿命来！"

卜义大喊"回来！"已是迟了。

张升说："鸣金吧。"

卜义说："不可，那样会被冲动阵脚。"

众将要救他，卜义让旗牌官挥动令旗，可弓弩火铳一个也不敢用，投鼠忌器，刘忠陷到阵里，卜义命令蓝旗挥动，全军出击，鼓噪而进。看看要冲上敌阵，敌营中军大旗上挂出了刘忠首级，卜义目眦尽裂，大喊"全线出击"，将士愤怒，排山倒海般压了过去。两军厮杀在一起，大约有一个时辰，柳升派人来援。忽然天好像黑了下来，官军惊愕。

只见贼兵重整队形，退了下去，官军追赶，只是追赶不上。把朱家涯阵地夺了下来，杀伤贼兵二千多人。卜义升帐，清点人马，也死了三千多。虽夺下了寨子，可刘忠阵亡。朝廷二品大员，卜义难辞其咎，上表申奏朝廷，并报捷。朱家涯攻下，方圆几十里都是平地，没有太高的山，大军把卸石棚寨围住，日夜攻打。山上只是放箭，悬崖峭壁天险一般，柳升组织死士攀岩而上，看看要成功到山顶时，却被乱石砸死，官军痛悼不已。

卜义突然吩咐："今晚随我去山崖。"带着一百多军士，把山崖下的羽箭都找了回来，让军士抱进大帐，留下十个亲兵让他们找出异样的羽箭。找了半夜终于找到两根，打开箭管，里面各自有一封信，内容一样："朔日三更攻寨，举火为号，攀悬梯上有人守。"

张升大喜，说："卜大帅，末将真是服了。这么说就是后天晚上，我们悄悄地做准备，要不要告诉柳大帅？"

卜义说："不告诉他，他会多心。明儿个咱家亲去大营，见面再作道理。"

次日，卜义来到柳升大营，说明情势，柳升大喜，说："正好一鼓作气拿下卸石棚，洗刷某前次之辱。"

卜义说："大帅征伐半生，又熟读兵书、谙熟兵法，两军交战，细作极多，咱家今儿个来这儿，是想和大帅……"

柳升把手一摆，说："卜内相把本将想成何等人？本将明白，公公尽管使出手段，偷袭成功，某定当催动大军，齐攻山寨。"约定时间后，卜义告辞。

这天朔日，二更天了，繁星点点，万籁无声。卜义命军士，人衔枚，马摘铃，马蹄上、兵器上全包上布条。悄悄地，神不知、鬼不觉地接近悬崖。到了三更，山寨火起，霎时间听到寨里一片嘈杂。火光照耀下，几个大长软梯垂了下来，张升一马当先，率军冲了上去。只有陆允带几个人把守，他告诉张升，张十一去夺栈道。张升率大军冲了过去。

张十一蒙着脸，正在苦斗，眼看不支，张升大喊："将军莫慌，某来援你。"大军蚁附而上，柳升带兵从栈道上攻了上来。这大寨可不是普通山寨，足有几十里见方，两军混战，直到天明。叛民已剿杀完毕，只是没看到诸位护法和唐赛儿。

张十一说："是末将疏忽了，他们有东西两寨，不知道怎么过去的。"军士来报，卜义让押进几个俘虏，问了一下，东西两大寨中间也有两条栈道连着，叛民逃过去后烧毁了栈道。

柳升说："这也表示他们无能为力了，我们几万人马围住东寨，一个也不放跑。架上大炮，每天轮流轰他。"

张十一说："两寨相距太远，射程不够。他们不准末将到此，就是怕末将发现这栈道。大帅，这唐赛儿是妖道。"把事情说了一遍。卜义看众将有些惧色，说："张十一，你刚立大功，本帅要表奏皇上，擢升你和伴当职位，可不能乱说，乱我军心。什么妖人？此戏法耳。去，把亲兵胡四叫来。"

这胡四进帐见礼，卜义说："把你那次在潭州玩的戏法再玩一遍。"胡四下去准备，卜义让清点人马，各报功劳，上表奏捷。又提醒各位军将夜间防护，不能放出一兵一卒。

胡四进来，把头盔摘掉，解散头发，披发仗剑，脚踏罡步，口中念念有词，手提剑诀，大喊一声"疾"，从口中喷出火来，在剑尖上滚来滚去，众皆骇然。

卜义说："赏胡四两贯钱。"然后哈哈大笑，"这是戏法，至于怎么弄的嘛，不能告诉你们。"众将都笑了，心下释然。但张十一还是疑惑，不敢再说了。

朱高炽接到战报，心里踏实了许多，也接到了皇上批转柳升的请罪奏章。朱高炽把杨士奇、蹇义、陈怡找来，大家不免感叹一番，一个是沙场老将，一个是从未带过兵的中官，可战果截然相反。可见世间事，只要用心去做，没有做不好的。这卜义临危受命，用尽平生所学，又学会了太子的沉稳，才有这么出人意料的战绩。说实在的，朱高炽一点都不担心，他对卜义还是了解的，何况还有张升呢。

目前最大的问题就是粮秣，青州各大仓都被抢空。这个陈敬宗作为布政使，三四万兵马的粮秣都解决不了。陈怡说："太子爷，这粮草可是大事，不论大小仗，饷道是关键。臣请旨和郭大人亲赴徐州调粮调饷。"

郭资说："太子爷，臣愿往，徐州有十二个大仓，还有兵部四个大仓和两个草料场。再从库里支几万贯钱和钞，三天也就到青州了。"

朱高炽说："也只好如此了。这也有二十多天了，济南只发出三万石粮饷，再就没有了下文。"

郭资说："陈大人来了几封公文催粮草。这也怪不得他，连续两年山东遭灾，旱灾蝗灾都遭了，府库已基本空了。臣和陈敬宗是同年，他办差也是极认真的。"

朱高炽想了一下，点点头说："哦，本座想起来了，是了，这陈敬宗也是永乐二年（1404）进士，因会试未缺笔差一点落榜，你两个倒是相同。"

郭资笑了，说："太子爷好记性，确实如此。"

朱高炽说："你们这事特别，就记住了。郭大人，本座多讲一句。有时赈济百姓，朝廷一些人就不高兴。免课税也要和本座打擂台，激起民变又死人，又费钱粮，听不见任何人说舍不得了。打仗，打的就是钱粮，与其如此……"说到这里，感觉像在抱怨皇上，叹了一口气，停了下来。别人也不敢再接言。

德州、临清都是备仓，陈敬宗无权调用。作为监国也须请圣旨，而且道道手续太过繁杂，一时半日也难发走。邸报已发出，大学士胡广殁了，已从北京发出灵柩，运回京师。责其子扶柩归葬，允许解缙之子到京师致祭。

这天行在有旨意，众官由午门接入，皇太孙朱瞻基前来宣旨，没用太子去接旨。众官在文华殿候着太子。朱瞻基跪了下去，拜了几拜。

蹇义手持圣旨，大声道："有旨。"朱高炽跪下问安，蹇义宣旨："奉天承运皇帝诏曰：朕登基数载，宵衣旰食，不曾丝毫懈怠。幸赖祖宗护佑，现四海承平，海晏河清，内无饥民，外无饿兵。然大明建朝以来，北边不靖，蒙元跳梁，时寇边境。朕决定迁都北京，永镇边庭，而使北方士庶富足，城乡繁荣。自接圣旨之日起，各部、司、五府简拔留守，一半赴京。留守人员，由太子定裁。设北京为京师，各衙一如京师例，设京师为南京，各衙存留，只在前加'南京'二字。其余朕随发邸报，昭告天下。皇太子待众官北上后，到北京监国，由太孙留守南京。钦此。"

皇太孙已读了一遍，只是父子尴尬，太子回避，由蹇义代宣一遍。朱高炽升座。这道圣旨大家并不意外，迟早的事。只是这庞大的衙门调动，耗时费心力。朱高炽只留下蹇义、杨士奇和陈怡。太子赐座，朱瞻基也坐下。

蹇义先说话了："太子爷，这次差事浩繁，不亚于修陵浚漕。首先确定各衙留守南京吏员，还要重置官吏，而后就是搬迁。各衙及署衙各种公事器具不胜数也，总不能都留在南京，到京师再重置吧？转输搬运十分艰难，又要耗费役力，现农时正忙。臣之意，可否请皇上下旨，在京十二卫北上时，让军兵帮忙运送。"大家都佩服这个蹇义，头脑灵活转动得快。

陈怡说："蹇大人所言极是，只是大人有所不知，这十二卫军兵，都是老爷兵。自己衙门可能都得用役人，各大帅、佐贰们也都双眼朝天。因是亲军指挥使，不隶属五府，又多是功臣之后，等闲人也瞧不在眼里。皇上下旨，也只是表面应承，不会真心办差事，再者说有一多半都带在圣上身边。这府军卫又带去一些去了青州，不用指望了。"

第二十一回

▼

柳大帅中计唐赛儿　袁天官苦谏雪灵丹

朱高炽也晓得其中勾当，这些指挥使眼里只有皇上，点下头，示意陈怡接着说。"蹇大人提醒了臣，倒是可行。现在武功三卫都闲着，他们隶属工部，可命工部下排票，调入京师一半，留一半在原守。"

太子说："好，本座给工部下谕令，让他们出牌票，只是这些人顶得了什么？"

杨士奇说："太子爷，现出民役是不现实的，还有一个办法——漕帮，朝廷出些银子就是，又便捷又稳妥，不至于损坏什么，有极私密的交给三卫。"

太子爷眼睛放出光来，说："这就妥当了，转运这个大问题解决了。只是目前大本不在南京，尹昌隆也已正法，何人能联系到王六满？"

朱瞻基说："禀父座，儿臣能联系到。"他看父亲狐疑地看着自己，说："小乙曾告诉儿臣如何与漕帮周旋，儿臣派人去就是。"

朱高炽释然，这陆允在旗上好多年，尤其是江河湖泊，这些勾当当然清楚。他点点头，对蹇义说："宣之，这个南北两京都同设官衙，耗资颇巨。皇上之意，南京减半即可，设之始，再少些也无妨，把主官迁于京师，其余你们吏部斟酌。现民课已够重，官吏一食一饭莫不来于民人。多一些衙署，百姓就多一份课赋。父皇常讲，君者父也，民者子也。为子当孝，为父当慈，也可各务其道。文武官吏，切勿忘多体恤子民，请宣之谨记之。"

蹇义说："皇上和太子爷体恤亿兆黎民，臣等忝居庙堂，敢不尽心牧民？太子爷放心。"嘴上说，心里打鼓，这差事短时间如何能办得下来？这总得在太子、太孙这儿讨个主意，否则办砸了差事不是小事，遂道："太子爷，还有两件事情请爷示下。留守之官得议出一个标准。据臣所知，北京并没有太多官宰，百官们家口如何？"

这一军，彻底把太子将住了。朱瞻基说："蹇大人，本爵可以告诉你，维喆大人正在和张信他们安排，文官四品以上，武官三品以上，已号上宅子。只是自己付租金，朝廷无这方面支出预算。"

蹇义说："英明莫过皇上，那臣就可以对官员讲了。"

杨士奇说："百官们心里清明着呢，这里加上'南京'两字，职阶就低了，当然都想去京师。下官给个建议，就按考绩即可。"

蹇义看着太子，太子摇摇头，"也不尽然，必定还有许多不想去北京的。宣之大人先征询一下，不想北去的优先留守。至于考绩，有时本座还是不屑的。蹇大人，这考档办法，也需再完善。比如说，这仓中储粮，各县定额，不及三分者夺俸，不及六分者降调。"

蹇义和杨士奇都看着太子。这是官员勋绩，以此考察是否庸政。朱高炽说："本座深居宫中，也时常外出巡视，在中都长成，一些勾当还是明白的。有的官吏为博勋绩，盘剥小民，敲骨吸髓，犹恐不足，考满为优。清廉自守，与民休戚者，多不满仓。更有甚者，到考满这年，上下其手，或遇灾伤，就向富民借粮充仓，以应故事，不说这些了。"

蹇义在吏部凡十几年，这些勾当也有所耳闻，却没有这样详细。原来太子心里清明，只是不说，遂道："太子爷，那臣回衙门立即升公座，商议标准，再派人去各衙张贴告示，先登记愿留守者。"说完就要告退。

朱高炽又加了一句："宣之大人，府上恐怕不能回了，门口轿子把大街都占满了，可要仔细了。"这话嘱咐得意味深长，蹇义答应着，退了下去。杨士奇看父子有秘密话要谈，请示了几个差事，拿上奏章上后堂批阅。

太子问儿子："皇上最近身体怎样？"做太子的可问安，却不能这样问，好在黄俨等人都已屏退。朱瞻基说："回父座，皇祖身子骨大不如前了。"

慢慢地讲了一些。周冕把二徐请到北京，皇上让把灵虚宫腾出来，专门供奉二徐。庙祝叫了虚，惯能装神弄鬼，经常去宫里作法。皇上累了，他和皇上面对面坐着，说请得二徐助气。却也作怪，只作一刻钟，皇上只觉了虚身上有股热气袭来，从涌泉穴一直循环周身，半个时辰下来，皇上觉得耳聪目明、神清气朗。再看了虚，浑身是汗，几近晕倒。

皇上感动，只道是二徐附身，用其阳气，遂赏赐有加，不隔三五天，必要了虚请仙一次。现已不能满意，了虚就献给皇上一粒丹丸，晶莹剔透，有小指肚大小，名叫雪灵丹。起初皇上不服，了虚把丹丸研碎，让王珉和两位小太监分饮下去，都说极妙。尤其是王珉因身上有刀伤，不时疼痛，服下去后，十多天不痛，于是告诉皇上。朱棣知道王珉忠诚，服了半丸。此清化发气，更令人舒畅。看奏章，见百官，幸后宫，都不觉得累。圣心大悦，封了虚为道录司左玄义，仍执掌灵济宫，随时递牌子进宫。

了虚的官长道录正、演法、至灵等，许多人都无此殊荣，这从八品的小官，令百官侧目、中人敬畏。皇上自结识这了虚，性体大变，几乎每晚都翻牌子，脾气异常暴躁，道衍和尚殁后，无人能解劝。贵妃娘娘病体日渐沉重，朱棣又着急又愤怒，有时怒不可遏，连一向敬重的刘安也被杖责了十下，让宫里密查李常在死因。

朱高炽听完落下泪来，"皇上一向斥左道旁门为妖人，为何又轻信这了虚？满朝文武都是死的，竟无一人劝谏？"

朱瞻基说，也有劝谏者，多被杖责。有一次皇上说话喑哑，正值袁忠彻自陕西回，面圣劝谏说："陛下需善保龙体，臣观陛下面色，恐有疾病之症。"皇上然之，让袁忠彻请脉。袁忠彻直言："皇上喑哑，看脉相却是痰火虚逆之症，此乃灵济宫符药所致，请陛下停服。"

皇上大怒说："既是有症候，有仙药在此不服，服太医院的庸医凡药吗？再勿复言。"

袁忠彻连连叩头，"皇上一身系天下安危，亿兆子民莫不望皇上福寿康泰。道人丹药，多以朱砂、水银等制，药性多热，虽一时缓解，实伤龙体。皇上若龙体受损，置天下苍生何？"

说罢连连叩头，放声大哭。王珉和两个太监也哭了。皇上愈加暴怒，"袁忠彻，你在哭朕，朕快死了吗？"袁忠彻跪到丹陛下，叩头不止。皇上气恨难消，袁忠彻靖难时呼风唤雨，多有功劳，皇上倒是没有责罚。看两个内侍也哭，遂命侍卫拖下去这两个内侍杖责二十，仍气恨难消，恨恨地回宫了。袁忠彻跪了一个多时辰，皇上突然想起，令王岷把他送回府。

朱瞻基接着说："父座，贵妃娘娘只怕不好，也不知能不能赶到北京见一面。"

朱高炽说："儿子，皇上性体大变，现幸有娘娘周旋，不然宫中会遭难的。本座尽快办完差事，尽早赶去北京才是。只是不知道为何要去北京监国？这'监国'二字实在是不解。"

"皇祖并未明示，据儿子猜度，可能要北征。阿鲁台最近屡次犯边，皇祖震怒。"

"又要兴兵，青州这里还不知战况如何呢。"

卸石棚寨，已围困半个月了，断绝了水源。卜义、柳升派人在山下喊话，放下刀械即为良民。已经有几个断断续续从悬崖上缒了下来，也有在半路就被山上射杀的。柳升给这些人以酒食，然后换下衣服，向山上喊话。

柳升也打探到了许多寨子的贼情。这里还有叛兵六千多人，几个村庄还连在一起，去年到今年春天大旱，大多数井都枯死，兵民几万人，粮食还能坚持，水是大事。柳升心下有数，自己轻敌冒进，损失几千兵马，皇上已下旨切责，命戴罪立功。只要攻下大寨，便可首功一件。

这天晚上，大寨又缒下几个人，被山上发现，射死几个，跑过来三人，其中一人是三七。柳升好言抚慰，给足酒食，然后亲自问话。三七说："小人要见彭七大侠和他的伴当。"

柳升说："他们不在这里，在朱家涯东寨门，来去几十里，有什么话尽管对本帅讲。"这个三七就讲了一些不痛不痒的话。柳升同样问了另外两个人。

其中一人说："大帅问的都是大事，我们一个小卒子，只知道冲锋杀敌，长官、佛母的策略，我们都不知道。不知将军为啥不问三七，他是三护法的侍卫，大小事全都参与，大帅一问便知。"

柳升大喜，才知道三七是不肯讲。沉思一会儿，命人备好一套八品补服，把三七喊过来，指着补子说："你是明白人，现弃暗投明，朝廷宽宥你。现本帅给你一个前程，这是八品补服，等闲军兵厮杀一生也难得到。你若把知道的事都告诉本帅，本帅擢升你都司断事。"

三七眼睛亮了起来，说："大帅说话可算数？小的说句不知轻重的话，我们民人都知道官府的人最不讲信义。大概不会过河拆桥吧？小的一介草民，又曾经做过贼，哪里敢朝你讨官，又上哪里去找你？"

柳升哈哈大笑，"本帅发凭，盖上关防，打完仗后你凭此去兵部领正式任凭，这个官服先赏你，穿着不合身让侍卫们给你换。本帅征战多年，不曾枉杀一人，你们下山来投诚的，都已发给盘费遣回乡里。本帅也出凭作保，当地官府不得追究。"

三七跪了下去，磕了几个头。柳升下令侍卫扶起。三七说："既然这样，小人就实话实说，小人是大寨三护法的侍卫队长三七，姓吴。我们已经商量妥了，在朱家涯东寨门突围，定于明儿个四更天。"

柳升大喜。重赏三七。立刻升帐，分拨人马。副将唐飞提出疑问："大帅仔细，末将恐其有诈。"

柳升说："本帅征战三十年，岂不知是唐赛儿之计，但众将尽管放心，这是唐三之计，而不是三七之计，他也是唐三一个棋子。想调开大军突围。如此雕虫小技，如何瞒得过我？"

副将唐飞说："大帅英明，但末将还有疑问，既然是唐三那婆娘用计，那为何是东寨门，而不是我们的防区？"

众将都问。柳升说："这就是兵法所云，虚者实也，实者虚也。唐三故意诱我，一是朱家涯东寨门离西寨太远，二是又令三七使计，我必以为突围之处在我们防区。"大家叹服。

副将唐飞说："大帅，那也不能掉以轻心。"

柳升说："此言正合某意，你带四千人马在西门北门，本帅带兵直趋朱家涯，连夜出发，到东寨门明日白天休息，可令晚间埋伏。"

唐飞说："那应该知会卜老爷和张大帅，免得有抢功之嫌。"

柳升说："说的是，明日与他讲就是，你带兵先放好哨岗，休息半日，轮流休息，切不可给贼人可乘之机。本帅大军也需两个时辰，眼看天就亮了。众将，去点兵吧。记住，看住什么狗屁三七。"整点完军马，已天光大亮，向朱家涯疾驰而去。

卜义和张升等人正在议事，刘忠阵亡，卜义只好令同知张兴署理都司。这时探马来报，柳升带大军朝这边而来，已经快到了。几个人互望一眼，不知何故。这时又报，大帅军兵朝朱家涯村西奔去，绕过我们防区，柳大帅带一些人朝大营而来。

张升对卜义说："柳将军前失一阵，恐立功心切，被贼人所诱。若如此，大事去矣。"

卜义想了片刻，大喊："放炮开中门。"时间已近午时，三声炮响，居中寨门大开。卜义、张升率众将迎了出来。见礼毕，迎进大帐。柳升屏退众人，讲明情势，最后说："事不宜迟，多设几条防线，争取一战而成，莫使跑掉一个贼人。本将恐卜内相兵力不够，带兵前来。请卜内相速点人马，准备厮杀。"

卜义和张升大吃一惊，张升也不客气："大帅中贼人之计也。"

柳升心下不悦，说："张将军，本帅从军三十几年，这些跳梁小丑能有什么好计！不消疑虑，为今之计，多设防线，请速做安排。"他心中虽然不悦，这是府中卫指挥使，正儿八经的天子卫队，兵部和五府都不能统属，又是太子的舅爷，也不好说得太重，换作别人早大发雷霆了。

卜义也很奇怪，这久经沙场的老将，如何会中此计？看他生气，也不好说什么，只是说："大帅，还是两手准备，恐贼人袭你大营，派张升往援你营。"

柳升早已看出两位将军的狐疑，看卜义这样说，也不好再讲什么，"卜内相提醒得极是，西寨门留兵少些，倘若晚上贼兵偷袭大营，恐难抵挡。那就有劳张将军了。"

第二十二回

▼

败叛民佛母失踪迹　奏凯歌卜帅升司礼

卜义愣了一下，没再说什么，他的意思是提醒柳升后，柳升一定会派本部人马，现在真的叫张升去了。卜义知道他立功心切，恐自己与他分功，心下叹了一口气，说："那就先埋锅造饭，饱餐后休息半个时辰，我们先选防御位置。张升，先吃饭吧。"

刚要吃饭，只听一阵阵隐隐炮声，几个人听听，来自卸石棚西门。因太远看不见火光，只见一团团浓烟升起，毕竟二三十里路程，判断大致方位。

张升正在整点军马，看到火光后马上跑进来说："卜帅，完了，中计了。"柳升乃沙场老将，这时心下全明白了。

卜义不等他说话，命令道："调集所有马军，张升，你为先锋，速去回救。限你半个时辰赶到。若迟了，定斩。"张升领命而去。整点骑兵，泼风般向西门杀去。

卜义说："柳将军，攻打山寨。"

柳升心下惭愧，只好听令，东寨门守军仍然很顽强，打了半个时辰，叛民退去。大军冲进大帐，早已人去屋空，就连刚才的叛民都不见了踪影。柳升焦躁，下令把百姓集中起来问话。所谓西大寨，也是多少个村子连在一起的，集中一次，只有少数人到。其他只在家里闭门不出。因为火炮打不上来，家家户户完好无损，看乡民不出来，将军们气愤，来请示柳升。

柳升没好气地说："你是死的！不要问某。"刹那间，西大寨几十里的村庄，鸡飞狗跳，多地起火。张十一带着陆允在大帐中找到卜义，说柳大帅纵兵大掠，卜义只说一句"知道了"。

这时张升回来了，走进大帐，见礼毕，简单地说了一下战况。当时柳升走后，副将唐飞恐怕中计，令西门深沟高垒，两军轮流休息，他也只以为叛民在晚上突围，谁知没到午时，山上叛民潮水般涌了下来。官军猝不及防，有的在堑壕里一铳一箭都没放，就被射倒砍翻了，刹那间攻进大营。

唐飞命连连放炮，一是震慑贼人，二也可给大帅报警，这些叛民极是骁勇，只有半个时辰就杀尽了四千多官兵，抢走粮秣、饷银、军械器杖，一把火烧了大营。等张升骑兵赶到，早已不见了踪影。只见遍地灰烬，尸体散发着焦臭气，也不见副将唐飞。

卜义说："张升，这下你我也完了。这个柳升，贪功心切，惹下大祸，唉。"

张升说："说也无益，末将已遣哨骑去侦刺，等回报吧，柳大帅呢？"

卜义说："听报去剿残匪了，还不是发泄愤恨去了。"

张升大惊，说："卜帅，你我多年好友，也多次随太子爷出兵和巡狩，这百姓无辜哇。卜帅，速速出榜安民，派出督察队，有害民者，立斩。"

卜义说："你去安排吧。"张升急速下令陆允写出安民告示，派出巡查队，由张十一带队。但已迟了，卸石棚西大寨十几个村子，已是十室九空，各处大火，多时不熄。

张升叹了一口气，自言自语恨声道："柳升，某必参你。"

柳升、卜义都如实上了战报。过了几日，有旨意，拿柳升械送南京，兵马由张升统领。卜义、张升下旨切责，戴罪立功。若再有纰漏，二罪归一。

二人不敢怠慢，整点军马，合兵一处，移师青州城，在城外扎下大营。哨骑回报，还带着唐飞等人。唐飞进帐，双膝跪下，放声大哭。卜义亲自扶起，他本是山西行都司指挥佥事，随柳升伴驾北征，升为同知。他和唐三血战，看看不敌，想拔剑自刎，被部下拦住架起，躲了起来。看叛民大掠一通，向东南遁去。几个人商议，随后缀着，探好敌踪，也算将功折罪了。

卜义说："唐将军不必伤心，这事怪不得你，你们大帅已被都督府的押回南京，我们也被下旨切责。咱家和张大帅必力保你。"

唐飞谢过，说："贼人向安丘奔袭，宾鸿正在那里，但末将观察，宾鸿兵只是一些流民，不似唐三兵善战。"

张升说："事不宜迟，大帅应檄令各路军马，向安丘邀击。"卜义升帐，整点军马，令唐飞押运粮饷，亲率大军向安丘进发。一面飞报朝廷，速解粮草。这时也收到安丘县告急文书，说宾鸿会着唐三、董彦春攻打安丘县城，三人合兵有一万七八千人，莒州、即墨、寿光之贼也有增援之势。

卜义说："擒贼先擒王，拿住唐三，其他贼兵无能为矣。"遂传令升帐，卜义说："诸位军将，柳大帅两番轻敌，损兵折将，使贼人遁去，本帅接过令旗。自即日起，杀敌者赏，见敌退却者斩。大丈夫立于世间，立不世之功正在此时。"

张升补充道："有害民者，取民间财帛者，立斩。"其实自己都知道多么苍白无力，哪个是贼，哪个是民？众将自有章程。卜义催动大军，一路又有几个守御所加入，又有了三万多人。一路急行军，赶到安丘，杀退前来截击的叛民。

卜义拿出窥远镜看，成千上万的叛民，把安丘城围得水泄不通，正用天梯在护城河上架上浮桥。张升也用窥远镜看了半晌，只见统一服饰的贼人，仍然是进出有度。其他大多是杂色衣饰，武器也杂色不齐。

卜义说："众将军，只要不放下器械者，即为叛民，格杀勿论。放下武器者，不准妄杀。"一声令下，官军看这些叛民，心里不惧，冲击过去，两方厮杀在一起。喊杀声惊天动地。城里趁势杀出，内外夹攻，叛民只是不退，官军武器趁手，又是连环弩，又是多眼铳，大枪长矛也多齐整，一万多人瞬间被杀。官军把唐三兵马团团围在中间。卜义挥动令旗，让城中兵截住唐三退路。再一挥旗，摆开大阵。又挥令旗，火铳、连环弩交替发射。

唐三兵也不示弱，大呼"佛母施法，刀枪不入"，鼓噪反击，弩铳齐射，官军死伤惨重。卜义红了眼，令旗挥动，全线出击，只杀得天昏地暗，血流成河。唐赛儿的大伞已在射程之内。卜义说，抓住唐三者封侯，抓住护法者升三级，白身赐七品，让官军连喊三遍。官军如疯了一般，这刀枪不入的，太让人崩溃，叛民瞬间被吓傻，掉头就跑，已是迟了。

只剩下唐赛儿卫队了，大家正想立功，突然一阵狂风，飞沙走石，众人睁不开眼。风过后，早已不见了唐赛儿踪影。张十一早已领教，对唐赛儿的法术深信不疑，以为又是缩地之术跑了。官军就要进城，县令和千户守住门不让进，几乎动起刀兵。他们看卜义和张升走过来，过来见礼，说："大帅，城里已遭涂炭，请大帅城外歇马，卑职过后去劳军。"

卜义叹口气，说："十一老弟，这是好官，把我们和贼人一样看待。"张十一答应着，心里想，还不如贼人，贼人只杀少数人，这官军专杀百姓，心下所想，哪敢说出来？只和陆允对视一眼，挥动令旗，到十里外扎营，安排军士抬死人、救伤员、打扫战场。

卜义升帐，各报功劳，一一记在功劳簿上，张十一生擒董彦春，推进大帐，董彦春脸上毫无惧色，只是轻蔑地看着卜义。卜义有惺惺相惜之感，遂好言相劝，力保他不死。

董彦春冷笑道："你们这些为虎作伥的鹰犬，想让董某与你们同流合污，做你们的春秋大梦吧。这位公公，看你也不是一个坏人，你在山东各府走走，看看百姓还有没有活路。官府一级级盘剥，没完没了地役作，苦巴苦业一年下来，还是不能填饱肚皮。这几年天灾人祸，百姓卖儿鬻女，也难维持生计。你们屠杀的这些叛匪，都是走投无路的百姓。你们休要多言，用刑就是，董某皱一下眉头也不算好汉。"

卜义也不和他计较，下令带下去打进槛车械送京师。只是没抓住唐赛儿，上表飞奏朝廷，画影图形，下海捕文书，捉拿唐三和耿燕子。各城安排守令，等诏令班师。

朱高炽接到奏报，心下高兴，用六百里加急飞报行在。不日旨意下，锁拿山东都司、藩司、臬司掌宪和佐贰械送京师，因张兴刚刚到任，令其戴罪署理都司。青州知府和佐贰连同各县知县一体擒拿，柳升夺爵下狱。

卜义擢升为司礼监秉笔大太监衔，仍留东宫。张升赏穿二品服饰，张十一苦肉计破贼，功推第一，破格擢升为青州卫指挥使，令其同知守城。张十一率领人马奔赴登州，会同登州卫司剿灭倭寇。陆允升为北直隶永平府同知，唐飞为山东都指挥同知，和张十一诈降的将官都升两级，白身的赏九品服饰。所擒叛贼，一律就地正法。吴三七夷三族，下旨捉拿唐三。

南京为这些军将举行了隆重的班师仪式。各卫军兵回到卫所，卜义和张升到兵部销凭。自此，人们对太子更是刮目相看。朱高炽在文华殿设宴，给班师诸将洗尘。张十一私下给太子讲了唐赛儿的法术，朱高炽想，那就很难拿到了，卜义也说她确有一套。

过了端午节，皇上来了旨意，令朱高炽及东宫全部北迁，东宫留与皇太孙入住，择日成行。皇上又来了一封密信，令其在路上采集民风，访问民之疾苦。朱高炽到衙巡视，又把各衙主官宣进宫里，知道已大多数搬迁完毕，主官不日北去。

太子又把留守主官和佐贰召集起来训勉一番，把皇太孙正式介绍给百官，告诉他们，由皇太孙坐纛南京。又令蹇义和杨士奇与自己同行。东宫里也在收拾，因没有父皇旨意，宫里妃嫔和中人、宫女都没敢动，和往日一样。一切安排妥当，朱高炽命人护侍家眷，包括蹇义、杨士奇家眷一起北行。自己坐车，让卜义带着护卫，微服回北京。张升不放心，把府中卫将士分为两部分，一部分留守东宫，一部分护送家眷和太子，安排好将军带队，自己带三百军兵随着太子，远远护侍。自己挑选极精壮的内卫高手扮作伴当，随行护侍。

朱高炽一行晓行夜宿，刚到徐州，徐亨接着。皇上不放心，让他亲来接应。朱高炽让他随侍太子妃和郡王爷们，沿水路北去。朱高炽已十多年没走这条路了，想一想，来往几次，惊心动魄，死了多少无辜人士，又看了多少穷苦乡民。过了徐州，渐渐到了山东地界。

太子已把打算告诉了蹇义和杨士奇，他们知道要过山东，遂没沿运河走，直接奔兖州府而去。他们避开府县治所，去了乡间各村各镇。到了离运河不远处的平原之地东水河。这里村庄密集，人们都在忙于收夏粮。这东水河是一个大镇，周遭地区都是平原，历来是山东较富庶之地。鲁南地区大多数是山地。这里靠近闸漕，离几个大湖水柜也不远，有许多优势。朱高炽看着人们忙碌着，心下高兴。

杨士奇说："爷，这天闷热得紧，雨快来了。这夏禾一时半会儿也收不完，恐被雨浇哇。"

朱高炽下意识地看看天，点点头，没说话往前走了几步。卜义说："爷，几位先生，说话就到饭时了，寻一处打尖，再作道理吧。"大家称善。这就是卜义，率千军万马时，杀伐决断，雷霆万钧，回到宫里仍是和气待人，谦恭有礼，使众位对他更是钦敬。

张升说："这个大镇人员稠密，去打尖，在下安排人寻一家饭庄。"

卜义说："这差事怎敢劳动相公，还是奴才派人去办就是。"因是微服，称呼都市井化。一路走来大都如此，因几个人都是四方平定巾，身穿直裰，用蹇义的话说，看上去都是屡试不第的秀才。有的年龄有五十岁了，其他护卫，都是伴当打扮。张升也不再争执，卜义派人前去，众人骑马跟随朱高炽坐在车里。军兵在二里以外。

朱高炽掀帘子看下，觉得太过张扬，对张升说："这样人太多，走进镇里会吓跑食客，让侍卫不要跟着，自己去寻地方进膳。我们这几位在一起，卜义，切记，若擅作威福，轰赶客人，定不宥你。"

卜义忙说："放心吧，爷，小的也不是第一次随侍了，还是分得出轻重的。"

朱高炽说："我知道你办差仔细，只是白嘱咐你几句。"众人走进镇里。镇子不小，大的饭庄却不多，也许是离县城较近的缘故，但小的饭庄也有几个。护卫跑了回来，"找到一家，只是……"在卜义耳边嘀咕了几句。

卜义说："饭庄倒不小，只是太嘈杂。护卫们怕有不虞，是不是……"朱高炽说："卜义，你这奴才，有什么不虞，你越这么张致越危险。按刚才说的去进膳，哪个知道我们是谁呀？"

卜义说："爷的性体，奴才还不知道吗？只是饭庄里有一些麦客。这些麦子收完，好的东家就要好好地款待一下。他们太吵，也不太洁净。"

朱高炽说："好了，本座就在这家饭庄。切记，不要雅间，就在大厅里。"

第二十三回

▼

积因果高畅优麦客　采民风太子见农人

一行几人米到饭庄，是两层楼，额匾上写着"滕运酒家"。杨士奇说："爷，起的好名字，既含着地方，又有吉祥之意。"几个人进去，卜义点好菜。这时，侍卫们也三三两两地走进来，坐下吃茶、点菜。这边五人吃着茶，打量着饭庄的装饰，还算不俗。大厅里一半桌子已经占了，有两桌是一些黑红脸膛的短衣帮。朱高炽知道是麦客，看时，有一桌已经上了菜。两个东家模样的人在劝菜，麦客们拿捏着小口吃着。还有一桌菜还没上，麦客蛮拘谨地坐着。

朱高炽盘算着，夏禾收完了，就剩归仓了，看起来这几天没雨，确实照顾了农人。卜义不放心，到厨下去察看，又派人试菜。安排妥当，回到桌旁躬身侍候着。朱高炽已经习惯了，每次微服在外他都如此。大家也不吃酒，饭用得就极快。

过了两刻，麦客们下去了几碗酒，不拿捏了，说话高声大嗓儿，其中一个说的鲁中方言："东家，我们过晌就走了，还有一个村子约好了。他们几天前开镰，几个老客因为一些小事起了争执，撂下走了。那边来人，愿出双份工钱。东家，你这人好，不亏待麦客，小的敬你一盅。来，大伙儿一起敬东家一盅。"

大家都站起来，东家说："各位老客，这是说哪里话！我们也不是一年两年的新主。明年看看该收啦，你们自己过来就是。只是这些天都忙着收麦，招待不周，还请多多见谅，老夫已让账房给大伙儿备下了麦敬（工钱），想要钱钞还是麦，就按开始讲好的。来，大伙儿吃一杯。"说罢一饮而尽。

麦客们都感谢不尽，朱高炽一看这么多麦客，知道他家里一定不少田。东家又说："各位老客，老夫还让账房给每位一贯钞去买双鞋子。去年就给了你们一双，后来听说有不合脚的，考虑不周，罪过。今年就自己去买吧。"众麦客谢了，用了饭，和另一个东家一起走了。这个东家在准备结账。

朱高炽看另一桌的麦客，两盆大饼放在桌上，每人前面放一只大碗，里面是按人数点的汤菜，不计数多少，吃完可续添，不另收钞。那个桌的食客都已走了，这桌的几个麦客还没开始，看着大饼，也是流口水了。开始好生羡慕邻桌，又有酒又有肉的。东家只作不知，看了足有两刻钟，到了这时，已饿极了，只等东家说话了。

朱高炽看刚才的那个东家已结了账，要往外走，给卜义使了个眼色，卜义会意，说："东家请了，请到这边奉茶。"就喊："店家，拿最好的茶，煮上一壶来。"

这个人看这几个人，虽是秀才，也是一身富贵气象，不敢怠慢，拱拱手。两个人走到临窗的一个桌前，卜义说："在下多有唐突，还望见谅，我家主人想和东家聊一下。"朱高炽走了过来，互相一揖，东家看这个人胖胖的、高大的身材，把后摆一提，稳稳坐下，就感觉到此人有说不出的威压。

店家上茶，卜义亲自给二人倒上。这东家吃了一口，连称好茶。朱高炽看他如此爽快，心下高兴，说："东家的夏禾都收过了？"东家答应着，朱高炽说："刚才学生听到了东家的话，也看到了东家做派，不胜钦敬。东家待人不薄，必是福祚绵长。敢问东家贵姓？"

这个人说："敝姓高，单一个畅字。相公爷谬赞了，在下也只是托祖上荫庇，有几顷薄田。也读了几本书，虽学不来圣人之道，也知不虐下人，不苛长工，否则枉为人子。"

朱高炽愈加钦敬，"东家，今年收成如何？"

高畅说："托相公福，今年夏粮收成不错。又有十左右天没下雨，也大都收完了。"

朱高炽说："家里没有长工吗？这么多田，怎么不租种出去？"

高畅说："相公也是农家吧？怪道这么清楚。是啊，祖上一共留下五顷多田，三分二都租了出去，这佃户们都收不完，怕下雨。每年都雇十几个麦客一起收。"

卜义问道："那高东家，在下冒昧问一句，这雇麦客钱米谁来付？"

高畅笑了，说："先生问的极是，佃户们都说要自己拿，在下虽不是大富之家，日子也还颇过得去，都是在下拿。本家的佃户也颇知好歹，逢年遇节也要送点东西给在下。东西不在多少，这是心意。每次我都高兴地收下，再回赠些礼物，不让他们委屈就是。相公爷，小民苦哇。"

卜义看他有告辞的意思，赶忙换茶。朱高炽说："这样的年景，还是可以吧？"

高畅摇摇头，叹口气说："不瞒两位爷，在下还可以，佃户也行，其他的小民就难过了。前年闹蝗灾，去年南沙河决堤，几个大湖都决了，一年里颗粒不收。"

朱高炽说："是啊，据学生所知，朝廷已赈济了。"

高畅苦笑道："杯水车薪。在下颇有存粮，这两年和佃农们一起，也消耗光啦，去年也得到了一些赈济，也过得去。其他人，又要赈又要贷，去年贷一石米，今年要还麦一石六斗，若夏粮还不上，秋禾还两石半。相公爷想，这些收成，能成什么事？"

朱高炽吃了一惊，怔了半晌说："领教了，先生大德会代代传颂，请问家里可有令郎？"

高畅看问得蹊跷说："犬子两个，都不甚成器，已进了学。长子考了乡试未中，二子还不曾试过。"

朱高炽说："不敢动问令公子名讳？"

高畅说："无妨，长子高杰，次子高廉。"

说罢告辞。朱高炽告诉卜义，记住这两个人名字，这么有德行的乡绅必有福荫。这时，店家进来换水，他们谈起高畅，说他是方圆百里的大善人。哪个要租到他家田地，那是烧了高香了。还不要名，前几年县上的林父母，要旌表他，他硬是不答应，说旌表者大多是沽名钓誉之徒，惹得县父母生气而归。"你再看那家东家。"说着努努嘴，下去了。

朱高炽看时，桌上的大饼已空空，大海碗里还在续汤，有的已经放下碗。卜义笑着说："爷，奴才看出门道了，饼只上有数的，汤管够，都喝饱了，花不了几文钱，传出去都中听，在某某大饭庄请的，一会儿就得打嗝。"说着几声嗝响传过来，朱高炽笑出了声。

这时进来两个人，拿着一个大褡裢走到桌前，东家喊店家撤碗。来人拿出账来，让麦客们画押领工钱。麦客们一个个画了押，来人拿出钞来付过。一个麦客站了起来说："东家，这账不是这么算的，说好的按亩付麦，你不能这样。"另几个麦客也站了起来，求他给麦子做工钱。

这个东家说："你们真不知足，现在能找到活不错了，你们也是老客了，你们去打听一下，说话就收镰了，有多少撒家舍业没找到活的！告诉你们，没找到活的，客死的都有。好了，知足吧，本东家也不曾短了你们，领好工钱，快回吧，家里都等着呢。"

领头的那个不干了，"东家，我们虽是离乡的麦客，可也不怕不讲理的。这么付工钱是不行的，我们得找个地方讲理去。"

这个东家瞬间变了脸色，骂道："不知轻重的东西，找说理的地方是吧？好，来人，拿着我的名刺去给林父母，把他们先是索去打一顿，追回工钱。"那个账房模样的就接过帖子要走。

这时邻座一个单客走了过来，说："这不是金老爷吗？这还算个事嘛！都知道你和林父母的交情，稍候。"就把那个领头的麦客拉到一边说："兄弟，这是本地有名的乡绅金老爷，他和林父母的交情没的说。听老兄一言，拿上东西快走，不要等他反悔。"

麦客狐疑地看他一眼，他又朝麦客坚定地点点头。麦客过去朝东家拱拱手，账房说："各位的行李都在门外，各位走好。"几个麦客悻悻地走了。卜义给侍卫使了一个眼色，侍卫跟了出去。那个单客走到金乡绅跟前，手一伸捻了半天，金乡绅给了他一个五文的制钱。

这个人说："金老爷，太少了，给你省了几贯钱，总也得给二十文吧。"

金乡绅说："你好不晓事，一句话的事，得了五文，还不知足！再啰唆一文也无！"这人又说了一会儿，给添加了一文，那人也不再计较作揖而去。这个金乡绅让店家结账。

店家说："小店还敢给金老爷争不成，随便赏几个就是了。"

金老爷说："看你这话说的，在下是最讲究公买公卖的，平生最恨贪小便宜的人。"说着拿起算盘算了起来，店家就瞪着眼看他。

正在这时，一个小厮跑了进来说："老爷，老尚家的主母又来了，说不把这只羊羔还给她，她就告官了。"

他扒拉着算盘，看了这个小厮一眼，掏出一张钞递给了店主，说："这等小民最是刁顽，张扬出去就像是我们仗势欺人。告诉她，羊吃了晒的麦子，少说有两斗。这几天在我们府上又喂了许多，让她拿半石好米来换。要不然把羊留下，再不行就拿……"

小厮接过话："就拿老爷的名刺，给林父母索到县上打一顿。小的说了。"金乡绅看了一下，有些尴尬。小厮也不知深浅，说："她不怕，她说爱上哪儿送名刺都成，她就不怕大茶壶，小的也不知是什么意思。"

金乡绅跑上去，一脚踢翻了小厮，骂道："快滚，别在这儿给我丢人现眼。"店里人不多了，都笑了。

卜义看他们走了出去，把店家叫来，问道："这是哪里的老爷，怎么这个模样？"

店家说："他的事，这十里八乡大多都知道。他是县上的，进过学。"

杨士奇吃了一惊："秀才？怎么不穿相公服？"

店家说："也说的是，进过学，乡试了几次，只是不中。肩不能担担，手不能提篮。没办法，去了亲戚家的勾栏瓦舍，当起了大茶壶。没几年攒下几两银子，买了几顷地，到东水河做起了生计来。有人首告到县里，打了板子除了名，扒了衣服。"

塞义本是一个严肃的人，听完沉吟片刻，和张升对视一眼，忽然哈哈大笑起来。朱高炽等人也笑了。杨士奇说："刚才学生还在想，刻薄持家，必难久享，既是大茶壶，忝列衣冠那就没的说了。"众人又笑了一回。

朱高炽等人走出来，那几个麦客早等得不耐烦了，看几个人走到跟前，个个气度不凡，又是秀才服饰，都跪下磕头，口称相公爷。朱高炽问："都起来，几位老客，没吃饱吧？"

几位麦客讪讪地笑了一下说："还可以。"

卜义说："旁边有一个面铺，几位进去吃碗面，在下做东。"几个人推让一番，几个侍卫连拉带拽地推进了一家面馆。朱高炽等人没进去，找一处阴凉，卜义在车上拿几个杌子，几位坐下，说着话。已过了午时，天气正热。

张升说："几位爷，我们几位哪像是庙堂高官，却像蹲墙根的不第秀才。"

杨士奇说："爷，学生知道爷为什么有那么多出人意料的治国经济之策。不唯读万卷书，还要行万里路也。世间万物，风情荣辱，市井乡民，人间百态，莫不烂熟于胸。治世经济，有的放矢，惩前示后，高屋建瓴，学生等万不及一。"

朱高炽说："士奇，这不是你的做派，你是不奉承任何人的。"

塞义说："爷，此言差矣。杨先生此言发自肺腑。在下和爷一起出来，感觉无所适从，像爷那样同小民聊天，真觉得不惯。"

朱高炽说："宣之，老实人能讲出这样的话，就是不俗之人。学生自己是游走于中都及南北两京，皇上每每令多多体察民情。皇上曾说，自主天下，想尽知民情，虽细微事不敢忽略，自古昏君，不知民事者多成了亡国之君。学生常想，深宫大殿，能听到几句民意？"正说着，几位麦客吃过面，走过来见礼。朱高炽让他们起来，客套了几句，问道："你们是哪里人？你家里不收夏粮吗？"

麦客答道："回老爷话，我们是沂水的，我们那里不种麦子，我们都是学割麦的，家里也是农闲时，又是青黄不接时候，出来做十几天麦客，一是把自己的嚼谷带出来，二来也可赚点粮补贴家用。回去后再有一个多月新粮就收了，这些钞就够了。今年离家时，这个三玉没出息，和老婆睡了，带累了大伙儿，遇着这么个东家。"

杨士奇没听明白，问道："你们离家时还有仪式吗？"

麦客说："有，怎么没有！我们村男丁都一起离家，要敬个神，斋戒三天。这都好办，家里一年能见到几次荤腥，主要是不能和老婆睡，这要犯戒，不是找不到活，就是拿不到工钱。"

朱高炽看到一个二十多岁的后生，红着脸，低下了头，想必就是三玉了，说："这也难怪你的伙计，谁能知道碰到这样一个东家，他少给了你们多少工钱？"

麦客说："这次是哑巴亏，割一亩麦子给麦半斗或米三升，折钱五十五文，最好不付钞，付钞是半贯，说得都挺好的。干了十一天，割了三顷加二十亩，只给了三贯钱，每人给了十贯钞。"

第二十四回

▼

顾此失彼朝廷失策　天灾人祸鲁东大饥

　　朱高炽一算，只给了三分之一，安慰了几句，每人又给几吊钱，告辞而去。几个人商议，去只种秋粮的地方看看。朱高炽说："宣之，记住这个林父母。"

　　蹇义说："回爷话，小的知道他，连续三年考绩都是优，从六品县令，那个金乡绅的话未必是真，以此吹牛讹诈也未可知。"

　　朱高炽说："这些，学生当然知道。然自古亲民者莫过于知县。县宰正，则民自安，乡气正也。此县令身居衙署，民风如此，如何教谕百姓、劝课农桑？"

　　蹇义没敢回口，只回道"是"。当日就宿在东水河。张升带几个亲兵去转了一圈，回来告诉太子，今日听到的属实，这个高畅确实令人钦佩。小民们都羡慕他的佃户，其他佃户已接到县里排票，交还贷粮。朱高炽听到默不作声。大家都知道他心下难过，休息不提。

　　次日启程，在青州和济南两府交界处北行。登州卫司有密札，众人疑惑，登州如何会直接给太子上密札？打开后才明白，是张十一的，密报有大批倭奴在马鹿岛南的一个无人岛上集结，据报人数不下千人。他带兵赶到已无踪影。张十一怀疑这些倭寇可能要袭扰辽东等地，目标应该是金州。

他已派人飞报辽东都司刘荣。

朱高炽读毕，不敢怠慢，回信给张十一，严密注视敌踪，若发现，便宜行事，随信有太子手令，可凭此调动登州军马。赏了来人，让二人速回登州。想一下，还是放心不下，又给山东都司张兴写一封信，派人急送过去不提。

大家走了几日，雨不住地下了几日，车马难行。走到一个叫和业的大镇，雨还是没有停的意思，找一家大的客栈。一路走来，大多数山地种植的是稷黍，长势不错。这里属于济南府莱芜，连报两年饥馑，今年看是可以了。朱高炽每天都能接到奏章，他每天也给皇上上奏章。皇上下旨催促了。

他们议定，在这儿停一站就直接北行。他原打算请旨去乐安州看看朱高煦，几个人都反对。他知道他们怕暴露行踪有危险。这几个人都是地地道道的太子党，虽然谁也没讲汉王一句微词，也都彼此明白，恐他知道行踪后再下毒手。

客栈也没有客人，也不见几个伙计，店家亲自来伺候。朱高炽就问："店家，你这店里客人不多呀？"

店家说："爷说的是，现在这情况谁还到这儿来呀？小店也是勉强维持，伙计们看没啥生意，都回去了。小店也强留不住，回家更没活路。"说着叹了一口气。

朱高炽让他坐下，说："听店家口气，这里又是大馑，学生不明白，这风调雨顺的，应该好过呀，怎的反而有饥馑呢？"

店家说："客官是京师来的，自然不知道了。这两年大灾过去，饿死不少人。"

张升不高兴了，说："店家胡说吧，两年大饥，朝廷赈济了不少。只去年一年，这里就赈了四次。黜了两年课税，怎么有饿死的人？"店家看他语气，不敢再说了。

朱高炽说："店家勿怪，他这人直肠子，藏不住话的。你又没什么生意，刚刚下更，说说话，也可消化一下。你接着讲，学生爱听得紧哪。"

店主说："去年就不讲了，只说今年春荒时节，朝廷赈济了粮食，成丁三斗，半丁斗半，爷想这能顶得几时？朝廷又按田土亩数发给种子，乡民们饿不得，有的把种子吃掉了，地也不种了，带着家小走了。"

朱高炽说："那一定又饿死了不少人。济南府不管吗？"

店家说："我们这个和青州交界，今年春天佛母起事，官府粮草还支应不得，哪顾得上百姓？最后卖儿卖女，卖不了的吃掉了，不忍心吃自己孩子的，易子而食。"

朱高炽几乎跳了起来，问："那现在呢？"

店家说："现在济南府差多了，听青、莱两州来的人说，那里还是这样。"

当天夜里，太子几乎一夜没睡。雨停了，卜义端过早膳，他也没吃，说："走，到周遭几个村子看一看。宣之，现何人接替陈敬宗，去叫他。"

蹇义说："回爷，是佐贰暂置布政使，是俞济周。"

朱高炽说："让他速来见本座，他向来勤谨，为何会这么糊涂？"卜义也不敢再劝，牵过马来，张升已安排好护卫。

朱高炽说："把马牵到镇东边，我要在镇上走走。"

说着走了出去，这路经过一晚上，已干了许多。几个人跟着太子，边走边看，米店还在照常开张，杨士奇看了一下，米价也不是很高，知道人们手中无钞。朱高炽看到人们菜色的脸，心下难过。

张升过来说："前面是县里派下来设粥棚的，这些人拿着碗去领舍粥的。"几个人跟着乡民，走到一个大雨棚前，因为下了连天雨，就临时搭起了棚子。一个八品的官员站在那里。有几个军兵维持，朱高炽想看看有几个锅，人太多，根本看不到。秩序很好，排了两个长长的队伍。

朱高炽以为快开始了，看不到有火。几个人散开来看，有几个乡民扛着米袋子和柴火从旁边的院子里出来。张升说："爷，小的问过店主了，说了到巳初才开始舍粥。"大家明白，早来排队，怕吃不到。朱高炽边走边看，又来到一家米店。看有人在买粮，在旁边看了一下，那人买了几升麦了。朱高炽看他走了，过去和朝奉打了个招呼。那人一听是说官话的，就有些不愿意搭话。

卜义走过来，说："店家我们想买点米，没有袋子。"

店家眼睛瞬间亮了，说："客官，无妨，买多了，本店送个袋子给你。要买个升把的，恕不能奉送了。"

卜义说："买两斗。"朝奉忙说："有，可以给爷装在两个袋子里。"这年月，看到买两斗米的不多。他量着米，朱高炽问店家："你这粮食，价钱也公道，为什么买米的不多？"

店家朝奉说："不瞒客官说，现在哪家还能拿出买一升米的钱钞哇？这年头，作孽呀。"朱高炽说声讨扰，告辞。看那边也升起腾腾热气，知道粥煮好了，朝粥棚走去。兵丁们看他们不像是乡民，也不管他们。朱高炽径直走到锅前，看有四个大锅，都已煮沸。每个锅里哪有许多米，只是几粒杂粮在水中翻滚。

张升走过去，给那位官员一揖，那人看是相公，还礼不迭。张升说："大人是县上下来的？"

官员听他说京师官话，更不敢怠慢，说："下官莱州县主簿倪进。"张升说："原来是倪大人，失敬了。学生有个疑问，这粥也见不了几个米粒，如何能充饥？"

倪进说："是，相公所言极是。只是巧妇难为无米之炊，府里拨付的粮食，哪个州县不争？府里也讲，人有一份，插筷子不倒，可这点粮食，要顶到秋粮。还有一点，这要比周遭各村强些，他们已无粮可调了。这里的粥要太稠了，还不够他们抢的。"

他的声音很大，张升知道他故意借此机会说给乡民听。朱高炽走上去，拿大长勺舀了一下，喊过卜义，把那两斗米倒进四个锅里。这个倪进，连连打躬作揖。朱高炽只作不见，走到镇东骑上马，向东边奔去。田里的黍稷已经灌浆，但也有一片荒芜的田地。他知道，店主说的主人逃了，他还说各种匠户和马户都跑光了，把马杀掉吃了。

蹇义说："爷，那片荒地有些人，不知在做什么，小的打发人去问一下。"

朱高炽说："不用问了，现草籽儿正成熟时，乡民们在采食。"他想起当年在东昌府，两村人因争夺草籽儿的地盘约架，领头的还是儿女亲家。快二十年了，朱高炽由一个青年已变成胡须垂额的中年人，可百姓依然贫苦。地里太泥泞，几个人就在田边候着。

一会儿有人过来，杨士奇问道："老乡，你们在做什么？"有的说在挖菜，有的说在采草籽儿。几个人佩服太子，长在深宫大殿里，却熟知民情。朱高炽让他们都过来，问赈济之事，七嘴八舌说已无粮可赈了。

朱高炽不忍再问，让卜义给每人一贯钞，去买些粮米。一声不吭，骑马回到客栈。

次日，俞济周带人觐见。见礼毕，太子看他穿三品服饰，知道还不是布政使，以前也相识。朱高炽也没让他们起来，说："地方官守牧一方，而乡民穷困至此，心就不难过吗？当初张清和高宁把山东治理得民殷库阜，而今易子而食，地方官却隐匿不报，你们的心不是肉长的吗？速调粮赈济，本座也要请旨黜济南、登州、青州、莱州赋税。各县仓的粮食还有多少？"

俞济周说："回太子爷，府、州、县的粮仓都空了，陈大人在任时就空了。臣无能，未能筹集太多粮食，以致如此，请太子爷责罚。"看似请罪，实则为自己开脱。自己刚署理不久，粮仓已空，自己已尽力了。

朱高炽说："现青、莱二州和这里的粮食从何而来？"

俞济周说："回太子爷，是臣用藩司衙门关防作保，和大户们借的。但也是杯水车薪，臣无能，看着百姓挨饿，束手无策，臣心里难过呀。"说着眼泪扑簌簌地落了下来。

朱高炽说："说不得，只好先借临清和德州两处大仓一用了。本座已封存了监国印信，只好用东宫关防，先派人与其协调，都司张兴调集兵马运粮，在粮到之前，把各仓的家底都拿出来。过后本座会请旨的，户部也会发牌票给你们。"

俞济周和众官连连叩头说："臣代百姓谢过太子爷，几府百姓得救了。既如此，臣安排济南的几处大仓，都放出来，每丁先给一斗，半丁给半斗，待粮食到来，每丁加二斗，半丁加一斗，这样成丁三斗，半丁斗半。"

朱高炽说："那也只够一月口粮。离秋熟还有两个多月，成丁六斗，半丁三斗，就这么定了。去办差吧，俞济周，再有饿死的，本座定要你首级。还有，如有贪墨者立斩。"众人应着退出。

处理完赈灾事宜，众人没敢再停留，快马加鞭向北奔去。杨士奇等都怕太子坐车太累，到达沧州时想改成水路到通州，太子不允，众人无奈，只好日夜兼程，不一日来到北京。朱高炽十几年前曾回过北京一次，为母后请灵，走的是齐化门，现在已改为朝阳门，这次是南门入，走丽正门，现已改为正阳门。

众人看时，城门楼子高十丈左右，灰筒瓦，绿剪边，重檐三滴水歇顶，飞檐斗拱，雄伟壮观。朱高炽长在北平，知道丽正门已拆除，城墙南扩了。朱高燧、朱瞻墉、夏原吉等带领百官候在那里。朱高炽早已让卜义传下谕令，不准奏乐。大家见礼毕，簇拥着太子车驾进城。

皇城和南京差不多，朱高炽也懒怠看，凭感觉进了承天门。卜义过来又给车里换了一盆冰，告诉进承天门了，把四处珠帘撩起来。朱高炽已看过了，比南京的洪武门宽大得多，到午门之间是和南京一样的衙门，文东武西，左边是五军都督府和五城兵马司、锦衣卫，右边是五部和各司衙门。三法司在丞相夹道，国子监设在太平桥。到了午门，黄俨候在那里，东宫的执事也摆在那儿。

太子下了车，黄俨说："有旨意。"

朱高炽跪下，拜了四拜，说："请父皇安。"

黄俨说："圣躬安，太子先不要着急去见朕办差，回宫里看一下家人，他们也是前几天才到。明儿个早朝后再议事。"

朱高炽高声道："儿臣遵旨。"又拜了四拜。

黄俨扶了起来，跪下去说："老奴给太子请安。"拜了四拜，朱高炽虚扶一下，上了四人抬，径直回到东宫。他知道这是原燕亲王府承运大殿等主体部分，现做了东宫，只是原来的大门都已拆掉，重新建成。从午门一路走来，奉天殿、华盖殿、谨身殿都是黄色琉璃瓦顶、汉白玉基石，形制高大，气势磅礴。规制虽仿于南京，却比南京气派得多。

　　他一路走来看民生困苦，朝廷花资巨费，役民之重前所未有。疏浚运河，造陵寝，修北京城，只短短十年光景，使得多少人妻离子散，山东、河南因靠近北京，役力最重。朱高炽隐隐感到，流民的增加，像唐赛儿的叛民以后不会少。这只是才开始，京师迁于北平，那得有多少官员和家属、军将及家属定居北京？南粮北运，一年就得几百万石，但朱高炽想好了，得慢慢去谋划了。当然，皇上热情正炽，也不能给他泼冷水。

　　到了钟粹宫，随员们早已退下。各位官员到各部去销凭。张瑾率妃嫔、宫女、太监、嬷嬷们迎了出来，跪下施礼。太子只说一句"起来吧"，径直朝里面走去。张瑾让大家散了，自己跟了进来。让人服侍着换过洗漱，换过衣饰，已是酉时了。张瑾吩咐就在这儿用膳了，中人们端上饭菜，张瑾知道太子一向简朴，只是做了几样精致小菜。一碗粳米饭，上来一壶米酒，两个人吃了一壶酒，用过饭，宫女拿过唾壶，二人漱了口，张瑾知道太子有话要问。她也只是早到几天而已，但还是打听了一些事情。

第二十五回

▼

钟粹宫张瑾谈宫闱　东暖阁太子斗了虚

二人走到内室，张瑾一看太子想留在这里过夜，吩咐下人多放两个冰盆，亲自服侍他换上睡服，说："爷，路上一定是听到宫里的事情了。"朱高炽点了点头。

张瑾从宫女手里接过参汤，说："你们都下去吧。爷，趁热吃了。"朱高炽拿起勺，吃了几匙，摇摇头，张瑾把它放在几上，说："自从娘娘薨逝，宫里越发没王法了，前些年李常在的事也越发大了，现已坐实是崔婕妤下毒致死，一尸两命，娘娘在世时已经有人揭发，只是查无实据，娘娘觉得有人兴风作浪，压了下来，没有人敢再提，这事就过去了，这不，宫里张娘娘压不住，又告发了，众人互相攀咬，父皇大怒，杀了几十人。"

悠扬的钟声传了进来，入更了，张瑾说："爷，这么多年，臣妾极是留恋藩邸的日子，这钟声最熟悉不过，不似南京城的钟声，喑哑低沉，这儿的钟声悠扬响亮。"朱高炽看她说到了钟声，不好打断。上次看到她有了白发，今日看来似乎又多了些，知道她留恋那平淡的日子。

现在自己差事极多，妻妾十多位，近几年多宿在郭云处，一年能有几日和她团聚？从来没听见她有一句怨言，心下有几分难过，静静地听完钟声，说："爱妃说得极是，这钟楼又重修了，加高了两丈多，原来的就不错，常听母后讲起，紧十八慢十八，六遍奏成一百八，那时静静地听着打完这一百八，确是一种享受。而今我们都老了，又有办不完的差事，再也无福气享受这钟声。从明儿个起，又得办差到二更天了。本座问你，刚才你讲的是听谁说的？"

张瑾眼里闪着泪光，偷偷地拭了一下，说："是张丽娘娘传过来的，爷不要忘了，我们这里有她侄女，每天进宫请安，什么听不到哇？现在张丽娘娘也害怕，前段日子，这个吕婕妤的侍女临死前出首了鱼美人儿，说鱼氏毒死了权妃，是因为忌恨她得宠。"

朱高炽说："父皇也不是好骗的，这种事查实就是。"

张瑾点点头，接着讲述：起初皇上并不相信，后来有人提醒，这三人虽都来自外国，但彼此攻讦，并不和睦。现鱼氏、吕氏势同水火，那和权妃也极有可能如此。皇上半信半疑，令东厂抓起来审谳，鱼氏的婢女招了，说买通权妃身边侍女，把慢药放于茶里，几月后身亡，说得言之凿凿，不由皇上不信，遂下令东厂拿人。可鱼氏得到消息，先悬梁自尽了。权妃的那个侍女早已殉葬。

后又查出这鱼氏和惜薪司掌道少监对食①，本来这在宫里也不算奇闻，大家也都见怪不怪。皇上勃然大怒，下令彻查，查出吕氏也有，把这两个宦官凌迟于宫中。大家以攀咬为功，弄出来一些谋大逆的案子。东厂新立，自然十分卖力，把案卷呈给皇上，皇上下令全部凌迟处死。

朱高炽极是反感这个东厂，皇上设置前也曾和他商量，见他不置可否，也不再问他，直接下旨成立了这个衙门。因衙门设在东安门，称作内廷东办事厂，故人称东厂，由司礼监掌印少监寿全提督，称为督主。不设专官，只设吏员、私臣、掌家、私房等，掌刑千户和理刑百户都由锦衣卫兼任，弄得朝野上下惶惶不可终日。

朱高炽问道："在南京时听到传言父皇在宫中大开杀戒，屠戮了近三千人，这你也听到了，当时本座在想，北京宫里有那么多人吗？你早来了几

---

① 私下结为夫妻。

日，本座问你，这是不是真的？”

张瑾笑了说：“当时我们都半信半疑，到了这里才知道，这里的中官和宫女还是原藩邸旧人，最近两年从南京调过来一些，加到一起也没有千人，再说了南京宫里也不足五千人，连东宫的都算在内。都杀了，哪个来办差？”

朱高炽说：“这是有人故意向天家身上抹污，是别有用心之人，大多数出于王室宗族。那到底死了多少人？”

张瑾说：“也不全是污蔑，两次大狱三百人总是有的。现父皇确是透着古怪，按理说，子不言父过，臣不言君失，但父皇喜怒无常，宫里人都如履薄冰，连一向宠信的藩邸旧人也不放过。贵妃娘娘又不在了，无人敢谏。”

朱高炽说：“还不是那药闹的，什么狗仙丹，先拿这个庙祝开刀。”

这时外边传来三声沉闷的炮声后，又响过二更鼓声，接着传来值夜太监破锣似的公鸭嗓儿：“下钱粮了，小心火烛。”两个人又说了一会儿话，宫女们进来熄灯灭烛，服侍二人睡下不提。

朱高炽只睡了一个更次，就起来匆匆洗漱装扮，坐肩舆来到奉天殿，在东门进入，去偏殿给皇上请安。黄俨说在交泰殿还没有到，朱高炽在门口跪下候着。过了片刻，一阵细乐声，朱棣走了进来，头戴翼善冠，身穿赭黄团龙袍。须发皆已花白，两年未见，已是垂垂老矣，消瘦了许多，也有些萎靡。朱高炽看到这些，鼻子有些发酸，眼泪就要流下来。

朱棣早已看见，看见儿子也有了些许白发，跪在那里，有几分似二十年前的自己，遂说：“高炽，平身吧，四十几岁的人了，还是那么眼窝子浅①，没出息。”听不出一丝责备，也无一点点皇上的威严，分明就是一位慈父。

朱高炽的眼泪还是没有止住流了下来，说：“父皇，儿臣失仪了，叩请父皇金安。”说完站了起来，朱棣想问几句，只是外面乐声大作，朱棣说：

①爱掉眼泪。

"散朝后一起到右顺门便殿用膳。"听到三声净鞭，细乐声响起，知道百官已经在排班。

朱高炽赶紧跪安，从东掖门走进大殿，正是夏天，天色已经大亮，但大殿内外还燃着明晃晃的大风烛和角灯，奉天门里的文武百官也能看得清楚。朱棣在细乐声中升座，赞礼官唱道："太子拜。"朱高炽跪下，拜了四拜，山呼舞蹈，而后又拜了四拜，赞礼官唱："礼成，兴，百官拜天子。"

太子又跪，百官山呼舞蹈，礼成，太子站起来，赞礼官又唱："赐太子座。"朱高炽升座，赞礼官唱道："百官拜太子。"众人拜了四拜，礼成。通政司大使孙靖递上厚厚的奏章，黄俨接过。朱高炽已经知道王珉故去，只听说是暴毙，不知根由，也不想打听。

朱棣宣布："诸位臣工，太子回京，南北两京皆已就绪，各衙门官员已就其位。朕要嘱咐臣工们，不要乱了差事，哪个衙门出了问题，朕就要追究其掌印官员。各地报到各部的灾异，太拖沓了，这次太子北归，受命巡视山东。那里已经是两年饥馑，哪个不知？几个州府民人相食，如何就无人上达天听？是太子发现了这几府，其他府县呢？朝廷也派去了风宪官，为何都报是路无饥馁、海晏河清这些套话呢？有人曾提醒朕，自陈进伏法后，众御史贪渎成风，这就怪了，你们是监察百官的，你们尚且这么做，谁敢保其他官员呢？"

百官跪下齐呼："皇上圣明。"

朱棣接着说："众位爱卿，朕已决定去巡边备兵，由太子监国，一切事体依例南京。"众官一愣，跪在那里还没有反应明白，细乐已经响起，皇上已经起驾。

太子在西掖门退出，来到便殿，殿里四角处放着冰盆，其实北京不似南京那么热，只要在阴凉处躲一下就不会太难过。这个便殿，也称东书阁，冬暖夏凉，设计得极是巧妙，尤其是带着壁炉，这就很少见了，宫里人也称为东暖阁。黄俨派人摆上早膳，皇上和太子落座静静地用过，漱过口，净过手。

朱高炽站了起来，走到朱棣前跪下说："父皇，儿臣两年不见父皇，父皇越发瘦了。儿臣斗胆谏父皇几句，父皇也是有春秋的人了，要善保龙体才是。"

朱棣说："高炽呀，朕知道你要讲什么，不要听他人传言，朕还是很当心的，朝臣们无非在讲了虚，是吧？他确实与众不同，是一位得道之人。"

朱高炽说："父皇聪睿过人，英雄盖世，忠奸贤愚，立辨真伪。世之亲人，莫若父子，儿臣不惧父皇怪罪，以不孝犯谏。世间五谷，养精蓄气，神州百草，疗治万疾。化外仙丹，自古至今，但闻其名，何人曾睹真容？儿臣思历代帝王，皆洞察事情，偏难窥此道，莫不信之。然有几人能祛其疾，又有何人因此成仙？儿臣不孝，恭请父皇细细思之。"

朱棣早已想好儿子会这样讲，也不生气，"高炽，朕知你孝顺，朕心甚慰，朕也不曾想过成仙成道、长命百岁，只是有时疲乏无力，略吃些助神而已，以后朕多注意就是了。"

现在朱高炽在皇上心中和以前自是不同，一是因为朱高炽早已知道黄俨就是那暗中的眼睛，不让他抓到丝毫把柄；二是胡濙所奏七事，龙心大悦，看另外两个儿子都不成器，早已把平时不待见的心抛到九霄云外去了。朱高炽听父皇如此说，心下一怔，都说皇上心性大变，这是变好了怎的？平时没有这么和颜悦色。朱高炽心中大乐，说："如此天家之幸，百官大幸，亿兆黎民大幸。"又磕了两个头，准备跪安。

这时灵虚宫的庙祝了虚走了进来，给皇上见礼毕，给太子施礼。朱高炽看他身穿道录司八品服饰，知道是庙祝，说："宫禁重地，无事不得擅入，你一个八品前程，敢出入宫禁，该当何罪？"

朱棣坐着，抬眼看了一下，只作不见，拿起奏章走进里间。了虚看此人太子服饰，躬身道："太子爷教训的极是，不过山人云游天下，四海为家，以救天下苍生为己任。承二徐大仙衣钵，普济世人，无论居庙堂之高，还是处江湖之远，天家士庶，山人一体视之。此愚陋之言，太子爷勿怪。"说话不卑不亢，掷地有声。

朱高炽知道此人不是等闲之辈，看父皇做派，是让他们两个人打一下擂台，遂道："你这牛鼻子，口口声声为天下苍生，好大的口气。本座只认你是走方郎中、江湖术士，每日奔波于市井乡间，只为赚诈钱财谋生耳。"

了虚又一躬身道："无量佛祖！回太子爷，山人乃化外之人，平生只学道家之术，诓诈之术从未涉猎。平时济民养气，分文不取，从未妄拿民人一线一缕。"

朱高炽冷笑道："不取一线一缕？分文不取？你自己信否？你饮食何来，衣帽何来？"停下来打量他几眼，接着说："既是道家之人，为何本座看不出丝毫道家风范，本座问你一句，既是道家，何为'道'者？"

了虚不慌不忙答道："回太子爷，夫道者，有大小之分，大道无形，育有天地、日月、星辰，载有万物，使之各司其理，此乃天道。小道者，世间人伦，饮食男女，遵王化，守道义，不悖纲常，此人道也。山人愚钝，不知解之当否？"

朱高炽说："你既知天道人道，为何有悖纲常，惑诱人主，不能导之以正，托道家虚妄之名，行乱我朝纲之实？"

了虚说："山人不敢，道家功法，非山人所创，山人早知太子爷熟知经史典籍，也知道爷所指者，丹药也。老子曰：丹者单，一也，天得一以清，地得一以宁，谷得一以盈，人得一以长生，乃天人合一之功法也。"

朱高炽大惊，这牛鼻子果然有些真才实学，喝道："一派胡言。正如你所说，本座熟读经史子集，纵观神州几千年，未见哪个帝王了道成仙，可见虚妄之极。"

了虚说："太子爷之言极是，老子曰：若欲练养阴阳、性命双修，必先虚其心，实其腹，此筑基也。而后得药，结丹，练己，还丹，温养，脱胎，得云珠而赴瑶池。世人只服食丹药，这只到第三重，还有三分二在后面，若后事不继，也难窥大道。"

朱高炽看他博闻强记，引经据典，口若悬河，虽是强词夺理，却也言之凿凿，怒道："胡说八道！何处魑魅魍魉，敢在本座面前称山人，这分明是祸乱朝纲的妖道。来人，拖出去乱棍打死，本座看一下你到了第几重。"

侍卫们走了进来，这时朱棣也出来了，说："高炽，你丢人不？理屈词穷就要杀人。你跪安吧，朕要祛邪。"

第二十六回

▼

反亲征圣上罪户部　论功劳卜义赐新名

朱高炽答应着，知道皇上刚才那番话都是假的，有意让这妖道把自己驳倒。没奈何，告退而去。

朱棣准备巡边，可一拖再拖就入冬了。宣府总兵郑亨六百里急报，鞑靼阿鲁台拆毁城墙，填平边沟，进犯兴和。兴和指挥使黄祥率兵出击，兵败殉国。阿鲁台在几处边镇抢夺牛羊粮草，杀戮人民。

朱棣得报，怒不可遏，在早朝上让金幼孜读了奏章。最后说："朕欲亲征鞑靼，一击而灭之，使北元各部不敢正视南方。"百官谁也不说话，朱棣心里明白，百官都不同意，只是因为天子出朝，地动山摇，扰乱地方，耗资巨费。朝堂之上，朱高炽作为太子，不能抢在百官前发言。

兵部尚书方宾出班奏道："启禀陛下，阿鲁台犯边，这也不是一次两次了，陛下一身系于亿兆臣民，不可轻动，敕令边将合而击之。若不放心时，可遣使檄令各处击之便是，望皇上思之。"许多大臣附议。

皇上说："有话要说的上奏章。孙靖，不要等明儿个早朝，有送的马上送到右顺门西偏殿。"说完走了。

通常情况，早朝也很少处理政务，在南京时就已这样，官员太多，在大殿里一直到奉天门。五品以下官员只是在站班，里面在说什么做什么，一概不知。到了北京这早朝基本就不处理政务了，尤其到了冬天，天又黑，百官站在外面着实难过。朱棣明白百官苦楚，每日早朝都早早结束。

就在当天后晌，一些上了奏章的大臣递牌子觐见。朱高炽也在场，朱棣明白，若要群臣同意，必须先说服方宾和夏原吉。夏原吉在早朝上一言不发，上的奏章却是犀利。皇上令杨荣读了一遍：今岁多地旱、蝗、洪，河北诸司、府、县大稔之地极少，山东几府尚可，只是难解两年大馑。徐州、德州、临清等大仓都已腾空，等待秋赋，各边镇粮仓也不足半数。又加迁都尚未结束，百姓难得休养，倘再妄动干戈，粮草转输，还需役民，少则几万，多则几十万。况阿鲁台不是对朝廷构成威胁，只是抢掠牲畜，已知其无能为也。正如方宾大人所言，檄令边帅击之便可。

杨士奇等人也上了奏章反对，但都不似夏原吉这么直率，朱高炽不愿惹火烧身，只是说愿意替父北征，众人又是不欢而散。

次日早朝，朱棣命杨荣读夏原吉奏章，大家虽觉得有些过直，也还没有太过激言语。朱棣拿过奏章摔了下去，吼道："夏原吉，你身为朝廷柱石，语言如此狂悖，全无人臣之礼，诸位臣工也都听到了。"

夏原吉很吃了一惊，膝行几步，说："回皇上，老臣不敢，老臣立于庙堂几十年，只知道忠心事主，并不敢对君上大不敬，皇上明察。"

朱棣站了起来，说："朕不恤民力，妄动干戈，朕是千古昏君，朕是爱杀人的魔君。"越说越气，喊道："把夏原吉拉出去腰斩。"整个大殿都惊呆了，上来四名侍卫，站在旁边不知所措。

蹇义出班道："皇上，夏大人多年来忠心事主，一心只在江山社稷上，并无过失。何况皇上议于朝堂，难免有相左之见，如此而加之于斧钺，恐于法制不合，更会阻塞言路。恭请皇上三思。"话音刚落，杨士奇、宋礼、金幼孜等朝堂重臣都出班奏保。

朱棣越发怒不可遏，刚要发作，朱高炽跪了下去，说："启禀父皇，朝廷刚刚下旨，凡死囚必五复奏，何况朝中柱石，望父皇开恩。"朱棣说话已经沙哑，看众臣工并不退缩，也无可奈何，只是说："散了吧。"

大家以为这事也就这样过去了，谁知次日朝会，杨荣宣旨，皇上亲征鞑靼，宁远侯陈懋领御前各卫；朱荣领前锋。在狱中释放出柳升，复其爵，令督中军；武安侯郑亨、阳武侯薛禄领左右哨；英国公张辅、成山侯王通领左右腋。

大家虽然不乐，并无人驳谏，刚要散朝，夏原吉出班，说："启禀皇上，臣待罪户部掌印，手握钱粮口袋，遇事不得不奏。臣还是那句话，刀兵不可轻动，恭请皇上收回成命。"又有几个人附议。

朱棣在位二十年，深知儒臣们的执拗，甚至有的杀头也不惧，正可留名青史。这夏原吉不正是往刀口上撞吗？皇上大喝一声："夏原吉，昨儿个朕饶过你，你却不知悔改，你就不怕死吗？"

夏原吉大声道："回皇上，臣怕死。但皇上常说，文死谏，武死战，天下太平，况自古明君不杀忠臣。"

朱棣只觉得血往上涌，勃然大怒，喊道："夏原吉，你是忠臣吗？有这样与君父奏对的忠臣吗？朕看你是在学耿通，当值风宪官何在？"

两位纠风御史膝行过来，说："请皇上训谕。"

皇上说："你们就是这样当值的？夏原吉御前失仪，你们为何一言不发？"

御史道："回皇上，夏原吉驾前失仪，应下锦衣卫诏狱。"

皇上听他如此奏对，极是气愤，说："好，你们的意思朕是昏君，那朕就做一回昏君，来呀，推出午门外斩之，有劝谏者同罪。"

方宾出班道："皇上，大阵之前先斩户部尚书，这如何征调粮秣，皇上三思。"

朱棣说："朕已下旨调郭资来北京调粮。刚刚朕已讲过，有劝谏者同罪，把方宾推出去一同斩首。"朱高炽这段时间已经观察出皇上确实性情大变，有时莫名其妙地就大发雷霆，开始还以为是借题发挥，箭射出头鸟，现在看来确是病了，且病得不轻。太子想，这时必须施救几位大臣，否则日后如何立于朝堂，遂跪了下去，头在金砖上磕得咚咚有声。

朱棣沙哑着声音问道："高炽，你也是谏阻吗？"

朱高炽回道："回父皇，杀掉夏原吉，朝中再无治世经济之臣哪，恭请父皇三思。"

朱棣气得手直哆嗦，刚要说话，袁忠彻出班，说："黄公公，给皇上上茶。"

黄俨答应着，从宫女的手接过茶来，小心地放在几上，袁忠彻说："皇上，先吃一口茶清清嗓子，再训诫臣等也不迟。"

朱高炽平时很讨厌这个袁忠彻，还有那个陈进、胡纲，那两个都已伏法，后来知道了陈进的故事，才知他是一个好官。这个袁忠彻多次以看相为名恐吓同僚。后来知道他直言敢谏，又曾多次维护自己，才转了念头。

皇上呷了一口茶，喘了一口长气，说："饶你二人不死，下到诏狱，待朕班师后再作计较。"

百官无人再敢谏阻，两个人总算保住性命。皇上下旨，檄令山东、河南、山西都司调兵北上，令河南派十万民役押运粮草，在宛平南苑操演五军，演习战阵。过了年，率师出征。

这夏原吉关在大牢，朱高炽极为担心，特地把张昶叫进宫中，叮嘱他看视好两位大人，又问了一下黄淮和杨溥。张昶说："太子爷尽管放心，两位大人每天读书写字，丝毫不曾难为他们。"朱高炽这才放心。过了上元节，带人去庆寿寺拜祭道衍大师，站在塔前，好似看到大师就站在塔顶，白须飘飘，心下着实思念，卜义把他扶下台阶。

现在卜义已经得皇上赐名，叫章义，是朱高炽请旨。

皇上出征前，把卜义找去训诫一番，皇上很少找他，把他吓了一跳，跪着不敢仰视。皇上问："卜义，朕问你，你为何叫卜义？"

卜义开始嗫嚅着不敢奏对，后来大着胆子说："回皇上，是太祖高皇帝怕奴才不能忠心事主，给奴才赐了这个名字。奴才也确实做过对不起主子的事，请皇上治罪吧。"

朱棣看他误会了，笑着说："起来回话，世人一说起宦官，就觉得不是好人，其实误解你们了。卜义，你是义仆，朝野上下，宫里宫外，没有不夸你的。黄俨也是，但你们截然不同，他是嘴好，再加上施一些小恩惠。你不是，你内心清明，行为整肃，有君子风范，绝不是不义之人，而是仗义之人。君子高义，朕本想赐你高姓，叫高义，可是犯了太子名讳，宗人府会封驳的，那就赐你章义吧。朕已经写好了，拿去吧。"

卜义万万没有想到，这比封官赏银都难得，跪在地上连连磕头，流着眼泪跪安了。赶紧到宫里、宗人府、鸿胪寺更换姓名，现服侍太子更加殷勤。他扶着太子走下台阶，感到太子的腿脚越发不灵便了，心下难过，让侍卫远远躲开，说："太子爷，奴才看见黄俨多次见赵王府总管褚敬。"

朱高炽立刻停下了脚步，问道："你看清了？"

章义说："回爷话，奴才第一次看见也没当一回事，看他们偷偷摸摸的，这才觉得有些不对劲，就派人跟着他们，弄明白了他们是经常见面。"

朱高炽说："想办法在褚敬身上套出话来。"章义答应着回到宫里。

朱棣率大军十万、役夫近二十万出宣府，直奔塞外。阿鲁台并不想与大明朝大打一仗，他还没有这个资本，看皇上御驾亲征，知道是惹怒了皇上，不敢接战，早已闻风而逃。朝廷大军在广袤的草原上撒开大网，只是不见敌人踪迹，这使朱棣进退两难：进，不见敌踪，徒糜粮饷；班师，岂不让朝野上下耻笑。没奈何，只有边搜索边走，在路上，随行百官给皇上过了万寿节。

天气渐渐热了，到了开平一带，探马来报，阿鲁台已经远遁漠北，朱棣只好下令班师。新任兵部尚书李庆陛见，原来他和尚书张信一起押运粮饷，后队粮饷被兀良哈部抢去一些。随军主簿杨荣奏道："陛下，兀良哈部多次侵扰边境，又和鞑靼沆瀣一气，大军既然到此，正可突然击之，一可以夺回粮秣，二来教训一下兀良哈，可免于朝廷北顾之忧，三来可使朝野……"

朱棣心下大喜，说："知我者，勉人也。"命张辅督军待命，自己亲率大军攻击兀良哈三卫，打兀良哈卫一个措手不及，明军大胜，遂班师凯旋。

回到京师，太子奏报，一切都好，只是方宾在狱中畏罪自杀了。朱棣也未作理会，转眼过了年。郑亨军报，从鞑靼降兵处得知，阿鲁台可能又有南侵之意。

皇上把太子宣进，说："上次让阿鲁台逃脱，以为朕不会再出兵，故敢又萌妄想，沿边劫掠，朕决意再度北征，先驻兵塞外以待之，若其轻举妄动，朕因其劳疲而击之，定可一战成功。"

太子未敢争辩，皇上在朝会上又说了一遍，也无人敢谏。遂率师十万、丁役二十万，北征到万全。探马侦知，阿鲁台部已经被瓦剌部脱欢打散，自顾不暇，根本无力南侵，是边将奏报有误。朱棣又觉好生为难，大军又一次进退维谷。陈懋前锋已经到达贺兰山下，当地蒙古王公也先土干率众来降。朱棣正在两难之际，闻报大喜，亲迎于五里之外，封也先土干为忠勇王，赐名金忠，遂下令班师，回到北京。

朱高炽监国也不算太忙，两京各有衙门，倒比原来顺手了不少。只是去年三大殿走水，虽救得及时，但损毁也很严重。皇上临行前下了罪己诏，皇太子也递上了请罪奏章，自称失德于天，请父皇责罚。皇上明发邸报，晓谕全国，称太子仁孝。

工部尚书宋礼在四川督办采木等事宜，劳累过度，殁了。朱棣、朱高炽等痛悼不已。皇上下旨，在京师设灵堂，辍朝一日，令太子遣中官往祭。朱高炽本想亲祭，一看旨意，打消了念头，遂派章义代祭。

午后，太子正和杨士奇在议事，章义返回来，说："主子，今儿个祭奠宋大人，遇见了漕帮副帮主王六满的儿子，他叫王晓满，这名字取得倒有趣。"

朱高炽不耐烦了，说："章义，太啰唆了，拣要紧的说。"

章义赶忙回道："是，主子。奴才老了，话越发多了。他让奴才给爷一块帕子，奴才已经验过了，无毒。"说完递上来。

朱高炽令他退下。拿着帕子翻来覆去看了几遍，就是一块洁白的帕子。心下狐疑，递给杨士奇，杨士奇也未看明白。朱高炽说："这个王六满本座是见过的，今年也应该快六十岁了，颇有侠气，尤其敬重宋大本和尹昌隆，今儿个遣其子来祭宋礼就可见一斑。他绝不会毫无来由地给本座一块帕子。来人，传张昶。"

不一刻，张昶进来见礼，杨士奇说明原委，张昶笑了，说："禀太子爷，无他，雕虫小技耳，借杨大人茶一用。"把帕子平放在几上，把水倒在手心里，均匀洒在帕子上。片刻工夫，慢慢显出字迹。张昶说："请太子爷赐笔。"

朱高炽说："请便。"

第二十七回

▼

王六满智送藏头诗　张文博严防雪灵丹

张昶拿起笔来蘸足墨，笔走龙蛇写出四句话呈给太子，说道："这是秘写法，把帕子弄湿，上面铺上薛涛笺，用一个硬笔在笺上写字，印在帕子上，晾干后一点痕迹也无。"

太子读出了这四句话：

> 福庇漕河降天兵，
> 建柜设牖防水乱。
> 淫雨不惧报君王，
> 祠求大明超秦汉。

大家不解，看着张昶。

张昶笑着说："这王六满能识得几个字！这算什么？说是诗，格和韵都不对。"朱高炽和杨士奇又想了一会儿，几乎同时摊了一下手。二人互看了一眼，张昶看在眼里，就要告退。杨士奇"哦"了一声。

朱高炽忙说："文博，先不要走，听杨大人解说一下。"

杨士奇知道张昶是纯粹的太子党，况且这件事必须由他来办理，遂道：

"太子爷已然明了，王六满这诗也真是煞费苦心，也不一定是他作的。在措词时水患都要写成水乱。词面上看似在歌功颂德，实则暗含词义，张将军把开头几个字读出来。"

张昶读道："福建淫祠。"点点头道："是了，王六满在提示朝廷。"杨士奇说："张将军，再读词尾。"张昶读道："兵乱王汉，啊，汉王乱兵。"他惊得瞪大了眼睛，合不上嘴，怔怔地看着朱高炽。

朱高炽说："文博，这死人堆里滚过来的将军吓傻了？无他，不用怕，这王六满确是一条好汉。"

张昶旋即镇静下来，眼睛放出狼一般的光，说："太子爷，臣知道遣散的只是一少部分。其他的，臣寻他二十多年，须发皆白，不曾摸到丝毫影息。爷，请下谕令。"

朱高炽看着杨士奇。杨士奇说："太子爷、文博将军，现不可声张，福建那么大，大海捞针一般，一旦走漏风声岂不前功尽弃。漕帮这么小心，一是怕打草惊蛇，二也怕引火烧身。这王六满心细如发，他知道这个帕子拿进宫来，按规矩一定会层层检查。即使发现字迹，也不解其意，因此你们断不能去问他们，只是慢慢访查。文博将军，且不可轻举妄动，就当没有此事，只在暗中注意就是了。等机会派可靠之人去接替按察使，那时再作道理。"

朱高炽说："万万没想到在福建那么远，杨大人，如何上奏？"

杨士奇说："太子爷，现无任何证据，只凭一个帕子，恐皇上见疑。"

朱高炽点点头说："那就先放下，这淫祠是做何用处的？以前好像听薛荪提起过。"

张昶说："回太子爷，臣也不太清楚。福建虽大，只着落在淫祠这两字上即可，哪天臣去请教薛子谦。"说完告退。

朱高炽叮嘱道："不可问其他人，切记。"

章义来报，黄俨不但和褚敬联络，还见了赵王府指挥使孟贤的弟弟孟三，章义已经派人去见了褚敬，无论怎样套问只推不知，章义自己又不便出面。章义说："太子爷，奴才还发现，汉王爷世子朱瞻圻现常住北京，黄俨也和他见过面，后来多数都是吴良代他去。"

吴良这个人太子也是知道的，他是黄俨的干儿子。黄俨现是司礼监提督大太监，中官第一，吴良跟着黄俨，由一个巾帽局的掌司到尚膳监右少监，现也是炙手可热之人。他可没有黄俨会做人，在黄俨面前毕恭毕敬，一副忠厚老实的样子，离开了黄俨视线就变成了另一个人，飞扬跋扈，擅作威福。以他尚膳监的身份出入午门极是方便。

朱高炽明白了，黄俨就是让他以采买宫中膳食名义出入宫禁，以便与外界联系。朱高炽一直忍着黄俨，他想，惊了黄俨恐父皇见疑，此番看来这奴才不扳倒自己是不会罢休的。朱高炽清楚记得，去年监国时，只是因为早朝免奏乐，皇上班师后就发了脾气，说蹇义和杨士奇辅佐不力，下了诏狱，虽然只有十多日就放了出来，但这明明是打太子的脸，因为这之前刚刚升了杨士奇左春坊大学士，他知道都是黄俨在捣鬼。

朱高炽想到这里，看了一眼章义。章义明白太子之意，任黄俨他们这么胡作非为，迟早有一天会出事的，遂说："太子爷，以奴才浅见识，让锦衣卫暗查吴良，奴才就不相信他手脚就那么干净。查他，查出立即下诏狱，查不出事也可敲打黄俨，达到敲山震虎的功效。"

朱高炽点点头说："章义，你亲自去见张昶，就三个字——'查吴良'。不要多说，也不要说是本座之意，张昶又不傻。"章义领命而去。

朱高炽令人宣杨士奇和蹇义，二人进来见礼毕，朱高炽说："皇上说话就要回来了，安排遣官接驾才是。安排要妥当，在南京的事可不能再有第二次了。"

杨士奇说："太子爷所言极是，吕大人已经拟好名单去昌平迎跸。"

太子点头道："这就好，今日召二位大人进宫，还有一件极私密的事。"就把黄俨和朱瞻圻见面的事说了出来，只是没讲和赵王府人接触的事。

杨士奇说："按理说这事也属正常，只是多次见面又不公开，这就有些不尴不尬的。爷，据臣所知，这汉王世子和汉王一向势同水火，不会有什么大事吧？"

几个人都知道，也是朝野上下公开的秘密，朱高煦对汉王妃不满意，关了起来，后来王妃饮毒自尽。朱瞻圻怀恨在心，经常向朝廷揭发汉王不法之事，朱棣多次写信调慰，情势也只是稍缓。

朱高炽说："汉王世子长居京师，又与宫中阉人往来频繁，本座不虑他事，只怕这逆子危及二弟。"两位股肱之臣听他说得言不由衷，也只作不知。

蹇义说："黄公公这人，朝野上下没有不赞的，臣也觉得和章义公公一样，都是极好的人。"

杨士奇听见太子讲这件事，大脑转了几圈了，看朱高炽哂笑，心下明白了。太子之意不在瞻圻，而是这黄俨。杨士奇出身与他人不同，自幼丧父，家贫无出其右，苦读成才，授徒养母，在江南一带游历多年，可谓勘透世情。想一下这多年在京师辅佐监国诸臣，几乎无人幸免，原来只以为是汉王作怪，可后来汉王已就藩，依然有人被责。自己在京师这次无端下狱，在百思不得其解之时，一下子有了答案，是这个黄俨在捣鬼。

杨士奇知道太子在提醒二位，只是点到为止，并未说破。看蹇义样子，似乎还不明白，以后再慢慢提点吧。

朱高炽已接到滚单，百官接到銮驾，三日后到京。朱高炽令礼部、兵部在德胜门外搭台设帐。章义来报张昶求见，见礼毕，把案卷送给太子，朱高炽屏退众人。

锦衣卫跟踪吴良几日，发现他频繁接触赵王府的人。有一次，军兵回报张昶，吴良去了一家客栈，军兵们扮作客人打探，会面的人竟然是孟贤。张昶一看这情势，怕出事，密捕了吴良。锦衣卫捕人是不需要理由的，一顿大刑拷问，任你大罗神仙，在诏狱里也难逃招供，用锦衣卫的话讲，即使是泥菩萨也得开口。

吴良说："黄内相多次让奴才给褚敬传话，皇上对太子不满意，原想立汉王爷，谁知汉王爷遭了难，皇上现在正在考虑赵王爷，现东宫党已一网打尽，皇上很快就下旨废掉太子。还让奴才找人四处散播：钦天监秋官正王射成对黄公公讲过，前几日观天象，看荧惑犯天樽，且辰星掩犯荧惑，国家当有易主之变，黄公公也让奴才把这话转给了孟贤。别的事奴才确实不知道，只是感觉他们可能要动手了。"

朱高炽一点也不吃惊，这黄俨清楚，太子若登基，焉有其活路？这是图穷匕见，遂嘱咐张昶秘之，暗中调查，再带一些侍卫高手亲自去接皇上，旦夕不离左右，尤其要注意皇上饮食起居。张昶领命而去。朱高炽令章义去告诉黄俨，已命吴良去辽东采购山参和猴头，只说是张瑾派差。若说太子派差，定会使其疑心。

张昶从宫中出来，点齐三百精壮士卒，向北迎驾，到了黄花镇遇见銮驾。张昶求见皇上，看大帐里人不多，只有张辅、杨荣，也不避他们，只是怕皇上见疑，说："皇上，臣奉太子爷之命前来护驾，原有侍卫臣不敢换，只是臣带的三百精壮也分杂在里面。皇上膳食人役，原班不动，只是臣和亲兵都尝一遍。太子爷之命，臣不敢有违，请皇上勿罪。"

朱棣满腹狐疑，说："张文博，你知道吗？你这形同谋逆。"张辅忙道："皇上息怒，先听张将军说明缘由。文博，你把情势说清楚。"

张昶说："回国公爷，此事末将不能说，请国公爷勿怪。"

杨荣看着蹊跷，说："皇上，张总镇来得尴尬，大帐内就只有臣等几人，他都不讲，定有难言苦衷。张总镇一向忠心耿耿，如此做派，定有缘由。臣斗胆恭请皇上许下就是。"

朱棣说："文博忠心，朕岂不知？只是朕觉得你们锦衣卫有点小事就张张致致的，朕左右还有人要害朕不成？好了，随你就是。"

这一路走来，张昶昼夜护侍，夜里几乎不睡，只要是进口的，张昶都亲自尝过。问题就在这了虚，不是杨荣等人求情，张昶几乎丢了性命。

了虚给皇上进丹丸，张昶只是不许。皇上大怒，他也不惧，只是跪在地上，了虚拿过丹丸，他就站起拦住。朱棣终于忍不住了，吼道："张文博，你分明是挟朕作威，形同谋逆。来人，推出去斩了。"刀斧手上来要绑。张辅、杨荣等文武皆跪下求情，皇上也知其好意，放了他。

张昶没奈何，奏道："皇上，臣冲撞圣驾，死有余辜，只是臣使命在身。太子爷严令，若皇上稍有不虞，定灭我满门。现臣斗胆谏言，把丹丸削下一片，赏臣尝尝，让臣沾一下皇恩雨露。"

　　朱棣当然知道其中意思，无可奈何地挥挥手，了虚心里气不过，也只好切下一边递给张昶。张昶拿杯冲水和几人分饮，过了两刻钟跪着递给皇上，皇上摇头苦笑，吃了下去。这以后，每每如此。

　　各藩军兵已经归建，皇上率京师各卫回到德胜门，监国朱高炽已率众文武候在城门外。见礼毕，大奏凯歌，朱棣和也先土干并辔而行，夹道两旁齐呼万岁。朱棣登上得胜台，把也先土干也叫上台去，极力褒奖一番。众文武不解，这大军出征时用点将台，祭纛旗，这班师也用？感觉怪怪的，算是长了见识。

　　朱高炽和随征将士心下清楚，此番北征，虽是劳师无功，但也先土干来降也是大功一件，借以昭告世人，大军并未糜饷劳师。张昶高度戒备，时刻不离皇上左右，这引起了黄俨的警觉。黄俨回到宫中正要安排一下，太子谕令他去天寿山陵庙代香，祭告北征大捷。这是殊荣，等闲重臣都难得到这差事，何况他是一个太监。黄俨这才有几分释疑，打好执事走了，临行前派人告诉孟贤，时令不好，圣上龙体欠安。

　　张昶交割好护卫，回府休息。朱高炽急忙进宫见驾，把章义留下服侍皇上。朱棣一路走来很是不解，看也没有出事，就问朱高炽："高炽，你事父不孝，侍君不忠，做事藏藏掖掖的，有何事不能告诉朕？"

　　朱高炽跪下磕头，说："启禀父皇，现在情势还不明朗，锦衣卫报给儿臣的也不详细，只知道有宵小之辈在谋划不轨。儿臣已严令查实，不日即将查明。儿臣不孝，还望父皇恕罪。"

　　当天夜里，已经放过午炮，张昶早已睡下，这些日子，他又困又乏，正在酣睡之时，被家人喊醒，说有人求见，对家人说有天大的事。张昶现执掌锦衣卫，最近又查到这些不法之事，心里又记挂着福建淫祠，哪敢怠慢。

　　来人三十多岁，一身平民装束，跪下施礼，说："张总镇，卑弁赵王府护卫总旗王岩，府里有人谋逆。"张昶大惊，心里叹气，该来的总会来的，亲自扶起王岩，让他坐下慢慢说。

　　原来孟贤接到黄俨报警，知道事急矣，召集心腹北镇抚司佥事陈松、常山卫指挥同知高原，几个人密谋。他拿出已经伪造好的诏书传示给大家，上面写道传位于赵王朱高燧，大家看过，又看了已经准备好的龙袍衮冕，顿时热血沸腾。孟贤告诉大家，已经找人买通了了虚，在丹丸里下毒，由吴良宣读诏书，拥立赵王爷登基，诸位都是开国功勋，都不失公侯之封，博个封妻荫子，万代富贵。

孟贤命令大家去拉拢王府军兵。王岩是高原的外甥，高原就找到了他，说明情势，许给王岩千户之职，总旗和千户还差着好几级呢，这官许得够大。王岩这人虽是下级军官，还是有些头脑，觉得此事如同儿戏，反劝其舅爷，跪下求高原不要参与这灭九族的蠢事。高原不但不听，还骂他胆小怕事，竖子不足与谋，遂回报孟贤。孟贤恐王岩泄密，就派人去杀掉王岩。

第二十八回

▼

阉竖籍家富甲天下　赵王谋嫡功败垂成

王岩早已料到，换上便装逃出王府，孟贤派人追他，眼看追上，王岩看到五城兵马司的军兵正在巡街，径直跑了过去，追他的人才离开。他赶忙跑到张昶的府上出首。张昶不敢停留，他知道，孟贤发现王岩已跑，一是会狗急跳墙，今夜造反；二是按兵不动，毁灭证据。张昶不敢耽搁，带着王岩进宫，已是敲过四更三个点了。宫门早已经打开，百官陆陆续续地到了。

张昶来到奉天殿，中官告诉他皇上正在华盖殿候朝，张昶带着王岩急忙来到华盖殿奏报了情势，最后说："皇上，事不宜迟，须立刻索拿涉案之人，迟了恐其狗急跳墙，那情势就不好收拾了。也怕他们毁掉证据，这案子也就难审了。臣恭请皇上下旨。"

朱棣正在吃面茶，气得把玉碗摔得粉碎，下旨围上赵王府，涉案人员一体擒拿，早朝取消，令百官到右顺门听候旨意。大臣们都在奉天门候着上朝，听到旨意有几分诧异，去顺天门等了大半个时辰。天气很冷，百官们心里难免有些怨言。

天已经大亮，皇上升座，太子、赵王和百官侍立，张昶押着一干人犯到了，军兵们献上搜出的伪诏、龙袍等僭越之物。

张昶奏道："启禀圣上，臣率兵到赵王府，孟贤这厮正在调兵遣将，被臣逮个正着。"百官都吓傻了，呼啦啦一片跪了下去。朱高燧正在随朝，皇上瞪了他一眼。

朱高燧刚才看推迟上朝，就有几分疑惑，皇上这一眼，他彻底明白，事发了，孟贤这蠢材，成事不足，败事有余。朱高燧韬晦了半生，人们早都对他放松了警惕。其实他一直在观望朝局，太子和二哥斗了几十年，可谓惊涛骇浪、腥风血雨，朱高燧有时也在加油烧火，暗中却在积蓄力量，只待两败俱伤之时，他可以火中取栗，坐收渔人之利。

只是朝局越发明朗，太子党在几乎全军覆没的危崖前竟能反败为胜，大哥储位越加稳固。而皇上的身子骨却每况愈下，他只好铤而走险。但是他比朱高煦聪明得多，没有参与孟贤他们的任何活动，只是装糊涂而已，任他们去闹。倘若成功，自己就杀掉他们为父皇报仇，一旦失败，就推得干干净净。

皇上亲自审讯，起初无人招供，后来张昶令人把吴良押上来，孟贤无奈招了，把黄俨和了虚也供了出来，只是一口咬定王爷不知情。朱棣这才松了一口气，尽管他知道孟贤说的是假话。张昶禀报，已经拿住黄俨，当时他正在清河集的广济桥边歇宿，一体擒拿，不曾走脱一个。

朱高燧审时度势，立即做出反应，膝行几步，哭着不说话。朱棣走下丹墀，上去踹了他几脚，厉声问道："高燧，你这畜生，老天白白给你披上一张人皮。从实讲来，是不是你指使的？"朱高燧连连摇头，只是哭，一句话也说不出来。

都察院左副都御史虞谦出班奏道："皇上，此事非同小可，孟贤几人，宵小之辈，米粒大的前程，断不敢有如此大的胆子。微臣以为，自古天子无家事，臣请把赵王爷圈于宗人府，审讯明白再作道理。"刑部尚书吴中和许多官员附议。

朱棣心下明白，这说得冠冕堂皇，无非是怕皇上徇私，赦宥朱高燧，看起来不处理是不行了，这百官又会群情汹汹、引经据典。这时朱高炽跪下奏道："启禀父皇，儿臣有话说，儿臣不是护私。三弟自幼最胆小，如此大逆不道之事，都已捅了天了，三弟必不知情，定是孟贤这些宵小为图幸进，做出这等没天理的事情。"

朱棣刚要说话，这时军兵们把了虚押了过来，他在奉天门候旨时就已经被张昶擒拿。皇上看到了虚，羞愧难当，也不审了，看了一眼朱高炽，喊上杨荣和金幼孜走了。朱高炽知道皇上无法张口。几年来，百官从未间断上奏章，劝谏皇上远离这妖道，有几个诤臣因此获罪，当庭杖责，连袁忠彻藩邸旧人也因此受到申饬。这次谋大逆他是主角，怎不让朱棣又羞又愤。

朱高炽看了虚还是穿着八品道服，气不打一处来，喝道："了虚，当今圣上赐你官爵，以八品微末立于朝堂，你不思报效皇恩，反倒助纣为虐，意图不轨。你这天道、人道呢？今儿个还有何话说？"

了虚只是跪着，一言不发，心里想：还不是你太子逼的，你若登基，还有我的活路？朱高炽问百官："这妖人如何处置？"

杨士奇出班奏道："启禀太子爷，似这等妖人等什么审谳、秋决，杀掉算了。令刑部请旨，而后下牌票给福建夷其三族。"

百官齐喊道："杀之，杀之！"

朱高炽说："好，就依各位大人，本座今儿个倒要看看，你这长生不死之人如何抵住这一刀的。来呀，把这妖道推出门外，斩讫报来。把地面擦拭干净，不要让他污了宫里。"

不一刻，刀斧手在盘里托着人头来报，只见这人头须发皆竖，双眼圆睁。皇上正好在宫里向这边看，很吃了一惊，打了一个冷战。

过了一刻，杨荣出来宣旨：赵王朱高燧暂圈于宗人府，由宗人令率员审谳，其余叛逆交由三法司鞫审，王射成以天象诱人，一同交付三法司审理。王岩忠心事主，临事不苟，措置有度，擢升为昌平黄花滩守御所千户，赐银百两；锦衣卫指挥使张昶察于事先，离京侍驾，忠勇可嘉，着袭其父爵彭城伯。黄俨不必审谳，凌迟处死，籍其家，夷三族，钦此。百官遵旨谢恩。

张昶带兵去黄俨府上，在北京黄俨有两处宅子，每个宅子里都有几位妻妾，南京有三处宅子。

抄家的单子吓了皇上一跳：金十一万三千六百四十两，银一百三十二万四千三百二十九两，制钱三百七十多万贯，彩帛、丝绸、古玩、字画、胡椒、盐茶等不计其数，四处田庄，良田不下三千顷，各处庄子皆有大仓，南北两京存粮近四十万石。南京户部尚书郭资的眼睛都绿了。户部尚书夏原吉得罪下狱，把郭资调入京师暂时署理。

按制规定，中官抄没家私要归内帑库，入皇上的腰包。可这太诱人了，郭资粗算了一下，足有五百万两，朝廷一年收成的少半数。他想上奏章截留又不敢，他知道内库也缺银子，只好去文华殿找朱高炽。太子也颇感为难，自从迁都到北京，户部还没给内库拨付银米，内库也捉襟见肘，遂让郭资先回去，请过旨后再回复他。章义已经回到东宫，皇上擢升他为总管大太监。朱高炽告诉章义去交泰殿，坐上肩舆来到西大厅，看到一些人在做法事，不是请的道士，是宫内的宦官和宫女，指挥的是御马监少监侯显。

朱高炽吓了一跳，急忙奔到内室，只见朱棣双颊赤红，两眼发直，见儿子进来，示意跪在前面。朱高炽膝行几步，咬着唇不敢哭出来。

朱棣说："炽儿，把太孙召回京师来，朕着实想念他。"纵使九五之尊的皇上也有享受天伦的本性。

朱高炽说："回父皇，儿臣即刻写信给瞻基。儿臣斗胆问一句：父皇既然龙体欠安，为何不宣太医？侯显，你这奴才是新来的吗？为何不宣太医，在这里捣鬼有何益处？"

朱棣摆手，让他们都下去，说："儿子，朕说实话，朕没病，只是一闭上眼睛就看见了虚。他只是一句话，说朕错杀好人，偿他性命，朕知道恐命不久矣。"

朱高炽连连磕头，哭出声来："父皇正春秋鼎盛，何出此不吉之言？只是这了虚常在宫中走动，父皇以为常形，幻觉耳。了虚既为神仙，如何又尸首分离？父皇征伐半生，杀人何止百万，何惧之有？"

朱棣靠在榻上，点点头说："吾儿言之有理，朕何尝不这样想，只是一闭上眼睛就是了虚，几晚上过去了，一刻钟也不得睡。你进来是请旨吧，不用说了，如不是调动军队不必请旨，自行裁处就是。朕不信你，还有何人可信？"说完也掉下几滴浑浊的泪水。

朱高炽心下难过，"父皇，说话就入更了，儿臣让他们上几个小菜，陪父皇吃几杯，而后儿臣佩剑守于门外，这了虚是儿臣杀的，就让他找儿臣好了，父皇尽管放心睡去。"命侯显上几个小菜，朱棣斜倚着靠榻，父子二人吃了一壶酒。

张瑾和李氏又拿过来一碗油酥茶，朱棣多次北征，就喜欢这口，张瑾经常做与公公吃。二人进来跪着奉与公公，朱棣十分满意，吃了半碗，出了一身汗，说："高炽媳妇，你们也是有春秋的人，瞻基、瞻墉都是大婚的人了，你们就不要来立规矩了。这事就让他们下人去做，免得你们儿子媳妇有意见。"

张瑾赶忙赔笑道："回父皇，媳妇知道父皇疼我们，然人生于天地之间，忠孝是第一位的。父皇春秋正好，媳妇们可不敢言老。父皇的孙儿们看我们孝顺父皇，欢喜还来不及呢。"皇上和太子都笑了。二人告退。

朱高炽令章义去把盔甲取来，拽扎停当，和章义在门外守了一夜，朱棣睡了足足有三个时辰。早朝还如监国例，因皇上并未收回监国印信，也未下旨免去监国，回京后都是太子临朝，理政时也多由太子议定而后请旨，因而百官也不觉意外。

如此十日后，皇上恢复了元气，只是不再上朝，在罢朝后议事。朱高炽把三法司审谳案卷报上，这些谋逆者都籍家灭族。孟贤是孟善的族侄，连孟善也被夺爵。朱高燧咬定自己确实不知，朱高炽又为其求情，削去仅存的常山右护卫，迁往彰德府，朱高燧上表谢恩，举家搬迁。

黄俨抄家的粮银，太子把处理的结果也报于皇上，黄俨半数金银留于户部，其余尽收内库，仓中米粮先封存不动，恐北方大馑或蒙元犯边，以此支出。朱棣高兴，说："高炽，你措置得很好。郭资呢，又找你打擂台了？"

朱高炽说："这次倒没有，他很满意，尤其这四十万石粮，一旦有战事就会派上大用处。"

朱棣说："他应该知足，按制黄俨属内官，籍其家皆归内库，还有，迁到北京两年多了，户部还没拨付内帑一个制钱，他不知道宫里也是居家过日子，这么大规模搬家有多少银子也花完了。这郭资最能装糊涂，朕听说朱守肃去要银子，他答应得很好，过几天就忘了，朱守肃拿他也是没办法。"

朱高炽笑了，他也了解郭资，这郭资最是抠门儿，自从迁到北京，夏原吉下狱，他来随驾，把百官的薪俸都折钞了，按朝廷旧制，原来官阶高的，四米六钞，官阶较低的，六米四钞，他都折成钞，每石米折钞十贯，礼部侍郎胡濙也附议。只是因为转输艰难，南京官员家多有赐田，百官虽不高兴，也觉得并无大碍。北京这里不比南京，十贯钞买不到一石米，最后还是批示准奏，明发邸报，几家欢喜几家愁。江南富庶之地，自是高兴，北京官员很是无奈。

过了年，边镇急报，阿鲁台兴兵犯大同、开平等地，刚刚降明的也先土干请命愿为先锋，他已赐名金忠，为表示忠心，极力劝朱棣亲征，朱棣在朝会议定亲征。遂下诏各边将整兵待命，征调辽东、陕西等都司军兵会同边兵，令其在一月后集中在北京南苑，演练阵法，以上次阵形。仍由那些边帅领兵。张宽病逝了，朝廷下旨，令其长子张岩袭爵，镇守大宁，令其幼子张济远做福建河州卫指挥。

此次皇上随行人员仍然是杨荣和金幼孜，一切准备停当，只等春闱揭榜，后来又在文华殿殿试，皇上钦点状元。朱瞻基已经来到北京，想跟皇祖北征，朱棣没答应，皇上有上次事害怕了，不敢再让他上阵杀敌。到了四月，仍然由太子监国，发兵至答兰纳木儿河，阿鲁台远遁，又赶上千秋节，也称万寿节，大宴群臣，命随行宦官唱高皇帝词赋，自己又作词赋五首，令大家吟唱。

杨荣早已发现，皇上似乎生下来就是为了在这广袤的草原上跃马横刀。到了这里，他的自信、他的豪气都得到淋漓尽致的发挥，只是敌踪难寻。阿鲁台存心戏弄朝廷，先把你的火点起来，待大军来了就跑，这朝廷大军每次都像是一记重拳，却一下子打到了棉花上，追了上千里不见敌踪，大军粮草已尽，只好下令班师，令使臣赴京师报与监国，昭告天下。

第二十九回

▼

圣主北征龙驭宾天　新皇登基君临天下

这天，太子已经睡下，有人来报，杨荣求见，开始太子以为他讲错了，确认是杨荣。太子情知有变，急忙出内宫门，令杨荣到柔仪殿见礼。杨荣屏去左右，跪下给太子见礼。太子看他先给自己见礼，而不是宣旨，知道出事了，心下忐忑，预感不妙，不敢问圣安。

杨荣哭出声来，说："太子爷，皇上大渐，已经龙驭宾天了。"朱高炽刹那间惊呆了，怔在那里，两眼发直。

杨荣半晌不曾听见太子动静，抬头看时，发现太子情势，慌忙站起来，喊道："太子爷。"

连喊几声，朱高炽缓过气来，哭出了声："父皇，这怎么可能啊，杨大人，这天是塌下来了。"

杨荣看这样不是办法，恐太子伤着身子，跪下去膝行几步，抱着朱高炽的腿说："太子爷，节哀顺变，现事急矣，不能哭。臣和御马监海公公一起回京，带回御用符宝，赶快召集五城兵马司，全城戒严。敕令五军都督府和京师各卫，不见调兵宝符，一兵一卒不得调动。"

朱高炽已经止住哭声，可眼泪还是止不住往下流，说："杨大人，本座和你去文华殿，把海公公也叫上。章义，速派人去叫醒瞻基，再派人去宣蹇义、杨士奇和刘观，记住悄悄的。"

章义飞一般去了，朱高炽也不打执事，急速地来到文华殿，几位腹臣陆续到了，大家猜测是有大事，看见太子满脸泪痕，大家更加惴惴不安。朱高炽令中人们都下去，示意杨荣。

杨荣说："各位大人，就在几天前，皇上龙驭宾天了。"大殿里犹如平空中响起一声炸雷，大家一怔，随即哭了起来。杨荣说："各位大人，现在不是哭的时候，说话天就亮了，我们得商议善后事宜才是。"

蹇义说："皇上春秋正盛，出征也只是几月，如何就崩了？"说着哭出声来。这话听着刺耳，大有皇上暴毙之意，到了此时，也无人理会这些。

杨荣说："到了清水源南崖，皇上让臣和金大人撰文纪行，并让臣等在崖上刻字，皇上说，使后世子孙、亿兆黎民知道皇上曾与众将亲征到此。大军到了仓崖，龙体不豫，自知时间不多，遗诏传位给皇太子，又有四句话留给群臣，到了榆木川就归天了。侯显和臣等商议，因六军在外，恐有不虞，遂秘不发丧，溶锡为椑，载于龙辇之中，用冰敷之，请安、用膳就和平常一样，张大帅命臣和海公公回京。"

朱高炽已经镇定下来，说："刘观，你现在署理兵部尚书之职，不见宫中宝符，一兵一卒不能擅动，有调动迹象即视为谋逆，令五军都督府击之。刚刚杨大人讲关闭城门，本座以为不妥，日间开城门如旧，出告示提前关闭城门。自今日起实行宵禁，令五城兵马司分城门把守。过会儿本座用印，令通州卫戒严，进京车船，无论水陆，尽皆禁行通州，安排好食宿。瞻基率军兵北上迎驾，杨大人派人带路，一切如常，如有泄密者，定斩。"

大家应着。朱高炽又问："杨大人，皇上还说了什么？"

杨荣说："皇上说'夏原吉就是死谏的忠臣，他是爱护朕的'。"

说得朱高炽又落下了眼泪，说："杨大人，你和海公公就在这里不要动，海公公给刘大人用宝。"那边早已拟好，用了印，兵部刘观，拿到兵部去用另一半关防。

朱高炽令章义去宣张昶，钟楼已经传过四更鼓声，马上就要早朝会了，他和几位官员胡乱地洗了脸，写好手令，张昶也就到了。太子把手令交给张昶，说："文博，速到诏狱释放夏原吉，把他直接接到文华殿，服饰已经备好，不要问什么，密之。"说完上了四人抬肩舆，来到奉天门，净鞭声已经响过，监国升座。

杨士奇宣布诏令，免去湖广、河南夏课，着户部派员赈灾，朝会一如既往。散朝后，太子急忙回到文华殿，让人给几位大人上早膳，他说去后堂吃。到了后堂跪了下去，大哭了一场。没有了父皇，真感觉后面的一座大山倒了。他跪在那里，理清思路，朱瞻基来去总得十余天，一切事情都来得及准备。

他忽然想到忽略了一件事，朱瞻基北去迎柩，见驾心切，必不会带太多军兵，喊人速传张升。张升来见，太子吩咐他速点两总旗精壮军兵，亲自带领去追朱瞻基，一路小心护侍，告诉朱瞻基接到銮驾后即可发声，说得有些隐晦。张升没听懂，小心地问："请太子爷明示，臣不大明白。"

朱高炽突然发火，吼道："糊涂东西，你还能明白什么？把这话告诉瞻基就是。一路要小心护侍，太孙有一丁点闪失，仔细着你。"这张升一看妹夫火气极大，不敢再问，也不敢回口，跪下称是，带人去追。

朱瞻基还没走出二十里，张升就追上了，传了太子谕令，又把太子发火的事情讲了一遍，朱瞻基就把实情告诉了张升。张升吃了一惊，心下有几分欢喜，知道妹夫熬出头了。朱瞻基看他面露喜色，心中不悦，也不好说什么，虽是臣子，但毕竟是至亲的舅爷。

二人商定，派出两拨儿人马，太孙和张升带一拨儿人去开平候驾，让那里赶快备好棺椁，天气太热，在边北还可以，到了开平以南恐怕尸身放炮（坏掉），另一拨儿人拿上太子亲笔信去军中大营。告诉他们太孙在开平候驾，正在准备棺椁等物。

朱瞻基就打发人先走，到开平准备。他到时，棺椁已经备好，木料也还不错，先用着，到京师再换过，因汉家礼制，天子棺椁自有定数。车驾到来，夜来换上，因身上布满冰袋，不见异常。第三天，到了雕鹗谷，朱瞻基在军中发丧。朝廷这时也发了讣告，各种丧用物事尽皆齐备，宗人府早已命匠役打造好四重棺椁，重达几千斤。太子带领百官迎到郊外，入仁智殿，加殓于梓宫，百官上朝成服。

原来是在几日前，杨荣要在奉天殿宣读遗诏，当日他和夏原吉等人商议，皇太孙应该接到灵驾，众人同意。早朝时，杨荣突然出现在龙座几案右面，众官吃了一惊，杨荣也不理会，大喊："有旨意。"百官大喊："臣等恭请皇上金安。"嘴上虽如此说，心里在想定是出事了，依例应当出北郊地坛以外迎旨意，却突然在大殿上宣旨。杨荣说："皇上大渐，龙驭宾天了。"

刹那间大殿里死一般的寂静，看到太子、章义、海公公都泪流满面，反应过来了，哇的一声哭成一片，礼赞官大喊："百官肃静，天使宣读遗诏。"

众人静了下来，杨荣读道："奉天承运皇帝诏曰：朕高皇、高后嫡子，受奸臣迫害，不得已起兵靖难。幸赖祖宗之德，皇考皇妣护佑，侥幸成功。本欲效周公之故，怎奈幼冲自绝于天地祖宗，于臣工及宗藩推戴，荣登大宝。朕深知德不配宗祖，智逊于高皇。惟有朝乾夕惕、宵衣旰食，群臣尽心，将士用命，安南平定，蒙元授首。漕运浚通，宝船远洋，现万国来朝，大明天威，扬于海外。国之兆民，安于乐业，绩麻农桑，内无饥民，外无饿兵。只惜时有边患，长生天灾。朝廷储备不丰，加之官吏不清，纪纲未肃，此朕之憾也。然天不假年，朕已深知，不久将追随皇考、皇妣于地下。皇太子朱高炽仁孝诚敬，宽和爱人，人品贵重，深肖朕心，着即日起承继大统，必将承袭祖业，万世永祚。尔等臣工，用心辅佐。朕之后事，一切依高祖例。钦此。"

接下来皇太子宣大行皇帝遗命令谕。皇太子令谕：天下文武官员军民人等，仰惟大行皇帝为天下生灵，讨灭胡寇，班师回至榆木川，不幸于七月癸亥日宾天，遗命中外臣民丧服礼仪一遵太祖高皇帝遗制，布告天下，咸使闻知。

众人跪拜遵旨。太子接过圣旨，交于礼赞官。

杨荣又说："皇上临崩前，口占一首诗，令我等传示众位大人。"百官齐道："恭听圣训。"杨荣吟诵：

文官死于谏，

武官亡于战；

天子守国门，

君王卫江山。

众臣领旨谢恩，一齐奏道："臣等恭请新皇登基。"

杨荣也跪下奏道："臣有话奏于监国，今皇上龙驭宾天，宗祧不可无主，神器不可久虚。新皇既已接旨，宜即刻荣登大位，以全先皇之意，以慰万民之心。"

朱高炽说："父皇新崩，尸骨未寒，本座心中凄苦，实无心绪，诸位臣工，再议吧。"

礼部请过监国谕令，按遗诏一遵太祖遗制。礼部定丧礼，吕昕宣读：皇太子以下皆易服，宫中设几筵，朝夕哭奠。百官素服，朝夕哭临思善门外。宫中自皇太子以下及诸王、公主，成服日为始，斩衰三年，二十七月除。服内停音乐、嫁娶、祭礼，止停百日。文武百官自明日起，至思善门外哭临，五拜三叩头，晚上宿于本署，不得饮酒食肉。四日衰服，朝夕哭临三日，又朝临十日。衰服二十七日。凡入朝及视事，白布裹纱帽、垂带、素服、腰绖、麻鞋。退朝衰服，二十七日外，素服、乌纱帽、黑角带，二十七月而除。

在京听选办事等官衰服，监生吏典僧道素服，赴顺天府，朝夕哭临三日，又朝临十日。命妇第四日由西华门入，哭临三日，俱素服，二十七日除服。停止音乐祭祀一百天。官员停婚嫁一百天，军民停一月。军民素服，妇人素服不妆饰，俱二十七日。在外官员以接到滚单为始，越三日成服，就本衙署哭临，其余和京官相同。军民男女皆素服十三日，其余和京师相同。在京官员服饰，朝廷给麻布一匹自制。

四夷馆各国使臣，由工部织造发给。诸王、公主遣官及内外文武官到几筵祭祀，由光禄寺备好祭物，翰林院撰文，礼部引赴思善门外行礼。京城闻丧日为始，京师寺观各鸣钟三万响，全国禁屠宰四十九日。文武百官衰服，率军民素服赴居庸关哭迎梓宫。皇太子、亲王及群臣皆衰服哭迎于德胜门外。至大内，奉安于仁智殿，加殓，奉纳梓宫。

读罢，明发邸报，晓谕天下。朱高炽每日守灵，公侯驸马伯、文武百官及军民耆老等上笺劝进三次。

夏原吉说："太子爷，宣诏登基，是不必推辞的，这也是礼制，即使辞让，群臣已上表三次，不可再推辞了。"朱高炽点头称是，夏原吉大喜，和礼部议定，于五日后，大行皇帝过了三七，新皇即位。

永乐二十二年八月二十六寅初时分，遣宗人府、礼部和鸿胪寺官员祇告天地、宗庙、社稷。朱高炽身穿孝服，设酒果亲诣大行皇帝几筵前，祇告受命，而后在奉天殿前设香案酒果等物，换上冕服行告天地礼，随到奉先殿谒告祖宗，穿衮冕到大行皇帝几筵前行五拜三叩头大礼，到母后灵位前行五拜三叩头大礼。在鸿胪寺引执事官、仪卫引导下到奉天殿，文武百官身穿朝服入丹墀内，奏请升殿。

朱高炽升宝座即位，锦衣卫鸣鞭，文武百官上表称贺。朱高炽命百官免贺、免宣表，止行五拜三叩头礼。百官谢恩，出至承天门外。翰林院官在诏书上用宝。鸿胪寺官请颁诏翰林院官捧诏授礼部官。由奉天殿左门出。锦衣卫在午门前，捧诏书放在云盖中，由引导官引到承天门开读，然后颁行天下，昭示着新皇登基。

诏书：奉天承运皇帝诏曰，朕惟上天生民，爰立君主，仁育兆庶，咸底于泰和，统御华夷同跻于熙皞。我先皇帝奉天抚运，化高于百王，文德武功，声教被于四海，御以亲征，班师途中身渐不豫，龙驭宾天。遗命神器付予眇躬，顾哀疚之方深，岂遵承之递忍，宗亲、公侯驸马伯、文武臣僚、军民耆老及四夷朝贡之使，俯伏阙下奉表劝进，以为天位不可以久虚，生民不可以无主，长嫡承统国家常经，陈词再三，沥恳勤切，遂仰遵遗命，已于八月辛未日祇告天地、宗庙、社稷即皇帝位。

稍后，为大行皇帝上尊谥：体天弘道高明广运圣武神功纯仁至孝文皇帝，庙号太宗。大行皇后尊谥：仁孝慈懿诚明庄献配天齐圣文皇后。明年改元为洪熙元年。至此，朱高炽结束了近二十年的储位监国时代，君临天下。

自此，每次处理完公事，新皇朱高炽必同两位弟弟一起守灵。在此之前，百官坚决反对汉王朱高煦进京守丧。朱高炽力排众议，这才得以率子进京。朱高炽继位七天后，把两位弟弟宣进东宫，在柔仪殿设宴招待，已经过了二十七天，可除服，礼部尚书吕昕上奏章请除服，百官已除，只是朱高炽兄弟三人还在服。

兄弟三人坐于宫中，上了几壶素酒，张瑾也列席，在屏风后单设一席。三人虽是一奶同胞，自分府后这样的聚餐时候不多，尤其这几年，几乎连面都难见几回。朱高煦、朱高燧离座拜过还未正式册封的皇后，他们发自内心地敬重这位嫂子，齐道："臣弟见过皇后，恭祝嫂子千岁，千岁，千千岁。"家人礼和国礼都齐了，真有这兄弟二人的，朱高炽心里感到好笑，又不好说什么。

张瑾说："两位兄弟，可不要这么称呼，一是还未下旨，二来都是自家骨肉，哪有那么多规矩？"

朱高煦说："皇后之言，令臣弟感佩，臣弟对皇后打心眼里敬重，长嫂比母，况又母仪天下，臣弟岂能不尊？"

张瑾说："二弟快不要这样说，我一妇道人家，懂得什么！哪里就有值得敬重之处？倒是弟弟、弟妹，在我们窘迫时时常接济，我们客气话都不曾有过，只是因为都是至亲骨肉，说多了反觉生分。你们兄弟三人最近也极是劳累，这么多天也熬得够受，当然这也是应该尽的孝。今儿个都是我和官人们一起弄的酒菜，你们兄弟吃几杯，一是能解解乏，二来这也是尽孝，多吃些，父皇、母后看着也是欢喜的。兄弟们坐回去吧。"

两位王爷应着，坐到自己的几案旁，菜已经齐了。皇后不说，兄弟们也知道是张瑾亲自在厨房张罗的。

第三十回

▼

柔仪殿三兄弟宴会　右顺门五君臣失仪

朱高炽说："二弟、三弟，父皇、母后只有我们三个儿子，天幸的是我们是一母所生。常言道，打虎亲兄弟，这在靖难时就已经显现出来，那时我们都年轻，三弟还是个孩子，不也披挂上阵吗？幸赖祖宗佑护，打出了一个清平世界，现父皇把这万几宸翰交付给朕，朕还是有自知之明的，朕与高祖和皇考差得远呢，朕以后还会多多仰仗两位兄弟。来，我们先举酒恭祝父皇母后。"

说着把酒爵举起朝天遥祝，而后平推一送，一饮而尽，两位弟弟看他一脸真诚，也听不出话中有多少虚假，也站起来和他一样吃了一杯。

朱高煦说："皇上皇后，现臣弟也四十多岁了，年轻时不更事，发狠要强，现在一点这样的心性也没有了。多年来臣弟一直在想，皇上如此宽仁诚谨，而臣弟却不知进退，换作他人，臣弟早已粉身碎骨了。感谢的话就不说了，臣弟敬皇上、皇后一盅，谨为寿。"跪下去先吃了下去。

皇上、皇后都知道这话言不由衷，只作不知，说谢二弟，吃了下去。几个人吃了几口菜。

朱高燧说："皇上皇后，臣弟不仅仅是少不更事，简直就是混蛋至极，没少惹父皇、母后生气，都是皇上、皇后处处维护。去年下人们办的荒唐事，若不是大哥施救，臣弟恐怕早已圈禁在中都了。刚刚大嫂说，都是骨肉至亲，臣弟也就不多说了。这盅酒臣弟敬大哥大嫂。"大家同饮一杯。

众人又稍稍吃了几杯，都在服期，心下悲痛。兄弟三人虽然说得热闹，内心有着隔阂，实在煎熬，话不投机，一些言不由衷的话也差不多说完了，素酒也各自吃下一壶。

朱高炽说："朕知道瞻圻久在京师，说了一些对你不利的话，但他还是个孩子，毕竟他母妃不在了，心下难过，这也难免，二弟就不要再和他计较了。朕也要见一下瞻圻，训诫他几句，二弟在乐安州，若想到京师来，路也不远，就来吧。老三的封国，府邸已经快完工了，就藩之前早朝随你吧。朕已拟好旨意，给两位兄弟岁禄加到两万石，一会儿还有些许赏赐，来人。"

章义进来见礼，又给两位王爷磕头，把礼单递给了两位王爷。两个人一看吃了一惊，每人的各种赏赐有几万两。二人站了起来，朝屏风后跪了下去，说："皇后娘娘出手大方，这么多东西，让臣弟何以为报？"

张瑾说："这话又见外了，两位兄弟也是赶得巧，户部把拖欠内库的钱粮拨付过来了，这是东宫的，别嫌少，拿去赏人用。"

二位王爷谢过，简单地用些膳食，说："皇上皇后，臣弟谢过赐宴，臣弟告退。"

皇后说："章义，代我们去送送两位王爷。"章义送到宫门外，因是代嫂子送行，朱高煦、朱高燧跪下去拜了两拜，告辞出宫。

次日早朝过后，朱高炽在右顺门偏殿里议事。夏原吉先说："皇上，这郭资回南京去了，臣需要有人商议才行，臣请把黄直或白德召回一人，这两个人都是治世经济之能臣，老臣恳请皇上恩准。"

朱高炽说："朕也曾想过，我们都老了，黄直已快六十岁了，白德也已经五十几岁了，贵州是万万不可少了白玺玉的。这样吧，黄直在交趾也太久了，令其回京吧，陈洽先代其职位。金幼孜大人，你来拟旨。"

夏原吉又奏道："皇上，先皇在世时，老臣曾上过几道奏章，想必皇上都看过，其中有罢宝船巡洋，停止交趾采办之事，不知皇上还记否？"

　　蹇义说："维喆大人，其他人问这话不奇怪，大人怎的也问？先皇在世，皇上名为太子，其实多半时间都在监国，哪个奏章不曾看过？所出政令，哪个不知？虽为监国，实为皇上，是一位监国皇帝。"

　　杨荣听罢，极是生气，胡子都翘了起来，喝道："皇上，臣请治蹇义大不敬之罪，他此番言论是对皇上不敬，对先皇不敬。"

　　蹇义平时嘴是最严的，因在吏部多年，任何人想从他的嘴里套出话来，势比登天，今天说出这些话来，令众人不解。蹇义慌了，赶忙跪下去，说："皇上，老臣昏悖，但这是臣肺腑之言，这个念头在臣的心里很多年了，这几年越想越是，只觉得皇上登基前和登基后没什么差别。不是，臣的意思……"大家一阵错愕，这是什么话？

　　杨士奇赶忙说："皇上，蹇义大人之意，臣明白，臣感同身受。"朱高炽看着大家都低着头不说话，就知道他们也有这种感觉。朱高炽本身早有这种感觉，只是蹇义讲的这个名字怪怪的，"监国皇帝"，遂道："杨大人不必较真，朕细想一下，也的确如此，'监国皇帝'这个名字朕还是蛮喜欢的。金大人，再拟一份奏章，写在一起即可，朕立刻批示。郑和也在京师，不计哪天，朕和他聊一下，现在南京也乏人镇守，等瞻基过了储君大典去南京，三保同去，做监军镇守南京。其实你们都知道，自从宝船出洋的第一日起，朕就反对，徒靡粮饷，于国事有何益处？"

　　刚刚说完，杨荣已经草拟完毕，发给当值御史、科道，若无封驳，就可用印，备于早朝时发出。皇上又问："宣之，还记得那个传胪戈权否？"

　　蹇义一愣神，瞬间想了起来，说："回皇上，记得，不知皇上如何会想起此人？"朱高炽说："朕早已经忘了，是那天曾棨说起，朕知道他是一个人才，只是不够随和，你讲一下吧。"

　　蹇义遵旨。戈权，字宜谦，代州人，永乐九年进士，因其性格刚直，任过江西道监察御史。出京巡察江西，上奏言事违逆了先皇旨意，被贬出京，任广东峡山知县。后来又被上宪弹劾免除官职遣送回乡，永不叙用，最后说："皇上，戈权自视过高，不为同僚所容。"

　　朱高炽说："这是直臣，宋大本似的人物，看是否有合适的官职给他？"

　　蹇义说："回皇上，还是把他召进京师奏对过再授职衔。"皇上称善，命吏部速召进京。

　　刚刚擢升为兵部尚书的陈怡说："臣有话奏于皇上，新皇登基，依例要调动边将，臣已和朱勇议过，奏章正本昨儿个已经递上来了，臣请旨，要略作变动。"

　　朱高炽说："你的奏章朕已经读过，正要和众臣工商议，你先给大家讲一下吧。"

　　陈怡说："臣遵旨，各边将军，及到战时才发凭信，千里请旨，战机已逝，臣请给出各镇总兵官将军印。"

　　杨溥说："皇上，臣有话说，太祖高皇帝曾经这样做过，可有一些骄兵悍将擅作威福，擅役士卒，有时侵略地方，以致尾大不掉。更有甚者，或起不臣之心，那时朝廷难以制之，悔之晚矣。皇上三思。"

　　杨士奇说："皇上，臣不同意杨大人之意见，边镇骄兵悍将，擅作威福，和佩将军印无关。至于尾大不掉、不臣之心，臣以为多虑了。边将虽佩将军印，只是临机决断耳，至于调动军兵还需朝廷虎符，臣附议陈兵总。"夏原吉、蹇义等附议。

　　朱高炽说："陈怡，朕准了，过会儿用印，明日朝会宣读。吕昕，朕令礼部操办封后、立太子，没见回话呢，钦天监择的哪一日？"

　　吕昕忙道："回皇上，今儿个下了朝会时已经把这个奏章送到了通政司，明天早上才能递上。臣以为，两个大典不适合放在一起，钦天监已经择定日期，中间隔了十日，臣等已把各种细节都设计好了。这不是小事，臣不敢怠慢，毕竟朝廷二十年不曾有过这么大的典礼了。"

　　此话一出，语惊四座，朝廷刚刚举行过登基大典，还有比这更重要的吗？大家在想：今儿个这是怎么了？先帝时蹇义和吕昕都得杖责。大殿里一下子静了下来，吕昕知道说错话了，"扑通"跪下，说："皇上恕罪，老臣该死，老臣之意，皇上早就是皇上了，啊，不是，臣……"越说越乱，索性停了下来，叩头不止。大臣们都慌了，都跪了下去，谁也不敢说话。

　　朱高炽很奇怪，这个吕昕也会奏对失辞。他可是以博闻强记闻名遐迩，各部奏对时，尚书都手持笏板，按上面已写好的唱奏，还要带着两名佐贰来补充，犹恐失辞，被御史纠劾。这吕昕既不用笏板，也不用侍郎。

尤其刚刚迁都到北京时，吏员不足，他身兼三尚书，奏对时，奏章副本都不用，各部杂务，千缕万端，背诵如流，未尝有丝毫错处，朝野上下皆服其才。那年曾随朱棣北征，朱棣看到一处碑文，率群臣去读。一年后，想起这碑文甚美，诏令礼部去人抄录回来。吕昕当面就讲，不用去录，臣这就写下来，铺就纸张，挥毫而就。朱棣派人暗中去拓回原文，毫厘不爽。今天奏对失辞，令众人不解。

朱高炽笑了，说："都平身吧，这算不上奏对失辞，刚刚宣之大人讲了，朕是二十年的监国皇上，想必吕大人也是这个意思，吕大人，无妨，好生办差吧。"其实在朱高炽心里杀吕昕已十几回了，他不齿其为人，但也深知，论其才能，满朝文武莫能出其右。爱其才而戒其行，这是先皇评语。朝廷大丧期间纳妾，内次陷害尹昌隆，那是朱高炽的师友。

进了十月，举行两次大典，封张瑾为皇后，郭云为贵妃，李氏为贤妃，张氏为淑妃。又过了几日，封皇太孙朱瞻基为皇太子，胡氏为太子妃。朱瞻埈为郑王，朱瞻墉为越王，朱瞻墡为襄王，其他也都封了王。派朱瞻基和郑和赴南京镇守，令诸子过年后赴藩。

这日早膳过后，在便殿召见夏原吉，朱高炽说："维喆大人，你我君臣相得，凡二十余年，观我朝之政，多有弊端，现在一些天子近臣，忠心事主，只可惜品级太低。职级高者却又明哲保身，多年弊政，害民不浅，大人作为朝廷柱石，不知是否有所觉察？"

夏原吉有几分疑虑，因自己就是职级高者，遂道："回皇上，臣精于打算盘，盘剥小民之事，臣也难辞其咎。臣以为，朝政利弊大多在于州县，臣记得皇上常说，县宰正民自安矣。皇上应把州县中的循吏宣进朝中陛见，给其殊荣，此其一也。其二者，各部科道，尸位素餐，然生性大多耿介，也多能廉洁自守，可选之赴州县守牧。至于御史，臣以为，还是算了吧，这些年巡视地方，百姓多厌之，名声早已坏了。"

朱高炽说："此计甚妙，有此计，为何不早上奏章？过后朕令蹇义去安排，天下吏员贤愚廉贪，俱在其心中。维喆，今儿个朕宣你进宫还有一事，你上的两份奏章，朕皆留中。令堂之事，朕几不近人情，朕给你十日假，在京好生办理丧事，而后令家人归葬，朕遣使致祭，再给有司下牌票，传驿护归乡里，命地方官协办丧事。"

父母丧，儿孙在家守制三年，这是几千年的旧制，夺情（未满三年征回朝廷）之事，只有极有脸面的重臣才可以。朱高炽看他跪地不语，又说："维喆大人，你是几朝老臣，朕此时初登大宝，卿当与朕共济艰难。何况，维喆有丧，朕无丧乎？"

夏原吉不敢再奏，老人已过世几日了，不能在灵前尽孝，上朝连孝服都不能穿，这是礼制。朝廷夺情，这从表面看不近人情，其实是难得的殊荣。夏原吉称遵旨谢恩，回府去办理丧事去了。

次日，罢了早朝，朱高炽把蹇义留在偏殿，把夏原吉的话讲了一遍。蹇义说："臣附议，这样也可刷新吏治、整饬官场。臣曾经上过奏章给先帝，除汰冗员，先帝留中。皇上上次讲的官员考绩之弊，臣打算一并革除。老臣回衙，与各司主官商议，让考功司拿出案例，再请皇上谕旨。还有，皇上，戈权进京了，臣令他在午门外候着呢。"

朱高炽说："章义，宣戈权。"一声声地传了出去，蹇义不知是走是留，跪在那里就有几分不自在。皇上看出来了，命他平身坐下说话，蹇义不敢坐，站起来躬身候着。

皇上拿出一张纸递给他，上面写道："想朕监国之时，宣之以先朝老臣侍朕左右，二十年来，卿劳恤焦思，不恤身家。朕承继大统以来，赞襄理政，从不懈怠。朕不会忘，制一章以赐卿'蹇忠贞义'，藏于府上，知朕君臣共济艰难，相与有成也。"

蹇义跪下接过，叩头不止，流着泪说："老臣何德何能，得皇上如此垂爱，敢不以残年之躯，以报陛下。"

说着内侍公鸭嗓儿响起："戈权到。"一个身材高大的人躬身趋进，大嗓门儿喊道："臣大明草民赐进士出身戈权叩见陛下。"山呼舞蹈。

这个赞名让皇上有几分生气，有这么赞名的吗？这明显是有几分怨气，遂道："你就是戈权？按理说朕应该认识你，抬起头来。"戈权没敢直起高大的身躯，稍稍抬起头来，四十岁上下，稀疏的山羊胡，高高的颧骨，两眼向上挑起，皇上看他这样就有几分不喜，说："戈权，你是有功名的人，朕记得你曾做过江西道御史，怎的又成了草民？你可知道，这样赞名见驾会被风宪官参劾的，你也是做过御史的。"

第三十一回

▼

大学士升爵为宰辅　戈布衣切直得圣心

戈权说："回皇上，臣由监察御史到峡山知县到最后白身，深知宦海沉浮，对仕途也看得淡了。臣生性愚直，也不适合官场，承祖上荫庇，家里也少有产业，后半生读书教子，做些学问，岂不更好！"

朱高炽看他言语不敬，尤其是令其见驾，无只言片语感谢，也不想多谈，说："那好吧，是朕的过错，扰了你的清梦，你跪安吧。"戈权谢过，就要跪安。

蹇义说："启禀圣上，微臣有话说。"朱高炽明白，说："戈权，你先到殿外候着。"戈权退了出去。

蹇义跪下，奏道："皇上，老臣观察此人，虽有些刚直，但言谈举止却无谄媚狎昵之态，臣以为是宋大本一样的人物，若用心使用，又是一个宋礼也未可知，皇上三思。"

皇上点头道："宣之平身，朕也以貌取人了，这戈权是为何事触怒先皇的，爱卿是否记得？"

蹇义说："回皇上，臣还记得他当时上了奏章，被先帝留中，只是说他狂悖。"

朱高炽说："这也容易，章义，去查一下永乐九年至十三年（1411—

1415）江西道奏章。宣杨士奇来。"章义吩咐人去了。

杨士奇进来见礼，朱高炽慰勉几句，正在奏对，章义拿着奏章走了进来，跪着递给皇上，朱高炽打开看，漂亮的蝇头小楷写满几张，大致意思是：皇上给汉王礼制过高，是起争之源。劝谏皇上不宜过于近妃嫔，要善保龙体。父子天性，不宜远皇太子，多加信任。

朱高炽览毕，对此人的学识很赏识，尤其是发现他是为自己触怒龙颜，遂说："宣之，你去把他带到西厅，让他给朕写一个眼下的治国方略。"蹇义答应着出去了。

朱高炽拿出一个印章赐给杨士奇，杨士奇跪下接过，是一枚金质印章，刻有"贞一"二字。杨士奇感激涕零，流下了眼泪，叩头谢过皇上。朱高炽让他平身。皇上早已打定主意，把这些东宫旧臣的官阶提起来。监国时，这些腹臣忠心耿耿，但是虽然手握实权，只因官阶太低，时常被人奏劾。朱高炽几经酝酿，这些大臣终于有了新的官职，只是在拟圣旨时遭到了风宪官的抵制，封驳了三次，最后朱高炽不得已，亲自做左副都御史王彰的工作，这才得以通过。

过了半个时辰，蹇义回来了，拿来了戈权的治国方略，朱高炽展开看到：民为邦本，本固邦宁，民为邦之根本，则栽培不可以不厚。臣观尧敬民事，舜勤于民务，禹哭有罪之人，汤自罪己，文王视民如子。陛下承继大统，正可刷新政治，且不以臣卑鄙，臣敢不倾胆奏闻。

臣有八策奏于陛下：一、罢汰冗员，臣以为，冗员不仅徒靡廪禄，还会贤愚混杂，而贤者之心懈怠；廉腐无别则廉者之心懈怠；君子小人并处，则小人之势常胜。二、遵洪武旧制，凡七十岁以上官员致仕还乡。三、荐举贤良，文选司拿出方略，依例唐宋，在京七品、在外五品以上官员或州县官，可在现任官员或军民中访举德性纯正、行止端方、才能出众者，报与吏部，擢才任用，若获用，举荐者考优一次。四、科举改制，依洪武制，南北兼取，高祖曾云，南人虽善文辞，然不及北人厚重，仍按洪武旧制，仍按南六北四取榜。五、奖廉惩贪。风宪官贪腐加刑三等罪之。六、各道御史分巡天下。七、选出各科道给事中分赴各州县做守牧主官。八、今岁察举，各府主官、佐贰无论考绩，皆进京陛见，依例赐宴。

漂亮的蝇头小楷，列举八策，尽皆切中时弊。朱高炽大喜，称赞不已，说："宣之，士奇，此奇才也，不但文采飞扬，且言之有物，更兼奏对切直，这才是好的文法。"两个人也读了一遍，尽皆称善。

朱高炽说："这等人不能为朝廷所用，朕还想用何许人？宣之，授他何职？"

蹇义道："回皇上，戈权做过监察御史和知县，皆为七品，又过了这许多年，可擢升正六品或从五品。"

朱高炽不置可否，问道："宣之，朕和你商议，汤宗已经出狱，让他在南京任职吧。京师大理寺还缺一个右少卿吗？"

蹇义明白皇上的用意，赶忙说："回皇上，确实如此，只是这戈权官阶不对等，差得太多。"

朱高炽说："无妨，你告诉戈权写一个奏章，你代他交与通政司，这是朕下旨上疏言事之第一人。大理寺少卿，就他了。你们跪安吧。"也不管两个目瞪口呆的腹臣，踮着脚走了出去。

这日早朝，中书舍人宣读圣旨：擢升杨士奇礼部侍郎、华盖殿大学士，进太子少傅，食三禄；吏部尚书蹇义进太子少师，食二禄；擢升杨荣为太常卿、谨身殿大学士，进太子少保，食三禄，以上三人皆赐银章一枚，上刻"绳愆纠缪"。擢升杨溥为翰林院大学士；擢升黄淮为通政使、武英殿大学士；张辅为太子太师，吕昕为太子少傅；汤宗复其官职，仍为南京大理寺卿；虞谦为大理寺卿，戈权为大理寺少卿。

这道旨意使朝野震动，四位大学士都是三孤，三孤爵位，先帝朝已经罢黜，只有一个特例，那就是道衍，而且这几位大学士都是兼任三品以上官职，真可谓权倾朝野。还有这戈权，两次罢黜，已是先皇明令永不叙用之人，猛然授予正四品实职，他只是永乐九年进士，很多大臣都不认识他。这臣工们散朝后议论纷纷，都觉得天威难测。

午后，这些重臣在偏殿议事，朱高炽说："各位爱卿，吏部在举贤选吏，刷新吏治，都听一下，宣之大人讲完都议一下吧。"

　　蹇义把部议的节略拿出来，说："皇上，各位大人，臣几天来和本部佐贰及各司掌印的议了几次，也和礼部的吕大人沟通过，臣把戈权的细化，请皇上和各位大人参详。"拿出条陈，大家传阅。朱高炽看毕，心下高兴，刚要说话，意识到自己已经是皇上了，端起茶盅吃了一口。

　　众臣工听罢，也没觉得怎样新鲜，大多是洪武旧制，有的是建文旧制，和永乐朝有些冲突。杨荣说："宣之大人老成谋国，确是动了一番心思，只是有违先皇礼制，臣只觉得宣之大人一向缜密，这步子迈得似乎有些大了。"

　　杨士奇听出杨荣言中有不善之意，说："皇上，杨大人，臣以为这并不违礼制，太祖高皇帝礼制也可遵守。只是杨大人一句话倒提醒了臣。宣之大人有时确实疑虑太多，士奇也尝问之，宣之大人回曰，恐鲁莽而留后忧耳，窃以为这话讲得极是。我等忝居庙堂，一言可兴邦，一言亦可丧邦，须慎之义慎。况今宣之大人所列八条，并非想当然，定是缜密思之而得，士奇佩服。士奇还有一想，这项恐与胡濙大人有悖，就是官员禄米。"

　　胡濙出班道："士奇大人尽管讲来，下官洗耳恭听。"

　　杨士奇说："胡大人的奏章，皇上已经看过。"说完看着皇上。

　　朱高炽说："胡大人，粮米转输艰难，这确是事实，但总得让百官们吃饱饭吧，否则他们就会怠工或贪墨，士奇之意是加上一条，他已经上了奏章，朕也看过，士奇，你说一下。"

　　杨士奇说："十贯钞抵米一石，现在恐已行不通了，这几日臣去市井转了几次，通常普通米在十五贯上下，有时十七八贯一石，且钞法不行，钞值不稳，还会再贬，臣恳请再多折一些。"

　　朱高炽笑着说："你们都是忠臣，对于禄米之事，这多年很少见到奏章，一是朝野大儒们不屑于谈论孔方兄（制钱），怕沾上铜臭气；二是为官员争俸，有营私之嫌，士奇和胡濙两位爱卿，真正老成谋国，一心为公。朕现在就定，半锭即二十五贯钞抵禄米一石。除世家、公侯驸马伯，皆领钞代米，宣之大人，这也是在帮吏部的忙呢。"

　　蹇义忙道："微臣谢皇上恩典，只是维喆大人会反对的，这要掏空他的钱袋子。"

大家都笑了，朱高炽笑着说："无妨，宣之大人，把各省都、藩、臬三司主官和佐贰姓名书于奉天门边，朕要学李世民，每时每刻都要知道，都哪些人在各省。"大臣们都喊皇上圣明。

虞谦奏道："皇上，臣有疑问，举荐贤良方正，自汉代以来一千多年确是奏效，只是纵观历史，也不免泥沙俱下，鱼龙混杂，有的也是贻祸百姓，臣以为，举者不贤连坐。"

金幼孜在做记录，听到这里放下笔奏道："皇上，臣以为此事万万不可，如果这样，无疑是堵塞荐贤之路也。皇上三思。"

杨溥说："皇上，臣附议虞大人，忠心事主之人不会因此而惧其身，似浑水摸鱼之人正可断了念想。"大家分成两派，各持己见，最后让皇上乾纲独断。

皇上也没有了主意，说："宣之大人上面没有列到，朕问你，是否想到这里？"

蹇义回道："回皇上，臣等想到了。臣浅见识，想就这样看看，只要把好关，问题不会太大，倘若有问题再下旨不迟。"

朱高炽点头，说："可以，宣之爱卿，你们吏部再议一下，写成奏章递上来，朕批示后明发邸报，昭告天下。以后你们几位大学士把上来的奏章先看一遍，写个节略给朕。朕真不敢和高祖、皇考比，他们确实打熬得好筋骨。今天就到这儿，你们跪安吧。"众人跪安。

朱高炽回到坤宁宫，他们已经搬进来一月有余，这里处处留着母后的影子。现他虽贵为天子，富有四海，可父皇母后已经撒手人寰，道衍大师、金忠、宋礼、尹昌隆、解缙这些近臣也都相继离他而去。他下了肩舆，向宫里走去。他不习惯在乾清宫过夜，原来一直在东官，直到封后大典过后才搬到中宫，这样还是被大臣误解。

风宪官在大庭广众之下就劝谏皇上远离后妃，大丧期间不宜近女色，把这个好脾气的新皇上气得暴跳如雷，也不管他是不是言官，拖下去廷杖一顿，几乎杖死，还是恨声不绝。正想着，皇后张瑾早迎了出来，朱高炽换过服饰，坐下来吃茶。

皇后说："皇上，我们现已迁到中宫，每时每刻都要上起居注的，按制应先翻好牌子，由内官存注。总这样又会被百官劝谏。"

朱高炽心下感动，说："朕一时半会儿还转变不过来，让百官去说吧，皇上好色他们劝谏，皇上不好色也要劝谏，不好色偏要说成好色还是劝谏，这些儒臣，真是见识了。"说得皇后和宫人们都笑了。

皇后说："皇上，说话就冬至了，原来在藩邸时，皇上都会出去转转，迁都到这里两年，皇上还在龙潜，每年都带孩子去转一下，今年不知还得不得空，孩子们都来问过了。"

朱高炽答道："今年不行了，一是礼部已经定下，去的地方又增加两地，一个头晌都得去忙；二是百官不许，朕若私自出了午门，次日大臣们就得群情汹汹。还是让瞻墉代朕去吧，头晌跟着朕大祭，后晌再去不迟，哪年不是如此呀？他们都有了经验，知道如何去做。"

皇后又说："皇上，今儿个瞻圻进宫了，在这儿哭了半个时辰，你说这高煦……"

朱高炽说："这瞻圻是真要脸！明儿个朕找他说话，高煦也上了几道奏章，劾他不孝，要朕夺去他世子封爵，皇考在世时曾给他们调解过。"

张瑾说："也真难为这孩子了，这弟妹也还算贤惠，待人接物也还真诚，想当年也没少接济我们，这高煦怎么就看她不顺眼，落个自杀的下场？有人传言，说她泄露了王府秘事，惹下大祸，当然，这都是传言，不足信。只是这瞻圻一口咬定其母是高煦所杀，哭诉道高煦早晚也会杀他。你说这高煦就这么狠心，连自己的儿子也不爱？"

朱高炽不假思索地说："高煦爱过谁？这大半生只爱过他自己。"这话把张瑾吓了一跳，她从未听过朱高炽评价过谁，更何况用这种口气，下这样的评语。

朱高炽看到张瑾吃惊的眼神，知道自己话多了，多言数穷，不若守中，这是他一生的信条，逢人只讲三分话，包括自己的亲人，话说到这份儿上，也只好说下去了，"皇后，朕的意思，不论谁是谁非，子告父为不孝，父告子又不能不理。其实朕看得清楚，儿子在觊觎老子亲王的椅子，而老子又要把儿子世子的椅子换一位主人，如此而已。你们妇道人家，哪里会晓得这些勾当！"

　　二更的梆子已经敲响，朱高炽太累了，沉沉睡去，张瑾心里难过，她知道自己并不了解皇上，是那个仁孝敦厚的朱高炽变了，还是这才是他真实的自己？

第三十二回

▼

新太尊断案露身份　先学士画像评重臣

过了冬至，大家忙过了这一阵，松了一口气。这日早朝，朱高炽看到通政使顾佐递上的奏章，就知道今天又不得闲。最近不像开始那么累了，一是已经掌握了朝局，理顺了差事；二是大学士们把要办的差事先理顺，然后在奏章上贴上条子，写出处理方法，这个法子实在是太好了，轻松了许多。原通政使孙靖年过七十，令其致仕，把顾佐从应天府任上调回京师，擢升为通政使。

黄淮也兼着通政使，那只是兼职而已。这时黄直出班奏道："启禀皇上，微臣黄直回京报到，已经在吏部和行人司销过凭，本想进宫请安，然未有旨意。老臣虽想念皇上，但也不敢去扰皇上。"朱高炽看他须发皆已花白，有六十多岁了。

想在藩邸时患难与共，不免有些感动，令章义把他扶起来，这是大臣难得的殊荣。皇上说："黄直爱卿，卿在交趾，凡十几年，军民屡上奏章于先皇，前段日子，朕接到都司陈洽的奏章，卿在交趾临别，交趾人扶携走送，号泣不忍别，都呼卿为黄尚书，朕也是没办法，现京师乏人，不得不迁调大人，现仍领尚书衔，加詹事府詹事，食二禄，协领户部和工部，侍朕左右。"

黄直刚刚站起来又跪了下去，说："皇上，老臣受几代皇恩，定以残年以报朝廷。"磕几个头，退了下去。杨荣宣读了吏部的奏章和皇上的批示，皇上令明发邸报，速速廷寄各省。早朝散了。

早膳后，新任刑部尚书吴中先递上牌子，口称有急事。皇上赶忙宣进来，施礼毕，说："皇上，永平府出了一件大事，臣不敢擅专，陛见请旨。"

朱高炽说："为何不把奏章送于通政司，这样御史会劾奏的。"

吴中听出皇上的关爱之意，说："微臣谢过皇上，这都是永平府给刑部上的条陈，不是奏章。"朱高炽点点头。

吴中说："迁安知县李安之子李蔚，是青山口巡检，倚仗父亲势力强娶当地乡绅马逊大儿媳，是寡媳吴氏，并打伤马逊次子。吴氏被娶到李府后死命不从李蔚，遂用剪刀戳断了喉咙自尽了。马逊在当地是大户，抬着寡媳的尸首到县上，四处游说，以致市井鸣锣罢市。李安把其子收监，把马逊也收监了，族人不服，告到府上，府里大尹陆允亲自去了迁安。"

朱高炽听得有些困了，听见提到陆允，遂打断问道："这陆允不是刚刚调去做同知吗，如何又成了大尹？"

吴中说："回皇上，皇上好记性，臣也是问过宣之大人才知道，府尹正在丁父忧，现由陆允署理。"看皇上点头，在示意他接着讲。

他继续说："这陆允是极清明的太尊，微服访查，访得明白，把一干人犯解到府里，一顿大刑，李蔚全招了。又查出他贪渎不法，巡检司税银有三分一被其贪墨，遂飞报刑部，判了斩刑。现已押在刑部死牢里。"

朱高炽心下高兴，这陆允不愧为方孝孺的儿子，不埋没祖上。但是朱高炽也有些狐疑，看这吴中似乎知道了皇上和陆允的这层关系，故意来邀宠，不免有几分不乐，说："朕知道了，以后这事不用面奏，待秋决时再复奏不迟。"

吴中也是一个直人，也不顾皇上说话的语气，接着说："皇上，臣还不曾奏完。"换了一个本子，接着说："这李蔚账上有两万多两银子没有下处，陆允就派通判去查李安，这李安也不示弱，就给刑部上了这个条陈，上面只有一句话，臣请皇上屏退左右。"

皇上有几分不耐烦，只是涉及陆允，挥手让人下去，吴中说："陆允是方孝孺之子方中允。"说完抬头大胆地看了一眼皇上。朱高炽心里着实吃了一惊，这么绝密的事情也有人知道，可见世上根本无秘密可言。他迅速理好思路，以前的想法就更清晰了，没有回答吴中，只说："来人，把众臣工都宣进来吧。"

现在天气很冷，大多数官员都是南方人，跪在地上如何禁得起，走进偏殿，室内温暖如春，兀自瑟瑟发抖。见礼毕，皇上令平身，说："各位臣工，朕早有旨意，候旨时可以在右顺门的披房里休息，不必跪候在外面，这里面怎么样，够暖和吧？"

大臣们都说是，只是心下奇怪，怎么问这样的问题？皇上说："众爱卿，虽是暖和，却看不到炭笼吧？朕告诉众卿，这是炉柜，火在里面，是陆允带领匠役制作的，开始在南京，去年在京师用上，设计得巧妙，既暖和又没有烟气，而且各方面都考虑到了，比如防止走水等，这陆允确是个奇才。"

听完这话，别人也还罢了，这吴中听到陆允，很吃了一惊，偷看了皇上一眼，就这一眼，朱高炽读到了他眼中的惊诧，这说明他并不知道皇上和陆允的这层关系，接着说："这里还只有几个宫殿用上这个，大多数都还没有，今年让众卿受冻了，明年迁回南京岂不更好，就不受这份罪了。"

众人只当是一句玩笑，都赔笑了一下，朱高炽接着说："陆允不仅仅是个巧匠，还是两榜进士，现在署理永平府尹，刚刚还有人首他，吴大人，你把最后这句话读给大人们。"

吴中不知皇上何意，不敢抗旨，又读了一遍，众人着实吓了一跳。有许多南京过来的老臣都知道陆允和皇上的关系，皇上把皇后的贴身侍女巧梅许配给了他。这句话可是担着天大的干系，这要给皇上背上不忠不孝的骂名，都跪了下去，不知底细的也赶忙跪下，虞谦说："皇上，先把这李安下狱，治他妄言之罪。"

朱高炽啜口茶润润嗓子，说："他是得下狱，那是你们三法司的事。但是他说对了，这陆允就是方孝孺的小儿子方中允。"

朱高炽的声音并不高，可在这空旷的偏殿里犹如一声炸雷，把众人都震呆了。这就是皇上的权威，皇上的乐趣，做监国和做皇上只是半步之遥，可作为监国每日战战兢兢，如履薄冰，亦步亦趋，犹恐掉队。皇上金口玉言，让人捉摸不透，这叫天心难测。朱高炽喜欢这种感觉，先皇喜欢，每位皇上都喜欢。他心里也清楚，他刚刚登基几月，一些大臣还摸不着他的门路，连反驳的机会都不能留给他们。

朱高炽看到跪在金砖上的众臣工，扬起的脸惊愕得有些扭曲，他有一种前所未有的满足感，说："列位爱卿都起来吧。杨荣，草诏，诏礼部，凡建文朝因靖难而罚没之罪官家属，无论在教坊司、锦衣卫诏狱、浣衣局、习匠役、功臣或披甲人为奴者，一律宥为平民，给还田产，可归原地。记住是直接为平民，已入他籍的，见到旨意之日起即可脱籍，有司敢为难者，罪之。因言事获罪谪戍者依照此例。"

杨荣写完，皇上浏览一遍，点点头，誊抄用印，昭告全国。朱高炽看大家都跪着不起，知道他们心里别扭，也不再令他们平身了。别人还好，这几个大学士心里不但别扭，还有几分不解，这么大的事情事先一点风也不透，怎么想也不像是当今皇上做的。

朱高炽又问："宣之大人，吕昕，你们都是老臣，朕问你们，齐泰、黄子澄是否还有后人？这个方孝孺除了这个方中允还有没有其他人？朕指的是男丁。"

蹇义说："回皇上，这二十九年了，微臣实在记不清了，这也容易，一查便知。"

吕昕说："回皇上，不用查，齐泰有一子，当年四岁，先帝悯之，因此免死，罚其母和乳母去了万全都司为奴。黄子澄也有一子，由管家带走，那年刚满三岁，现下落不明。方孝孺这个儿子当时由管家方安抱着跳进了秦淮河，人们以为已经淹死了。方孝孺还有一个堂兄，因平素与方孝孺家并不往来，免其死罪，在辽东戍边。其他的族人也应该还有。当时的事情我们大多都知道，根本不存在夷十族一事，也不知道市井是如何传开的。"

朱高炽说："吕大人确是博闻强记，民间市井传诵的不实之事何止这事，不理它也就是了。各位爱卿注意了，有在偏远之地的恐难见到朝廷诏令，白白蹉跎了，你们想办法令其知晓才是。还有练子宁、景清、铁铉等人，你们都不要遗漏。众位臣工，你们心里清明得很，这些人可都是大明的忠臣哪。"

大家不免又吃了一惊，这是朝廷定性的奸党，如何又成了忠臣？谁也没敢接言，起居官唯恐听错，侧起耳朵听着录着。皇上又问："解缙家人在何处？"

蹇义赶忙答道："回皇上，其家人宗族皆在辽东屯垦，其仕者仍在衙署，其兄在江山道御史，解缙之子叫解祯亮，也已经该冠带（成人）了。"

皇上说："他和胡广是儿女亲家，朕听说胡广曾欲悔婚，这有些令人不齿，此婚乃皇考所亲赐。吕昕，记下，解家人回京时朕要赐其完婚。勉仁大人，先誊录，明早发诏。"

令众人跪安，杨士奇和杨荣留下。朱高炽说："士奇，勉仁，先吃杯茶。"蹇义早已命宫人献茶，朱高炽让二人坐下，说："解缙也是朕的老师，只因精心辅佐东宫，被宵小谗诟，朕每次想到他都痛悼不已。世人都说解缙狂悖，朕以为不然，两位爱卿，朕现把皇考所书示与二位。他那时虽然年轻，但是今日再看其所论，皆有定见，真乃圣人也。"让蹇义在龙案上拿下画轴样的物件递给二人。

二人看时，上面有一些人名，是先皇御笔所书，下面是每人的评语：蹇义天资厚重，然中无定见；夏原吉德量深厚，然不知远小人；胡广有才干，但不知顾义；吕昕德薄而附势，虽有才，但品行不端；陈进执法过苛，用心刻薄，但持廉自守；宋礼憨直中正，但过严而苛，不恤人情；金幼孜君子也，惜短才干；尹昌隆才气君子，但量浅也；黄直秉心易直，确有执手，可谓完人。二人看完尽皆失色。

这可不是后人评语，评论者正是解缙，而解缙早已逝去，被评论者还居于庙堂之上。对每人的判词虽少，却一语中的，如画像一般。这两个人把平时那一点点轻视解缙的念头都抛到九霄云外去了。二人也明白了皇上为何没把蹇义留下。

杨荣说："皇上，臣说句实话，臣也认为解缙恃才傲物，平时多有不屑，今日看他所论之人，如画像一般，只感觉每个人肖像跃然纸上，臣不如解缙多矣。宣之与臣交厚，确如解缙所言，中无定见，做事过于周慎，临大事恐误事。"

杨士奇听他又如此说，颇觉反感，也不好说什么，心里清楚，皇上绝不会无缘无故地说起这事，遂道："皇上，解缙英灵不远，知道皇上如此顾念旧人，定会感激涕零。然斯人已去，还要顾及生者，刚才皇上说与其子赐婚，微臣着实感动。然圣上贵为九五之尊，不可为平民主婚，地方守牧官可以，天子不行，这是礼法。微臣以为应让其子解祯亮去国子监读书。"

朱高炽心下高兴，说："卿言甚善，只是这解祯亮并未进过学，如何能进得了国子监。"

杨荣明白了皇上用意，赶紧表态："皇上既然不反对，胡俨祭酒自然有办法，微臣私下见见胡俨，可依陈进长子之例。"这杨荣说得也恰到好处，若皇上不反对，这话说得极是巧妙。朱高炽很高兴，点点头，本想提下尹昌隆，想想算了。

圣旨一下，朝野上下一片哗然，歌功颂德的奏章雪片似的飞向通政司，但各处藩王则群情汹汹，莫不质问朱高炽，大致意思是忠奸不分，坏祖宗成法。朱高炽也见怪不怪了，监国凡二十几年，这些责备的话早已耳熟能详了，那时是先皇，是这些藩王的大兄，而现在面对的是皇侄，语气当然又是不同。

几位大学士生气，想留中，朱高炽不允，说："他们打着维护祖制的大旗诘问朕躬，朕岂能留中，各位臣工，看一下批示过的。"

杨士奇拿过来一看，只是寥寥数字："谢叔父，朕谨受教。"杨士奇看过憋着没敢笑，另外几个人传视完毕，也都觉可笑，皇上看他们脸憋得通红，自己先笑了，几个大臣憋不住大笑起来。把殿内外的侍卫和宫人吓了一跳。

夏原吉已经差人奉亡母灵柩归乡，夺情侍君，说："这些长者藩王，臣没见到宁王的奏章。"

朱高炽说："维喆好眼力，朕要说，朕这些叔父，讲文韬武略，十七叔可冠之。其他皇叔都在上奏章维护祖宗成法，辨忠识奸，而他久久不见上奏章，朕知道他会出一个更难的题。在藩邸时封藩与他，皇考诏令朕去看他，他给朕弹唱了《胡笳十八拍》的第四重。就在昨儿个，十七叔的孙儿朱奠培亲自进京送来密信，你们看一下吧。"

章义拿给他们，传看了一遍。

第三十三回

▼

安抚流民联保入籍　平反奸党还籍为民

　　宁王先对朱高炽的圣旨大加褒奖一番，然后笔锋一转……先皇登基之时，老臣欲王原守，先皇爱臣，命王南土。臣先请苏州，因属京畿之地而未果。再请钱塘，因王兄王之而罢。后先皇谓建昭、重庆和荆州惟臣择之。臣驻京师一载有余，于永乐元年王于南昌，既无府邸，又无田庄，老臣不以为意，深知南昌非臣之所封。高祖封老臣宁王，当然自有封藩。老臣深知皇上仁德，请赐老臣骸骨，归于封地，老臣感念皇上高天厚地之恩德。

　　蹇义说："这明摆着是要回大宁，这也太过了。"

　　朱高炽说："各位爱卿有所不知，想当年，皇考深忌允炆皇太孙削藩，而朕对皇考的做法不以为然，本是同根生，相煎何太急。到这时朕也开始和他们打起了擂台。朕十七叔归藩大宁，还梦想着带甲八万、革车六千的辉煌。还说没有府邸。永乐四年，他们把布政司的治所占了，建了王府，藩司又重新建的衙门，皇考下旨切责，后一直无事。朕祠继大宝以来，朕十七叔定会以叔父之尊请旨，朕早有准备，众卿看一下背面。"

　　密信正好在黄淮手里，他翻过背面，只见写道："南昌，叔父授之于皇考已二十余载，非封国而何？"

　　黄淮说："皇上，妙哉，只几个字，就会使宁王爷无话可说，一是先帝所封，二是王爷已受，三是二十几年，有理有节，微臣佩服。"

朱高炽说："章义，过会儿使人拿给靖郡王朱奠培，令他立刻归藩。"

杨士奇问道："辽简王爷府长史又上了一道奏章，一是谢恩；二是状告简王爷二子远东王和巴东王，父王薨而不奔丧。上面有新嗣辽王朱贵焗的印鉴。"

朱高炽说："朕问过宗人府，这二人曾经上过密奏，首其父有异谋，此托词也。父丧不奔，已失人伦，不忠不孝，何以立世。下旨籍其家，阖府皆废为庶人。"杨荣已经草诏完毕。

夏原吉说："皇上，现在市井多用金银，朝廷须有应对之策。微臣已经计穷。"朱高炽明白，自登基以来，一切还都算顺利，只是钞法不行，这是一个老大难，也是他多年来的一个心腹大患。

他已经看到许多这方面的奏章，现仍未批示，这个夏原吉就曾令他生气。当年监国时，纳钞赎罪，已经初见成效，本来可以正好预算钞数，预留钞本，平抑制钱，夏原吉这个财迷又一如既往地印钞，其结果又是钞法不通。他已令内侍们去市井探明。一石精米抵钞二十贯上下，现市井混乱，官民皆怨声载道，现在还如何来平抑？他心下有气，说："维喆，这是我们君臣议过多次的，皇考从不理论这些。为今之计，是否有万全之策？"

夏原吉已经感到皇上的态度，遂说："回皇上，老臣惭愧，执掌户部二十几年，钞法如日薄西山。当年陈进曾上书，以茶引、盐引抵钞或换钞，朝廷采纳，换回旧钞五千多万锭；皇上两次用计，每次也曾换回旧钞几千万锭，只是臣昏悖，都是因后事不继，又前功尽弃，那时先皇和众位大臣都和微臣一样的想头。臣反省多年，也走访许多进京地方官，知道是微臣不通经济之道，错失过多次机会，想想真是大明第一罪人。"

朱高炽听到这里，看他是真的明白了，说："爱卿勿急，现在已经想到了这里，那就放手去做就是。"

夏原吉说："回皇上，现在微臣也未明白如何用钞本平抑钞法，但臣已经明白，钞法不通的根由就在于此。"

朱高炽看他还是似懂非懂，没奈何，说："先平抑下来再想下一步吧，当务之急是先把市井中软钞、昏钞、旧钞收回来一些再作道理，各位臣工都说说吧，有什么好的法子收钞？"

塞义说："皇上所言极是，钞多则轻，少则重之。民间钞法不通，只因发得太滥，看起来似乎得利了，只是收回的太少。这样只是饮鸩止渴，坏了宝钞的信用。臣想，得有一个稳妥的法子，收发数量相等就好。"

朱高炽说："宣之大人之言是也。既是平抑，就得当时发行五千多万锭宝钞，测算出市井数量，拿金银存于库中，与其等值。再就是收回多少发多少，若年景好，依据岁收数量折换钞本，并与其等价发行，如此下去，钞法可行。"

夏原吉说："微臣多次讲过，皇上乃古今帝王第一位深谙此道之圣主，只是现市井宝钞数量委实难查。"

朱高炽说："非也，朕可不是第一次提钞本之人，朕查过各朝各代，宋朝始用钞本，后来又不被所重，滥发纸钞，以致钞法不通。"说完看了众人一眼，看他们都做恍然大悟样子，其实朱高炽心下明白，包括夏原吉，这几位大儒都没懂，也根本不想懂，在心里叹了一口气，说："现在正是年关，几位大学士和朕一起去市井转转，其他人跪安吧。"

其他人退下，朱高炽命传膳，说："今儿个和朕一起用膳，后晌和朕出宫。"早有人飞报鸿胪寺，寺卿秦理和佐贰们进宫劝驾，说这有违祖制云云。

还是夏原吉说话了："你们放心吧，只是微服，你们去告诉张升卫帅就没事了。"寺卿不敢再谏阻，只好跪安而去，朱高炽知道他们去找宗人府了。

这时宫里来人找章义，章义去了片刻，返回说："主子，陆允带着夫人和孩子进宫了，娘娘说皇上若有空，午膳回去吃，现在巧梅在娘娘那里，陆允在乾清门外候着呢。"

朱高炽说："告诉娘娘，朕有差事，不能回去，也不让陆允去了，他们娘儿们一起进膳，也说说话，把陆允宣进来吧。"这几个人只有黄淮不认识陆允，其他几个人都是熟人。

陆允白净面皮，已经蓄起了胡须，两只明亮的眼睛，方方正正的脸棱角分明。大家平时没注意，现在一打量，确实像方孝孺。陆允给皇上见礼。

朱高炽说："小乙，永平府治理得不错，户部和吏部都报了优行，朕以前去过那里，没有太多户口。现在呢？"

陆允说："回皇上，现由山西等地迁民后，已经有了四万三千多户。臣虽用心治理，还是有诸多不如意事，一是臣才能有限，另外就是朝廷大政臣不敢碰。臣上的奏章皇上想必已经看过。"几位大学士都互看了一眼，看和皇上奏对的架势关系确实非同一般。

朱高炽饶有兴趣地问道："小乙，起来回话。都是哪些大政，说说看，让几位宰辅也听听。"这个称谓挺特别，宰辅，这是在皇上这里第一次称谓。

陆允站起来，说："谢皇上。第一件事就是朝廷马政，永平养马户极多，这和朝廷所定制的相差悬殊，骒马两年一驹，看上去合理，其实很难做到。太仆寺的官员们按马课驹，有时臣只好拿官银抵给，可这么多马户如何抵得起？臣未请旨，擅自把刘家岩那片方圆几百里的草甸子圈了起来，马统一圈养，马户五家出一丁管理，轮流当值。其他人腾出时间来从事农桑，臣这一年来已经完成定额。马户粮食也可自给，再没有逃亡者。可太仆寺说要请旨。臣斗胆擅专，请皇上治罪。"

朱高炽高兴，这朝廷马政令人头痛，多少年来有多少马户逃亡成了流民。遂道："小乙，你何罪之有？你有功于社稷，几位臣工，这陆允可是文武全才，识弓马，熟兵法，会拳脚，又是两榜进士。你们认为此法可行否？"

几个人想，都让皇上说了，谁还能说不行啊！夏原吉说："皇上，臣以为这是极好的法子，我朝马场都由各屯卫管理，陆大人这也算是民间马场了。但陆大人要注意，这也要配备军兵，一是防偷盗，二来也可防备大野物（指的是豺狼虎豹）。"

杨士奇接着说："皇上，以微臣之见，可在北直隶推行，臣斗胆大迈一步，马户还农，各州县按太仆寺配额仍设民间马场，以徭代之。"

朱高炽想起二十年前的万家口马场，点点头，说："先在北直隶试行，让黄直去操办。小乙你接着讲。"

陆允说："永平土地虽贫，但地广人稀，除山西迁民，现山东、河南流民大量涌入，臣已令各县专设有司管理。任其开垦荒地，三年不征，三年后归其所有。微臣这是和皇上学的，只是学了样，学不了皇上的本。现在这些流民的户属就成了大问题。"

几位宰辅都看着皇上，朱高炽说："杨荣记下来，朕一直在思虑此事。流民是一件大事，一次次的揭竿而起都是流民问题。流民返籍，免其欠税，官给农具种子，似永平已经在屯垦的流民可附籍当地，当地守令给原籍地下牌票，转籍于当地，所开垦之田，三年不课，三年后归其所有。若两者皆不实行，仍在外流荡，则视为盗寇锁拿。大人们以为如何？"

大家都知道，朝廷已经发过这样的诏令，作用不大，这附籍一项就难倒了所有人，几千里转籍谈何容易！

朱高炽看大家不说话，知道是有问题，问陆允："小乙，你那里先试行的，户属为何一直不能解决？"

陆允只好实话实说："回皇上，臣以为千里转籍确是为难，若不转籍便附籍，又恐有奸民趁机钻空子。臣愚钝，一直没有想出法子。"不用说，已经把朱高炽的千里转籍否了。

朱高炽觉得陆允讲的极是中肯，思考了一会儿，说："这样吧，千里转籍不妥，可试着设置一个距离，比如三百里以内定要转籍，超过此数可几家联保，再附籍当地。"

陆允眼睛里放出光来，说："皇上圣明，天下最聪明者莫过皇上，臣以为这样再稳妥不过。"

这几位腹臣佩服得五体投地，大家议了一下距离，又用五家联保，至少有一户是本土人，最后敲定。朱高炽自是得意。章义催了几次用膳，只是没有议定，也只作不见。

朱高炽说："杨荣，把陈渲转上的奏章和朕的批示明发邸报，另附上，赏陈渲钞两百锭，精米三石，彩币二表里。"

黄淮说："皇上，现臣分管着通政司，陈总帅的奏章并无新意，这样大动静赏赐恐有不妥，请皇上三思。"

朱高炽说："陈瑄所陈，皆老生常谈，朕岂不知？看一下朕的批示就知道了。朕下了三道旨意开言路，已过两月，只有戈权上了奏章，再也不见有人进言。陈瑄一武将，言及政事，切中时弊，极是难得。"众臣听明白了，皇上在效仿商鞅立信。

章义又来催促用膳，朱高炽命端过来，每个人前面设一个几案，前面放了四碟菜、一碗饭。朱高炽问道："刚刚谁来了，为何没递牌子？"

章义说："回主子，是宗主，奴才告诉他都谁在，他没说话就离开了。"

朱高炽说："是朱守肃哇。定是鸿胪寺请来谏阻我们的。众位爱卿，用过膳都去官廨换上便服，最好是市井服饰，不要买新的，没有去借，章义去给小乙找一套。"

陆允忙道："回皇上，臣带着呢，劳烦哪位公公去贱内那里取来。"

朱高炽看了一眼陆允的白鹇补子，问："小乙，五品几年了？"

陆允躬身答道："回皇上，永乐十九年随章内相平唐赛儿叛乱，快四年了。"

蹇义忙道："皇上，这次陆大人进京，就是实授知府，这次进京的府州县守令共一百四十七人。"

朱高炽说："这是你们吏部的事，朕只是白问问。用膳吧。"大家默默用膳，一丝声音不闻，不到两刻钟就用完了。张升已候在外面，众位大人回到官廨换过衣饰。张升、陆允和章义仍然是伴当装束，早已备好了民间市井的马车，有骑马的，有乘车的，朱高炽让张升带侍卫远远跟着。

先到了永济桥，这是御河的终点，前面就是西海子。已经过了腊八节，这里异常热闹。年货早已上市，操着各地口音、穿着各色服饰的人来来往往，章义怕太招眼，被人认出来，心里极度紧张。

朱高炽已经看在眼里，说："章义，你也年过半百了，经历了多少惊涛骇浪，也是在死人堆里滚过的，今儿个为何如此紧张？不用怕，没有人能认出来，朝臣们才不用自己来买卖交易，市井之人又有谁认识我？"不敢称朕，改成了"我"，章义听皇上如此说，略觉放心。

第三十四回

▼

试钞法新皇现市井　依成例近臣忌皇兄

看到有卖南瓜的，在案板上堆放成塔形，煞是好看，吸引了朱高炽的注意。章义明白，上前去问价钱，卖瓜的是两个人，像是父子，年长者答道："论斤卖，三文钱一斤十两。爷儿们尽管去打听，这永济桥哪个不知道小人谢老三，在这儿卖南瓜十几年了。来，爷儿们，称两个？"

章义听他吹牛，也不理，接着问："我这里只有钞，没有钱，怎么计算？"

谢老三明显不够热情，说："那二十文一斤，可保不准会不会冻了。"

章义说："这大冷天，这么摆着，能不冻吗？"

谢老三有些不耐烦了，说："客人要买就快点，后面还有那么多人等着买。告诉你吧客人，这是后晌，不会冻的，头晌谁敢摆这么多，还不都得冻成冰？"

朱高炽给陆允递了一个眼色，陆允走上前去，说："有钱了，不用钞了，来一个大些的，称吧。"称过后，陆允问一句："这钱也毛了（贬值了）吧？"

谢老三说："可不是怎的！十几年前一两银子一贯钱，现在要四五贯了。"

陆允拿着南瓜走过来，朱高炽问多少钱，章义说九文钱，朱高炽沉思了一下，说："必得痛加整饬。"众人没明白也没敢问。

只见朱高炽看着这南瓜忽然笑了，夏原吉说："爷，小的知道爷喜欢吃南瓜，可不知道为何发笑？"朱高炽边走边讲薛苤说的浙江人吃蛙之事，大家都笑了。

众人走过桥去，街道宽了许多，路两边的摊点少了，大多是店铺，在十字口东边挂着一个牌子，写着永济桥税课局，人们进进出出的，不时听到争吵声，朱高炽说："摆摊设点，立店开铺，自觉课税，这不错。"众人不敢回声。

陆允忍不住，说："爷，小的知道其中勾当，各位爷儿们，看那几个人走来走去的。"朱高炽看到了，有三四个人在那边摊点处来回走。

陆允说："这是检查课票的，先到税课局交了税，写明物事、数量和课税钞额，这些人是查这个的。"

朱高炽点头说："这也罢了。"刚要往前走，听见了一阵争吵声，几个人回头看时，是那几个人和摆摊的一个妇人吵了起来。

章义走过去，人越围越多，朱高炽他们已看不见了，只是听见哭喊声，过了片刻，章义回来，说："这个妇人也够刁蛮，少报了样数和数量，被查了出来，就吵了起来，摊点被那几个人砸了。"

朱高炽看到有间茶点铺，走了过去，说："把那妇人请来。"

陆允忙说："爷，市井每日都有这事，且不止一两件，爷还是莫管了，恐被人认出来。"朱高炽也不接言，径直走进茶铺。

几个人忙跟了进去，张升带着侍卫在门口游弋。店家看进来的几个人不俗，不敢怠慢，忙迎了进去，让进里间。陆允点了一些东西，煮上一壶好茶，章义把妇人请了进来，起初不肯来，看章义没有恶意，又给了她一贯钞，跟了进来。

这妇人看到一个胖胖的人坐在那里，其他人都在站着，章义说："这是我们爷，是爷让赏你的。"妇人跪下去磕头。

章义说："刚刚是怎么回事，给这位爷说说，这位爷给你做主。"

妇人说："爷是好人，小妇人看得明白。俺是山东的，家里的日子没法活人了，一家人逃了出来。去年我那死鬼得了肺痨，没留住去了。现有公爹和两个孩子，也没有生计，一家人要嚼谷，只好去宛平上些菜来贩卖，挣下几文钞养家。"

朱高炽恻然，说："你这妇人说得倒也明白，那为何又吵了起来，那几个人是什么人？"

妇人说："一看就知道爷是不愁生计的有福之人。那几个人是税课局雇用的，察访漏课的。爷也知道，按足额报课就没了利息，今儿个多带了两样没报课，这也都心知肚明的，被那几个人查得实，就吵了起来，东西也被他们砸了。"

朱高炽说："他们砸了你的菜是不对，可他们也是办差呀。"

妇人说："不是这样的，爷有所不知，这几个人不是官家的，不拿官家禄米，是税课局雇来自收自吃的。刚刚俺没说明白，俺们平时都是交给税课局一些，再交给他们一些，每每多剩一些利息，今儿个交完了课，没卖出钱来，他们不许，因为他们从不收钞，把俺的钞扔了回来，俺一时气不过，就吵了起来，他们就砸了俺的菜摊。"众人这才听明白。

朱高炽自以为大凡世间勾当他无所不知，这事却闻所未闻，问几位大学士，也都说不知道，夏原吉说："这些人想必是课税官员的亲属了！真是靠山吃山，官家课税钱钞兼收，他们却只收钱，说不定和税课局有些勾当也未可知。"

这时门外嚷了起来，妇人赶忙站起来，章义说："莫怕，有我们爷在此，任哪个也不敢动你。"说着走了出去。是那几个人要进来，被侍卫们拦住了，店家正在调解。

章义挥挥手，侍卫们躲了起来，这几个人看势头不对，以为里边坐着官员，又不想进去了。章义一揖，请了进来，让进里间，几个人看里面没有官员，只是每个人都有些气度，只道是哪家员外，也不敢托大，抱拳一个罗圈揖，使了个眼色，那三个人退了出去。

这人看到妇人，对朱高炽说："今儿个在员外面前唐突了，只是有件公事未了，待了了，再和员外赔罪。"只因看几个人不是官员，放开了胆子，几个市井泼皮，依仗有门亲戚，谋个差使而已，能有什么见识？遂道："你这妇人，打今儿个起，你休想在永济桥这儿买卖，把今天的课税补齐了吧。这你不管躲到哪里也不中用，皇上来了也说不得情，这也都是他老人家定的。"

这个妇人也不是省油的灯，说："俺就是饿死，学琉璃厂的人，也不到这儿来了，你们这里太欺负生人。"

这个领头的哈哈大笑，说："你也不是刚来北京城，你们这些棒子①最不知深浅，哪个市场不这样？好了，好歹我们也合作了几个月了，爷就放过你一马，你把那些钞交出来，爷交了差，明儿个你爱去哪里，关爷啥事，没来由的扰了员外的清净。"

朱高炽早看不下去了，给陆允递了个眼色，这陆允早就不耐烦了，突然发作："哪里来的泼皮，敢在我们爷前称爷，滚出去。"上前只一拳，那人正站在门口，就像在屋里飞出去一般，砸碎了大厅的茶桌，摔倒在地上。

另外三个人都在大厅里站着，吃了一惊，赶快跑过去扶起，早惊动了侍卫，章义挥了一下手，侍卫们退了出去。章义抱着手观看，张升进来了，看着情形也抱着手观看。陆允从里间跳了出来，看那人站了起来，上去一脚踹翻在地，那三个人就想上手。

店家跑过来，被章义一把拉住，说："店家莫怕，过会儿在下双倍赔你就是，放心吧。"店家战战兢兢地回到账台，那三个人还没等出手，早被陆允一阵拳脚打翻在地，站在旁边等候发落。这几位大学士才知道这陆允真不是凡人。

朱高炽问那妇人："你说的琉璃厂是怎么回事？"

妇人都吓傻了，刚要回答，张升说："爷，小的知道。"朱高炽明白，他虽然不在屋里，这里边的动静他全知道，遂点点头。

张升说："爷，琉璃厂那边聚集着来自山东、河南等地的流民，讨饭、偷东西、搭伙压杠子（合伙抢劫），有的女子做暗门子（娼妓），在牛街那

---

① 对山东人的蔑称。

里也不少，经常和那里的教众发生械斗。"

朱高炽说："小乙，这妇人你去安排。"

陆允出去要来文房四宝，说："妇人，北京城虽好，不是久恋之家，现永平府在招募流民屯垦，等过完年你就去永平府，不计哪个县，把你的乡党都带上吧。这里有一封信，你到了那里递给守令就可以了，自然会有人安置你们。"

拿出一些钱钞递给她，说："就不要出来卖菜了，他们也不会让你卖得踏实，这些钱钞过年用，剩下的留作盘费。"说着唰唰写下几个字："见字即办，陆允"。

这个妇人不识字，收起来跪下给朱高炽连连叩头，说："大恩人，告诉俺爷的名字，俺回去给爷立长生牌位。"

朱高炽说："你回去吧，好生照料老人孩子，张升。"张升跑了进来，朱高炽指着地上的人和店主，说："好生料理，回去。"走到马车前，恨恨地说："毁我大明江山者，地方守令官和流民也。"又加了一句，"钞法，还是钞法。杨荣，回去拟旨，明日朝会发布。"

次日早朝，一道道圣旨带着皇上的满腔怒气砸向百官。第一道，流民新政；第二道，养马户和养马新政；第三道，钞法。

臣工们总结一下：一、在市井设置门摊课税，度量轻重，以钞纳税。二、有私自宰杀耕牛者，以活牛价格十倍罚钞。三、将南京抽分厂和提举司积压的木竹运赴各地作为柴薪发售，每百斤官价宝钞五贯，不收银和钱。四、盐引、茶引均可兑钞，不论新旧。五、永乐十二年以钞赎罪效用如旧。六、有金银市货者罪之，并折价十倍罚钞。七、各有司停止印钞。

散朝后，朱高炽就在奉天殿用过早膳，稍事休息。章义报大臣们已经候在外面。朱高炽令宣他们进来，自己感觉有些冷，虽然放了几个炭笼，还是觉得一阵阵寒气，对章义说："让大人们去右顺门吧，那里暖和。"说完坐上暖轿先走了。

到了偏殿，室内的温度正好，众官给皇上见礼。吕昕奏道："陛下，大行皇帝宾天已过百日，老臣恭请安灵，请皇上示下。"

朱高炽说："朕已经看过奏章，此事自有定制，不必和众卿商议，你们礼部会同宗人府、太常寺、鸿胪寺按制请灵即可，不必再请旨了。"

吕昕和胡濙对看一眼，吕昕说："启禀皇上，这儿还有一道奏章，是正本，不能交与通政司，也未用印，只请皇上御批。"

朱高炽知道这道奏章一定非同小可。吕昕几朝老臣，执掌礼部多年，岂不知奏章不能亲递！让章义接过来，看了一遍，脸刹那间变得灰白，呆了半晌，说："吕大人，胡大人，你们就商量着办吧，皇考操劳一生，为江山社稷、亿兆黎民呕心沥血，断不可马虎虚委。刚刚朕讲过，不用奏报，需要朕和宫里人，让宗人府安排就是，你们两位跪安吧，去安排进京考满外官事宜。"

大家都知道皇上所指何事，京官考满，皇上设宴，也是朝廷著名的京察大计。但外官通常不用进京，只在各省藩司，皇上这次非要调进京师亲自训诫。礼部几位官员施礼告退。

朱高炽令章义把奏章递给杨士奇，杨士奇传给几位大学士，在朝会排班时也颇有意味，杨士奇当仁不让在首位，蹇义和杨荣令朱高炽有些为难，后来擢升蹇义为少师，排在杨荣之前，接下来是夏原吉、吕昕、金幼孜、杨溥、黄淮。大家按次序看完。奏章上写的是天女，就是朱棣的殉葬之人，妃嫔十三人，贵人十四人，中人七个。

大家心里不齿，可又不好说什么。大行皇帝临崩时遗旨，一切按高皇例，当然也有天女这项。这些大儒饱读史书，熟知典籍，上古时代，人类愚陋至极，杀生殉葬，动辄几百人。到汉朝文景之时此陋习已被禁绝，这太祖高皇帝偏偏又重拾旧制。既有诏书，不遵即为不忠不孝。

朱高炽心中恻然，看着几位大儒，每天满口忠君爱民，五礼四维，此时竟无一人谏阻，心下失望，说："既然以太祖例不育者殉之，看有没有弄错的。"

几位大臣听得明白，皇上在故意混淆，高祖之时是生子者免殉，生公主的也是难免。大家也清楚，皇上在尽力开脱。

杨荣说："皇上，高皇还谕令，功臣之后免殉，臣等都好好查一下。"

朱高炽说："宣朱守肃。"

这时蹇义说："顺妃是张国公之女，功臣之后，可免之。"朱高炽点点头，杨荣划去。

朱守肃进来见礼毕，朱高炽令他拿去查验，问："皇兄，这份名单是宗人府拟的吗？"

朱守肃说："回皇上，是臣弟带人一起拟就的，而后送于礼部，如有不妥之处恭请皇上斧正，臣弟再重新办理。"

虽然已经年过半百，本是皇上堂兄，兄弟登基后，也只能自称臣弟。朱高炽说："皇兄请起，没有什么不妥之处，你办差很用心，按制办就是了。朕记得高祖有旨，功臣之后可以免殉，这可是有的？"朱守肃早忘到九霄云外去了。

突然想到张丽，自知莽撞了，但久在宗人府，办差自是老到，忙回道："回皇上，臣弟昏悖，不是皇上提起，臣弟早忘得干净。不过皇上也容臣弟辩一句，这是密奏，不经百官过目的，呈给皇上，恩自上出，还请皇上圣裁。"把这个山芋又扔了回来。

朱高炽真想走下去踢他几脚，刚要说话，杨士奇早已瞧出其中尴尬，忙道："皇上，王爷，这事不难办，既然太祖高皇帝有令旨，那就趁臣等都在，和王爷一起参详就是，最后再请皇上圣裁。"

朱守肃看皇上也不赐座，自己是郡王，心下明白遭了圣忌，讪讪地站着。他们问一个，他回一个，总算做足了功课，没有被这堂弟皇上抓住把柄，最后又划掉了六个。朱守肃看这几位大学士的做派，就知道是皇上的意思，也就随声附和了，比如薛禄如夫人姐姐的女儿等都划去。

朱守肃也不敢再增加，拿起奏章放到文袋里，躬身说了一句："皇上，臣弟恭请皇上朝天之日（殉葬日子）亲去送行。"

这是礼制，朱高炽点点头说："朕知道了，你跪安吧。"

朱守肃退了出去，朱高炽看看这几位近臣，只觉得他们一个个面目可憎，恨恨地说一句："朕宾天时断不可依此例。"

杨荣看史官在记起居注，赶忙道："这话不能写进起居注。皇上，切莫如此说，皇上正春秋鼎盛，又刚刚克继大统，正可以一展平生志向，何出此不吉之言？"

朱高炽说："人生在世，任你是谁，也难逃生死，自古君子不讳言死。朕虽不能流芳百世，也不想被后世所唾，史笔如铁呀。"其实他明白杨荣在提醒自己，那样讲是大不敬，是在讥讽高祖和先皇，索性说得更重一些。

皇上看了一眼那两个史官，还在一丝不苟地记录着，知道他们一定会记上的，他们的笔是铁做的，他也知道，记完以后杨荣他们也会处理的。不管怎样，这几句话发泄出去，心下轻松了许多，突然想到东厂衙门大堂上的四个字"流芳百世"。这些阉竖竟然也想流芳百世，真是滑天下之大稽，想到这里，禁不住笑了出来。

这几位近臣哪里知道只这片刻工夫，皇上的念头转了多少圈了，只见他笑了，大家悬着的心放了下来。朱高炽说："走，去奉天殿赐宴。"

第三十五回

▼

清吏治京察见守令　革弊政选官知州县

奉天殿已经摆布停当，知道皇上进殿，早已清退了吏目们，只有吏部、礼部的主官、佐贰和主管堂官，一起给皇上见礼。朱高炽令他们平身，说："先把考满排在下等的宣进来。"

吕昕慌忙说："启禀皇上，按礼制不称职者不可进殿，也不赐宴，只在殿外站候，待殿里官员赐宴完毕才能一起出午门。"

朱高炽笑着说："朕岂不知？只是朕想见一见这些人，宣进来吧。"吕昕无奈，令各司堂官给他们重新排班，进来见礼。因皇上有旨，只要各省的府、州、县守令，塞义令各省分批进京，皇上看有近百人跪在下边，皇上令他们站起来抬起头。

皇上在座上站起来，本想下去走一圈，突然意识到自己的足疾，走起路来并不那么威武，还是作罢了。看了一会儿，发现有的官员还很年轻，说："各地守令职责重大，先皇常说，朝廷诸吏，守令最重，守令清廉则百姓安乐。尔等代天牧民，教化百姓，劝课农桑，均平赋役，平明狱讼。今日朕宣进殿来，以示荣宠，众卿虽排在下等，但不可自堕锐气，可否？"

这些守令很是不解，以往考满大典或京察大计都如走过场一般，高祖和先帝都是史上难遇的勤政天子，也只是随意说几句。这外官考满还要亲自训谕，这些守令官也是见识了，遂喊道："臣等遵旨。"

声音参差不齐，朱高炽知道是临时召进，不曾演练，也不生气，刚要说散了，有个人突然说："臣山西晋中县令夏时夏以正给皇上请安，臣有话讲。"

朱高炽看了一下，找到了说话人，这人三十多岁，七品服饰，说："你出班奏来，朕听着呢。"

夏时说："臣是永乐十六年（1418）进士，直授予晋中县丞，主官考满升迁后，臣知县。朝廷律令仓库满者为称职，评为优等。微臣愚直，有话便讲，讲错了，皇上勿怪。前任知县离任前，仓廪确是满的，库银等也合制，然臣知道其中隐情，并未在其离任时签押，可也未阻碍前任升迁。臣接手后，各地大户来要粮要银……"

吕昕走过来，说："这事过后再讲，皇上还要见其他守令，皇上，应当令其速退下。"

皇上和气地说："这事过后朕再听你细讲，你先退下吧，过会儿有人会去找你。你们都退下吧。"说完把章义叫到近前，交代几句，章义明白，出去安排。

礼部把另两批官员引了进来，先进来的为优行，曰"称职"。在左边按名字跪下候着，旁边设置座位。接下来的是中等，曰"平常"，跪下候旨，不设座位。考满就是这么残酷，称职、平常和不称职三个等级，待遇截然不同。然后在礼赞官的引导下一批一批地给皇上磕头，然后回到自己位置，礼赞官喊道："坐。"左边的都坐了下去。

皇上看到，史诚祖、周忱、薛苏、纪良和陆允都坐在那里。史诚祖已经须发皆白，朱高炽把他召到驾前，说："史大人，你在汶上二十六年，是我们大明朝最长的知县，也是史上仅有的五品知县，你那里的赋役之法，现已有很多府县在学习，浙江、湖广都在做。朕已经有旨意，过几日明发邸报，在全国推行，丈量土地，按亩出役，无论士庶，一体服役。史大人，先帝说你忠正老诚，为官清廉，赋役均平，政治清明，朕擢升你为知府，正四品，仍守牧汶上，赐绢三匹、彩币一双、钱一千贯。"

史诚祖跪下谢恩，说："老臣何德何能，使历代圣上垂怜，现臣老矣，曾多次乞骸骨，先帝不允。现皇上又如此错爱老臣，老臣敢不以残年之躯报效朝廷？"

朱高炽看他虽然已经六十五岁，但口齿伶俐，思路清晰，心中大喜，命中人扶回座位，看他身后还有一个身穿四品服饰须发花白的老者，令把他传过来，这人颤颤巍巍地走过来，跪下磕头，说："臣湖广宝庆府知府文雄见过皇上。"

皇上说："你平身吧，朕早就听说过你，知道你多次考满优行，你贵庚啊？"他没听清，张着嘴看着皇上，朱高炽这才注意到他的门齿少了一颗，怪不得说话口齿不清，不由得皱了一下眉头。

吕昕走过来说："文大人，皇上问你多大岁数。"

他又颤巍巍地说："回皇上，宝庆府不用种树的，到处都是奇花异木，四季不绝，只是田少了些。但这么多年，老臣也没让各州县的廪仓短了粮，粮食是朝廷根本。"又喘了一会儿，接着说："不论哪级少了税粮，任你是知州、知县、里长、粮长还是刁民，老臣定不轻饶……"

吕昕看皇上直皱眉头，走过来说："行了，停下来吧，皇上赐宴了。"他过了半晌才反应过来，大殿里的人都在窃笑，朱高炽看在眼里，只作不知，安排赐宴不提。

朱高炽回到乾清宫，随意用了一碗粥，把阁臣们都叫来，刚刚赐宴时大家都在，心情也都很沉重。朱高炽说："每天看奏章就以为是勤政，你们都看到了，吏治如此，不这样看一次朕如何得知？"

杨士奇说："皇上，这也是多年积弊，不是一朝一夕之事，先帝在世常说'治大国如烹小鲜'，急不得。再说了，优行里有史诚祖和薛苁等人，这也说明考满也还算公允。"

朱高炽说："士奇不必劝朕，史诚祖等人循吏，守令之翘楚，天下皆知，还用考满吗？所谓的称职就是能盘剥小民、巧取豪夺，甚至敲骨吸髓。这个文雄，已经七老八十了，牙都没有几颗。他当年举于贤良方正，能做到十几年大尹，朕以为必是不同常人，今日一见，确也不假，倒使朕想起了薛苁说的颍州平远知县林玟'戥子声、板子声和算盘声'。衙门里的三声倒是和这个文雄很相似，就按上次议的，令其致仕吧。"

说完后，皇上看谁也不接言，有几分生气，说："蹇义，勒令致仕。"

蹇义听到皇上刚刚这一顿数落，他身为吏部尚书二十多年，只感觉如芒在背，又不敢搭话，心里想，皇上监国凡二十年，这些事怎会不知？这都是先帝所定，想刷新吏治，又怕说擅改先帝成法，故意发作。蹇义只好说："回皇上，臣执掌吏部二十年，吏治到如此地步，臣有罪。"

朱高炽不客气地说："朕现在说的是文雄。"

蹇义说："皇上，文雄刚刚考满优行，依例是要升迁的。"

朱高炽真的生气了，大声说："蹇义你昏悖，朝廷刚刚发过诏令，七十岁致仕，还没等实行就胎死腹中吗？朝廷朝令夕改，如何取信于天下？"蹇义连忙跪下，口称死罪。

杨荣说："皇上息怒，宣之大人有顾虑，这个文雄是吕昕大人的亲家，是文鹤的父亲。"

杨溥听出来杨荣在趁机打击蹇义，不满地看他一眼，说："皇上，臣有话说，这文雄之事是先皇特旨，这事皇上也应该记得。"

杨士奇听这话说得太直白，要触龙鳞，马上说："皇上监国之时，千头万绪，哪里会记得一个文雄。这事臣记得，宣之是请过旨意的。皇上，先帝是史上难遇的圣主，这些勾当岂能不知！只是千古如此，积重难返，以故不和守令见面，倒是皇上这么多年常常和他们见面，才晓得这些积弊。"

杨士奇这几句话把皇上的气说没了。朱高炽说："士奇所言，朕岂不知！只是七十岁致仕这已是诏令全国的，断不能在这里停下，宣之就按朕说的办。"转过头来说："勉仁，这么大的国家，朕总不能事必躬亲吧，现在你分管通政司，政如水也，你可不能让弊政蒙了朕的双眼。把夏时宣进来。"

夏时进来见礼。朱高炽说："夏以正，刚刚如你所说，你对这些事情是都知道的，那你为何不按上宪之命办差？"

夏时跪在那里朗声答道："回皇上，臣自幼家贫，又读圣贤之书，深知朝廷出何律政，皆为养民。为升迁而敲剥百姓，臣不屑为之。"几位阁臣看他三十多岁，七品的前程，在圣驾前兀自镇定自若、口齿清楚，不免心下佩服。

朱高炽知道没出什么问题，他深恐有人找到夏时，阻止他说真话，遂令章义派人护着他。这些话朱高炽听着顺耳，说："这也是几朝几代的先例，朕只问你如何解决，可有好的法子？"

夏时说："回皇上，臣没有法子，不过臣也曾想过，一个是考满制度有缺，这个体制本身没问题，只是后事不济。上宪官只查看仓廪账册，新任官员又不想得罪升迁者，恐为自己在官场树敌，想到自己升迁时也如法炮制即可。为今之计，微臣浅见识，朝廷在考满时除藩司、臬司外，朝廷派清廉要员为差，巡抚地方，深入市井民间，查其政绩。"朱高炽和几位大臣都听进去了。

朱高炽说："你讲得不错，还有呢？"

夏时说："另一个是各府州县一些守令或佐贰，他们就是由当地吏目擢升。此等吏目出身，往往贪酷，全无读书人的节操可言。皇上，各位大人，臣何许人也，圣殿之上，胡言乱语，有辱圣聪和各位大人清听。"

朱高炽看了一下众人。蹇义说："皇上，微臣以为夏时所言正切中时弊，臣已按皇上谕旨，擢选风宪科道官员代各地吏目而为守令。其实我大明官律，是由异地为官，不知如何就走了样了，这都是臣的罪过，若依例擢升，吏目就不会升为主官或佐贰。"

朱高炽说："好，宣之，这件事办得好，和夏时不谋而合，戈权说的派员巡抚各地你们也议一下，看是否可行，这可不是以往派出的巡视官员。夏时，你是一个称职的守牧官，处江湖之远则忧其君，位虽卑微而不忘忧其国。"

几句话出口，夏时跪在那里，眼泪止不住往下落，考满不称职，进京来丢人现眼，现皇上亲口评定为称职。

蹇义说："皇上，夏时是个人才，臣恳请把他调到吏部做一个主事。恭请皇上恩准。"

杨士奇道："皇上，臣以为现在吏部还不至于乏人，宣之大人不要见怪，现湖广宝庆府这里民苦守令久矣，可把夏时调去做通判或判官。不宜职级太高，恐给人以幸进之心。"

朱高炽沉思一下，觉得正好让这样的官员去革除弊政，只是权力不够，通判这已是正六品了，遂问道："夏时，你处事清明，爱护百姓，朕派你去宝应府做通判，你愿意去吗？"

夏时说："回皇上，臣愿意，只是臣不愿意做庸官，还有，晋中的百姓也不一定愿意让臣离任。"

朱高炽听明白了，他要做主官，干出自己的一番事业来，说："也是，山西大多州县地瘠民贫，也需要你这样的廉吏。朕升你正六品，还回晋中做知县，三年后，朕派员巡视，只要百姓乐业，朕不管考绩，升你为知州。跪安吧。"

朱高炽伸了一下腰，问了一句："众卿，奉天门外的那几处屋子弄好了？"

杨士奇答道："回皇上，都弄好了，有一铺火炕，放了几个几案，还有大半个地方空着，里面还有两间空室，足够宽敞。"

朱高炽说："朕早已明白，为何圣聪会被蒙蔽，是因为事必躬亲，凡事物极必反，一个人哪有如此精力？一些事情就逐渐地懈怠了，积少成多，再就难改了。朕正式成立内阁，你们几位大学士为阁臣，再加上维喆、蹇义，和你们一起在内阁办差，再加上一位武臣张辅，各凭官职各自领差，把通政司的奏章先放到你们内阁，看过后写成节略，贴在奏章上，写好处理法子，而后送于朕批红。搬进去时，朕亲自去暖灶。"说完走了出去。

几位阁臣互相看了一眼，每个人都兴奋得满脸通红，但都强压着内心的激动，恐被同僚们耻笑。这和永乐朝时不同了，官阶高了，权力大了，这明明就是宰辅了，皇上那次故意这么叫了一次，看起来早已酝酿成熟。

大家明白，这首辅当然是杨士奇了，就都看着他，他也当仁不让，说："杨荣大人，拟旨吧，我们的担子可不轻啊，皇上是把这万里江山压在我们肩上了。同人们，我们共勉吧。"

这日早朝，按礼制排班，皇上升座，令杨荣宣读圣旨，鸿胪寺卿出班，按品秩和圣旨读的顺序重新排班。百官们心下清明，这是重新洗牌了，一朝天子一朝臣。看几位大学士，这是真正的宰辅了，四位阁臣排在前面，杨士奇、杨荣、黄淮、金幼孜，接下来是塞义、吕昕，然后是夏原吉，吕昕是少傅，夏原吉是少保，皇上看了一眼，皱一下眉头，什么也没说。

这时这些重臣才明白，在右顺门偏殿议事，皇上有意在预演，真是天心难测呀。张辅在西侧，五品以上官秩里当之无愧的第一人，鸿胪寺不用大费周章。散朝后，这七人来到内阁，吏目们已经安排停当，排好几案。杨士奇在里间，又放置了几个大橱柜。接下来是三位大学士一个屋子，张辅已经说过，不在这里办差，只是在这儿轮班当值，不用几案。塞义和夏原吉是各部主官，两头跑，在大厅里设两个几案，几个吏目在大厅的议事桌上办差，大家正忙着，有人喊道："皇上驾到。"

朱高炽哈着手走了进来，打量一下说："弄得不错，都起来吧。"杨士奇把皇上让到里间，七位阁臣依次躬身而立，皇上落座，说："屋子冷些，这几个屋子每月五百斤炭，夏季给冰，你们四位阁臣这就是签押房了。简陋些，以后看是否有合适的地方再搬过去，不行回到南京也会有合适的地方。士奇，这三位都是各衙主官，签押房阔气着呢。"

几个人都听得明白，皇上又说了一次回南京，不止一次提起，这位天子经常会出一些令人咋舌的政令。皇上又问："文弼，阿鲁台的奏章朕已经批了，按例回赏就是，告诉郑亨，阿鲁台既然遣使来贡，就宥其前过，通好如旧，但要留神，蒙元人诡诈多变，朕深知也。严令各边镇备好兵马，严加提备，恐其表里不一，趁我大明新丧，表面通好，暗里侵边。把同样的谕旨发往九边重镇，用六百里。"

看杨荣拟好，说："勉仁，这是你们内阁发出的第一封诏令。"张辅又说："皇上，兀良哈部多次请辽东开放边镇，要求到辽东市马，臣还未答复他们，奏章已经递上，请皇上定夺。"

朱高炽说："兀良哈三卫最是无信，朕东狩之时，命张宽越过白狼山，跨过大凌河去教训他们一回，老实了十几年，和张宽互签协议，只要张宽在边一天，他们绝不跨过老哈母林河半步，张宽生前他们也没少袭扰。告诉辽东都司多加防备就是，至于互市，也不好固拒，仍依前例，到马市交易，不许他们进城，交易后立即归卫，关防提备，若有不轨，放手教训。朕了解他们这些马背上的族群，你把他打怕了，你就是爷，否则，连孙子都没得做。"

第三十六回

▼

遵祖制新皇送天女　推新政高炽罪寺卿

吏目们奉过茶来，朱高炽吃了半盏，接着说："陈渲、胡濙都上疏言及武备，朕然之，有备无患。外夷和天朝都和睦相处，百姓安乐，然寇边生事，决不轻恕，虽远必诛之。"大家称遵旨。

大行皇帝请灵在即，殉者已经备好，宗人府来人请圣驾，朱高炽虽不情愿，但不敢不去，坐上肩舆来到仁智殿，妃嫔们都在偏殿用膳。朱高炽先到大行皇帝灵柩前跪拜，他不让大臣们跟着，也不让奏乐。

回到大殿时，朝天的妃嫔们已经进来了，大殿上放好木床，每人一个，中人们把她们牵上去，有的妃嫔已经瘫了。朱高炽跪在大殿门口，这时跑过来三个妃嫔，向朱高炽跪下磕头，她们是外国人，是黄俨奉旨索要来的，乳母们也来送别，跪在殿外面，也向朱高炽求情。朱高炽脸若冰霜，只作听不见。她们很快就被宦官拉走了。

这些朝天妃嫔站在床上，宦官们帮助她们把白绫套上，有的瘫坐不能站立，都是宦官帮忙，有的回头向乳母喊："娘，女儿去了。"这时一声令下，每一个床边的宦官抽下床板，这些佳丽顷刻间香消玉殒了，只见神态各异，狰狞可怖，行刑的中人们也是泪流满面。众人看皇上还在跪着，泪水已经在脸颊上结冰了，人似乎已经僵在那里。章义也哭了，发现皇上不对，也不管众人，也不顾失礼，使出力气，抱起胖大的皇上朝坤宁宫飞奔。

侍卫们抬过肩舆，想要换上，章义看皇上已无声息，马上放下，令侍卫们铺上锦褥，按刘安所教之法，拿出备在身边早已研好的药，又拿出苏合酒，撬开牙关灌了下去。过了片刻，皇上脸上出现了血色，苏醒过来，章义说："快传太医，坤宁宫。"背上皇上飞一般而去。

张瑾一阵慌乱过后，马上镇定下来，传下懿旨："有敢泄露半个字，立刻杖死。"把皇上放在床上。

这时太医来了，是刘安的儿子，请了脉，说："启禀皇上、娘娘，已经无妨了，以后只要有章义公公在，就可保皇上无虞。"又请了方子，安排人煎药不提。

张瑾看皇上脸上有泪痕，知道他心中难受。按制张瑾和其他妃子们都得去送这些太妃、太嫔一程。朱高炽严令，任何人不许去，不然不要说别的，把这些人吓也吓死了。张瑾看皇上没事了，挥手让其他人下去，对皇上说："皇上宅心仁厚，见不得这事，可这是遗诏，哪个敢不遵？"

朱高炽说："父皇熟读子集经义，不比皇祖，如何能下这旨意？这如何逃得过史笔？这就是中华礼仪吗？皇后，我们百年后，切不可有此勾当，免留身后骂名。"

张瑾说："皇上何出此不吉之言？臣妾还是那句话，都是活人受苦，谁见死人享福？冥界之说终觉虚妄，臣妾是赞同皇上的。但皇上可以想下，皇考天纵圣人，臣妾这浅薄之人尚能想到，皇考怎会想不到，还不是因为太祖高皇帝，到了我们那时恐怕也由不得我们。"说着眼泪就流了下来。

朱高炽说："皇后所言极是，不过这也不是不吉之言，那天朕还和阁臣们讲，都喊万岁，百岁的天子谁又听说过，朕这病，刘安已说过，是心血所致，朕也有些了解，一口气上不来也就去了，生与死哪有那么远！"

张瑾听他如此说，吓得哭了起来，皇上是很少谈论这些的，她只觉得不吉利，皇上说："朕随口说说尔，怎的就那么容易崩的？好了，明儿个请灵，今儿个好好休息一下吧。"

请过灵，又料理了一些后事，转眼来到过年了。这个年非比寻常，一是新皇登基，二是正月里正旦、立春和元宵连在了一起，礼部和鸿胪寺连连请旨，朱高炽一律留中。这天皇上在乾清宫见内阁，吕昕和秦理也在。见礼毕，皇上令平身，朱高炽说："诸位爱卿，朕知道马上过年了。这也是朕登基以来的第一个正旦，礼部和鸿胪寺都上了奏章，想必是很着急了。"

吕昕出班跪下奏道："皇上圣明，老臣确实着急，依例早该有旨意，正旦这天是否大朝、大飨，还有，是否举乐，老臣讨得旨意也好早做准备，演练排班，尤其是各省在京官员，对大朝仪不是很熟；若大飨，鸿胪寺也好安排看馔等，教坊司还要演练韶乐。这几天朝天宫①那里住满了官员和贵戚，都在等旨意排演。老臣恭请皇上早下旨意，就是心疼老臣了。"

朱高炽说："吕大人，朕知道你办差勤谨，你们都知道，今年三个节日连在了一起，准备一下是对的，只是朕决定正旦不作乐，告诉教坊司不必准备，礼节也简些，群臣只行三拜五叩礼即可。"

吕昕大惊，连连磕头，说："陛下初登大宝，天下文武大臣、海外诸国使节皆来朝，应当受贺，作乐如大朝仪。"

朱高炽说："朕意已决，卿勿复言。众卿应当体察朕意。皇考山陵甫毕，朕食不甘味，日夜思之，实在无心举乐。"

吕昕无奈，说："老臣谨遵圣谕，这就和属下演练排班，还需吏部几位堂官，请宣之大人成全。"

朱高炽说："既如此，宣之也跪安吧，和吕大人办完差再进宫吧。"众人遵旨跪安。

朱高炽说："维喆，依例进了腊月你们户部就该报账了，今年为何这么迟？"

夏原吉说："回皇上，老臣糊涂，只是本月的饷俸迟于往年，总账就推迟了几日，但也出来近旬日了，只是看皇上在忙于见地方守令，臣就没递给皇上，存放在内阁，几位阁僚都已阅过，臣失职，请皇上治罪。"

皇上说："卿何罪之有？确如你所讲，呈上来朕也没时间看，从本月

---

① 演习朝廷礼仪的地方，北京的在朝阳门外，南京的在莫愁湖畔。

十六，连见了十天，既是在内阁，朕就先不看了，维喆简单讲一下就是。"

夏原吉奏道："微臣遵旨，皇上，今岁天下户口一千六十二万六千七百七十九，人口五千六百三十万一千二十六；赋税粮三千四十五万九千八百二十三石；布帛五万六千七百四十四匹；丝绵二十六万九千四百斤；棉花绒一万四千八百二十一斤；课钞四百六十一万六千八百一十六锭；银八千三百五十四两；铜二千一百二十八斤；铁七万五千二百五十二斤；铅一万七百五十三斤；朱砂四百八十两；茶一百六十五万九千一百一十七斤；盐一百二十九万一十九引。"

众人都是饱学大儒，也知夏原吉善于经济之道，但是听他默诵出来如数家珍，还是大吃一惊。朱高炽已经习惯了，他深知夏原吉能为，说："难为卿记得清楚，朕都记下了，折银近七千万两，这是收成，讲一下支出吧。"

众官又吃了一惊，这皇上不但记住了，还迅速换算出折银，极是钦佩。夏原吉回道："臣遵旨，皇上真乃千古难遇的经济治世帝王，臣等万分钦佩。"朱高炽心下得意，听他继续奏对。

夏原吉讲出几大项：军费、王室禄米、百官俸禄、宫廷内库、河工等，凡岁出折银五千多万两，这不算赈灾和减免课税。夏原吉说完，大家都沉默不语。一年下来所剩无几。

杨士奇看看都不作声，自己是首辅，只好先说话："皇上，按制定于用七存三，方保无虞，现虽所余不多，也能达到用七存三。做到这个程度确实难为户部了，下一步当然是要开源节流。"

朱高炽听到这几句不痛不痒的话，哼了一声，说："开源，那就是要盘剥小民吧，节流，哪个能减？只有从皇室和内库节流吧。"

几位大臣以为皇上在讲气话，垂着头没人敢接言，朱高炽知道他们误会了，口气缓和下来："众位爱卿，朕讲的是实话，宫中费用颇巨，内库常年告罄，中官四处勒索，内外通吃。朕常于市井走动，对市井价位极是了解。按市井价位，内库岁有一半足矣。这些阉竖虚抬价格，有的要高出十几倍，确是触目惊心。众卿应该记得，前几日在永济桥市井，朕恨恨地讲了一句‘必得痛加整饬’，想必都还记得？”众人都说记得。

朱高炽心下明白，未必都记得，也不计较，接着说：“朕所讲的就是这价格，比如这个鸡蛋，市井只卖钞二十文，他们买回来报账就是钱二十文。朕已经问过光禄寺卿。章义，宣井泉。”皇上越说越气，突然宣光禄寺卿井泉。

杨荣出班奏道：“启禀皇上，臣有话讲，皇上圣聪绝伦，熟读经史，历朝历代莫不如此，所谓靠山吃山，自古小人喻于利。高皇、先皇也心知肚明，只是难以根治也。”

光禄寺卿井泉进来了，见礼毕，跪在那里，拿出账册，说：“皇上，老臣已经和工部四司的采办、内监司局的专差对过账了。老臣在光禄寺凡几十年，皇上是最勤政的，高皇和先帝从不过问。”大家听明白了，他以为皇上让他来报账。朱高炽监国多年，还真就从未注意皇宫收支，也可正好听一下。

井泉报了许多，采造、织造、烧造、供香米、人参、酒类等，不一而足。朱高炽听不下去了，大声喝止。井泉停住，有几分惊愕，但并不害怕，他三朝老臣，深知当今皇上是最好性的，说：“老臣该死，说得太啰唆了，这个玉面狸南京没买到，采买们到了湖广，好歹会买回来的，只是过年用不上了。”

朱高炽再也忍不住了，“啪”的一声拍案而起，喝道：“井泉，朕刚刚下诏，罢去所有不急差事，让民人休养生息，你几朝老臣，却不达政体，屈屈做小人之状，让朕以口福细故而失信于天下人。来呀，摘掉井泉的乌纱。”

众臣大惊，黄淮赶紧跪下去奏道：“皇上，臣有话说，井泉不知陛下仁人爱人，只依旧例办差，触犯龙鳞，陛下欲治其罪，此其正也。然井大人几朝老臣，事主忠心，办差勤谨。陛下一向宽厚待人，臣恭请陛下愧其心而略其过。望陛下明察。”众臣都跪下求情。

朱高炽余怒未消，说：“井泉，朕看你多年来办差还算小心，又有各位大人讨情，现放过你。回到衙门立即升公座，先处理两件事：第一，和内官有司对账，和市井有多大出入。有中饱私囊者，打一顿，籍没其财，赶出宫去，其他依大明律追比量刑。第二，和有司商议，罢黜山川、林地、果树、河湖等供应，全部还给民人，至于什么酒类贡米，一律停下。"井泉几乎瘫在金砖上，领旨，谢过皇上，跪安了。

朱高炽说："各位大人，你们都平身吧。朕不是小气量，只是这么多年监国，穷怕了。不当家不知柴米贵，库里无粮，心下发慌，一旦边疆遇警，拿什么和他们打？是钱粮。先帝南征交趾，北讨蒙元，万国来朝，靠的是钱粮。再就是赈灾，永乐十年（1412），只山东一省春荒赈济就六十万石，全年下来只一个春荒就用了近两百万石。虽是灾年，无一人饿死。永乐十九年，南北连年征战，又加上唐三起事，库粮告急，山东饥馑，致有易子而食。此前车不远，众卿莫忘。"

夏原吉听皇上长篇大论，作为户部掌印，只觉如芒在背，刚刚站起来，又跪下磕头，说："皇上，臣惭愧，老臣于户部尸位多年，实在有愧于朝廷。只是这节流也确实很难。现国之经费，莫大于廪禄，而皇室日益繁盛，然粮赋有限。官员每年都在增加，这也是臣和吏部打擂台的原因。"

杨士奇也跪了下去，奏道："皇上，臣等议过的裁撤冗员，也正是为开源节流。"

朱高炽叹口气，说："你们都起来吧，朕也不能逼迫维喆，逼急了，他又得印钞票了。"众官都笑了。

到了除夕，是一年之中最末的一天，又称年三十，除夜，岁除，按制这天免朝，各衙门放假。刚打过四更鼓，还是繁星点点，交泰殿前已经跪了一片，有中官和女官，跪候皇帝、皇后法驾。朱高炽和张瑾洗漱毕，室内已经悬挂福神、鬼判、钟馗等画像。炕屏上悬挂金银八宝，西番经纶。宫女递过香来，二人朝画像祷祝而后走出大殿。刚刚迈出滴水，内侍们就点起纸炮迎接皇上，以示帝后是这一家之主。

内侍们已经排好香案，帝后焚香朝天祷祝，以示送迎，送玉皇上界，迎灶君下界。整个宫中弥漫着硫黄的味道，各种宫灯、风烛照得通亮。朱高炽和张瑾来到大殿前的高台上，坐在早已准备好的几案前，清晨这北京的刀子风直扑人面，郭贵妃和其他妃嫔在指挥着人们。在屋檐、厅堂等柱子、门檐、窗台上插上芝麻秸，寓意"藏鬼秸中，不令出也"；在院中焚烧柏枝柴，在宫中焚香将门闩或木杠在院地上抛掷三下，名曰跌千金，门窗贴形态各异的红纸葫芦，意思是"收瘟鬼"；一些太监用松柏枝等杂柴在各宫烧燎，意思是"烧松盆迎岁"。

侯显、海德大太监等带领一干中官各处巡查，以防走水，这海德现在身兼数职，不但是御马监掌印的，还是东厂提督。过了五更，朱高炽的妃嫔们在仪卫引导下跪拜帝后。郭贵妃在前，后面一溜排开，贤妃李氏、惠妃赵氏、淑妃张氏、王丽妃、谭顺妃、黄充妃、昭容王氏。宫中赞礼官唱赞，礼成，退回郭贵妃景阳宫。皇子们早已经在候着，只等妃嫔们回避，才在仪卫的引导下前来请安。

皇太子朱瞻基镇守南京；皇二子郑王朱瞻埈、皇三子越王朱瞻墉、皇五子襄王朱瞻墡，这三子都已封藩，因宫殿未成，仍未就藩，住在京师，皇四子早夭。这三兄弟带着妃嫔和世子、郡王进宫请安。皇六子荆王朱瞻堈、皇七子淮王朱瞻墺、皇八子滕王朱瞻垲虽已封王，只因年龄不够，仍住在宫中，也早早地过来磕头。

他们身为皇子，虽钟鸣鼎食，但体制所限，每日必须起更寝、四更起，不论寒暑，皇子们在刺骨的寒风中跪拜父母。皇九子梁王朱瞻垍、皇十子卫王朱瞻埏因太小免参，六位公主都未下嫁，也免参。

第三十七回

▼

过正旦皇帝赐百福　论度支尚书愧当今

朱高炽看着已到了巳初时分，起驾到乾清宫，按例皇上要赐福于百官，五府六部各司（寺）的主官和佐贰官都等皇上赐福，即写一"福"字送出午门，官员跪请回去，张贴内室，以示荣宠，也叫御赐百福。皇上还未落座，黄门郎官就报，杨士奇和兵部尚书陈怡请求陛见。

朱高炽知道定有大事，且一定与边患有关，令宣进来。二人进来见礼毕，朱高炽令其平身，陈怡拿出文书奏道："启禀圣上，刚刚接到奏报，兵部六百里，交趾黎利擅称大虞平定王，和其从弟黎只各率叛众数万人，攻城略地，已攻占察隆（乂安府），周边三十几县尽被占据，现黎只率叛众围攻新平，黎利本人进攻清化，柳升节节败退，并飞奏朝廷，看奏章日期是腊月十四，现在如何还不得而知，恭请皇上裁决。"

章义已命中人裁好了纸张，铺平，磨好了墨，等候赐宝。朱高炽慢吞吞地站起来，拿起笔，蘸了下墨，在一张白纸上试了一下，示意章义再少加一点水，而后，才开口说话："陈尚书，这半个多月，两部恐已被击破，柳升为将可以，为帅还是不行。有时刚愎一些，平青州时因此酿成大患，到现在唐三娘子还未缉捕到案。朕琢磨着，这黎利攻下三十多州县，柳升看看不支，才奏于朝廷，显见是自以为能平定，这就是柳升。为今之计，是剿是抚，两位爱卿说说吧。"

杨士奇说："臣遵旨，臣把交趾两司的来往公文又看了一遍，此冰冻三尺非一日之寒也，朝廷守牧之官，不知恤民，擅作威福，百姓不堪其势，此其一也；其二者，交趾豪滑之徒，见民心可用，遂登高鼓噪，再加此处民风素来剽悍，攻城略地，时叛时平，把打仗只看作平常之事。现为今之计，选一主帅，檄令交趾都司卫所发兵征剿，以免成燎原之势。把黄直大人调回交趾署理两司，教化百姓。还望圣上裁断。"陈怡附议。

朱高炽已写出几个"福"字，相看了半晌，不甚满意，因是第一次赐福，说："这几张不用了，章义，赏你了。"

随侍官员上前说："皇上，这几张既然不用，依例要微臣来销毁，不能赐人。"章义听说要赐给自己，大喜过望，正要谢恩，被起居官员拦下，也不好回口，呆在那里。

朱高炽说："你这呆官，朕说的不用了，是不赐给百官了，让章公公在宫内张贴，这不违制吧？"章义趁机跪下谢恩，起居官没奈何，退到一边。

杨士奇和陈怡看皇上根本没接自己的话音，尴尬地站在那里。朱高炽说："士奇，讲完了，那派何人合适？"

陈怡说："交人最服两个人，文者黄直，武者张文弼，当然是张文弼。"

朱高炽又写了几张，他现在已经是处变不惊了。杨士奇心下明白，皇上是极力反对把交趾划为布政司的，早有还政安南之心，只是皇上不说，也只作不知。朱高炽说："去宣夏原吉，带着近五年交趾的收支账册。"章义答应着去宣。

朱高炽说："你们近前来，看朕的字怎么样，正好在，先选一张拿走。"二人拿捏着走上前去，夸奖了一番，然后侍立在侧，看皇上写字，只见笔走龙蛇，只在半个时辰，写了足有一百多张，看看够了，停下笔，净手升座，给两位大臣赐座。章义命人上茶。

这时夏原吉进来，见礼毕，侍立一旁。朱高炽见他空手，也不惊讶，他深知这位老臣能为，虽已近六旬，各种数字记忆准得惊人。说："夏原吉，大过年的把你们宣进来，是有要事相商。你先把交趾这五年的往来账目讲一下，不必太细，明白即可。"

夏原吉说："回皇上，臣遵旨。自永乐十八年正月到今几个，交趾布政司上交朝廷黄金七百二十四两，硫黄三万四千三百斤，铜六百四十二斤，胡椒二万四千七百二十一斤，香米四十一万石。此外有供于上林苑的大象、猕猴、孔雀等。朝廷发往交趾救灾粮，永乐十八年三十二万石，十九年五十七万四千三百石，二十年又是四十万五千九百石，去年和今年两年差六百七十五石不到一百万石。这五年的廪禄米共三百多万石……"

还没等夏原吉讲完，皇上打断了，说："好了，维喆，各位大人都听到吧，单单这五年，管粮米每年就得一百多万石，其他银、钱钞还不算在里面，你们是否想过，皇考把交趾变司是否划算？"二位重臣互看一眼，心下明白，当今的意思又与先皇背道而驰，还政于安南。

夏原吉道："皇上圣明，臣报的只是数字，这万里转输，成本在三倍以上，而且又大量役力，得不偿失也。臣窃以为，交趾者，鸡肋也，食之无肉而弃之有味，此味者，乃虚名也。"

朱高炽笑了一下，说："夏原吉只要听到能捂住银袋子的话，都爱听。朕并未讲要弃安南。士奇大人，依你之见呢？"

杨士奇跟随朱高炽监国凡二十余年，当然懂他的心思，说："回皇上，刚刚听到维喆大人报的数字，臣既震惊又佩服。维喆大人把这来往数字，如数家珍一般，实乃史上第一奇人，是上天简拔以遗陛下。震惊在于交趾设司十五年了，耗费了我大明朝多少人力物力，每年粮米一百多万石，加之挽输费用，不下三百万石，这确是朝廷一大弊政。再者，刚刚臣也讲过，交趾人刁顽猾奸，恃勇好斗，不遵王化，加之族类不同，风俗各异，实异类于我大明。且相去万里之遥，一旦有警，传到京师慢者一月有余，若请旨意，来去两月有余，想有作为，恐也为时已晚，不若遵高丽、琉球例，岂不两便。"

朱高炽不置可否地应了一声，说："章义，请到午门外赐福，不要打执事，不要举乐，完事宣阁臣进殿。"

杨士奇赶忙说："陛下且慢，天子赐福百官，是极隆重之事，臣赞同不举乐，但执事还是要打的。章公公代天赐福，皇上又初登大位，礼仪断不可减。"另外两个人附议，朱高炽无奈，遂命章义安排。

这时中人来报，张昶递牌子。朱高炽知道定有要事，说宣进来。张昶、张升虽贵为国舅，但从不骄矜造作，无事从不进宫。张辅提议，让这两位舅爷去统领五府。经过多方权衡，又和杨士奇商议，觉得极是必要，遂准备擢升张昶为前军都督府同知，擢张升为中军都督府佥事，仍领府前卫指挥之职。张昶走进来见礼，只说有要事禀报，并不张口说话。

杨士奇忙说道："皇上，臣三人现在外面跪候。"看皇上点头，叩头退下。

朱高炽说："文博，朕准备擢升你为前军都督同知，过了年就准备下旨，如涉及百官之事，就先缓下。"

张昶十分感动，说："臣谢过皇上，臣进宫是有关汉王之事。新立汉王世子朱瞻坦在京师，且已有些时日，臣不敢不奏。"

朱高炽心下明白，以朱高煦性体，定不会善罢甘休。上次皇考夺其党羽，都是不相干的人，两员大将仍在，都升了正职。王进是王府长史，朱瑞是卫指挥使，都成了炙手可热的人物。遂道："文博，朕听章义讲王进的儿子也在京师，他们都住在哪里，和哪些人有过接触，可都查得明白？"

张昶说："回皇上，汉王世子在钟楼附近、万宁寺斜对过有一处宅子，他们都住在那里，至于都和哪些人接触，臣昏悖，还未查到。"

朱高炽有几分生气，说："张文博，你确实昏悖，这事也视同儿戏吗？外藩不奉旨不准进京，他们来做什么？又是过年。来了有些时日，为何不早奏报？"张昶连连磕头，口称死罪。

朱高炽说："这事你就不要再管了，回去告诉你的同知哈喇多，让他去找东厂提督海德，他们商量着办。你目前要紧的是，这元旦到了，你要盯紧了各方，不要出事，你跪安吧。来人，宣阁臣。"张昶跪安而去。

几位阁臣走进来见礼。朱高炽让杨士奇讲了一下交趾。大家都同意刚刚议过的，把黄直再调回去，令张辅率兵平叛。

塞义出班道："启奏皇上，文弼大帅身体欠佳，况其母最近病危，也恐难成行。另外，臣以为，交趾相隔万里，关山重重，一遇叛警就擅动干戈，擅调镇国之将，于朝廷不利。只调左近之将即可。"大家意见难以达成一致。

朱高炽说："众爱卿，这样吧，令黄直明日动身，不能传驿，轻装简从，限二十日到升龙，明日他朝会后即来陛辞。"

众臣说："皇上圣明。"

朱高炽说："兵部现举荐一人吧。"

陈怡看点到自己，赶忙跪下说："回皇上，臣有三个人选，镇守云南的定远侯沐晟，曾两次随文弼大帅征安南；再者是镇远侯顾兴祖，乃顾晟之孙，现镇贵州；还有泰宁侯陈钟，原为广东都指挥使，现在还署理广西行都司，乃泰宁侯陈珪继子，曾随皇上征剿长沙妖人李良。臣以为此三人都与交趾接壤，恭请皇上圣裁。"

朱高炽略作思索说："那就飞檄陈钟吧。陈怡，你现在就去用印、领兵符、勘合节杖，六百里加急。"陈怡跪安而去。

众人对皇上的安排很是不解，陈钟显然不是黎利的对手，且只是一个都指挥使挂总兵印，柳升如何能服其统辖。杨士奇感到皇上不想在交趾大动干戈了，可这缺乏协调，取败之道也。出班道："皇上，陈钟资历尚浅，又缺少大战历练，恐柳升不服其调遣，应派一监军从中调停方保无虞。"说着眼睛瞄着章义，章义已经看到，极是兴奋。

可皇上却说："此言有理，那就再给兵部追加一道谕旨，令在交趾中官马季做监军，去陈钟大营办差。"众人看今日皇上做派，完全不似往日，只是在应付而已。

杨溥向来说话直接，也看出其中端倪，忍不住出班奏道："皇上，交趾是否归政，臣以为与此次平叛无关，若一战而定，交趾归与不归自在朝廷。若战败而归之，那是城下之盟，大明何以立世？此次平叛只能成功，不可失败，望皇上明察。"

这话讲得太不留情面，朱高炽看了他一眼，说："好吧，那就檄令成山侯王通移驻云南临安。朝廷先看看，倘若不胜，令王通再入交趾不迟。众爱卿，朕曾提过，过了正旦，还都南京，众卿要早有打算，尽早谋划，切记，不准走漏半点风声。"

众位大臣看他转了话题，也不好再讲什么。皇上提到这件事上，众人也不觉突然，只是还真没想过此事，无人接言。朱高炽也不计较，接着说："今儿个除夕，众卿早些回府团圆，明儿个朝会后，如无紧急公务，也尽可不用办差，初四就是立春了，还有朝会，告诉礼部，举乐、大飨。众卿跪安吧。"众人告退。

正月初四立春，也称打春。要大朝会，还要举行大筵宴礼，一如往年。这几天礼部、鸿胪寺、宗人府和光禄寺都在紧张地准备，文武百官演练了几次，丹墀两旁已经搭起龙凤呈祥的彩棚。尚宝司设御座于奉王殿，锦衣卫设黄麾于殿外的东西两面，金吾等卫设护卫官二十四人于殿的东西分立。在殿内教坊司设九奏乐歌，其中设大乐于殿外，将三舞杂队排立在殿下。

宴桌摆设完毕，一切就绪后，鸿胪司官员请升座。顷刻间，鼓乐齐鸣。在悠扬的乐曲声中，朱高炽升入宝座，乐止，鸣鞭，亲王们上殿就座。接着文武官四品以上者由东西门鱼贯而入，站立殿中，五品以下各官站立丹墀，续之是赞礼官赞行三跪九叩礼如仪，文武百官向皇帝赞拜。殿上开始奏乐，群臣起立，光禄寺卿井泉给朱高炽进汤毕，群臣坐下，序班给群臣进汤，皇上举箸，群臣也举箸，赞馔成，停止奏乐。

朱高炽、群臣用完酒后，光禄寺官员收回御爵，序班收回群臣的酒盅。接着开始给朱高炽进汤、进大膳，这时鼓乐齐鸣，群臣起立。进完汤膳后，群臣再坐下，之后，序班要为群臣进献饭食，吃过后群臣都出席，面向北立。向皇上行三拜九叩之礼，鸿胪司官员奏礼完毕后，朱高炽启驾回宫，大臣依次离席而去。大礼结束。

乐安州，汉亲王府里，汉亲王朱高煦正在擦拭一把精致的手铳，这个手铳不满两尺，带有瞄准仪，瞄准仪两侧各有一颗晶莹闪亮的珠子。朱瑞和王进分坐两边下首，边吃茶边看他擦拭。朱高煦说："坦儿有信来，皇上在宫中查账，弄得鸡飞狗跳，光禄寺卿井泉惶惶不可终日。敬甫，谭之，机会来了。"

两个人没听明白，朱瑞问道："殿下，臣糊涂，在宫中查账，查什么账？"二人虽为君臣，现誓同生死，前次东窗事发，这二人毫发无损，反而得到擢升，知道王爷武人习性，义气为重，因此愿效死力，在一起就无所顾忌，无话不谈。

朱高煦笑着说："孤这位大皇兄，说来好笑，二十几年来，一直在经济朝廷，缺银子缺怕了，现今倡导开源节流。他发现宫中花费颇巨，又和市井差价太多，想痛加整饬。"

王进点点头，赞道："实不相瞒，臣对皇上确实佩服。王爷，莫小看这宫中用度，一年几百万两，其实只要五分之一就够了，要真能成功，无疑每年会节省三四百万两，那相当于几个省的课税，只是苦了这些阉竖。"

朱高煦把手铳装好，来人拿了下去，净了手，宫女换过茶来，他坐下来吃了一口，说："敬甫只知其一，不知其二。皇上才登基半年，太祖高皇帝、皇考在位时，哪个不晓得其中勾当？只是睁只眼闭只眼而已，其实内宫中人也是得罪不得的。"二人听毕，吃了一惊，惊讶地看着他。

第三十八回

▼

坤宁宫迁怒责国母 汉王府定计选小人

朱高煦却没有解释，接着说："想这些中人，虽有品级，可薪俸只是朝中官员的十分之一，有的还不到。他们去势进宫，只想为家人赚来一份资财，见到银子，焉有不贪之理？"

朱瑞说："殿下生于钟鸣鼎食之家，却知道此中勾当，令臣惭愧。"

朱高煦说："两位熟读经史，想必读过太史公《史记·货殖列传》有这样的话：'天下熙熙皆为利来，天下攘攘皆为利往。夫千乘之王，万家之侯，百室之君，尚忧患贫，而况匹夫哉？'市井之中，一个南瓜十文制钱，到宫里便涨到了一吊（一百文），中间多少环节，去查何人？比如盐引，倒手之间，多人获利，只是主家装糊涂耳，何况身为天家，一吊钱的南瓜还是吃得起。"

朱瑞、王进听王爷侃侃而谈，似有所指，一下子听到盐引，刚想说话，又说到南瓜，二人心里忐忑不安，知道在敲打自己，这个王爷精明着呢。朱高煦看二人脸色红一阵白一阵，也不说破，问了一句："两位没有感到机会来了？"

王进说："请爷明示。"

朱高煦说："坦儿告诉本王，皇上责令章义和奇原查账，这岂不是机会？"二人恍然大悟。

因为宫中刘太医的话已传到他们的耳朵。刘太医说，只要章义在，皇上就可保无虞，可章义若不在呢？朱瑞说："殿下高见，臣再愚鲁也能明白了，让章义查，看查出些眉目，要兴大狱，我等再做手脚，一击而中，置其于死地，大事定矣。"

朱高煦说："正该如此。"

王进说："王爷，章义这老杂毛，平时极是小心又不贪不占，说句心里话，这样的中人的确不多，臣也是佩服得紧。想要置其于死地，谈何容易。若想杀掉他，朝廷势必震怒，一查到底，定会查到我们。"

朱高煦说："这话不像是出自足智多谋的王敬甫口中。真想杀掉他倒也不难，双掌难敌四手，好虎难斗群狼，况火器又方便，其实在孤心中杀这匹夫多少次了。只是杀了他，正如敬甫所言，一定会查出，只能智取。孤告诉各位，坦儿信中讲道，这个奇原是章义最信任、最器重的，是高丽人，本来是黄俨的人，也不知皇上用何手段，他跟了章义。坦儿已查实，这个奇原，账上也有手脚，数目也不小，从他身上入手，此事有何难哉？"

这下两个人听明白了。朱瑞高兴地说："小主子把前路都铺好了，不宜在京师久待。过几日，臣悄悄进京，去办此差，定不负王爷厚望。"

朱高煦说："好，谭之亲自出马，孤无忧矣。"

话说宫里的宦官、宫女、女官，都知道章义在查账，已查处几个人，还在顺藤摸瓜。有人干脆就去皇后那里哭诉，皇后觉得这事做过了头。把章义找到坤宁宫，训诫了一顿。章义没了主意，两头为难，两头不敢得罪，只好拖着。看看过了正月，也不见章义缴旨，朱高炽就随口问了一下。章义不敢明说，支支吾吾答不上来。朱高炽心下明白，宫中有人说话了，一定是娘娘。章义办差，从不拖沓，且每次都会令人满意。

朱高炽想到，眼下正在推行新政，宫里的新政倒先失败了，心里有几分窝火，走出乾清宫，说："坤宁宫。"一声一声地传了过去。张瑾早带人跪在影壁前，朱高炽也没言声，直接朝里走去，皇后愣了一下，解嘲地说了一句："这是又怎么了？都平身吧。"紧跟着走了进去，张瑾招呼着宫人给皇上换下服饰，洗漱毕，端上茶来吃着。

张瑾赔着小心，说："皇上，今儿个又遇见了难事？依皇上天纵聪慧，再大的难事也不在话下。"不等皇后讲完，皇上把茶盅重重地放在几上，室内的中人、宫女、嬷嬷们吓得"扑通"一声跪了一片。

张瑾说："你们都下去吧。"

张瑾跪下磕头，说："到底所为何事，请皇上示下，今儿个看这架势，要向臣妾问罪。"

朱高炽听她如此口气奏对，不免火上浇油，顿时大怒，说："你虽贵为皇后，然祖法有制，后宫不得干政。你统领后宫，母仪天下，连这都不明白，如何面对后宫和天下臣民？"

张瑾惊愕之余有几分慌乱，霎时间镇定下来。

她深知，不过一刻钟宫内良贱尽人皆知了，她磕了一个头，说："回皇上，臣妾虽读书不多，却也颇知礼法。不论皇上龙潜藩邸，储位监国，还是君临天下，国家大政，想臣妾女流之辈懂得什么？从不敢过问。不知皇上'干政'二字缘由，恭请皇上明示。若有，臣妾定按祖制裁决，或废或杀，臣妾绝无怨言。"言之凿凿，掷地有声，脸上一丝泪痕不见。

朱高炽吼道："这两日你是否找过章义？"

张瑾明白了，心下有了底，又磕了一个头说："回皇上，臣妾找过章义，看来皇上也知道找他所为何事。只是臣妾有一事不明，还望皇上赐教。臣妾所训诫之事，是后宫之事，还是朝廷政事？"

朱高炽一时语塞，是啊，这是宫中之事还是政务？自己是想按政事处理，可毕竟是宫中。用手指了指张瑾，连说三个"你"，把几上的茶盅一袖子扫在地上，又恨恨地跺了一下脚。朝外面喊道："景阳宫。"

张瑾跪着说："恭送皇上。"

朱高炽坐着四人抬来到景阳宫，不让声张，中人说娘娘在月影轩。朱高炽在中人扶侍下上了台阶。郭云慌忙迎了出来。见礼毕，走进大厅。郭云看他脸色铁青，以为又和大臣怄气，也不敢问，看已换过服饰，知道早已下朝。命月菊去传膳。

月菊传膳回来说："皇上，章公公在外面跪着呢，身上绑着棍子。"

朱高炽忽然意识到自己犯了大错，这无疑已经把章义推向了张瑾的对立面。他沉思片刻说："让他进来。"

章义从台阶上跪爬上来，跪在皇上和贵妃前哭了起来，嘴里直说："奴才死罪。"

朱高炽看他苍老的脸上满是泪水，心里也觉不是滋味，章义近三十年和自己同甘共苦，从无怨言又颇知法度，人又正直，到了六十多岁，却无端卷入帝后之争，遂道："章义，起来吧，今天的事不怪你，也没人怪你。"

郭贵妃很吃了一惊，并不清楚原委，怔怔地站在那儿。听皇上说完，她才醒过神来，说："皇上，臣婢斗胆问一句，发生了什么事？章公公这又是为何？"

朱高炽说："让章义给你说。"章义一把鼻涕一把泪地把经过讲了一遍。朱高炽愤愤地说："晓云，你讲这事怪朕吗？朕当时真想踢她几脚。"

郭云一听，这真不是小事，搞不好就是血雨腥风。她"扑通"跪下，说："皇上，臣婢斗胆讲一句，皇后娘娘素来贤德，必是有后宫之人唠唠鼓噪，才训诫几句，这如何也谈不到是干政吧。皇上身为天子，掌管天下，有生杀予夺之权，不要说踢娘娘几脚，就是杀了臣等，也没有怨言。雷霆雨露，莫非君恩。臣婢不敢讲皇上对错，只是感到所处方位不同，思虑事情自然也不同。这几日也有到臣婢这里关说，臣婢遇见章义，也可能要训诫两句。皇上说臣婢干政，臣婢也无话可说。"

一席话倒把朱高炽说笑了，说："今儿个是怎么了，朕倒没怎么样，倒是这一妻一妾被装上了火药。章义，你这奴才不要在那儿哭了。来人，给他解开，也学会了负荆请罪了。放心吧，明儿个朕给皇后说清楚，她不会怪你的。"来人要给章义松绑。

郭贵妃说："慢着，皇上，依臣婢看来，让章义就这样去坤宁宫。"朱高炽赞赏地看了她一眼，说："也好，去吧。"郭云又加了一句："章公公，告诉娘娘，准备几样小菜，过会儿皇上过去。这是皇上的话，记住了。"章义答应着跪安了。

朱高炽已经消气了，说："晓云，难得你明事理，今儿个朕确有几分唐突，只是因为这新政难以推行，心下焦躁。现在想来，有什么可着急的！"

郭云说："皇上想开就好，臣婢经常想，臣婢和皇上不是在这儿深宫大殿，而是在市井乡间，做一升斗夫妻，厮守一生，白头到老，若真如此，夫复何求？"说着，眼圈就红了。

朱高炽受到了感染，说："此生是做不到了，只盼来生吧，何况你比朕小十几岁，如何能共白头？现在朕已是白发三千丈了。"

郭云说："皇上说哪里话？臣婢虽小皇上十五岁，说一句不怕犯上的话，黄泉路上无老少，不一定谁先走。再者，若皇上百年，晓云断不独活于世。"朱高炽看她越说越无所顾忌，只好喝止。看她越发可爱。郭云早已看出其中之意，说："皇后娘娘已备好酒食，臣婢与皇上去扰她一次。"

二人联袂来到坤宁宫，章义还在外面跪着。张瑾迎了出来，跪下施礼，朱高炽亲自扶起，张瑾心下满足，延至大厅。郭云又福了两福，张瑾回了半礼。张瑾说："这章义跪在那里，任谁劝说，只是不起。皇上发话吧，臣妾是说不动他呀。"

朱高炽听着话里有气，知道是朝章义撒气，遂说："皇后，朕再告诉你一遍，章义什么都没对朕讲。朕还要告诉你，你要帮助章义办完这差事。"

张瑾福了一下，说："臣妾遵旨，只是不知道是不是干政？"自己先笑了，大家都笑了。张瑾说："章义，不要跪在那里，没人怪你，去永和宫，请贤妃娘娘去。"章义这才站起来，但他也看到了皇后那不同往日的眼神。

过了二月二，马上就到惊蛰了，按例应祭先农，礼部尚书吕昕连上几道奏章都被皇上留中。吕昕急了，递牌子进宫请旨。阁臣们都在。吕昕还未开口，皇上说："吕大人，平身吧，朕知你所为何来。这事这几位大人也都问过，朕现在可以告诉你们，朕想推迟到春分。这里不比南京，这时田地还是冻着的，等迁回南京再按制行祭。"几位重臣目瞪口呆，这太匪夷所思了。

吕昕刚刚站起来，马上又跪下奏道："陛下万万不可，此乃祖宗成法，也是历朝积习。皇上欲刷新政治，臣等理当顺应，只是这无关紧要之事，就不必改动了。老臣狂悖，皇上恕罪。"

杨士奇也跪了下去，奏道："皇上，臣附议，臣以为，祭先农也只是一个仪式，又不是真的种田。"

朱高炽说："众卿之意，朕岂不知？小事不敢更改，何谈大政？就这么定了，就在春分以后，礼部择期吧。"阁臣们没敢再谏，跪安了。

朝中政事逐步理顺，各种新政有条不紊地进行着。最令朱高炽头疼的还是钞法，他虽已绞尽脑汁，也终是无计可施。再就是减赋之事，阁臣们大都同意，户部却屡上奏章，恐库入不足，影响运转。全国都在重新丈量田土，"均税法"在全国展开，无论仕庶，按田亩纳税、出役。朱高炽紧绷的心松弛下来。

又想了起来宫中查账之事。这天又问到章义，章义看大殿没有别人，跪下道："主子，奴才查了几个月，确实吓了奴才一跳，无论中人还是宫女、女官都卷入其中，甚至有的主子也分得红利。奴才委实难办，请主子示下。"

朱高炽有几分不耐烦，说："你就直接告诉朕，最大的主儿是哪个？拿一两个作法就是，即使以前不论，以后岂不也少了几百万两开销。"章义嗫嚅着半天，还是没有张口，只是磕头。朱高炽明白了，宫中掌权太监肯定是有的，还有可能牵涉到光禄寺和宗人府，说："朕不逼你，你就慢慢查访，最后汇总，朕已命皇后助你，定要水落石出。你先退下，把海德叫来，朕有话问他，任何人不准靠近，否则乱棍打死。"章义应着退下。

过了半晌，海德来了，身着三品服饰。本来内官最高品级是四品，因其提督东厂，特擢三品。他未穿太监服侍，头戴五梁绘金冠，身着蟒衣，脚蹬褐色皮靴，有几分老态。施礼毕，跪在那里备询。朱高炽问道："你同哈剌多办的差怎样了，为何不回奏？"

海德说："回主子，奴才和锦衣卫哈副镇查了一阵子，没看出什么端倪，所查之人再也未在京师露面，想必已是回去了。老奴已经撒下大网，他只要还在京师，定会侦知明白。"

朱高炽哼了一声，这就是海德，若换作别人，皇上定会降罪。这海德是立过大功的，先皇驾崩，他正是尚宝少监，随杨荣一起回京报信，且措置得当，特简为"厂公"。朱高炽也没让他平身，又问道："海德，朕只问你另一件事，现在宫里查账，你该知道吧？"

海德说知道。朱高炽说："章义查了两月，进展不大，你可在暗中助其一臂，不过有条件，须得像章义一样，手上干净才是。你能做到吗？"

海德磕了个头，说："老奴能做到。"而后跪安退下。边走边想，看起来章义这狗才已经查出来了，只是还没上报。海德也拿过，每年都有五六百两出息。这次看得出皇上是下了大决心的，一旦查到他就完了。他已打定主意。

第三十九回

▼

查三宫帝后生嫌隙　论两都父子谈利弊

太子朱瞻基回京了。还是他一贯的做派，轻装简从。到了钟粹宫洗漱，换上太子常服，中人传下话来，到坤宁宫见驾。朱瞻基进了大厅，山呼舞蹈，又给母后拜了四拜。朱高炽让儿子平身、赐座，看儿子挺拔的身躯、刚毅的面庞，心下欢喜，长得越发像二叔朱高煦，说："瞻基，在南京多久了？"

朱瞻基欠身道："回父皇，有小半年了。"

朱高炽说："现在只有你母后，我们三人说说话，不用立那么多规矩。在你心中，南北两京哪个更适合做京师？"

张瑾一听，这还是要谈政事，遂起身道："皇上，太子回京也等几日的，臣妾今儿个约好了，要见几个命妇，你们爷儿们谈着，臣妾告退。"朱高炽点头，张瑾在侍女扶侍下向外走去。

朱瞻基跪下唱道："儿臣恭送母后。"

皇后说："免，平身吧。"

朱瞻基目送母后离开，起身落座，说："回父皇，儿臣未想过此事，请父皇恕罪。"

朱高炽说："这也怪不得你，当年你皇祖迁到北京，也是多方考虑，只是朕以为转输极是艰难。你现在讲一下，朕听着呢。"

朱瞻基早听说皇上有还都之意，看起来传言是真的了，回道："儿臣遵旨，两京各有利弊，北京物匮民贫，全赖江南，正如父皇所讲，转输极艰，耗资颇巨，一石米运到北京就要吃掉半石。这是漕运畅通，若一旦不通，那就是运一石吃一石，这父皇最清楚不过。然北京也有它独特的优势，一是朝廷重心北移，北元跳梁不敢藐视大明；二是转输虽是艰难，可南北通漕，利于资财流通，带动南北两京及漕河两岸生意，朝廷税源增加；三是北京以南，尽皆平原，然地广人稀，永乐初年，只是朝廷政令移民，这几年朝廷并未下旨，可移民逐年增加，户籍增加之速，前所未有。"

说到这里，偷看一眼父皇，看他皱了一下眉头，停了下来。朱高炽看他停了下来，问道："如何停了下来？按你所说，岂不是北京更适合做京师？接着说。"

朱瞻基接着说："父皇，儿臣也讲一下南京，它地处江左，六朝古都，莫不是偏安朝廷，多是短命朝廷。恕儿臣言语孟浪，虽有大江天险，但还是容易受到攻击之地。再看周边地形，钟山、覆州山、鸡笼山、雨花台和石城山，把南京团团围定，只要北人渡过大江，这几处就是南京软肋，几乎无险可守。这也是高皇和先皇一直想迁都的原因。"看父皇在点头，接着说："然南京也有独到的优势，江南鱼米之乡，财赋重地。朝廷机枢在此，每年转输资费就会省下几百万两，此其一；其二，离南方、西南边镇远近相当，书札往来便捷，倘有边警，或生番作乱，得警要早于北京十日。尤其是安南、云南等地。"

朱高炽听完不免有几分气馁，前几日又一次和阁臣商量还都，都已议到南京改为京师，各衙门去掉"南京"二字，把这里加"北京"。只是还未明发邸报，也并未公开。听太子一讲，似乎北京更好。从心里说，他认为儿子分析得确有道理，一向办事果断的皇上犹豫了，说："这事就先议到这里，南京最近如何？"

朱瞻基说："回父皇，各衙办差都算尽心，没有大的差池。只是有件事，儿臣没敢写在信上。南镇抚司密报，二叔家的世子朱瞻坦经常出现在南京。"

朱高炽心里有数，他们一定不会就此收手，说："过年时他在京师也逗留了一段时日，在南京都见过哪个？"

朱瞻基说："他自己倒不去，只是他的师傅梅章活动多些，曾两次造访郑和府上。"

朱高炽吃了一惊，喃喃地说："树欲静而风不止呀。郑和是否报过？"

朱瞻基说："回父皇，没报过，也没有其他官员报过。"

朱高炽说："儿子，以后不要轻易出去，更不要轻装简从，记住朕的话，危险就在身边。"这话说明了，二叔是最危险的人，朱瞻基心里也清明着呢。两位王叔谋嫡多年，虽无隆隆炮声，却也滚滚暗流，那真是你死我活。多少无辜人下狱，甚至惨死。朱高炽又加一句："以后南北两京走动，任何人不告诉，切记。还有，朕一直在想，自今以后，新皇登基，即立太子，立嫡立长，视为成法，不可更改。"

朱瞻基赶忙跪下，说："儿臣谨遵圣训。"心下却在想，若嫡长真是个傻子又如何？想是想，哪敢问！

皇上让他起来，道："瞻基，多年来，朕知道你读书有成，有些见识。说一下眼下时局吧。坐下说。"

朱瞻基自记事起，这父皇都是一位严父，平时话也少，今儿个话却这么多。他唱了一喏，坐下说："父皇谬赞，儿臣年轻，有什么见识？父皇命旨，儿臣遵旨就是。儿臣浅见识，现今政事上有几大弊端，冰冻三尺，非一日之寒。第一是吏治，父皇已经痛加整饬，现好了许多。然积重难返，尤其是风宪衙门，贪黩成风。第二，田土兼并，新朝重新丈量田土，还土地于小民，大政是好的。然全国十三省，不都是纪良和薛苁，守牧官上下其手，欺骗朝廷，虽已丈量完毕，结果如何，朝廷怎能清楚？第三，流民，一说起此事，不唯儿臣，朝野上下，没有不赞父皇的，父皇可谓千古仁德第一皇上，马政、盐政、茶政，能在短短半年时间全部理顺，流民落下户属，现已少多了。只是怕各地难以为继，倘若风吹草动，恐又增加。总之，父皇新政，现内外一新，四海清平。"

朱高炽听着高兴，一是三件事都讲到点子上了；二是，这么多歌功颂德的话，可谓挠到了痒处；第三，儿子没有提到其他，说明自监国以来，各种差事已经奏效。朱瞻基捕捉到了父皇的表情，又加了一句："父皇，儿子真想留在父皇身边学习治国理政。"

朱高炽点点头，说："儿子说得对，如返都南京，让瞻埈和瞻墉留守北京，你随朝听政。"

朱瞻基做惊喜状，离座跪下磕头，说："谢父皇恩典，儿臣只要学来父皇一点，就足以受用。"

朱高炽说："坐下说话，高皇和先皇已打好基底，朕只要理顺即可。太子记住，政如水也，有人认为是要畅通，其实不止于此。通政外，还有治国理政要遵循流水之理，不能逆流而上，先帝把大事已决处，蒙古，漕运，安南，而朕就是疏导理政，与民无犯，儿子听懂朕之意否？"

朱瞻基重复了一下："疏导理正，与民无犯，真乃金玉良言，儿臣终身受用。父皇累了，儿臣有罪。"朱高炽站起来活动一下。朱瞻基赶忙走过去扶住。

皇上说："儿子，交趾之事你都知道了？"

朱瞻基说："回父皇，儿子看了邸报，儿臣多句嘴，这交趾，鸡肋也。"

朱高炽赞赏地看了儿子一眼，说："哦？说说你的想头。"

朱瞻基一怔，他以为自己这样说父皇会生气。他对皇祖的交趾政策很是不屑，他最崇拜皇祖，但感觉这件事是好大喜功，说："儿臣斗胆说一句，安南远在万里，连年用兵，朝廷疲惫，交趾屡被兵祸，中原良人远征，埋骨异乡。加之连年赈灾，帑币艰难，米饷难继。朝廷有其名而无其实，交人得其害而无其利。此儿臣浅见识，父皇勿怪。"

朱高炽点头，说到他心坎上了。这段日子，边报不断，只提战事，不提胜败，黄直也只写如何抚民，看得出他对战事也一无所知，黄直也老了。朱瞻基看父皇累了，不敢再说，跪安了。

张瑾并未走远，赶快进来，命人端过参汤服侍着皇上吃下去。朱高炽说："皇后，你确实生了个好儿子。"

张瑾看皇上心情不错，说："谢皇上夸奖，这臣妾得琢磨一下，是不是真夸奖。"朱高炽笑了："皇后多虑了，只是太子比起以前，更加寅畏小心了。"

"皇上圣明，做太子的哪个不如此？想当初皇上要比瞻基小心十倍，每日心意惴惴，总算熬过来了，现轮到儿子了。"朱高炽听着不舒服，这皇后说话越发刻薄，细想一下，有道理。现在自己朝堂之上，意气昂昂，遂叹了一口气。张瑾说完后就后悔了，赶忙跪下，说："皇上恕罪，臣妾该死。"

"平身吧，你讲的何尝没有道理？朕不生气。你歇着吧，朕去景阳宫和晓云说说话。"

张瑾心下失望，跪下说："臣妾恭送皇上。"

次日早朝，奉天大殿上，太子设座。在宝座东侧面南而坐，三声净鞭，百官行礼。杨士奇出班奏道："皇上，广西思恩苗人、瑶人联合几处生番起事叛乱，驱逐官吏，杀戮人民，占据大小五十多峒。军民府卫指挥同知吴智带兵征剿，被叛军打败，吴智阵亡。广西都司在调兵围剿，也飞报朝廷。"

皇上道："朕知道了。"

杨荣出班道："皇上，黄河桃花汛今年比往年迟些。在乡宁、安宁、永河几处相继决口，被灾两万多户，地方官请旨派员赈灾。"

金幼孜出班奏道："启奏皇上，福建加急奏章，河州李氏家族系豪门大族，称官府断案不公，合族人围堵府衙。卫司派兵弹压，伤了几个人，现府司无法安抚，飞报朝廷，请旨派员。"

朱高炽说："把奏章先送到内阁，票拟后转到乾清宫。阁僚们，朕给你们时间贴票，朕在巳初时分宣你们。"说完退朝了。

用过早膳，朱高炽来到乾清宫处理一些急务，到了巳时，太子朱瞻基和阁僚都已跪候在外面，章义去宣他们进来。见礼毕，赐平身，给太子赐座。朱高炽说："今儿个头晌几件都是大事，先说说思恩之事，是广西的思恩，早朝时朕乍一听到，以为又是贵州思恩。"

杨士奇出班道："禀皇上，奏章已呈上，贴票在上，思恩是永乐朝皇上监国时设流官的，那里汉人不多，多是苗人和瑶人，也有其他群族，各峒之间、各族之间常常争伐。卫司、守御所也睁只眼闭只眼。永乐二十一年

（1423）因土地，这些族群倒联合起来，聚集两千多番人占据官衙，皇上应该记得。"

朱高炽说："是有这事，当时令顾兴祖去平叛，很快就平息了，只杀了很少人，如何又闹将起来？这些地方应该不是生番吧？"

杨士奇说："回皇上，不是生番，已经改土归流。详情臣不是很清楚，上次领头闹事的叫覃旺，这次的叫覃兴，奏报上说是亲兄弟，覃兴是兄长。皇上，臣猜测，定是上次处理不妥，留下隐患。贴票上臣已拟好，派妥当之人前去剿抚，顾兴祖非其祖也，恐大开杀戒。"众人附议，显然是商议过的。

朱高炽说："朕监国二十几年，各处蛮人造乱极多，先是云贵，尤其是贵州苗人，朝廷花了多大的气力才平定，这得说有白玺玉，剿抚并用，改土归流。广西土司屡次闹事，过年前琼州府黎人造乱。朕百思不得其解，生番造乱也还罢了，这设置流官之处，如何也频频造乱？"

太子朱瞻基站起来，说："父皇，儿臣了解一些。生番土司争抢地界引起动乱，就如贵州思恩州和思南州，这样的倒容易平定。只是一些因为朝廷造乱的。一是各屯卫驻守而无官府，为了扩大屯田，无节制地圈占当地族人田地，甚至强取豪夺，激起民变；二是各卫所强征丁役，各边卫司和守御所军兵多有逃亡，守将恐朝廷治罪，强征非军户充役，当地族人不堪其扰，联合抗之。"

朱高炽等他讲完，向下看去。七位大臣头更低了，朱高炽心下明白，这是真的了，这几个阁臣也心知肚明，遂道："各位爱卿也都明白，看起来确实如此。朕也知道，只是积重难返，朕不罪尔等。为今之计，派何人使广西？"

蹇义出班道："皇上，臣保举一人，中军都督府佥事、府前卫指挥张升，此人有勇有谋，既有雷霆手段，又不乏菩萨心肠，正可出使广西，免得滥施杀伐，以致眼下平定，却留后患。"

朱高炽想一想，确没有比他更合适的，点下头说："准奏，再派一个副使。"

夏原吉一直没讲话，出班奏道："启禀皇上，臣举荐陆允陆小乙。"朱瞻基附议，大家都说是难得的人选。

朱高炽说："好，拟旨，宣张升为广西招抚使，永平府尹陆允为副使，檄令广西都司归其节调。接旨后不必陛辞，公务暂由佐贰官署理，直接去广西。"杨荣拟好旨送去当值御史。

朱高炽说："福建之事可有贴票？"

杨溥出班道："回皇上，臣与几位大人商议后，贴了票在上面。"

朱高炽说："这种事情最容易激起民变，一旦失控，又是一场大的叛乱。先把河州知府罢官，听候旨意。宣之，福建臬司还没有主官吗？"

蹇义出班奏道："回皇上，臣举荐几位，各位大人都觉不太合适，就耽搁下来了。老臣昏悖，恭请皇上治罪。"朱高炽知道，蹇义说的是杨士奇，由于福建特殊，前两年王六满示警，汉王府兵极有可能在那里，杨士奇在物色可靠之人。

皇上说："这无可厚非，为国举贤，慎之又慎，卿何罪之有？现福建出了这事，又地处荒蛮，人心不一，不遵王化，这臬司更为关键了。"

蹇义说："皇上圣明，福建出了这事，老臣倒有一人选，那就是金华知府薛苁。"这蹇义在吏部掌印二十多年，官吏情况，如数家珍，大家都附议。

金幼孜出班奏道："宣之大人之言甚善，闽西之地，多不遵王化，逞凶斗狠，更兼许多陋习，淫祠、抢女多出于此地，正好可用子谦去做臬台。"朱高炽觉得这是不二人选，他也早有此意，主要是王六满的藏头诗，张昶已经暗查了两年，没有发现任何蛛丝马迹，两个人都怀疑这藏头诗是否有误。

薛苁去做臬台，正可慢慢访查，遂点头称善，说："就由薛苁去做臬台吧。赈灾之事就由户部牵头，着都察院去两个御史，要快，一时也耽搁不得。"

夏原吉说："臣遵旨。"

皇上说："你们跪安吧，马上落实。"众臣告退。

这时中人赶紧奏报："左军都督府徐大人求见。"

朱高炽说："快宣进来。"

来者是徐增寿四子徐景泰，是老幺，其父被建文帝手刃，那时他只有十岁，是朱高炽亲亲的表弟。他大哥徐景昌袭爵武阴侯，因屡犯律法被夺爵。朱高炽对几个兄弟垂爱有加。以下三兄弟都身居要职。这徐景泰三十多岁就做了左军都督金事，丝毫无纨绔习气。进来见礼，朱高炽忙令平身赐座。徐景泰谢恩，站起来也不坐，躬身道："启禀皇上，臣今冒昧求见，只因臣家兄之事。"

朱高炽说："景泰，你大兄之事，朝野上下，群情汹汹，你说吧，要朕如何帮你？"朱高炽以为他要袭爵，心中有几分不乐，语气也就没有刚刚的客气。

徐景泰说："回皇上，臣兄这几个月时时反省，后悔至极，想进宫谢罪，又不敢，想上奏章，又投递无门，每每茶饭不思，痛哭涕零。臣不敢奢求复其爵位，只求皇上看先君之面，恕了臣兄，臣代徐家谢过皇上，阖家感激皇上大恩！来世结草衔环报皇上大恩。"说罢，泪流满面。

第四十回

▼

河州查案疑云密布　大内追比误入歧途

朱高炽听毕，暗叫惭愧，心下着实钦敬，说："卿何出此言？你与朕至亲骨肉，朕想法子周旋就是，你跪安吧。"徐景泰跪下叩头，高呼万岁，就要退出。朱高炽突然想起一件事："等一下，朕问你，代王府杨普，你知否？"

徐景泰跪下答道："回皇上，认识他。永乐十五年（1417），他曾上过书，言代亲王不法事，臣和他有过几面之缘，是个难得的正人君子。现为代王府右长史。"

皇上说："他又上了奏章，言代王诸多不法之事，也涉及朱逊焴。朕看这逊焴也颇知法度，为何代亲王也上奏其不法？"

徐景泰跪在那里嗫嚅半晌，他知道皇上问他的原因。代王妃是他的姑母，是皇上的亲姨。他不能不答，只好说："皇上，按理说臣蒙皇上动问，应据实回奏，可这事臣确实不知如何开口。"

朱高炽笑了，"不必说了，你平身吧，看来坊间所传都是真的了，你也是清楚的，依你看该如何处置？"朱高炽不止一次听皇后说，代王妃徐贞如何凶悍，只要有几分姿色的侍女，必被其毁容，且有杀婢之事，府中诸嫔畏之如虎，任谁也不敢和王爷亲近，因而子嗣不旺。夫妻间关系紧张，也影响到父子关系。代王上过几道奏章要易世子，朝廷只是下旨慰勉。

徐景泰说："回皇上，以微臣之见，清官难断家务事，代亲王爷这几年也颇守礼法，只要不谋逆，不做太出格的事，由他去吧。杨普所说不法之事，又不能不问，需派一名像戈权这样的人，奉旨严责就是。另外代亲王此人性体，杨普再留在府中已不合适，还请皇上圣裁。"

朱高炽连连点头，说："卿言甚善，你跪安吧。"

薛苁接到旨意，又接到皇上的私信，不敢迟延，和布政司下来的人，交割了印信，又叮嘱佐贰官和三府，带着师爷尉迟逊和伴当，乘水路去了福州，拜会了都司、藩司，交割凭信。不敢耽搁，顾不上休息，次日就要升公座。

师爷尉迟逊提醒道："东主，不忙升公座，有三件大事必办：一是交割时审算亏空，也好报账；二是要先正式拜会官长；三是要见本地耆老，而后能升公座理事办差。"

薛苁说："师爷，你的好意我岂能不知！这么多烂事，哪有时间？等本官处理完毕，河州岂不是出了大事！"

次日酉初时分，臬台升座，也没什么事，按察副使潘怀新看新臬台不到四十岁，就有几分轻视，看他只住了一夜便升公座，只道他是一个森头（原福建方言，沾点傻气）。薛苁说："升完公座，本台要去河州，差事还如从前，由潘大人署理，河州之事刻不容缓。潘大人，有劳。"

潘怀新说："彼此，彼此，都为朝廷办差，臬台大人去就是了。"

尉迟逊说："潘大人，学生还要带几个人，一是语言恐怕不通，另外，风土方面也恐出丑。"

潘怀新看这师爷，不免刮目相看。师爷还有一层意思，倘若差事办砸了，也好有个躲闪。大家轻装简从，骑快马只需两天就到了。河州大尹已被解职，赋闲在家，只有同知署理。官员们把薛苁迎入公堂，报名和职衔。同知叫尹涣，三府通判叫郑兴。薛苁升座，问案。

郑通判把卷宗拿出来放在案上，薛苁一看那厚厚的文卷，先气馁了，说："郑大人，你拣要紧的先说说吧。"

郑兴说："下官遵命，下官先自责几句，下官无能，以致这官司叨登得越发大了。这事出在安同，离这儿不足百里，就在县城外。李姓是一大族，男女老幼不下千人。这族里有个叫李靖的，丁忧三年，起复去广西做父母。在府上就吃了几天酒庆贺，然后就去赴任。谁知走了几天死在路上。安同知县戴刚带仵作验尸，是中毒而死。把他的一个伴当带到衙门，动了大刑，这伴当只推不知。正在无奈之时，李家族长带几个人去见戴刚，说李靖是其亲家林致和派人害死。戴刚拿了人，动了大刑，纯属子虚乌有。安同县报到府里，一是认为误食了东西致死，二是认为伴当害死。下官去了几次，定案是误食致死。族人也认可。"

薛苁忍不住打断，说："郑大人，本台听着糊涂，既然这样，为什么还围住县衙？"

郑兴说："大人问的正着，本案都已准备结案，这李靖家又出事了。李靖死后，李靖妻子就嫁给了林致和。这林致和是安同有名的富户，李靖也颇有家私。李靖还有一妾，生有一子，已六岁了。李靖之妻想让她一同嫁过去，小妾不从。林致和是个善人，也不勉强，想把宅子留给小妾母子。"

薛苁说："这也罢了，只是这妇人，良人尸骨未寒就嫁给姻亲，脸皮也够厚了。郑大人还没讲这亲家哪家是儿子呀。"

"大人问的是，李靖是女儿。"

"没的给女儿打脸，让女儿如何做人！"

郑兴说："是啊，大人，问题就出在这里。本来事情也就太平了，可这妇人无事生非，爆出一件丑事。说几年前李靖在阳谷做县丞时，掉到冰窟窿里泡了两个时辰，从那以后，就成了废人，再不能生育，这个儿子断不是李靖的。不经族里就把这母子赶走。这也正常，族里人也没说什么。这时李靖女儿回家，把族长找去，当面喝了蝗不飞（治蝗的药），临死前咬着不放，只说是林致和害死了李靖，说完咽气了。一尸两命，这姑娘正怀着骨肉呢。"说完叹了一口气，滴下几滴泪来。

薛苁惊得站起来，看着郑兴。郑兴擦了一下眼睛："大人恕罪，下官失态了。下官做了多年通判，见惯了生死，今儿个不知为何，让各位大人见笑了。”

薛苁说：“大人菩萨心肠，何笑之有？倒是让本台佩服得紧。那这个案子不能撂下，后来怎么办的？”

“回大人话，下官觉得此案有些勾当，亲自办案，让县里协助，查到最后，林致和是清白的。更让下官吃惊的是，小妾的孩子确是他人所生。这都在卷宗里，大人慢慢访查。”

薛苁说：“不用讲了，本台听明白了，李族人不服判决，围住县衙，是哪个调千户所兵丁的？”

尹涣说：“回大人，是府台大人签令调兵的。”

薛苁还要再问，尉迟逊拽了他一下，遂道：“本官今日乏了，给各位大人道乏。”

尹涣忙说：“大人下处早已备好，接到滚单后都准备就绪了，先请大人歇着，过后下官派人来请用饭。”送薛苁和伴当到下处。

薛苁确实乏了，刚要休息一下，尉迟逊来了，见礼毕，薛苁说：“先生今日做派，一定有计教我。”

尉迟逊说：“大人，今日所闻未必是真，这里定有蹊跷，若想揭开谜底，本府太尊许仲是关键。今儿个天太晚，明儿个我们只说去安同，学生悄悄留下，去见许仲，再作道理。”

“好计，作为一府太尊，谅也不难打听。先生要小心，兄弟给你留下几个侍卫。”

尉迟逊摆摆手说：“不可，人多招眼，只留一个即可。过会儿必来喊用饭，我们只是吃饭，不再谈论案件，免得他们疑心。”薛苁然之。

次日，薛苁带着伴当骑马来到安同，尹涣也带着衙役一同来到县衙，远远就看见有上千人，围在衙门前面。薛苁纱帽圆领，孔雀补服，众人看来了一位三品大员，都吃了一惊，迅速围了过来。兵丁们围住了薛苁和尹涣，保护着他们。

薛苁是一武人，当然不惧，大声说：“乡民们，下官是新任按察使，朝廷派下官专来督办此事，定会给乡邻们一个满意的答复，你们先给本官让条路进衙。"随行人员翻译一遍，众人也还乖觉，自动让出一条路来。

尹焕说："衙里人员出入，他们并不拦阻，只是每日在这儿围着。"薛苌也不答言，在兵丁护侍下穿过人群，走到门口，看地上摆着几个人，薛苌以为是死人，吓了一跳。看着三人都在动，放下心来，大步朝签押房走去。

知县戴刚和福全守御千户所千总房文早已候在外面。见礼毕，迎进签押房。几个人又重新给枭台见礼。薛苌也不废话，单刀直入，说："把李靖伴当先带上来，皂吏们先下去。"

片刻工夫，人带来了，跪下叩头说："小民李九给父母老爷请安，给小人做主，小人冤枉。"薛苌听不懂，跟来的干办蒋四又重复一遍。

薛苌说："李九，今儿个不是过堂（审犯人），役吏们也都下去了，你从实招来，本官定会还你清白。"

李九连连叩头，大喊："青天大老爷，小人既是我家老爷的仆人，也是他没出服的侄子，全靠老爷拉扯，没有老爷，小人一家哪有活路。小人没来由的害死他干吗？请青天大老爷明断。"

薛苌问道："李九，看你也是个老实人，你把死人的经过给本官说一遍，不准胡说。"尹焕接着说："李九听到否？胡说八道，仔细着你。"

李九就把经过详细地讲了一遍。薛苌说："李九，你平时和你家老爷同吃吗？"李九说："在府上不同吃，老爷和太太吃完才吃。出门在外，尤其是路上就不一定了。有时就同吃，有时小人后吃。"

薛苌说："这么说，不管同吃后吃，吃的都是一样的，你为何就没事呢？从实招来。"

李九连连叩头，只说："青天大老爷，小民委实不知，就这件事颠倒着问了好多遍，小人也糊涂着呢。"薛苌看也问不出什么，令人把他带回去。让别人回避一下，留下房文，问道："房将军，你在这里守多久了？"

房文躬身答道："回大人话，有一月了。卑将也着急，这什么时候是头哇。这万一辖地出了故事，卑将死无葬身之地呀。"薛苌看他发牢骚，明白是上支下派，这守御千户所不隶卫司，就问他："是何人给你下的火票到这儿拿人？"

房文说："是府里，有许太尊私印。没想到伤了人，卑将闯了祸，愿受责罚。"薛苡说："你闯祸了，这是一定的。至于责罚那不是本台之事，但本官可给你说情，只要你这几日配合本官。"房文连忙答应："一定配合。"薛苡看问不出什么，回到河州府。

回到下处，换过服饰，尉迟逊进来了，见礼毕，坐下来。尉迟逊说："今儿个学生空跑一趟，许仲府上有皂吏把守，任谁也不准进去，软的硬的都用了，只是不见奏效，只好回来候着。"薛苡把安同县的事讲了一下。

尉迟逊说："大人，朝廷下旨只是罢官，并未讲圈禁许仲。这里面一定有名堂，这名堂就在这官衙里。"

"先生所言极是，明儿个咱大张旗鼓，鸣锣执事去拜访，看哪个敢拦！"

尉迟逊说："也只好如此了，既然大人和学生想到一处，那就好办了，这个案子并不复杂。第一，这李靖虽死于路上，那头一晚上，他宿在哪里？是审案的忽略了，还是有意为之？第二，这李氏族人也是关键，依学生之见，先见许仲，而后移居安同，慢慢查访。"

薛苡大喜，说："先生言之甚善。"

朱瞻基又要回南京了，朱高炽有些不放心，他后悔让陆允去广西了，还想让他随侍太子，现在只能找张十一了，遂让朱瞻基先行，他已经下旨让张十一陛见。皇上现有了内阁，又无甚大事，正好有时间参加日讲经筵。

章义也正好有闲暇时间查账，他让奇原把账一一登记好。奇原知道也快查到自己了，每日如坐针毡。这日出宫办差，带着几个小中人，把差办完刚要回宫，听到有人唤他，一看竟是老熟人朴会，和他都是高丽的，一同进的宫。他去了汉亲王府，自从去了乐安州再没见过面。奇原很高兴，让小中人们先回宫，和朴会进了一家茶楼，边吃茶边聊一些家乡的事。

奇原问："朴会，你怎么会来京师，不会是要逃回国吧？"

朴会说："不瞒兄长说，小弟确实想家，你知道我是家中长子，父亲早丧，现家道不知有多艰难呢。你还好，总算回过一次。"

　　奇原吃了一惊，说："这么说，你真想逃回去，那没有活路的。赶快打消这个想头。"

　　"兄长想哪儿去了，小弟今天不为别事，特来救你。"

　　"救我？救我什么？"

　　"兄长糊涂，现宫里是不是查账？"

　　奇原明白了："贤弟的消息真灵通，恐怕已经查到我了，那真就死路一条了。你既然说救我，一定有办法。"

　　朴会说："兄长别着急，还有一件事，那年你和黄公公回国，你在谷寿司私藏了一座小金佛，又勒索国内宗仁社三根山参，可是有的？"

　　奇原听到这里，整个人瞬间怔了，这么多年过去了，自以为神不知鬼不觉。可见世间没有不透风的墙，他说："贤弟你是怎么知道的？这宫里知道吗？"

　　朴会说："这么说，都是真的了？兄长，你太糊涂，你怎么能做这事？现章公公都查得实，好像海德厂督也已侦刺明白，小弟今天特地为这事而来。"奇原听得明白，这朴会是有备而来，虽然来得尴尬，也顾不了许多，离座跪下，口称："贤弟救我。"这时一双手把他拉了起来。奇原回头看一眼，感觉这个人有几分面熟，一时又想不起是哪个，转脸看着朴会。

　　朴会说："兄长，你不认识啦，这是我们府护卫指挥使朱大帅。"

　　奇原想起来了，跪下叩头，心下明白，今儿个自己是着了道了，这都是有备而来。朴会说："兄长，这是小弟请来的救兵。朱大帅虽是个善人，只是太忙，是小弟求了几次才来的。你们聊，小弟去点几个小菜。"说着起身离去。

　　朱瑞坐下来，示意奇原坐下，说："你的事本帅都知道了，现为今之计，只有一个办法能解决，让查账人永远闭嘴。"

　　奇原惊得跳了起来，杀死章义，这他是从未敢想的，遂说："咱家谢大帅好意，一是人命关天，咱家没有那个胆量。二是章老爷是个好人，杀他伤天害理。第三，即使咱家有心杀他，他虽年纪大了，拳脚还是了得，不要说咱家一个，十个也近身不得。"

朱瑞说:"那是本帅多事了。奇原公公,本帅帮不上你,你好自为之吧。告辞!"说着站起来要走。

这时朴会急忙走进来跪在朱瑞前,说:"大帅息怒,奇原是小人生死兄弟。他若出事,小人断不独活,求大帅开恩。"

朱瑞停下来,说:"既如此,本帅就略坐坐。朴公公,你说吧,让本帅如何能帮到你朋友。"

朴会也不起来,说:"一切按大帅说的办,大帅说我们去东,我们绝不去西。奇原兄长,说话呀!"拉着奇原跪下。

第四十一回

▼

白龙鱼服枭台办案　标新立异新皇开犁

这时奇原已想妥了，既然是有备而来，那一定还有后续，倘若不按他们要求的去做，不用章义调查，他们就得给公之于众。再者，章义现在未必真查到了，即使现在没查到，这样下去也有查到的时候。索性听他说如何运作，再作道理，跪下磕个头，说："大帅息怒，小人糊涂，小人听大帅的就是。"

朱瑞把他们两个人拉起来，说："既然如此，我们就商议一下。既能达到目的，又不能让人查到我们。"

朴会说："查到我们也无所谓，横竖是个死，这样还有生的希望。"朱瑞说："不妨事，二位若依计，本帅保你们全身而退。"几个人说了一会儿，散了。

说话就到了春分，礼部已经订好礼制，呈给内阁，阁臣们贴了票，拿到宫里。朱高炽翻看了一回，说："这个时节还算可以，前儿个又落了一点小雨，正是开犁时节。众卿定以为朕爱标新立异，非也。凡事应因地、因时而异，有时为过场而立礼制，非惟无用，也让朝野笑我们不懂时令。"

众人齐说："皇上圣明。"

皇上说："这乙亥日岂不就是明儿个，朕看这礼部做得不错，就依他们。

朕再加一条，皇后也要送膳至观耕台。"众人遵旨。

次日四更初刻，五品以上官员都在承天门外候着，皇上服衮冕，先到奉先殿祭过祖宗，乘辇来到承天门。天气晴朗，月色皎皎，城楼上的角灯和高大的风烛把前广场照得如同白昼。看到车辇出来，百官跪拜。章义传过话来："皇上有旨意，众位大人平身，都辛苦一下，快一点，说话天就亮了，不准举乐，免得惊动市井。"

前面仪仗，而后是车辇，百官步行跟在后面。过了一刻，后面还有车辂，是阁臣命妇的，最后是皇后銮驾，向永定门浩浩荡荡走去。一个时辰过后到达城门外先农坛。五品以下官员早已候在这里。见礼毕，看看到了辰初时分，乐声大起，朱高炽带文武群臣按事先排好班次祭拜先农。而后来到观耕台，百官在空场上排班侍立。

前面一大片土地，足有几百亩，黑亮亮的，显然是已经侍弄过了。外面围着栅栏，军兵们一圈排列着，外面已经站满了乡民，胆大的就想往里面挤，被军兵们死死抵住。

太阳升起来了，朱高炽在仪卫引导下来到具服殿，换上皮弁服，随着仪卫，伴着细乐，走到纹龙犁前，掌犁大使跪下山呼。乡民们才知道是皇上出来了，呼啦啦跪下，大声喊："万岁，万岁，万万岁。"虽不曾演练，喊得倒也齐整，只是不停地喊。朱高炽很是感动，朝乡民们挥了挥手，喊声更大了。

朱高炽走到犁牛旁，看这牛打扮得花团锦簇，摇头笑了一下。他监国二十年，这些勾当当然清楚，这样如何能种田？赞礼官早做好准备，大喊："二月里龙抬头，圣明天子使耕牛。"因为是给民人听的，必须雅俗共赏，不能太晦涩。

大使递过绣龙鞭。那边一声接一声地传过来："国母到。"百官和乡民齐呼："千岁，千岁，千千岁。"皇后身穿皮弁服，臂上挽着篮子，在宫女、宦官的簇拥下走向皇上，跪下去施礼，拿出玉碗，倒了一些奶子，跪地给皇上，赞礼官唱道："贤德国母来送饭。"

张瑾站起来朝乡民万福，这是绝无仅有的，把百官吓了一跳。乡民们疯了一般，喊声一浪超过一浪。张瑾趋步而退。赞礼官又唱道："鞭打犁牛万年收。"

这是汉文帝时留下的礼制，一千多年了，只是今儿个时间变了，这个赞礼官唱词还没变。朱高炽扬起鞭子，大使扶犁，几个人牵牛，走了一段，又折回来，停下来。朱高炽因身体太胖又有足疾，只这一刻，脸上已是见汗了。在一片万岁声中，走到具服殿换上衮冕服饰，章义搀扶着走上观耕台。下一位是杨士奇，以此类推，七位宰辅，而后是六部九卿。只是换了耕犁，还有不同的就是，命妇送饭时头上蒙纱，宰辅以外不用命妇送饭。整整一个上午，才算完成。

话说薛苁告诉尹涣住到安同县衙，尹涣苦留不住，只好作罢。薛苁告诉府衙，不用人陪同。先去看一下府尊，打着执事，来到许仲府上。只是一个普通的闽南样式，宅子不大，门卫皂吏没敢拦截。进了院，没有影壁墙，看一下，只有两进，前面有六间。许仲迎了出来，跪下施礼，口称草民。薛苁虚扶一下，他站起来，来在前面引路，让进客厅，重新见礼。

薛苁上座，许仲主位相陪，尉迟逊侍立薛苁身边。许仲说："薛大人多次出现在邸报上，乃知府中楷模，没承想竟如此年轻，此次按察福建，实乃闽人之福。只是草民办砸了差事，有负圣恩。请罪奏章早已拟好，还望大人代为转呈。"

薛苁知道这都是官场套话，也不寒暄，说："许大人谬赞。今儿个本台登门造访，冒昧得很。只因有事相问，还请许大人不吝赐教。"

许仲欠身答道："大人客气，草民戴罪之身，定知无不言。大人请问。"

薛苁说："大人调兵护县衙，难道就不曾想过后果吗？这些丘八到了现场，如何能约束得住？今看许大人乃持重之人，为什么签发此令？"

"大人果然老到，一问便着。现草民大错已铸成，也不追究是何人下令，上面是我的印鉴，草民当一律承担。"

薛苁吃了一惊，说："这么说，这个令不是你下的？"

许仲摇摇头，又点点头，说："千户所不归府里管辖，大人清楚。大人年轻才俊，这样的案子雪里埋尸耳。只是草民自劝一句，大人多加注意，保护好证人，还有李靖的孤儿寡母。"茶换过三遍，薛苁告辞。而后偃旗息鼓，直奔安同县而去。

尉迟逊早已派人去安排驻在。二人商量过，就住在客栈里，不去衙门，也不下滚单，府里爱怎么折腾就怎么折腾去。县衙被李氏族人围个水泄不通，没来由给自己打脸去。几个人到了客栈，稍稍休整，吃了午饭，薛苁和尉迟逊一身秀才打扮，带上蒋四，再也不带其他从人，奔李靖家而去。尉迟逊不放心，密嘱几个侍卫，远远跟在后面。

到了李家圩，才知所言不虚。足有七八百户，房屋也还算齐整，村里的人大都去衙门围堵，正值农忙季节，农活多搁置了。

薛苁说："先生，这些人也真是心齐，农活都情愿丢掉，也去做这不相干的事。"

尉迟逊说："相公有所不知，这是一个大族不成文的规定。族里有事，若托辞不去，那在这个村子就站不住脚了。这也包括其他姓氏。虽说一族，并非都是一个姓。"薛苁点头。

他们打听到李靖的府上，去看了一下，在这个村子，可谓上等宅子。大门口站着两个小厮。薛苁想，这应该已经是林致和的宅子了。给蒋四使个眼色，蒋四走上前去给两位小厮作了一揖，两个人还了一礼。

蒋四说："这可是李靖府上？在下受人之托，拜会李老爷。"其中一个小厮和气地说："这已经不是李老爷家了，现是林老爷的。李老爷上个月殁在了任上。"

蒋四说："那在下在哪里能找到李老爷家人？"

"这个不晓得，只听说他的如夫人在祠堂。"

蒋四说："有劳了，那在下见见林老爷可以吧？"

"林老爷不住在这里，住我家的大宅子里，往前再走三箭地就到了。至于能不能进府，那就看你的造化了。"

蒋四又唱了一喏，走回来告诉了二人。薛苁没出声，径直朝前走去。走过一段路，只见一个大宅子横在眼前，红墙绿瓦，飞檐斗拱，竹树掩映，红油大门，两边高大的石狮子，竖着旗杆，站着几个小厮，知道是拔过贡的。

薛苁虽是出于官宦之家，但家遭惨案，对这大户往往敌视。在金华做太府，为此判错了好多案子，被上宪申饬过几次，也被皇上下旨切责。只要是打官司，必袒护穷人。想到这里，摇摇头笑了。这两个人也不知桌台为何事发笑，不便多问。

薛苁站了片刻，说："去祠堂。"蒋四去问了几个在玩耍的孩子，前面带路，来到了祠堂。好气派的祠堂，高大的门楼前立着一块石碑，是唐朝天祐年间朝廷旌表。门口站着四人，看三人来得尴尬，拦住了，不让进。

蒋四说："我们见李老爷的夫人和少爷，说句话就走，请行个方便。"这人就想放行，在石阶上坐着的一个人站起来，说："不行，里面正在处理公差，任何人不准打扰。"

蒋四说："兄长在开玩笑吧，家族祠堂里办什么公差？"

这人不耐烦了，撩开衣襟，露出火牌，果然是河州府的。这个蒋四是桌司的，当然不惧他们，只是没有主官发话，不敢造次，退了回来，说了一遍。薛苁听不懂他说什么，看他露出腰牌，知道是府衙的。想起许仲说，保护好证人，知道这里有问题，径直朝门口走去。蒋四看主官要进去，在前面引路，就往里闯。

那个衙役说："你们活得不耐烦了，我们张都干奉三府郑老爷命令在处理公事，闯进去你们还有活路吗？稍等一会儿，我们走后你们再办。退下！退下！"

尉迟逊一直对这个郑兴感兴趣，看机会来了说："学生知道你这小哥是好意，只是我们也有要事，也不管什么都干、三府。"

这个衙役以为他不知道官称，说："秀才，看你们也是有些岁数的，三府就是通判，正六品的前程。"

尉迟逊笑了："才是正六品哪，实话告诉你，我们老爷比他多着好几梁呢（大几级），让开，不要等我们撕破脸皮。"

这个衙役真的急了，大喊道："给脸不要脸，我本是好意告诉你，你家老爷多几梁也没用，三府老爷在这福建三司衙门，哪个不高看一眼。虽是三府，河州府就是三府说了算。"

尉迟逊看这个人莽里莽撞地说话，继续说："哈哈，你就吹牛吧，你家三府是部台尚书吧。"

这个衙役听他外地口音，口气又大，说："尚书算什么，你们去问问，河州人哪个不知三府老爷的妹夫是汉亲王爷。快滚！别讨打。"薛苁和尉迟逊对视一眼。

薛苁点点头，蒋四大声喊道："是张礼吗？滚出来。"又喊了一遍，一个拷腰刀的跑了出来，手搭凉棚向外看了一会儿，跑到蒋四旁边跪下磕头，说："原来是蒋四老爷，失礼。"施礼毕，就骂门人："眼睛瞎了，不认识枭司衙门的蒋干办老爷。"几个人跪下磕头，蒋四也没理他们，躬身让礼。薛苁和尉迟逊走了进去。

第四十二回

▼

层层剥茧案露朕兆　处处小心家贼难防

　　宽大的祠堂里，坐着三位老者、一个少妇、一个孩子，旁边站着两个皂吏，老人们后面站着两个后生。蒋四说："这位是新上任的臬台薛大人。"张礼跪下，其他人也都跟着跪下。

　　尉迟逊走到神坛旁点香，薛苁说："都起来吧，代本台上炷香。"接过尉迟逊点好的香望空祷祝几下，放进香炉，跪下去拜了三拜，慌得这几位老者离座跪下，陪拜。薛苁走过来说："你们接着办差吧，我们休息一下。"坐了下来，后生奉上茶来。

　　这张礼走过来，躬身道："大人，我们奉通判老爷令，把这妇人押回去过堂，这族长不肯，正在商议。还望大人成全，助小人了了公事。"

　　尉迟逊说："张都干，巧了，今儿个我们也是这差事，你们就先回去吧，学生会给郑大人讲的，不会怪你们的。"

　　张礼无奈，"那小人告辞。"恨恨地看了一眼三位老者，抱一下拳，走了。

　　薛苁问："哪位是族长？"

　　其中一人答道："回官爷话，族长去了县衙，我们三人是轮值的副族长，现在轮值到小民，有事但请吩咐。"尉迟逊把来意告诉了三人。族长说："不瞒大人说，李靖死得冤哪。太尊老爷下来过两次，让把夫人和孩子接到祠堂，嘱咐小老儿严加保护，迟早水落石出，给族里一个交代。"

薛苁这阵子理清了思路，这个案子是有些蹊跷，也没那么简单。如果无人追查这个案子，这母子是安全的，若追查，他们就危险了。刚来提人恐怕凶多吉少。薛苁问道："三位老者，本台唐突了。你们掌下眼，看这孩子像李靖吗？"

这话问得极是无礼，如夫人刹那间恼了，脸红红的，刚要说话，族长摆摆手，说："大人不用掌眼，我们早已看到，这孩子活脱脱就是小李靖。都是好人家，遭此大难，让女人抛头露面的，没的给列祖列宗丢人现眼了。这个案子不结，我们三人再没脸活在世上。"说完老泪纵横。

薛苁说："三位老者，皇上对这件事极为重视，任他是谁，只要是犯了事，朝廷定不会轻饶。来之前本台见过你们大尹许仲，他被朝廷罢官，赋闲在家，他提示本台保护好证人。本台急速赶来，不知老人家是否相信本官？"

族长说："小老儿活到这个岁数，什么事不曾见过！刚才你们和府衙打擂台，我们就知道，你们不是一伙儿的，当然相信你们，又有太尊老爷说话。说吧，大人让族里做什么呢？只要了了这件官司，派粮、派差，小老儿全应着。"

薛苁笑了："老人家，本官是按察衙门。派粮、派差不是我们差事。本官只要求族里做两件事。第一件，唤回围在衙门的乡民，把伤者医好，让衙门也好专心办差，本官已悄悄地住在县里，有事也好找县衙的人。"

族长给人嘀咕了几句，说："听大人的，一会儿就派人把他们唤回来。第二不用讲，我们也知道，把他们娘儿俩带走，可以。"

薛苁大喜，没想到这么痛快，遂道："老人家，本官薛苁，字子谦，若破不了此案，在李家圩自尽以谢乡民。若官官相护，你们也不用围衙，直接去京师，到午门外击登闻鼓，告御状。"几个人看他说得慷慨，心下感动，跪下叩头。

薛苁说："服侍夫人的丫鬟呢？"三人摇摇头，不用说，林家一个也没放出来。薛苁说："老人家，在族上找一挚诚的夫妻，随我们一起去。一是服侍夫人，二来也可互相通信。"三人答应着去安排。薛苁带人回到下处，吃过晚饭问话。

这位夫人坐下的第一句说："大人，你们这么查，李九就没命了。"薛苁和尉迟逊对视一下，尉迟逊在蒋四身边嘀咕几句，蒋四去了。

薛苁说："你这妇人，哦，孙氏，听你说话原有些见识。本官问你，你家官人临走之前，有没有对你说过什么话，当然是你认为重要的。"

孙氏想想，说："他只说让我小心大娘。"

"你家大娘几时嫁给林家的？"

"我家老爷过了五七。"

薛苁问："平时大娘和林家老爷可有来往？"

"当然有的，是姻亲。有时亲家来吃酒，大娘也作陪的。"

薛苁说："那你再想想，你家官人还说过什么，比如让你惊讶、害怕的话。"

孙氏说："有，有一次这个姓林的在我家里吃酒，我家官人醉了。大人，民妇顺便说一句，我家官人说，这林致和海量，他从未看他吃醉过。这次官人醉得厉害，骂了一阵，民妇记得。他说改天让你知道我的手段，夷你三族。又指着我说，我先杀了你大娘，再灭他林致和满门，不是吹牛，只需一句话。民妇也只以为是醉话，也着实吓了一跳。因看他们平时很要好。"

打发走了众人，薛苁静下来理清思路，越发糊涂了。现在看来，李靖的死定和这林致和有关，他为何要杀他，只是为了李家大娘，这说不过去呀。这时蒋四慌里慌张地闯了进来，尉迟逊也跟了进来，李九死了，他们去过堂的当天就自尽了。因怕激怒李家，未敢声张。

薛苁说："先生，我们失算了，当天就应把他带走，问清最后一晚宿在哪里。你们退下吧。"薛苁静下心来给皇上写信。

这天用过早膳，朱高炽来到乾清宫东厅，看贴过票的奏章。这时提督东厂的海公公进来了，施礼毕，说："主子，奴才侦知一件大事，不敢不报。"说着，眼睛四下看了看。

皇上挥手屏退下人，海德说："皇上，奴才发现汉王爷府的奉典朴会进京几次和宫里人见面，奴才万没想到是奇原，开始以为只是乡党，后来看不尴不尬（鬼鬼祟祟）的，悄悄见了几面，老奴怀疑这里面有别的事。奇原是跟着章公公的，请主子示下。"

朱高炽吃了一惊，以为听错了，说："海德，你是忠厚人，为何让你替下寿公公，这是主要原因，你可要看仔细了。"

海德说："老奴是何等样人，皇上最清楚不过了。有人看见奇原还见过汉亲王府指挥朱瑞。"

朱高炽呆了半晌，示意他退下。气恨恨地坐了一会儿，静下心来，宣阁僚们进来。众官进来见礼，朱高炽也没让平身，把一个奏章啪地摔了下去。几个人吓得连连叩头，杨士奇跪行几步，拿过奏章，是戈权的，没有贴票，杨士奇看过这个奏章，这已是三天前的。

戈权说："皇上下旨直言奏对，臣已上疏，蒙圣上错爱，忝列士大夫。只是臣有疑虑，时间已近三月，臣所言诸事，并不见落到实处，臣愚钝，不知陛下是为博贤名还是为治国方略？"以下还有，言辞过激，狂妄悖逆。众人不敢发声。

朱高炽说："杨士奇，录后发给六部九卿，明日朝会议之。杨荣，你的贴票，废话太多了，下次注意。金幼孜，你的奏章拿回去，言之无物。朕多次下旨，奏对切直，言之无物，无病呻吟，这算什么切直。你们哪……""哗"的一下，推下几上的奏章，离座而去。这些阁僚目瞪口呆，这大清早的，没来由的无名火。戈权的倒是奏对切直，还不是说他狂悖？大家心里想，谁敢说出口哇！跪下磕头目送皇上离去。

杨士奇说："各位大人，先回吧，到衙门候着。来呀，收拾一下。"侯显早跑出来，带着小宦官整理起来。

次日早朝，杨荣把戈权的奏章读了一遍。礼部尚书吕昕出班奏道："皇上，老臣已上了奏章，弹劾戈权狂悖，无人臣礼，送三法司鞫审。"刑部尚书吴中、大理寺卿虞谦都出班附议。这戈权由白身到四品，群臣早已不满，一齐跪下，请治戈权之罪，这次文武齐心。张辅母丧，未上朝，这几个阁臣在那儿都站着，其实大家都在看着杨士奇，但是这几个人在这大殿里一站，显得格格不入。

杨士奇跪下奏道："皇上，戈权离开政体多年，不熟朝廷政体，只因上疏言中时弊，皇上破格提拔，内心感激。且皇上多次下诏，奏对切直，戈权性情耿直，也想以此回报朝廷。况臣以为，自古以来，主贤臣直，陛下应察纳其言，宽其悖语，天下幸甚。"几位阁臣附议杨士奇。

皇上看几位腹臣反对，也不好再说什么，说："戈权，你虽有才气，却不识大体，朕今不罪你，下去吧。"戈权站起来，从容地拍打一下衣服，昂然而去。杨世奇心下有气，你这戈权，这不是找死吗？偷看一眼皇上脸色，阴云密布。

几天来，弹劾戈权的奏章雪片般飞进内阁。右都御史王彰联合所有御史上奏章纠劾戈权。几位阁臣一看，这戈权仕途就到此结束吧，带着奏章去见皇上。杨士奇也发现，这几日皇上对戈权言语神态极为严厉，又看到这些奏章，一定会严厉处置。边走边想对策，这样的直臣，无论如何要保护，把想法讲给了几位。大家然之，到了乾清宫，皇上也在看这几天的奏章。

几个人把贴过票的放在几案上，跪了下去见礼。朱高炽令他们平身，说："这戈权的奏劾奏章这么多，他刚入朝两个多月，有这么多的过失，哈哈！这百官真有他们的。"

杨士奇看皇上心情不错，赶忙奏道："皇上，臣以为，这主要是有些大臣在迎合陛下，陛下屡次下诏直言，他们无动于衷，有人上言获奖，他们又心怀忌恨，有人获罪，他们又幸灾乐祸，甚至落井下石。皇上洞察世事，这岂能瞒过皇上！只是长此以往，更会堵塞言路，望皇上明察。"

朱高炽已经意识到，说："朕之过也，明日朕下诏自省，向戈权道歉。"几位阁臣大感意外，这也太突然了。

皇上说："杨荣，拟旨，朕自克继大统，朝野奏章，何止千份，朕莫不欣然纳之，若有不当，从未斥之。近几，少卿戈权，奏对切直，亦有不实之处，诸臣迎合朕意，称其沽名钓誉，依律惩之，朕拒而未纳。现全国各司灾异不断，未见有上言者，何也？众臣只求自保，而不愿触朕之意也。而朕错怪戈权，在此下诏责己，众臣勉之。现全国已罢不急之采，而四川仍在采木，有中官在那儿擅作威福，三司不能禁之，令戈权为使，巡按四川。"

皇上说完，杨荣也拟好旨意。大家跪下，齐称圣明，众人跪安。

这时章义来报，张十一到了。朱高炽赶忙说宣。张十一走了进来，见礼毕。皇上令其平身。看这张十一，虽已过六十，却精神矍铄，威仪不减当年，须发不见几根白的。在朱高炽认识的这些人里，他的拳脚功夫排在第一位，其他武将不在少数，只是弓马娴熟，若论拳脚，无出其右。朱高炽为了朱瞻基，那天把这些人排了一下，张十一首位，接下来是薛晓云，虽是女流之辈，拳脚也确是了得，章义第三，纪子祥第四，可惜纪子祥去年病逝了。据章义讲他儿子拳脚也不错，不计哪天见一下，第五是郑和，只是皇上现在对他不放心。以下是薛苁、陆允和张升等。

朱高炽说："十一，你们这次金州一战打得好，那时先皇看到奏章，连说三个好。我们死了多少人？"

张十一说："皇上，那场战役极是惨烈，臣在海上冲向陆地。"讲述了那次经过。辽东都司指挥使刘荣接到张十一的密报，派出哨骑侦察发现东南王家岛上有火光。刘荣预料倭寇将要来进犯，立即调兵遣将，严阵以待。现查点军马，整个金州卫驻有步军不到两千，屯田军两千名，煎盐军、炒铁军近百人，有战斗力的人数并不多。

倭寇近两千人，分乘三十多艘船，从马坨子出发到登沙河海口，弃舟登岸。倭寇头目率领部众，成一字形鱼贯而行，直扑望海埚城堡而来。刘荣知道，此战只能胜不能败，上次倭寇犯辽东，吃了败仗，不是太子施救自己早已下了锦衣卫诏狱，现在是知耻后勇，没有退路，早已派人给张十一送信请求增援。张十一率登州兵和本部人马乘船截击倭寇，水陆两处夹击，倭寇大败。此战总计杀死倭寇近千人，生擒千人，无一漏网。刘荣用五十辆大车载运俘虏，朝廷损失军兵近千人，胜利地结束了望海埚战斗。

望海埚大捷后，刘荣向朝廷报捷，功推张十一第一。朝廷下旨，封刘荣为广宁伯，封张十一儿子张鹏为副百户。

朱高炽说："现辽东海域是太平了，可其他地界还是有倭寇。你们还要多加防范才是。朕听说你儿子和你一起进京的，宣进来，朕看看。"张十一兴奋得满脸通红，说："谢皇上隆恩，犬子护侍臣来的，现在午门外候着。"

朱高炽说："宣张鹏觐见，记住是张十一之子。"章义赶忙传出去。朱高炽接着说："朕这次宣你进京，是有差事的。朕派你去南京护侍太子，做府卫指挥使，你意下如何？"

张十一跪下连连叩头，说："皇上不以臣老朽，委以天大干系的差事，老臣感激莫名，敢不以残躯报陛下知遇之恩！何时到任请皇上吩咐。太子爷若少一根汗毛，夷臣三族。"

朱高炽对张十一的奏对很满意，又嘱咐了几句。这时张鹏进来见礼，朱高炽令其平身。和张十一几乎一个模子脱下来的，身高近八尺，清癯的脸上有一双明亮的眸子，精光四射。皇上欢喜，问了几句，对答如流。皇上给章义使个眼色，章义领他出去了。张十一知道一定是测试了，定有重任，君臣又奏对一些事情。章义回来了，朝皇上点点头。

朱高炽说："张十一、张鹏听旨，擢升张十一为南京太子府卫指挥使，张鹏为卫司副千户，暂为太子亲兵护卫队副队长之职，现速南下。马上就有旨意到南京。"

父子大喜过望，谢恩跪安，南下去追太子不提。

薛苁几天来一点进展也没有，后悔当初没问李九途中住处，只好问孙氏，孙氏也一无所知，薛苁无计可施。蒋四说："大人忽略一件关键事，按狱中规矩，李九的物品应该领回，在物品里会有些线索也未可知。"薛苁二人恍然大悟，让蒋四去办。

第四十三回

▼

仕女像都办寻客栈　泼天案臬台求卫司

蒋四派一个皂吏扮作李氏家族人领回了物品。几个人打开，显然已被人搜检过。大家搜了一遍，一无所获。正在失望时，两个人看着蒋四拿着一个仕女像在把玩。蒋四说："大人，这是根雕仕女像，做得极是精致，这只有安同的七峰集才能做出。大人，这是新的，李九去过七峰集。"

薛苁这段时间对这个吏目早已刮目相看，说："先生，蒋四说的有道理，明儿个就去七峰集。蒋四，七峰集离这儿有多远？"

蒋四说："不到百里，过了七峰就是惠安地界，小人去过。"

尉迟逊说："大人，依学生看，这李靖就是在这里死的，要过界了就不会由安同审案。"

薛苁大喜，点点头说："是了，真是柳暗花明。明日卯初时分动身，带上几个人。蒋四，你有手铳吗？"

蒋四说："没有，也不会用。"

次日，几个人悄悄用过早饭，拽扎停当，又带上两个人，安排好护侍，打马朝七峰集奔去。其实薛苁心下明白，这一切都在人家的监视之下，但是也有好处，客栈这里安全了。刚过未正，就到了七峰集。几个人已经商量好，分头去找客栈。琼一个镇，也不会有太多的客栈，尉迟逊带两个皂吏去找。薛苁语言不通，带着蒋四，约好在双拱桥会合。

薛苁二人走进最大的客栈——七峰客栈，查看了账册，没有此人，又转了几家也没有。两个人走到双拱桥，等了一刻钟光景，尉迟逊也回来了，摇了摇头。蒋四说："这是左近最大的集镇，以李靖官人的身份，家私也还丰厚，断不会住在小店里。"几个人有些沮丧，牵马找家饭庄吃饭。现在到巳时了，午饭还都没用。刚才倒不觉太饿，现在只觉又饿又乏。

蒋四对其中一个衙役说："去找一家干净的饭庄，不要大的，要僻静一些的，我们太扎眼了。"那个衙役领命而去。

薛苁若有所思，说："如果李靖也和我们想的一样，会怎么样？"

尉迟逊说："大人说的是，只是没道理呀，除非他怕人看见。"薛苁说："先用饭填饱肚皮再作道理。"来报已找到饭庄，几个人进去，只有大厅，也无雅间。尉迟逊随意点了东西，大家匆匆吃过。店家又上壶茶，几个人吃着。

薛苁让蒋四问下："店家，这里有没有既干净又僻静的小店，我们想在这里歇宿，又不想住在大客栈。"

店家说："怎的没有！客官问着了，向外看，斜对过有一个临时牌子，写着喜来客栈，又便宜又干净，还僻静。那是在下亲家开的。客官想看，在下让人带你们过去。"

蒋四说："有劳。"会了账，余钱就赏了店家，店家打发小二领他们过去，看已经到了，打发小二回去。几个人走进客栈，蒋四说："是你亲家介绍来的。"定下了三个房间，蒋四先把钞付给他，问道："一个月前，有没有一个叫李靖的住过贵店？"

店家说："一个月了，谁还记得，这店又不是大店，客人随便登记名字，假名字也是有的。"

蒋四摸出二十文制钱，放在柜台上说："查一下，县城或李家圩的两个人。"店家虽感到蹊跷，但二十文金灿灿的制钱怎的不动心？打开账册翻了一遍，摇了摇头。尉迟逊走过来，拿过账册翻了半晌，只见眼睛一亮，大喊一声："有了。"拿过来给薛苁看，薛苁看时，是小九和木先生。时间也对上了。

蒋四亮出火牌，说："店家莫怕，我们是官差，把这两个人讲一下，就没你事了，办完差，还会赏你。"

这个店家才明白是查案的，恐摊上官司，哪敢支吾？"这两个人，小的还有记忆，出手比较阔绰，小的也就记得深。当时还想，这么阔绰，怎么会住这小店？还有一事，这位木先生两个人极是小心。更让小人记忆深刻的是，晚上来了一个人，把他叫出去吃酒。天快亮了才回来，会账走了。"

蒋四问道："是木先生自己去的，还是小九一起去的？"

店家回道："回上差，那个小九睡得像猪一样，他说午时在集市上逛了一个时辰，必定是累了。"

蒋四说："这么说，这小九也不知道木先生出去了，那回来他知道吗？"

店家说："木先生离开他不知道，这小的能肯定。至于早上返回时，小九是不是知道，小人委实不知。"

蒋四和气地说："难为你，来找木先生那人还有印象吗？"

店家说："有，怎的没有！当时木先生看到那人，呆住了，好像很熟，那人也不到四十岁，一身相公打扮，木先生好像不想出去，那人连拉带拽，极是热情，听动静还有马车。"

蒋四又拿出一贯钞给他，说："把这件事烂在肚子里，免得给自己种祸。"

店家答应着，笑眯眯地拿起钞。突然一拍柜头，把几个人吓了一跳。店家说："莫忙走，小的想起来，那位相公耳下有一大块痣，极是显眼。还有，早晨返回时，木先生还说了一句没头没脑的话：'什么花祠！一淫祠都算不上，贼窝'。"

薛苏都要走了，听他这么说，让蒋四问一下，哪里有花祠，走回自己房间。尉迟逊说："大人，事情明朗了，这个相公就是凶手。这李靖显然知道自己有危险，处处小心，还是被找到下处。"

薛苏来回踱了几步，说："那他窥破了什么秘密，这么大动干戈杀掉他，为何又不杀掉李九？"蒋四进来了，说："大人，店家说，这里花祠有不少，有的甚至公开。但七峰山下的几处，从不让人靠近。"薛苁一听，明白了，皇上在信里说得有些隐晦，可能和这有关，遂站起来说："拿好武器，连夜回去，现在就走。"两个人一愣，不敢违令，匆匆收拾回到安同，一路无话。

次日，几个人顾不上休息，坐在房间里商议。尉迟逊说："大人，现在看来这府、县都不可靠了，尤其这安同县戴刚，一定有问题。"

薛苁打个哈欠，说："顾不了那么多，去人通知戴刚，通知本县生员，明儿个司里教谕来县上，头晌巳正时分在学堂见面，只要是不第秀才都要去。你们赶早就休息，今儿个就准备打擂台吧，不知有多少事等着我们。本台这就上奏章。"

他俩告退。薛苁坐下来沉思，这个人是凶手无疑，既然和李靖熟，那孙氏是否认识呢？旋即又否了，别说是侧室，正室能见过几个外客。如果这县令戴刚没问题，一问便知。这里的事越来越蹊跷，他感觉这不是普通的杀人案，可能真的是皇上要查的，也是自己多年的心结。他忽然觉得孤立无援，语言不通，同僚又多是陌生人。把这件事和自己的分析都写在奏章上，有向皇上搬兵之意。

次日辰正，生员们都集中在学堂里。从十几岁到五十多岁的都有，众人以为是岁考，早早做了准备。一个个挤眉弄眼，打着手势，等待教谕示题。这时蒋四走了进来，轻咳了一声。众人看他皂吏服饰，也没放在眼里，继续自己的事情。蒋四一声不吭，转了两圈，把大约三十岁以上的喊了出来，带进签押房。在里面的不是学正，是一个未着官服的学究。蒋四说："给尉迟大人行礼。"

汉家礼制，考进县学后，可以不给县官跪拜，也叫分庭抗礼，但必得给学官跪拜。众生员以为他就是新授教谕，跪下拜了两拜。

尉迟逊说："都起来吧，今天只有一题，是薛老爷问话，不许声张，到里间回话。"一个一个地问过，只有一个人说出了这个人。薛苁大喜。

这个生员说："大人，此人姓巩、名丰、字健人，是府学秀才，只考过一次秋闱，落榜，再无心仕途。这几年也不似以前，听说发了财，原来家贫，谁承想有今天，学生今年虚活四十二岁，考了几次，只是不中。没奈何，已不会生计过活，在学上好歹每月有两斗米度日。让大人见笑。"

薛苁说："你知道巩丰住在哪里吗？"

老秀才说："回上差话，这个不晓得。他也不屑相与（结交）我们这些不第落魄生员，我们县的戴父母和他相与，一问便知。"

薛苁和蒋四走出来，说："先生，让他们都散了，戴知县在哪儿？一起去县衙。"走出学堂，戴刚站在滴水檐候着，薛苁说："走，到你签押房。"签押房就在县学隔壁。到了大堂，薛苁也不拘礼，开门见山问道："戴大人，巩丰巩健人你很熟吧？"

戴刚很吃了一惊，随即镇静下来，说："回上差话，听说过，没见过，望大人恕……"

没等说完，薛苁大喝一声："拿下，押回河州，等候发落。把县尉也带上，让县丞先署理县衙。"大堂人都惊住了。

戴刚说："大人，下官有何过错，还请明示。否则，下官要参大人擅作威福。"

薛苁冷脸道："那是你的事，带走。"让尉迟逊和蒋四带人押着戴刚回河州。自己不敢迟疑，带着一个伴当，也顾不上用饭，打马泼风般回到河州，也不去府衙，直接到许仲府上，也不废话，说明来意。第一，打听巩丰府上；第二，问哪里能调到军兵。

许仲心下高兴，知道他已经摸着通路了，说："大人的确不同凡响，草民提示一句，这郑兴乃汉亲王至亲，巩丰与他友善。请大人多注意。草民写下地址，再给大人写一封信，拿给卫司张济远，草民和他还有些交情，这是一个正人，乃思恩侯张宽之子。"

薛苁说："许大人，多谢！本台与其父颇有些交情，再加上大人亲笔，他不会推辞。本官告辞。"问好路径，拿上字条，打马朝河州卫司奔去。

到了河州卫，报上职衔，三声炮响，中门大开，张济远带着同知、金事迎了出来，两个人互相一揖，延至大厅，另两位拜了两拜，薛苁回了半礼。张济远说："薛大人如此年轻，大出乎末将意料，近日造访，必有事教我。"薛苁沉吟片刻，张济远挥手，众人退下。

薛苁说："将军应该知道，贵治出的惊天大案，朝野震动，今儿个已理出眉目，只是孤掌难鸣。想将军乃故人之子，特来请教。"张济远听罢，有几分狐疑。

薛苁看得明白，遂说："将军勿疑，令尊思恩侯与本官颇有些交情，在先帝靖难时就相熟，还曾一起保皇上东巡。"

张济远大惊，说："大人就是薛晓云姐弟中的弟弟薛子谦？"看薛苁点头，赶忙起身，跪了下去。薛苁也跪下还了半礼。张济远说："大人虽年轻，确是末将长辈，如何知道末将在此？"

薛苁说："是许仲太尊告诉的，他还有亲笔信给你，让将军助我，现在看来用不着拿给将军了，事急矣。"

张济远知道，这是天子近臣，遂道："大人，末将去年才迁升这里，不见勘合，怎敢乱调兵。这样，末将把亲兵总旗交给大人，需要末将，再找人报信。"

薛苁大喜说："大恩不言谢，后会有期。"

张济远喊："来人，把刘闯唤来。"刘闯进来见礼，张济远说："你带一旗人，随薛大人去。若办砸了差事，立斩。"刘闯出去点齐一总旗，他知道巩丰宅子，随薛苁到了府上。

好大的庄院，就在东门外，依山傍水。薛苁也不知道有几个门，这五十多兵丁，肯定围不上。命令刘闯，把住各门，派几个兵士游弋，看有逃出来的，杀无赦。薛苁亲自带十几个兵士来到正门。大门已经关死，箭楼上有几十名庄客，张弓搭箭，只等下令。

薛苁看带来的兵士面露怯色，知道硬攻是不行的，大声说："箭垛上的听清，找个管事的回话。"

一个人站出来，说："请问是哪个衙门的，为何要闯巩宅？"

薛苁说："请传话给你家员外，本官乃按察使，有要事与员外商量，速开大门，否则以谋反罪论。"

楼上静了半天，跑上一个人来，说："枭台大人，主人不在府上，大人就不要难为下人了。主人回来，小人定当禀报。也好去府上回拜大人，现在请回吧。"

没等薛苁说话，刘闯策马过来，说："禀大人，共有四处大门，两个角门，都有庄客把守，请大人定夺。"

薛苁也没说话，指了指城门。刘闯策马过去，喊道："管事的，本将是卫司刘闯，薛大人在办公差。不要阻挡，惹恼了张卫帅，一阵大炮轰烂了你这鸟宅子。"薛苁看他们丝毫没有开门的意思，急得跳脚。恐走脱了巩丰，再被人灭口，这就是死结了。

刘闯看他着急，说："大人勿急，卑将已派亲兵报给卫帅。"正僵持着，河州府同知尹涣和通判郑兴骑马来到，给薛苁见礼毕。

郑兴说："大人，这里是不是有误会，巩员外读书人，颇知法度，常做善事，造福桑梓，请大人明察。"

薛苁很奇怪，他围上巩府，并没有知会二人。只在这片刻时间，二人就能赶到这里，令人不可思议。他说："既然这样，他们这又在做什么？这是抗拒官府，图谋不轨。两位大人，你告诉他们，如果再不开门，本官调火炮了。他们能顶得住几时？"两个人听薛苁这样讲，朝上面喊了两声，只是无人应答。薛苁知道张济远一会儿要来，自己久经战阵，眼下被阻，自己也近四十岁了，如何丢得起这个人。他大喊一声："闪开！"到马搭背上拿出手铳，装上铅弹，上马走了几步，看射程够了，高喊："本台三个数，不开门，要开杀戒了。"

下面兵丁就数了三个数，不等数完，薛苁开了两铳，一人惨叫落下地，众人大惊失色。箭垛上的人兀自不退，迅速地变换了一下位置。这时张济远也已到了。众人也不顾见礼。

薛苁退后几步，说："张卫帅，这哪里是庄客？分明是训练有素的士兵。"张济远已看出端倪，点点头，看出他脸上凝重之色。

三府郑兴慌忙跪过来说："大人息怒，待下官去叫门。"这里的人这时才发现，这薛苁居然是个武人。看他马搭背里还露出弓弩，操铳手段颇为熟练。

郑兴走到前面叫门，垛上说："稍等。"大家就等，足足等了一刻多钟，大门开了。薛苁也不搭话，说："张卫帅，请。"

张济远说："刘闯，让他们都过来，有敢抵抗者，不用等本帅将令，招呼他们就是。想不到在本帅眼皮底下，竟有这么个东西。"众人随着薛苁冲了进去。管家跪在地上，看无人理他，自己站起来，跟着几个冲进大厅，嘴里叨咕着："说主人不在，你们不信。"张卫帅已派人搜索。只有妇孺下人，主人真的不在。

郑兴说："管家，你家主人去了哪里，谅你也不知。本官郑重告诉你，主人回府，让他去官衙去，有紧要公务找他。若迟延，本官会带兵来领教。"管家答应着，又说："大人，小人府上都是良民，不曾做过犯科之事。今儿个带队围府，暂且不论，可黑三无故被你们射杀，这总得给个说法吧。"

第四十四回

▼

杀贼帅张昶遂夙愿　灭府兵薛苁报大仇

郑兴沉吟不语，看着薛苁。薛苁无奈，没有下属，还得亲口打擂台，刚要说话，尹涣接过话头："你这管家，好不晓事，你们抗拒官兵，妨碍办差，倒有了理！你就如实报与通判，至于如何发落，朝廷自有法度。"薛苁好生感激。谢承的话没等说，他已经感觉不对，他一直在观察，说："张卫帅，庄客都在哪儿？"

刘闯说："都锁在后面空场上。"

薛苁也不回话，只说"带路"。众人相跟着走到后院，整个院子虽大，并无假山湖亭之类，偌大的院子，地上只铺着青石板，有十多个庄客跪在那里。薛苁说："松绑，只有这么多吗？"

管家答道："除了死了的黑三，还有一个去了福州，都在这里了。"薛苁走过去，叫出来一个精壮汉子，让刘闯递给他一把弓，让他搭箭试射。这个汉子颠来倒去，只是不能摆弄。又试了几个人，尽皆如此。

张济远早已明白，说："薛大人，都跑了，这院子透着古怪，以末将之见，把家眷别院居住，派兵进驻这里，待破了此案，再做计较。"

薛苁说："言之有理，张卫帅，现在有人押着涉案的安同知县回府，恐路上不虞。"

张济远说："不消说了，末将立刻派熟悉路的，迎一迎，需多少人马？"

薛苏说："需两总（一百），少了不济事，把案犯直接押入军营，免得宵小谋算。"

张济远说："末将明白，这不是帮大人了，恐怕末将也担着天大干系。大人不宜再住在客栈，到卫司去住吧。"

薛苏也不推辞，点点头，说："带上管家，回卫司。下官得尽快给皇上写信。"

朱高炽接二连三收到薛苏的信，情知出事了，福建的案子不是件小事。当然，这时还没收到最后这封信，多次提到郑兴是朱高煦的亲属，又提到淫祠。午膳后小憩片刻，把杨士奇和蹇义宣进来。杨士奇管着兵部，蹇义管着吏部。也没给他们看信，只讲了薛苏可能遇到了麻烦，说："宣之，河州的郑兴知道吧？"

蹇义思索片刻，说："回皇上，知道。只是他的履历，臣不太晓得，臣曾请过旨，想派员核查，先帝未允，也就作罢。他不是甲第（科考）出身，这是一定的。在安同县做一挂名师爷，后又做县丞，现做三府，也无考绩，也不迁省，臣也并无过问。臣昏悖，请皇上治罪。"

朱高炽说："这也怪不得你，全国这样的官员也不在少数。吏部在装糊涂，先皇也装糊涂，都是皇亲国戚，各方面都要权衡。"

蹇义说："天下圣明者，莫过于皇上，曾有人递话给臣，是汉王爷侧妃娘娘的亲哥哥，看先帝言辞，臣信了。臣妄猜圣意，不忠不孝。"皇上沉思不语，他有更深层考虑，薛苏所奏，这些都与汉王有关。

杨士奇何等聪慧之人，已然猜到，说："陛下，臣浅见识，薛子谦是否会有危险，如浙江一般？"一句话点通朱高炽，说："宣张升。"杨士奇赶忙道："皇上，张大帅去了广西。"朱高炽说："看朕这记性，竟也有些差了。朕没看见奏章，张升给兵部上文札了？"

杨士奇说："回皇上，上了札子，没什么大事，臣就没奏报，只是说刚刚到。现当地卫所正在和叛兵相持，他已经命人传令，只要叛民不动，官兵不准攻杀，待他了解后再作道理。张卫帅确是难得的将才。"

朱高炽说："裁处得甚是，也明白朕要他去的意图，那就派张文博去河州。宣张文博，你们跪安吧。"

张昶进来见礼，朱高炽把薛苁的几封信拿给他，把张昶吓了一跳，说："皇上怀疑这里就是王六满说的乱兵？这么多年，臣一直在苦苦追寻，真的在如此偏远之地。若如此，子谦休矣。"

朱高炽说："文博，你已年过半百，办老差了，你知道这件事分量，朕不能告诉臣下，因涉及天家。谁在河州卫司？"

张昶说："是张济远，思恩侯张宽幼子，其长兄袭爵，他靠军功得官，只是张宽和汉王颇有交情。"

朱高炽说："不然，朕东巡时，他护跸，忠心耿耿，上奏章推荐朕为太子。然世易时移，毕竟官位财帛动人心，你把都府差使交割一下，拿出兵部关防和尚宝监调兵虎符，调福建都司一万兵马，再加上河州兵马，也足可支。"

张昶吃了一惊，脱口而出："要这么多兵马！"说完感觉失仪，赶忙跪下说："臣失仪了，皇上治罪。"

朱高炽并未理会，说："平身吧，朕还怕不够，你是知道的，若真是巢穴，颇难应付。河州各地千户所是指望不上的，切记，密之，不要告诉各处将领此行目的，夜里行军，日间驻扎，倘走漏一点风声，功亏一篑，朕也要取下你的项上人头。"

张昶说："臣遵旨，只怕情报有误，那就空欢喜一场。"

朱高炽说："薛苁目前还不一定能想到是黑兵，现也说不得。二十多年，他困扰着朝廷，先皇也知道，一直在密查，汉王府里遣散的只是少数。话说回来，是否真的遣散，谁又能知道？现在既然有了影信，去就是了。交割时，只说去广东练兵。在行人司也这样报备，今晚就动身。"张昶听出了皇上的焦虑与兴奋，跪安而去。

现在薛苁若想不到是黑兵，那就是傻子了。多少年，这是他的心结，他感觉到已嗅到了气味。这个巩丰的庄丁就是黑兵，他家定有暗道，一定是逃走去集结。蒋四把戴刚押回来，薛苁反不忙审了，其他人都很奇怪，他只悄悄叮嘱蒋四盯紧郑兴，若发现异常，立即控制。

次日接到张文博来信，还有十来个精壮士兵，背着便装，奉命来保护，信中说："皇上已经令他前来协助，现做好准备。"寥寥数语，薛苁知道，怕走漏消息。信皮用火漆封着。虽语言暧昧，薛苁知道其中含义，他能准备的，当然是地形图和沙盘。他马上凭记忆画出七峰山草图，又让张济远拿出各县精图。关起门来，谢绝拜访，连张济远也不见，只见伴当出出入入，手里拿着些东西。张济远看在眼里，也只作不知。

过了几日，把沙盘做好了。张济远拜访，薛苁让到客厅，张济远告诉薛苁，军兵来报，发现巩府的地道口，他已经嘱咐，不准大惊小怪，只说是储粮室，有擅动者立斩。薛苁看他虽然三十多岁，却也颇有章法，赞了几句。又说起巡狩辽东时，张宽如何英勇，如何熟悉边情。最后叹息："张卫帅，令尊之才，世人难及，令尊殁时，先皇落泪了，说，张宽之后再无张宽。"

张济远站着听完，坐下说："现家兄袭爵，也在镇守开平，这兀良哈就不惧了，经常扰边，家兄来信也十分苦恼，真想打他们一顿，又怕搅动朝局。"

薛苁说："不妨，令尊在世时，不时就打他们一回，先皇也不曾怪罪。"张济远看他只说闲话，也觉无趣，告辞而去。

这天夜里，已过三更，薛苁都已睡下，张昶突然来到。薛苁让亲兵控制岗哨，张济远赶忙迎了出去，张昶也不寒暄，只让他带路，来到薛苁下处。薛苁把他们迎进客厅，同来的还有福建都司靳宪大帅。让亲兵把住门口，几个人寒暄几句，行个军礼，请到里间。大家看见大沙盘摆在地中央，知道有大行动。

张济远早已猜到几分，原以为只是巩府，一看沙盘，他的防区七峰山地形，一眼就看出来。张昶说："你们两位先看着，子谦出来。"两个人来到大厅，知道后一封信和张昶错开了，具体情势他不了解。

薛苁说："下官算计到日程，信也就刚到，大帅怎么这么快？"

张昶说："皇上已然猜到，看你的准备，都是真的了？"

薛苁说："也无十分把握。"就把这情况简单地讲了一遍。

张昶眼里露出饿狼般的凶光，说："兔崽子们，本帅找你们找白了头。"两个人又走进去。张昶说："几位听令，张济远留下一些人守营，留下几百人守住巩府，务必要找到另一出口，不准声张，你亲自坐镇，只见各山上烟起，立即动手，烧火、灌水，随你便，逃出来的，死活不计。再派人围住府衙和官员府宅，不许走脱一个，办砸了差事，几代人的交情也没有了，立斩。"张济远领命。

张昶接着说："把其他人马交由薛大人指挥，靳将军的兵正在行军，夜行晓宿，后天早晨就到，晚上就能动手，今天是癸酉（初七），初九晚上丑初时分举火，靳将军已派人到各山备好火种。济远，你若看不到烟火，就在约定时间动手。告诉随行军兵，到城外练兵，只我们四人知晓。如果有泄露者，视为通敌，夷其三族。"几个人领命，不敢耽搁，连夜出发。

张昶先行，追赶大军，初九到达七峰山。张昶拿出地图，安排人堵住各路口。而后大军几路会齐，悄悄地埋伏起来。到了二更天，幸好天晴，月色皎皎，星斗闪耀，万籁无声。探哨来报，山脚下的几处淫祠，还有人在活动。

张昶把薛苁、靳宪召集在一起，低声说："入更时，本帅亲自去察看了地形，外面看着闭塞，里面道路也还宽敞。大约有五六个祠堂，相距不远，只是不知道哪个是贼窝。说不得，都端掉就是。我们这么大动静，里面不可能毫无察觉，先守住各个路口，有事举火为号，总击时，多放几个钻天猴。"众将得令，等候军漏官报更。

张昶问道："各位大人，本帅多年杀伐，但这淫祠却不曾听过，那次皇上还问过，到底是哪路神仙？"

薛苁说："回大帅，下官未到金华时也一无所知，直到他们闹得太不像话，府里的通判就去端了几家。下官一同去的，实在让下官触目惊心。一个祠堂里坐满了人，有男有女，全部裸露，一丝不挂。官兵撞门冲进去，他们也不惊慌，兀自闭目打坐，如入定一般。倒是官兵们不知所措。三府有过擒拿他们的经历，大喝一声，'全部拿下'，他们才从容穿上衣服。"

张昶说："这是什么邪魔外道？这么痴迷，难怪叫淫祠。想必靳大帅也熟知，一会儿就分一下吧。"把千户以上军官召来，分兵进剿。

到了四更天，几道刺眼的钻天猴冲天而起。七峰山顶上燃起熊熊大火，各个山峰紧接着着了起来，把山脚下照得通红。众军士也举起火把，发一声喊，冲向几处淫祠。正如薛苁所说，有的还未落座（祷祝完毕）。薛苁心里有事，找一个最大的祠堂冲进去。先冲进的军兵跑了回来，有的已经受伤，听到里面一阵阵的火铳声，大军按事先约定，朝响声包抄过去。张昶走了过来，看这个祠堂宽敞的后院，还有一座高墙，墙上已站满人，攻击的军兵已倒下一片。

薛苁看装束，完全明白，正是这些人打死了姐姐，他目眦尽裂，从伴当手中夺过马来，就要冲过去，被张昶拉住，张昶说："子谦，勿急，先围着，天亮再作计较。他们确已发现了我们，早有准备，若我等稍作迟疑，恐被他们突围出去。"

薛苁冷静下来，说："下官和大帅一样，寻找他们二十几年，今儿个总算寻到，片刻也不想等待，请大帅成全。"

张昶厉声说："子谦，这是军令。"觉得口气过严，缓一下，说："本帅何尝不是寻他们二十几年，他们以逸待劳，我们徒增伤亡。天明后把虎头铳和飞燕炮推上山腰，居高临下击之，必能奏效。"薛苁不敢回嘴，下令军兵退到一箭之地。

靳宪过来说："大帅，已团团围定，一只苍蝇也飞不出。"

张昶说："靳将军，这是你戴罪立功的机会，这么多贼人在你的辖区，你还有活路吗？一个不许漏网，本帅上奏章保你。"靳宪谢过，跑去督阵。天已微明，大家严阵以待。突然铁门大开，庞大的虎头铳吐着火蛇冲了出来，后面人紧跟着，都身披重铠，官兵瞬间被打倒一片。其他人发一声喊，撒腿回撤，冲动了第二道防线。

靳宪眼睛红了，冲上去亲自斩了一个百户。大家停下，退到两边，薛苁大喊："放铳！放铳！"连环弩齐射，射倒数人，贼人只是不退，打在虎头铳的头板上，叮当作响。张昶等人万没想到会有这武器，薛苁也红了眼睛，也不请令，战马一拍，冲了过去，弓箭手让出一条道。

张昶喊："亲兵队护侍，薛大人有意外，你们一个也活不成。"薛苁张开手铳，贴在马侧，连发六弹，打哑了两个火铳，随即抽出连环弩，连射十箭，马也中了敌方三箭。靳宪随即率兵杀到，贼兵一声呼哨，准备回撤。薛苁太熟悉这哨声，旧恨新仇凡二十年，刹那间血往上涌，遂抢过马来，掣出佩剑冲了过去。张昶鞭梢一指，鼓声阵阵，里面也不顾这些贼兵，迅速关上大门。外面的这些贼兵看无退路，兀自不惧，死战到底。

薛苁喊："放箭！"一阵点射，射倒一些，其他人纵身跳上高墙，逃了进去。早有人推过撞门鬼，在弓弩手的掩护下，撞开了大门。大军发一声喊，冲了过去。

张昶说："杀死一人，赏钱五贯，活捉一人，赏钱十贯，后退者，立斩。"督战队连喊三遍。官兵发疯似的冲了进去。

薛苁冲进去一看，刹那间呆了，几乎就是一个大军营，应有尽有。天已经大亮。贼兵已设好路障，后面列好了阵势，两边射住阵脚。张昶骑马闪出阵来，有薛苁和靳宪左右护侍。贼营中闪出一人，骑在马上，大声说："张大帅，薛子谦，真难为你们能找到，本座知道，今天断无生理，但临死前也让你们看一看我军的厉害。"薛苁听他声音好生熟悉，只不知道在哪儿听过。

张昶说："今儿个必是一场恶战，他似乎熟悉我们，本帅改主意了，一个活的不留，只要首级。"闪回阵地，传令大军，杀无赦！一阵鼓响，两方齐射，矢下如雨。张大帅鞭梢一指，官军盾牌手在前，弓弩手、火铳手随后，鼓噪而进，贼兵撤至第二道防线，正在当口，张昶大喊："全线出击！"官军呐喊着压了上去，贼兵冲出一些人马，短兵相接，如下山猛虎，转眼砍翻几百官兵，官兵撤了回来，贼兵又撤回阵地。

薛苁看不是办法，说："大帅，下官和这些人交过几次手，我们的兵十不敌一，鸣金吧。"张昶然之，下令鸣金。盾牌手上前，弓弩手压住阵脚，退出三箭之地。军兵们已把这外墙推了。有人来报，火炮已就位，请大帅发令。张昶气愤地说："轰他！"中军红旗招动，在山腰处，炮火刹那间一起鸣响，贼兵死伤惨重，也炸到了官军。

张昶骂道："眼睛瞎了，打到自己阵上。现在的兵完了，全无战力。火器手也这熊样，快停下吧。"蓝旗招动，火炮停下。

太阳已经升起很高了。张昶命围而不打，免得伤亡太大。下令拿出随带饮食，吃喝补充体力，四下团团围定。他自己清楚，让这三卫军马和他们这千几百人拼起来，也无胜算，不一定哪个剩的多。现在消耗他们，他们耐不住性子突围，到那时再解决他们。贼兵也看出张昶的用意，没有办法，只有轮流进食，等待时机。

过了一个时辰，还是没有动静，官军不免有几分焦躁。张昶并不着急，看薛苁耐不住性子。薛苁知道被大帅看出来，说："大帅，下官怕还有其他巢穴，故此着急。"

张昶说："无妨，有几处也掀不起大浪。看起来，得活捉几个才是。"看看已经到了午正时分，贼兵突然发一声喊，官军立刻全神戒备，虚惊一场。又过了两刻钟，贼人又发一声喊，官军紧张一阵，又是虚惊。连续四五次，已是后响申初时分。

张昶说："子谦，他们一定会有真冲锋时候，他们可能看出，后面会松懈，斩将军呢？"

薛苁说："早已到他们后面督阵去了。"

张昶说："那就好，若突出来，前队佯攻，在墙边设第二道防线，不到最后不要短兵相接。"薛苁领命去布置。

过了一会儿，有人来报，贼兵在后路冲击，被击退。张昶说："子谦，他们该进攻了，各处传令，按事先布置，其他地方只围不攻，有擅动者，立斩。"传令兵又传了一遍，薛苁佩服。来这之前就已下令，只怕有人趁机逃脱，留下后患。其实，薛苁这时也想到了漏洞，就是安同的林致和。正思索着，贼兵悄无声息地攻了上来。

官兵们确实不曾防备，薛苁喊："快退！"官军杂乱地跑回去，贼兵看看赶上，矮墙后官兵迅速翻过来，一阵点射，放倒一片，贼兵就想跑回阵上。山腰上的虎头铳开始发威，眼看贼兵所剩无几。张昶令挥旗停射，擂动战鼓，杀了过去。贼兵阵上人手已经不够，官兵交替前进，顷刻到了阵上，火铳手一排排地射击。而后大军掩杀过去，杀个尽绝。把各排营房里的，不论良贱男女，尽皆屠戮。张昶在他们的点演厅升帐，清点人马，各报功劳，各路围堵的，真抓来几个活的。

靳宪已审过，只说安同和河州还有黑兵，其他不知。张昶也不废话，下令杀掉。靳宪抓住了自称本座的头领。押上大帐，张昶一看，竟是王范，很吃了一惊，说："你真有本事，行刑帐下竟能逃脱。"

王范哈哈大笑："张文博，我多活了二十多年，值了。若不是想到河州报信，岂能被你们活捉。你们不用高兴太早，有人会清算你们。我们虽死也必将留名青史，你们……"还要说，张昶扬手就一铳，又连发两铳，结果了性命。

第四十五回

▼

择善而从薄云高义　天不假年壮志未酬

张昶令大军休整，靳宪带队，带着自己亲兵和薛苁返回安同，到了林致和府上，拿住林致和，所有男丁，无论良贱，一个不留，把女眷圈在后跨院，等候发落。他命令把金银细软皆登记在账，班师后赏赐将士。回到县衙，薛苁审问林致和，没用动刑，全招了。林致和和巩丰都是汉王爷的人，任务是外围粮饷供应，事成之后封侯，受郑兴节制。

只因李靖发现了林致和的秘密，郑兴几个人商量干掉李靖，留下李九，一旦查到林致和，给人以谋妻夺财的感觉，巩丰和李靖是学里同窗。给他下了"一日清"（一种药）。几个人听罢，叹息一阵。也不能留他，杀了。回到河州，巩丰已被擒拿。地道通到山庄，有一百多人被张济远率军剿灭。张昶大喜，斩了巩丰。派人请来郑兴，张昶不敢把他带回京师，恐在朝野引起震动，亲自杀掉了他，又杀掉了戴刚，请出许仲署理府事，请旨后官复原职。军兵各自归建，张昶返京。

朱高炽接到奏报，心下大喜，这是多年的心病。张昶写成条陈，详细地讲述了经过。朱高炽不能告诉任何人，只说有人兴兵造乱。发下圣旨，牵涉的人不少。福建都司罚俸一年，布政使进京问罪。都司同知、佥事、福全守御所千户、河州通判、安同知县通敌、纵贼，夷三族。薛苁记优行一次，赏二品穿戴，尉迟逊赏正八品官诰，入吏部籍。许仲官复原职，所缺属官由其提名擢升。涉案主犯，均籍没其家，夷三族。诸事处置停当，只是朱高炽挂念着广西。

这天，杨士奇和刘观见驾，广西军报，是张升直奏奏章。张升先讲了覃兴起事缘由。覃兴、覃旺兄弟是思恩土司家族人。永乐十九年（1421），军民府卫因屯田一事和覃旺发生争执。据当地人讲，当时去了四位老爷，张升认为这四位老爷应该是百户、副百户带着两位总旗。他们带着一百多军兵圈占了大片土地，其中就有许多土司家的。土司交涉被打伤，更有甚者，当天夜里，多处苗峒、瑶峒起火，死十一人，覃兴在南宁公干，覃旺在家，遂登高而呼，当地族人多附之，攻入军营，杀死为首的老爷（张升认为是百户）。败兵逃回，卫指挥佥事吴智带兵平叛，又烧了十几处苗峒，死伤二十几人。

这里虽然不是生番，但大多不遵王化，恃勇好斗，集结两千番人和官军对峙。吴智求援，广西飞奏朝廷，先帝命顾兴祖征讨，顾兴祖铁腕平叛，杀了一千多人，覃旺被斩首示众，叛乱被暂时平定，这吴智也擢升为同知。这次陈钟南征交趾，在广西调兵。因军兵多有逃亡，兵员不足，当地卫所就去动员苗人、瑶人等番人从军。番人不愿入军籍，恐难脱籍。卫所开始还好言相劝，后来干脆就绑人了。

番人也不是好惹的，遂三五成群对抗官军。这覃兴对兄弟之死一直耿耿于怀，看民心可用，遂登高作乱，自称奉天招讨大都督，叛民争相依附，发展为五千余人，先后占领大幅龙峒、小幅龙峒等三十几峒，后来，路空山、思涯峒等地番人附逆，他们杀掉了吴智，和官军对峙。

朱高炽读罢，重重地摔在几上，说："真叫太子说着了，什么叛民，还不是官逼民反。小小的百户、总旗，米粒大的前程，在土司前称老爷。这吴智死有余辜。陈钟班师后，朕要治其罪。"

杨士奇说："皇上圣明。"又递过来一份。

是张升的布防情势，又写道："臣料敌不明，所率兵力不足，又无权调兵，广西行都司军将大都调赴交趾。皇上剿抚并用之策，臣无异议，只是当务之急，必须胜贼一仗，使其胆寒，而后方有可为，盼皇上再发天兵。"

朱高炽说："文起无能。"

杨士奇赶忙说："回皇上，臣也要为文起将军辩解几句。广西上奏的军情有误，文起只率不足两千人，而叛民占据几十峒。皇上是最知兵的，这少许人马如何剿得？现能据住治所已是大功，皇上应下旨褒奖，而后再选将驰援。"

皇上听出杨士奇的弦外之音，没有赋予张升天子剑和节杖，如何能调动军马？点头称是，说："士奇言之有理，朕之过也。两位爱卿说说吧，选哪个赴桂？"

刘观道："回皇上，这不是皇上之过，地方官讳盗，大事报小，小事不报，往往给朝廷方略带来影响。臣以为只是派将，还由文起挂帅，带去节杖和天子剑，文起将军也可檄令地方行都司、卫所。臣举荐一人，孙继宗。皇上应该知道。字光辅，此人原来一直是张升麾下军将，曾在府前卫做过副千户，现为龙虎卫佥事。"

皇上点点头，"朕当然认识，是孙愚的长子，就他了，把龙虎卫军兵带去一半，都归张升节制，张升假节钺，持天子剑。而后传檄顾兴祖助之，受其节制。"

二人说："皇上圣明，臣等遵旨。"遂拟旨调兵不提。

福建的消息传到汉王府，朱高煦痛悼不已，恨不能生吞活剥了薛苁，说："敬甫，谭之，弄死这个薛子谦，好歹替爷出这口恶气。"

王进赶忙说："殿下不可，张昶去剿，不留活口，显见皇上已知首尾，怕查到殿下，不好收场。若杀掉薛苁，岂不是不打自招！"朱瑞点头称是。

朱高煦说："言之有理，孤只是心里发堵。"

朱瑞说："王爷，事已至此，也无可挽回。为今之计，按原计划实施就是。拿掉章义，给人添堵，也拿掉了他的守护之人。"说得果然隐晦，但三人心知肚明，栽赃章义，气死朱高炽。

朱高煦早已知道哥哥有心疾，刘太医说："只要章公公在，可保无虞。"

朱高煦说："说不得，谭之，动手吧。"

自从接到海公公密报，朱高炽也观察章义多次，好似性情大变，全不似以前的豪迈大气，每日神情卑微，目光呆滞。原来只以为老了，现在看是真有心事。交代的差事几个月过去了，也不见奏报。心下狐疑。章义也感受到皇上的怀疑，他现在的处境，两头不落好，两头受气，差事办不下来，又得罪了宫中权贵。最近又发现奇原行踪诡秘，悄悄地跟过两次，发现和朴会接触，不尴不尬，引起他的警觉。

还有一次，他看到那个人，像是汉王府朱瑞，离得太远没看清楚。奇原是他的人，准备培植他接自己的班，包括皇上所用的药物，尤其是皇上的心疾，旦夕不能少了明白此道之人。因此他必须弄明白。这天到了酉初，奇原去尚保监领凭，拿着水牌出宫了。章义一人悄悄跟着，出了承乾门，左拐急走到了禄米仓南市，也不停留，到南市尽头一处小巷子，拐了进去。

前面一个大宅子，写着"来府"。门开着，奇原径直走了进去。章义想起，这是光禄寺少卿来仕的府上，如夫人生子时章义来参加过洗儿礼。他进退不得，只好躲在旁边候着。过了约半个时辰，天已经黑了下来，这时听到里面传来惨叫声，里面似乎有火光。他暗叫不好，奔了进去。火已经着了起来。他大喊："救人！奇原！"只是不应。他冲到二门内，奇原在门洞旁仰面躺着，胸口上插着一把刀。他痛呼奇原，走过去抱起来，还有细微呼吸。他不敢拔刀，把着刀柄查看伤口深度，看直没到刀柄，知道无生还可能，抬一下奇原下巴，合上他的双眼。

大火已经蔓延过来，听到外面有呐喊声，想拔出刀来，让他少受罪，只是下不去手，迟疑了片刻。早有军民过来一拥而上，把他扑倒，捆个结实。是五城兵马司巡街的。章义又好气又好笑，大喊："快去救火，捆我干什么？我是宫里的章义。"也没人理他，拖到门外，着人看管，又回去组织市井之人救火。

皇上感觉胸闷，早早回宫。晚膳只吃了几口汤，回到景阳宫郭贵妃处，在榻上歪着。郭贵妃发慌了，派人去请刘太医。派人去寻章义，只是不见。海公公去问了当值金吾卫，说和奇原出去了。没一起走，一前一后。

刘太医看过，说："娘娘放心，皇上是劳累所致，吃下半盏苏合酒即可。

臣父已交代给了章公公，章老爷是极精细的人，又传给了奇原公公。"说完告退。郭云就把章义的去向告诉了皇上。皇上满腹狐疑，章义和奇原没有必要分开出去，这里一定有名堂，想了一下，理清思路，这章义不能用了。

这时有人来报，杨士奇大人和几位大人在乾清宫外跪候求见。朱高炽知道出大事了。郭云嘟囔道："何曾这么早回宫过？正可休息一下，又来叫，这些儒臣，好歹疼一下皇上。"朱高炽笑了，也没接言。郭云服侍着换上衣饰，挣扎着上了肩舆，来到乾清宫东厅。

宣大臣们进见，众人见礼毕。皇上看还有刑部尚书吴中、大理寺卿虞谦，知道不是边报，今日杨士奇内阁当值，当然他带着见驾，心下松了一口气。杨士奇说："启禀皇上，出大事了。"示意吴中说话。

吴中说："皇上，章义内相杀了来仕满门良贱，还放火烧了宅子，是和奇原一起做的，后又杀了奇原。正在行凶时，被去救火的五城兵马司抓个正着。"

朱高炽像被人重重击了一下，呆了半晌说："也罢，你们按律处理就是。"皇上的态度令三人吃惊，似乎早有预料。杀光禄寺少卿，不用说，定与这次宫中查账有关。

吴中说："皇上，按律应抄其家，请圣上裁决。"

朱高炽说："随你们吧，他能有什么家私？朕准了，拟旨吧。让海德查宫中的，外面有一处宅子，你们去查，他妹妹和甥男的，就不要动了。你们去办差吧，朕乏了。"众人跪安。

次日早朝，满朝文武都知道了，议论纷纷。散场后，皇上在右顺门西偏殿匆匆吃了半碗粥，就看呈上来的奏章，说："传朕口谕，让内阁把章义的奏章直接拿进来，让他们都进来吧。"六人早膳都没顾上吃，匆匆进见。张辅母逝，在丁忧。

见礼毕，杨荣奏道："皇上，章义宫里住处只有几百贯钱和几十两银子，外宅有些钱钞，清点了钞十四万锭，钱五万多贯，银一万四千两，庄子三处，四处良田，共四千多顷，都有文书。只是还未辨真伪，因都是江东各省的。还有一个小金佛，臣问了他的伴当，说是让奇原从高丽索要的。这个章义！"

说到这里，朱高炽突然发火，"住嘴，狗屁章义，卜义就是卜义。"吓得几个大臣不敢接，只是磕头不止。

杨士奇是首辅，说话了："皇上息怒，现还未审谳，黑白曲直未见分晓，只是这儿还有一些宫里中人的奏章，没有具体事情，无非是驭下过严、不恤下情、贪厌无度等。这道奏章是科道的奏劾章，说的是卜义的两个外甥，抢夺民田，横行市井，包揽词讼，都是无实据的空洞奏辞，皇上明察。"

朱高炽说："先下到刑部大牢，责三法司鞫审，杨士奇，你好像话未讲完，讲就是了。"

杨士奇欲言又止，说："臣无本奏。"说完跪安。

朱高炽回到坤宁宫，气恨不止。皇后早已知道，解劝道："皇上为一个奴才生气，值得吗？皇上饱读史书，史上不绝于耳的，只是中官乱国，有几个好人？这章义本身还好，人是会变的，皇上莫要再想此事。"

朱高炽说："朕一是生气，二是也有疑虑，他有再大的把柄让来仕抓着，也不至于下此狠手，总觉得事情太巧。今儿个杨士奇欲言又止，倒提醒了朕。"

次日，在刑部大堂，三法司主官、佐贰都在，人证物证俱在，后有海德和章义的两个伴当都做了证。章义明白自己中了圈套，开始只以为是因查账得罪了宫里，开始大声喊冤。看一个个证人出堂，反静了下来。虽不认罪，三法司哪容得他辩白，问成了死罪，写出案卷条陈，送于内阁。

杨士奇大惊，只身求见皇上，说："皇上，臣觉得事情没那么简单。据臣所知，卜义不离皇上左右，并未在外宅住过，何来经营田土？二者，兵马司为何如此凑巧？第三，卜义和来仕哪里来的深仇大恨，能有他什么把柄？又不是谋大逆，就要灭其满门。第四，庄子良田，并无实地查看。几项来看，臣有疑虑，望皇上三思。"

朱高炽站起来，若有所思地踱了几步，说："这样，士奇，先不能杀，看护好，你给太子去信，把这些详细告知。拿上宅契、地契，令其速查，多派几人去，妥当一些才是。另外，士奇，准备迁回南京，放出风去看如何。马上给太子写信，派人急送南京。"杨世奇松了一口气，回到签押处。

朱瞻基接到密信，一看是杨士奇的，心下狐疑。这有违祖制，杨士奇三代老臣不会不懂。打开看，是奉旨，遂松一口气。很快读了一遍，心下狐疑，又看了几遍，看出了问题。心想父皇聪慧异于常人，只因身在其中，难窥端倪。这也许是计，马上派人到各处核实，才知道契书全系伪造，不消说，其他也是假的。

他仔细思考，不知是何人所为？一个不祥念头一闪而过，项庄舞剑，意在沛公。他心下骇然，提笔写信请旨进京。信发走第二天，心里焦躁，天气又热。自觉心惊肉跳，也顾不了许多，告诉郑和和南京宗人府，他进京面圣。

过了端午节，朱高炽把这事也就淡了。这天晚上驾幸景阳宫。郭云备了酒食，小酌几杯米酒。海德求见，朱高炽让郭云屏退众人。海德奏道："皇上，老奴有要事，不敢不报。是章义之事。"郭云清楚，他们不弄死章义，如何肯罢手？这个"他们"，只有她心里有数。她打算在适当场合提示一下皇上，勿堕奸计，害了章义性命，也会害了皇上自己。

"章义和孙答应，还有死去的褚贵人对食。"海德压低着声音说。

朱高炽仿佛听到一声惊雷，腾地站起来，直觉得眼前一黑，又坐了下去，大喝一声："不准胡说！"

海德说："回主子，这千真万确，这褚贵人之事还是光禄寺井大人告诉奴才的，奴才已经查实。"再看朱高炽，两眼发直。郭云吓坏了，哭喊着传太医。大家一阵忙乱，海德站起来捶胸口，皇上也没睁眼，气若游丝，说了一句："宣太子进京，传位。"静静地去了。

刘太医进来验脉，哭着说："皇上驾崩了，你们抓了章老爷，就是要皇上的命啊！"郭云一下子明白了。

章义在狱中，自知没有生还可能，只是心下记挂皇上，恐重犯心疾，日夜忧心。他开始还盼着有人来探狱，也好叮嘱一番，后来也绝望了，他也近六十岁的人了，早已看透了事情。他原以为得关在诏狱，不承想在刑部大牢，这个麻老四还在做大使。看到章义，亏他好记性，一眼就认了出来。真可谓十年河东十年河西。这麻老四想尽办法折磨他，他也无所谓了。

这天，他发现门廊的灯笼糊上了白纸，很吃了一惊，大声喊叫麻老四，只是没人理他。他心惊肉跳地过了一夜。次日，狱中宣布，皇上龙驭宾天了，等新皇登基，定有大赦。章义听后，已经没有了眼泪，傻子一样呆在那里。麻老四特意把章义叫出来，带到一个单间室。章义看时，几上摆着酒食，狐疑地看了麻老四一眼。

麻老四说："章公公，这是本官特意给你准备的，你好歹也用一些，虽然和你是仇人，但是说心里话，你虽是一个阉人，确是一条好汉。"

章义问道："这么说是断头饭了？"麻老四点头。章义说："麻老四，不要骗你章老爷，朝廷有制，死刑凡五复奏，还要等霜降时出红差。你从实说来，是哪个要老爷的命？老爷不怪你。"

麻老四说："章公公，我是服你了，你是老虎死了不倒架。既然你心里清楚，那就好好地享受这大差饭吧，吃过了我派人带你去狱神庙，然后来侍候你。"

章义说："你这狗娘养的，说来说去还没回答我的问题呢！"

麻老四说："也罢，告诉你也无妨，你好人缘，有两方面人要你命，市井百姓都以为他们势同水火，看起来也不是，自己猜吧，说这么多已经……"

明白了，一切都说得通。章义摆摆手说："不必说了，半个时辰后你亲自来，哪种方法随你，也让老爷死得痛快些。狱神庙就算了，冤有头债有主，老爷不怪你。"麻老四答应着去了。让皂吏进来，解下大枷，上了铁链。章义坐下来，把事情经过重理一遍，心下明白了，他原以为只是宫里人，因为查账想要他命，现在看来这恐怕也有外来因素，这奇原和朱瑞勾结，下索套害自己，被一同灭口。

"做得漂亮，无懈可击！"他由衷地赞道。皇上驾崩了，他没有任何牵挂。想到皇上，眼泪不由自主流了下来。不能哭，不能让这些不良人看笑话。他拿起酒壶，对嘴灌了下去。然后风卷残云一般吃掉菜肴，喊道："麻老四，进来。"

麻老四带着两个皂吏走了进来，看了一下酒食，面露敬佩之色。章义看他拿着水壶和薛涛笺，喝道："麻老四，你够损的，想给爷吃千层饼，也罢，随你们吧。"自己坐到凳子上。

两个皂吏在浸泡纸张，麻老四站在前边，坏笑着说："章公公，不要怪我，好生享受吧。你们快点侍候章公公。"说完刚欲转身，说时迟，那时快，垂垂老矣的章义突然一跃而起。哗啦啦一阵锁链子响声，章义闪电般把铁链箍住麻老四。

屋里几个人都惊呆了。

章义喝道："你们两个人，冤有头债有主，这厮辱我多时了。你们不了解老爷我，老爷我一生杀人无数，谁敢辱我？听着，你两个把佩刀放下。"

麻老四开始害怕，旋即镇静下来，说："章公公，不要冲动，你不是要出去吗？我送你就是。"

章义说："麻老四，老爷告诉你，从这里出去也不难，只是爷不想出去了。"

麻老四这才知道，他只想要自己的命，大声喊叫，早惊动了皂吏们。皂吏们冲到门口，全部惊呆在那里。章义用力，铁链深入麻老四脖颈，血箭一般喷了出来。章义放下麻老四，朝皂吏走去。这两个皂吏早已放下佩刀，喊外面人进来。章义只作不见，拾起佩刀，说："你们放心，老爷我平生不妄杀一人，你们给老爷传话给前军都督府的张昶或他的弟弟张升。就一句话：项庄舞剑，意在沛公。能不能做到？"皂吏们赶紧答应。

章义明白，自己死后，一定有人来调查，这些皂吏，总会有记住这八个字的。他跪下，朝天大喊："皇上，老奴来也。"震得整个大牢嗡嗡作响，而后用佩刀在脖颈上只一刀，自尽了。追随他精心侍奉一生的朱高炽而去。

《明史》对朱高炽赞曰：当靖难师起，仁宗以世子居守，全城济师。其后成祖乘舆，岁出北征，东宫监国，朝无废事。然中遭媒孽，濒于危疑者屡矣，而终以诚敬获全。善乎其告人曰"吾知尽子职而已，不知有谗人也"，是可为万世子臣之法矣。在位一载。用人行政，善不胜书。使天假之年，涵濡休养，德化之盛，岂不与文、景比隆哉。

追赠：仁宗敬天体道纯诚至德弘文钦武章圣达孝昭皇帝。

有诗证曰：

春秋写尽桓公事，
玄武终绝骨肉情。
荣辱兴衰前世鉴，
功过毁誉后人评。